Sarah Saxx

ONE STOLEN NIGHT

SARAH SAXX

ONE *stolen* NIGHT

Ravensburger

TRIGGERWARNUNG

Dieses Buch enthält Themen, die potenziell triggern können.
Auf Seite 379 befindet sich ein Hinweis zu den Themen.

ACHTUNG: Dieser enthält Spoiler für die gesamte Handlung.

MIX
Papier | Fördert gute Waldnutzung
FSC® C111262
FSC www.fsc.org

1 3 5 4 2

Originalausgabe

Dieses Werk wurde vermittelt durch die
Textbaby Medienagentur, www.textbaby.de

Umschlaggestaltung: Andrea Janas unter Verwendung von
Fotos von © Depositphotos (bluehand) und
© Shutterstock (tomertu und donikz)

Lektorat: Franziska Jaekel

Printed in Germany

ISBN 978-3-473-58622-6

ravensburger.com

FÜR ANIKA – UND FÜR ALLE
MÄDCHEN UND FRAUEN, DIE AUF IHRE TRÄUME
UND IHR BAUCHGEFÜHL HÖREN.
IHR MACHT ALLES RICHTIG.

Playlist

The Fire – *Clear Blue Fire*
One For The Road – *Arctic Monkeys*
Sinister Kid – *The Black Keys*
Devil's Backbone – *The Civil Wars*
Dead Man Walking – *WAR*HALL*
Heat Stroke – *Black Math*
Dead Weight – *PVRIS*
Wild Stare – *Giant Rooks*
Dear No One – *Tori Kelly*
Not Worth the Whisky – *Sarah King*
The Wire – *HAIM*
Back To Black – *Amy Winehouse*
Bomb Through the Breeze – *Hannah Wicklund*
Criminal – *Fiona Apple*
Dangerous – *Royal Deluxe*
Nightstand – *Sarah King*
1121 – *Halsey*
Where Are You? – *Elvis Drew, Avivian*
I Put A Spell On You – *Annie Lennox*

Diese Playlist findest du auch auf Spotify unter »One Stolen Night – by Sarah Saxx«.

Prolog

Cecile

An das Gefühl, allein zu wohnen, musste ich mich erst gewöhnen. Meine Mitbewohnerin und Freundin Nicola war vor knapp zwölf Stunden ausgezogen und schon fühlte ich mich seltsam einsam. Was verrückt war, denn auch zuvor war ich an einigen Abenden allein gewesen und es hatte mich nicht gestört. Doch zu wissen, dass ihr Zimmer leer war, dass ich sie nicht einfach anrufen konnte und sie innerhalb kürzester Zeit zu Hause sein würde, wenn ich sie bräuchte, sorgte für eine nervige innere Unruhe.

Ich schaltete den alten Flachbildfernseher ein, den sie mir überlassen hatte, was zum Glück für ein wenig Ablenkung sorgte – bis ich ein seltsames Geräusch hörte. Als würde Eisen auf Eisen schaben.

Sofort schaltete ich den Fernseher auf stumm.

Da war es schon wieder.

Eine Gänsehaut schüttelte mich und mein Herzschlag verdreifachte sich – mindestens.

Das kam von draußen! Da musste jemand die Feuerleiter hinabklettern! Ob es im Haus brannte? Meine Horrorvorstellung schlechthin …

Tief sog ich Luft ein. Roch ich Rauch?

Nein, oder?

Ich warf einen kurzen Blick durch den Türspion auf den Flur, in dem nur das Licht der Notbeleuchtung brannte – wie immer, wenn sich dort niemand aufhielt. Also wagte ich es, die Tür einen Spaltbreit zu öffnen. Aber es duftete nur dezent nach dem leckeren Brot, das die alte Miss Dixon aus Apartment 1B im Erdgeschoss manchmal buk.

Leise schloss ich die Tür wieder und lauschte.

Erneut hörte ich das Geräusch. Mein Herz polterte wild in der Brust.

Schnell huschte ich ins Badezimmer, von wo aus ich einen Blick nach draußen werfen konnte.

Scheiße! Da war tatsächlich jemand auf der Feuerleiter. Doch die Person benutzte sie nicht, um das Haus zu verlassen, sondern kletterte nach oben.

Ich zuckte zurück.

Rasch löschte ich alle Lichter. Oder war das ein Fehler?

Falls die Person auf der Suche nach einer Wohnung war, in die sie einbrechen konnte, wäre es vielleicht falsch zu suggerieren, dass gerade niemand zu Hause war. Aber nun war es zu spät. Wer auch immer da heraufkam – und mit welcher Absicht –, war inzwischen fast auf meiner Höhe. Und nein, ich würde nicht einfach zusehen, wie hier jemand einstieg.

Ohne zu zögern, eilte ich in mein Zimmer, wo Dads Baseballschläger hinter der Tür lehnte. Ich hatte ihn irgendwann mitgehen lassen, weil mein Vater damit sowieso nur auf dumme Gedanken kommen würde und ich schon länger überlegt hatte, mir etwas zur Selbstverteidigung zu besorgen – offenbar zu Recht.

Den Schläger mit beiden Händen umklammert, beobachtete ich den dunklen Schatten und hoffte, dass er in den vierten Stock weiterklettern würde. Doch der Schatten hielt an meinem Badezimmerfenster und ging davor in die Knie.

Heftig atmend lauschte ich in die Stille. Das Rütteln und Schaben von Holz ertönte. Er machte sich am Fensterrahmen zu schaffen!

Mist, Mist, Mist! Wieso ausgerechnet heute? Am ersten Abend, an dem ich allein war.

Mühsam kämpfte ich gegen die aufsteigenden Tränen.

Bloß nicht heulen. Keine Schwäche zeigen. Tief durchatmen.

Entschlossen hielt ich den Schläger fester, wich langsam zurück und lehnte die Badezimmertür leise von außen an. Ich versteckte mich hinter der Wand und lauschte heftig atmend.

Ein Rums ertönte. Das Fenster war geschlossen worden. Ob von innen oder von außen wusste ich nicht. Doch ich würde es gleich herausfinden.

Ich wollte nicht das Opfer sein, das auf seinen Peiniger wartete. Ich wollte mich nicht irgendwo verkriechen und mich beklauen lassen. Es war wirklich nicht viel, was ich besaß, aber selbst für mein altes Handy würde man auf dem Schwarzmarkt noch ein paar Dollar bekommen. Mal abgesehen von dem Trinkgeld, das ich heute in meiner Schicht verdient hatte und zusammen mit meinem Mietanteil in der Zuckerdose in meinem Zimmer aufbewahrte. Überhaupt nicht auffällig. Nicola hatte mich mehrfach darauf hingewiesen, aber selbst nachdem vor einer Weile bei Miss Dixon eingebrochen worden war, hatte ich mir keinen neuen Aufbewahrungsort für mein Bargeld gesucht. Jetzt könnte ich es bereuen, wenn es zum Diebesgut werden würde.

Mit diesem Gedanken stieg unbändige Wut in mir auf. Ich würde nicht zulassen, dass sich irgendein Idiot an meinen Sachen vergriff.

Drohend hob ich den Baseballschläger und riss die Tür zum Bad auf. »Verdammte Scheiße, wer bist du und was tust du in meiner Wohnung?«, brüllte ich aus Leibeskräften, während ich gegen den Impuls ankämpfte, loszurennen und mich in Sicherheit zu bringen.

Kapitel 1

Cecile

ZWEI WOCHEN ZUVOR

»Wir müssen reden.«

Der Satz meiner Mitbewohnerin Nicola ließ mich zusammenzucken, als ich am Freitagnachmittag vor dem Kleiderschrank stand und die frische Wäsche einräumte. Besonders deshalb, weil es kein fröhliches »Komm, lass uns ein wenig quatschen« war. Im Gegenteil, schlechtes Gewissen schwang in ihren Worten mit, Vorsicht und vielleicht auch ein bisschen Sorge – wie ich ihre Nachricht aufnehmen oder wie ich darauf reagieren würde?

Sie lehnte am Türrahmen und schaute mich abwartend an.

»Okay …«

Mit dem Kopf deutete sie hinter sich. »Kommst du mit ins Wohnzimmer? Mir wäre es lieber, wenn wir uns hinsetzen.«

Das ungute Gefühl verstärkte sich und ich überlegte, was vorgefallen sein könnte. Hatte sie sich an meinen Lebensmitteln im Kühlschrank bedient? Aber das wäre nicht schlimm und sicher kein Grund, so zögerlich zu sein.

Hatte sie sich mal wieder Klamotten aus meinem Schrank geliehen und womöglich unabsichtlich ein Loch oder Flecken hineingemacht? Das wäre ärgerlich, aber trotzdem kein Drama. Mit dem Job als Empfangsdame im Restaurant konnte ich mir zwar gerade so meinen Teil der Miete, die restlichen Fixkosten und etwas zu essen leisten, doch selbst wenn sie eine Bluse oder einen Pulli von mir geliehen und kaputt gemacht hätte, würde ich ihr dafür nicht den Kopf abreißen. Mal abgesehen davon, dass sie mir das Kleidungsstück anstandslos ersetzen würde, wie ich sie kannte. Die meisten meiner Klamotten hatte ich sowieso vom Wühltisch oder aus Secondhandläden.

Oder hatte ich etwas angestellt oder etwas Falsches gesagt? Doch ich war mir keiner Schuld bewusst.

Nicola ließ sich auf die abgewetzte braune Couch sinken und blies sich eine blonde Haarsträhne aus dem Gesicht, die gleich darauf wieder an Ort und Stelle landete.

»Was ist los? Ehrlich gesagt machst du mir ganz schön Angst.« Verlegen lachte ich auf.

Sie biss auf ihre Unterlippe und machte es sich im Schneidersitz bequem. »Also … du weißt ja, dass ich mit meinem Job im Callcenter nicht wirklich glücklich bin und mich deshalb für andere Stellen beworben habe.«

Ich nickte. Das war ein ständiges Thema zwischen uns, weil sie regelmäßig müde und vor allem völlig aufgelöst nach Hause kam. Sie arbeitete in der Verwaltung des Callcenters und ihr Chef war ein richtiger Mistkerl, der sie sogar anschrie, wenn der Kaffee zu heiß war, den sie ihm bringen musste.

»Nun, es ist so … ich habe endlich einen neuen Job.«

»Echt?«, sagte ich, aber es klang eher fragend als euphorisch, weil sie immer noch ein Gesicht zog, als würde sie gleich ihr Erstgeborenes opfern müssen.

»Ja, es ist ein richtig guter Job. Du erinnerst dich an das Bewerbungsgespräch bei der Marketingfirma vor zwei Wochen, als ich mir den schwarzen Blazer von dir geliehen habe?«

Ich nickte.

»Sie haben mir eine Zusage gegeben. Bessere Bezahlung, spannenderer Arbeitsbereich und mit ziemlicher Sicherheit ein angenehmerer Chef.«

Wir schmunzelten beide, denn Letzteres war nicht schwer.

»Die Sache ist die: Der Hauptsitz dieser Firma ist in Chicago. Und sie wollen mich dort haben.«

Mein Herz sackte ungefähr dorthin, wo eben noch das ungute Gefühl gesessen hatte.

»Aber ... wir wohnen in New York!« Langsam wurde mir klar, worauf dieses Gespräch hinauslief. »Du wirst von hier weggehen ...«

Nicola nickte betreten.

Seit einem knappen Jahr teilte ich mir diese Wohnung mit ihr. Kaum dass ich mit der Highschool fertig gewesen war und einen Job gefunden hatte, der mich allein über Wasser halten würde, hatte ich mich auf Wohnungssuche begeben. Ich hätte es weder bei meiner Mutter länger ausgehalten, die dauernd mit Alkoholproblemen zu kämpfen hatte, noch bei meinem Dad, der immer wieder arbeitslos und zudem spielsüchtig war und sämtliche Schlupflöcher im Sozialsystem ausnutzte, um sich durchzuschummeln. Mal davon abgesehen, dass er garantiert mein Gehalt für sich beansprucht und mich auf diese Weise an sich gebunden hätte. Deshalb hatte ich beschlossen, mir eine eigene Bleibe zu suchen. Durch Zufall war ich auf Nicolas Inserat gestoßen, die ein Zimmer in ihrer Wohnung vermietete. Sie war drei Jahre älter als ich und ihr vorheriger Mitbewohner war mit seinem Freund zusammengezogen. Sein Glück war somit auch meines. Noch am Besichtigungstag hatte ich den Vertrag unterschrieben. Und das, obwohl ich definitiv nicht der Typ für Spontanaktionen und Fremden gegenüber grundsätzlich skeptisch war. Bei Nicola hatte ich allerdings gleich ein gutes Gefühl gehabt – und ich hatte mich nicht getäuscht.

»Ich habe ein echt schlechtes Gewissen deswegen und kann mich noch gar nicht richtig darüber freuen, weil ich … na ja … Die Firma möchte, dass ich in zwei Wochen anfange.« Sie knibbelte an ihrer Nagelhaut am Daumen und schaffte es nicht, mir ins Gesicht zu schauen.

»Okay, das kommt nun wirklich überraschend. Hast du denn überhaupt eine Wohnung in Aussicht?«

Nicola nickte zaghaft. »Sie stellen mir für die ersten drei Monate ein Apartment zur Verfügung. Danach muss ich selbst etwas gefunden haben.«

»In zwei Wochen schon«, murmelte ich und stand auf, eine Hand an der Stirn. »Das bedeutet, ich muss mir ebenfalls eine neue Bleibe suchen. Am besten noch heute.«

»Du kannst hierbleiben, Cecile. Das heißt, wenn du möchtest. Freddy hat mir damals auch die Wohnung überschrieben, als er ausgezogen ist. Das ist zwar etwas Papierkram, den kann ich aber gern übernehmen. Der Vermieter war schon in der Vergangenheit sehr offen und ich glaube, dass es auch diesmal keine Probleme geben wird. Immerhin ersparen wir ihm dadurch die Arbeit, nach neuen Mietern zu suchen.«

Wie paralysiert nickte ich. »Gut, okay. Aber das bedeutet, dass *ich* einen neuen Untermieter brauche. Zu lange kann ich es mir nicht leisten, die ganze Miete zu stemmen.«

Zwar hatte ich ein bisschen Geld zur Seite gelegt, davon wollte ich mir jedoch irgendwann ein paar Tage Auszeit gönnen. Seit zwei Jahren träumte ich davon, im Sommer an die Westküste zu fahren. Bestenfalls irgendwo nach Kalifornien … Meinen eigentlichen Wunsch, irgendwann aufs College zu gehen und Pharmakologie zu studieren, hatte ich inzwischen als unrealisierbar abgehakt. Für ein Stipendium kam ich nicht infrage und das Geld für die Studiengebühren hatte ich nicht – und würde es nie haben.

»Am besten gebe ich noch heute ein Inserat auf. Aber …« Ich schaute auf meine Armbanduhr. »Ich muss in spätestens einer Stunde auf Arbeit sein.«

Die Zeit, die mir blieb, reichte genau, um zu duschen, mir die Haare zu machen, mich anzuziehen und zu schminken. Fotos von der Wohnung aufzunehmen und mit einer entsprechenden Beschreibung online zu stellen, würde unweigerlich dazu führen, dass ich zu spät komme – und das konnte ich mir nicht leisten. Es sei denn, ich würde das Duschen und Stylen ausfallen lassen – aber das war genauso unmöglich. In meinem Job hatte ein gepflegtes Äußeres oberste Priorität.

»Mach dir keinen Kopf, ich kümmere mich auch darum. Das ist schließlich das Mindeste, was ich als Entschuldigung für den ganzen Stress tun kann, den du jetzt durch mich hast. Ich mache ein paar Fotos und bereite die Anzeige vor. Dann musst du sie nur noch lesen, ändern, was dir nicht gefällt, und kannst sie hochladen.«

Mechanisch nickte ich. »Gut, das klingt … gut. Danke. Ich muss dann …« Mit dem Daumen zeigte ich über meine Schulter in Richtung Badezimmer.

»Na los, sieh zu, dass du zur Arbeit kommst!«

Rasch verließ ich das Wohnzimmer. Im Moment konnte und wollte ich nicht darüber nachdenken, was das alles für mich bedeutete. Ich würde meine Freundin verlieren. Klar, wir würden in Kontakt bleiben, aber dass ich sie nicht mehr jeden Tag sehen würde, war ein herber Schock für mich, den ich erst verdauen musste.

Ich duschte im Schnellverfahren, war jedoch die ganze Zeit mit den Gedanken bei Nicolas Jobzusage und den Auswirkungen. Die Ungewissheit, wer in ihr Zimmer einziehen würde, nagte an mir und hatte mich voll im Griff.

Ich war ein Gewohnheitstier und hatte auch nach meinem Einzug eine Weile gebraucht, um mich in der neuen Situation zurechtzufinden. Gut, vielleicht war es völlig normal, dass ich mich erst nach ein paar Wochen zu Hause gefühlt hatte, auch wenn ich mir die Wohnung ausgesucht und zu Nicola schnell einen Draht gefunden hatte. Wir lagen einfach auf einer Wellenlänge. Sie nicht länger in meiner Nähe zu wissen, schmerzte.

Mit einem Handtuch rieb ich über meine kurzen Haare und föhnte sie anschließend trocknen. Der Sommer war gefühlt vorbei und mit feuchten Haaren erkältete ich mich schnell.

Mit etwas Haarwachs stylte ich meine Frisur. Vor einigen Wochen hatte ich den Schritt gewagt und den Bob abschneiden lassen. Zu lange hatte ich auf andere gehört, die mir von kurzen Haaren abgeraten hatten, weil ich dann durch meine nicht gerade kurvige Figur angeblich noch jungenhafter aussehen würde. Aber ich betonte meine großen Augen gern mit Kajal und Mascara und auf meinen Lippen glänzte so gut wie immer etwas Lipgloss. Das musste für das Unterstreichen meiner Weiblichkeit genügen. Abgesehen davon war die kurze Frisur unglaublich praktisch und ich hatte mich noch nie so wohl in meiner Haut gefühlt.

Wenig später stand ich hinter Nicola und schaute ihr über die Schulter, während ich meine weiße Bluse in die dunkelgraue Stoffhose schob, die Teil meiner Arbeitskleidung war. Dabei betrachtete ich die Fotos, die sie bereits hochgeladen hatte. Auf der ersten Aufnahme war unser Wohnzimmer mit den abstrakten Kunstdrucken zu sehen, die ich von einem Flohmarkt mitgebracht hatte und die seitdem über dem Sofa hingen. In der Küche hatte Nicola offensichtlich schnell die Kaffeetassen in die Spülmaschine gestellt und unsere Espressomaschine geschickt in Szene gesetzt. Das letzte Bild zeigte ihr Zimmer mit der grau-schwarz gemusterten Tagesdecke auf dem Bett, wo wir so manchen Netflix-Marathon verbracht hatten. Ich vermisste Nicola und diese Abende schon jetzt.

Mit einem unterdrückten Seufzen überflog ich das Inserat, das sie erstellt hatte.

»Klingt gut. Danke«, sagte ich ehrlich und zog den Blazer über.

»Klar, das ist doch das Mindeste.« Sie sah mich an und das schlechte Gewissen stand ihr nach wie vor ins Gesicht geschrieben.

Ein Lächeln hob meine Mundwinkel. Dennoch war ich mir sicher, dass ich nicht verbergen konnte, wie nervös mich die Situation machte, dass sie auszog. Doch bevor sie etwas dazu sagen konnte, warf ich ihr eine Kusshand zu, nahm meinen Trenchcoat und meine Tasche und verließ nach einem letzten Blick in den Spiegel die Wohnung.

»Hey, Cecile, alles okay bei dir?« Elaine musterte mich aus zusammengekniffenen Augen. »Du siehst aus, als hätte dir jemand den letzten Bagel vor der Nase weggeschnappt.«

»Haha.« Halbherzig lachte ich auf und schloss meine Tasche im Spind des Personalraums ein, bevor ich mich zu meiner Kollegin umdrehte. »Wenn es nur das wäre. Aber ich stehe vor einem ganz anderen Problem. Meine Mitbewohnerin zieht aus und … ich brauche entweder jemanden, der bei mir einzieht, oder eine neue Wohnung. Allein kann ich mir die Miete leider nicht leisten.«

»Hmm …« Elaine legte den Kopf schräg. »Einen Nachmieter zu finden, dürfte doch nicht schwierig sein. Bestimmt ist das Zimmer morgen schon vergeben.«

Während ich neuen Lipgloss auftrug, suchte ich nach den richtigen Worten, um ihr zu erklären, warum das nicht so einfach war. »Na ja, ich … bin in dieser Hinsicht sehr eigen, fürchte ich. Fremden Menschen gegenüber bin ich grundsätzlich vorsichtig. Und selbst wenn ich das Gefühl habe, die Person könnte passen, brauche ich eine Weile, um sie kennenzulernen und Vertrauen zu fassen. Ich meine … immerhin schlafe ich im Zimmer nebenan.«

Elaine runzelte die Stirn. Offensichtlich schien sie das Problem nicht zu verstehen.

»Ich *schlafe* dort. Was, wenn jemand in der Nacht in mein Zimmer schleicht? Oder wenn ständig irgendwelche fremden Leute in der Wohnung herumhängen? Glaub mir, auf so etwas möchte ich lieber verzichten.«

Elaine blies die Backen auf. »Okay, du machst dir eindeutig zu viele Gedanken.«

Nicht wenn du wüsstest, in welchen Familienverhältnissen ich aufgewachsen bin, dachte ich zerknirscht.

Als ich noch bei meiner Mutter gewohnt hatte, kamen und gingen immer mal wieder seltsame Typen. Auch wenn ich mein Zimmer abschließen konnte, hatte ich in diesen Nächten nie gut geschlafen.

Elaines Behauptung ließ ich unkommentiert. Meine Vergangenheit ging niemanden etwas an.

»Vielleicht«, sagte ich nur schulterzuckend. »Na gut, bis dann.« Wir würden uns gleich wiedersehen, wenn sie das Essen servierte, während ich neue Gäste zu ihren Tischen führte.

Das *Eleven Madison Park* war ein Dreisternerestaurant am Madison Square Park im Stil des Art déco. Ich liebte die mehrere Meter hohen Fensterfronten und den Stuck, genau wie die stilvolle Einrichtung. Das Essen war Kunst auf Tellern und zudem eine Geschmacksexplosion.

»Na, alles klar so weit?«, fragte ich Holly, die ich meistens nur beim Schichtwechsel sah und heute ablöste.

»Ja, bis jetzt ist es ruhig. Wir haben eine große Gesellschaft im hinteren Bereich, da sind schon alle da. Und am Abend hat eine Familie neben der Bar für eine Geburtstagsfeier reserviert. Da darf ab achtzehn Uhr niemand mehr sitzen, damit die Tische umgestellt und gedeckt werden können.«

Ein kurzer Blick auf die Uhr sagte mir, dass ich noch eine gute Stunde hatte, bevor der Bereich frei sein musste. Meistens klappte das gut, da Holly, unser Kollege Marcus und ich die Reservierungen genau abstimmten, damit genügend Zeit für die Vorbereitung der Tische und den einen oder anderen Sonderwunsch blieb.

»Wurde das volle Programm gebucht?« Normalerweise waren die Tische standardmäßig gedeckt, aber gegen einen Aufpreis boten wir natürlich mehr: silberne Kerzenhalter, aufwendige Blumendekoration, Serviettenringe.

»Jep, Elaine weiß Bescheid.«

Ich nickte. »Gut, dann kann ich ja übernehmen. Hab einen schönen Abend.«

»Danke, gleichfalls.« Sie winkte mir zu und verschwand im Personalraum.

Auf dem Computer ging ich kurz die Reservierungsliste und die belegten Tische durch, ehe ich einen Rundgang durch das Restaurant machte, ein paar Stühle zurechtrückte und mir so einen Überblick verschaffte. Das Telefon hatte ich bei mir, um eingehende Anrufe entgegennehmen zu können.

Als ich keine Minute später zurück am Empfangstresen war, warteten dort vier Personen. Es waren vermutlich Eltern mit ihren erwachsenen Söhnen, die ungefähr in meinem Alter sein mussten. Optisch konnten sie jedenfalls nicht abstreiten, miteinander verwandt zu sein. Das mittelbraune Haar der drei Männer war hinten kurz und oben länger. Sie hatten dieselben charakteristischen dichten Augenbrauen und alle trugen einen Bart. Einer der beiden Söhne hatte die braunen Augen von seinem Vater geerbt, der andere hatte genauso stechend blauen Augen wie seine Mutter, deren blonde, kinnlange Haare perfekt geföhnt waren und die mich äußerst pikiert anfunkelte.

»Angeblich eines der besten Restaurants in New York, und dann steht man hier als Gast wie bestellt und nicht abgeholt, weil der Empfang nicht besetzt ist«, raunte sie ihrem Mann in einer nicht gerade diskreten Lautstärke zu.

»Herzlich willkommen im *Eleven Madison Park*, mein Name ist Cecile und ich bin für die Tischeinteilung zuständig. Sie haben reserviert?« Normalerweise stellte ich mich nicht mit Namen vor – er prangte sowieso auf dem kleinen silbernen Schild über meiner Brust –, aber ich hatte die Erfahrung gemacht, dass die schlechte Laune der Gäste dadurch etwas abgemildert wurde. Zumindest meistens. Bei der blonden Dame schien es nicht zu klappen.

»Selbstverständlich, schon vor Wochen. Und jetzt stehen wir hier wie … Idioten und niemand bringt uns zu unserem Tisch.«

Ich schluckte meinen Ärger hinunter und behielt mein Lächeln bei. »Tut mir leid, dass Sie warten mussten. Auf welchen Namen läuft die Reservierung?«

»Collins, vier Personen«, schaltete sich ihr Mann ein, der mich nicht weniger von oben herab musterte.

Ein kurzer Blick zu den beiden Söhnen zeigte mir, dass sie die Situation kaltließ – oder es war ihnen unangenehm, denn sie schauten nicht in meine Richtung, sondern sahen sich im Restaurant um.

Die Frau schnalzte ungeduldig mit der Zunge, weshalb ich mich sofort dem Computer zuwandte. Sie hatten einen Tisch am Fenster und ich konnte nur hoffen, dass sie sich nicht beschwerten, weil es dort zu hell war oder sie sich zu sehr beobachtet fühlten. Bei Gästen wie diesen wusste man schließlich nie.

»Bitte folgen Sie mir«, sagte ich immer noch freundlich und ging voraus zu dem ihnen zugewiesenen Tisch. »Ihre Kellnerin wird sofort für Sie da sein.«

»Das hoffe ich doch«, raunte die Frau ihrem Mann zu. »Keine

Ahnung, warum das Restaurant so gelobt wird. Die Behandlung der Gäste ist wirklich unterstes Niveau.«

Den ansteigenden Ärger über ihre Dreistigkeit drängte ich zurück. Stattdessen wünschte ich ihnen einen angenehmen Aufenthalt und guten Appetit und ließ die vier schließlich allein.

Auf dem Weg zurück zum Empfangstresen lief ich Elaine über den Weg, die diesen Gästen zugewiesen war. »Vorsicht, bissig an Tisch siebzehn«, flüsterte ich ihr im Vorbeigehen zu.

Sie nickte knapp und ich wünschte ihr, dass diese Familie ihr den Abend nicht völlig vermieste.

Kapitel 2

Trevor

Alles in mir bebte vor Wut, als ich mich setzte. Fiel nur mir auf, wie unverschämt und respektlos Mom, nein, unsere Eltern sich anderen gegenüber verhielten? Wobei, nicht einfach *anderen*, sondern eindeutig jeder Person gegenüber, die sie nicht zu ihrer Gesellschaftsschicht zählten – und das schloss alle ein, die für jemanden arbeiteten. Es spielte keine Rolle, ob es sich dabei um ihre eigenen Angestellten bei *Collins Cosmetics* handelte, den Verkäufer an der Theaterkasse, der vorhin die reservierten Karten für das spätere Abendprogramm nicht gleich gefunden hatte, oder die Restaurantmitarbeiterin.

Mein Bruder Liam schwieg freundlich lächelnd und spielte wie immer den braven Sohn. Er würde vermutlich nie etwas sagen oder tun, was unseren Eltern missfallen könnte. Als ihr Liebling genoss er diesen Status in vollen Zügen. Er war ihre große Hoffnung und sollte das Familienunternehmen später erfolgreich weiterführen. Das war auch der Grund, weshalb er hier in New York an der Columbia University Wirtschaft studierte. Schon jetzt nahm er neben seinem Studium an Vorstandssitzungen und wichtigen Meetings teil, um bestens über die firmeninternen Abläufe informiert zu sein. Dabei hatte er noch vier Semester vor sich. Entweder flog er dazu extra nach Chicago oder er war per Videokonferenz anwesend – je nachdem, wie es sein Stundenplan zuließ.

Ich gönnte ihm seine Sonderstellung, denn ich würde nie die Führung von *Collins Cosmetics* übernehmen wollen. Zudem haderte ich seit Beginn meines Chemiestudiums an der University of Chicago damit, ob ich überhaupt irgendwann ins Familienunternehmen einsteigen sollte. Nicht nur, weil ich ewig der kleine Bruder bleiben und Liam untergeordnet sein würde. Ich wäre dort für die Entwicklung neuer Produkte zuständig – das hatten Mom und Dad so für mich vorgesehen. Trotzdem war es *ihr* Traum. Ich hatte dem Ganzen mehr oder weniger nur deshalb zugestimmt, weil sie schon immer davon gesprochen hatten, ihren beiden Söhnen irgendwann das Unternehmen zu übergeben. Es war also beschlossene Sache, seit wir zur Welt gekommen waren.

Mit Liam redete ich selten über meine Zweifel. Er war vom Traum unserer Eltern überzeugt und arbeitete hart daran, ihn zu erfüllen. Manchmal glaubte ich sogar, dass er das alles selbst aus ganzem Herzen wollte. Die wenigen Male, in denen ich versucht hatte, meine Bedenken mit ihm zu teilen, hatte er mich nicht ernst genommen. Es sei die Aufregung vor dem Studium, die Angst vor der Verantwortung danach. Ein Zeichen des Wandels, der uns vom Teenager zum Mann machte. Er glaubte daran, dass sich diese Unsicherheit im Laufe der Zeit legen würde, ich hingegen tat es nicht.

Und gerade heute war wieder einer dieser Tage, an denen ich mir nicht sicher war, ob ich *all das* tatsächlich wollte. Ob ich wirklich Seite an Seite mit Mom unter der Regie von Dad arbeiten konnte.

Sie war für die Entwicklung neuer innovativer Produkte zuständig, die Menschen länger jung und vital aussehen lassen sollen. Allein bei dem Gedanken daran, in drei Jahren neben, nein, *unter* meiner Mutter zu forschen – so lange, bis sie sich mit Dad aus dem Unternehmen zurückzog –, wurde mir heiß und kalt zugleich. Unsere Eltern waren erst einundfünfzig und würden sich bestimmt nicht so schnell in den Ruhestand verabschieden. Und selbst wenn, konnte ich mir nicht vorstellen, dass sie Liam und mir sofort die volle Verantwortung überließen und sich aus unseren Entscheidungen heraushielten.

Liam strich sich über seinen Bart und musterte mich von der Seite. Offenbar spürte er meine Zweifel und meine Wut. Fragte er sich, was ich gleich tun würde? Dachte er, ich würde etwas zu Mom sagen, weil sie die freundliche Empfangsdame derart abwertend behandelt hatte?

Nein, da biss ich mir lieber auf die Zunge. Die beiden hatten ihre festgefahrenen Ansichten zu dem Thema und würden sich nicht belehren lassen. Schon gar nicht von ihrem jüngsten Sohn, der ab und zu aus der Reihe tanzte. Wie damals, als ich es gewagt hatte, mich für eine Ausbildung bei der Polizei zu interessieren. Diesen Gedanken hatten sie quasi im Keim erstickt. Genau wie meine »Schnapsidee«, vor Antritt des Studiums für eine Weile die Welt zu bereisen. Auch dass es nicht wie bei Liam mein oberstes Ziel gewesen war, Klassenbester und Schulsprecher zu sein, konnten sie bis heute nicht verstehen.

»Guten Tag, mein Name ist Elaine und ich bin heute für Sie da«, stellte sich die Bedienung bei uns vor und unterbrach meine Gedanken, während sie die Speisekarten austeilte.

Ich schlug die Karte auf und linste über den Rand hinweg zu dem hohen Tisch am Eingang, an dem die Empfangsdame stand und gerade telefonierte. Am liebsten wäre ich zu ihr gegangen und hätte mich für meine Mom entschuldigt. Vielleicht würde ich das später sogar machen.

»Was darf ich Ihnen zu trinken servieren?«

»Bringen Sie uns zwei Gläser Ihres besten Champagners. Und Wasser für unsere Söhne.« Dad fragte nicht einmal, ob wir eventuell etwas anderes bestellen wollten.

»Ich nehme auch ein Wasser dazu«, sagte Mom. »Du weißt, ich bekomme immer Kopfschmerzen von Schaumwein.«

»Sehr wohl.« Elaine deutete höflich eine kleine Verbeugung an und ließ uns wieder allein. Dass weder Mom noch Dad ihr einen Blick, geschweige denn ein freundliches Wort oder ein Lächeln geschenkt hatten, schien sie nicht zu stören. Vielleicht war sie es auch einfach gewöhnt, versnobte Gäste wie meine Eltern zu bedienen.

»Na ja, abgesehen davon, dass das Personal ein unmögliches Verhalten an den Tag legt, ist es hier ganz nett.« Mom sah sich in dem Saal mit den unglaublich hohen weißen Wänden um, an denen vereinzelt große abstrakte Malereien hingen. Kunstvoller Stuck zierte die Decken, hohe Fenster erstreckten sich über eine komplette Seite. An schönen Tagen wurde der Raum bestimmt ausreichend erhellt, während die gemütlich gepolsterten Sessel und die Holzelemente an den Trennwänden warme Akzente setzten. Doch heute hingen schwere Wolken über der Stadt, sodass die Spots in der Decke und die großen Messinglampen den Saal in ein angenehmes Licht tauchten. Überhaupt war hier alles sehr edel gehalten. Das spiegelte sich auch im Essen wider, was mir nicht nur die Speisekarte, sondern auch die angerichteten Teller an den Nebentischen verrieten.

»Ich weiß nicht, wer sich hier unmöglich verhalten hat, abgesehen von dir«, murmelte ich vor mich hin, aber offenbar nicht leise genug.

»Wie bitte?« Ihr scharfer Ton hätte mich einschüchtern sollen, bewirkte jedoch das Gegenteil. Ich hatte es satt, mich immer zurückzuhalten und mir ihre taktlose Art anhören zu müssen.

»Die Frau am Empfang hat nur ihren Job gemacht. Bestimmt hat sie lediglich andere Gäste zum Tisch geführt – genau wie uns. Auch die Kellnerin war ausgesprochen höflich und freundlich. Ich weiß also nicht, was du auszusetzen hast.«

Doch, ich wusste es.

Ich hatte das *Eleven Madison Park* vorgeschlagen, um hier Liams einundzwanzigsten Geburtstag zu feiern – und ich hatte ihr noch nie etwas recht machen können.

Dabei hatten wir uns vor allem nach Liam gerichtet. Weil an der Columbia einige wichtige Prüfungen bevorstanden, wollte er lieber in New York bleiben und nicht zu Hause in Chicago feiern. Durch die Flüge hätte er zu viel Zeit verloren. Also hatten wir uns dazu entschlossen, ihn zu besuchen.

»Trevor Jonathan Collins, hüte besser deine Zunge. Oder hast du vergessen, dass du mit deiner Mutter sprichst?« Sie zischte mir die Worte über den Tisch zu, gerade laut genug, dass ich sie hören konnte. In ihren Augen funkelte es.

»Bitte, keine Diskussion«, raunte Dad, weil er einen Aufstand und die damit verbundene unnötige – negative – Aufmerksamkeit vermeiden wollte. »Heute ist Liams Geburtstag und den wollt ihr ihm sicher nicht vermiesen.«

Ich hielt Moms zornigem Ausdruck stand, schwieg jedoch. Meinen Teil, den ich loswerden musste, hatte ich gesagt.

»Erzähl mal, wirst du auch mit deinen Freunden feiern?«, wandte sich Dad schließlich an Liam, der schweigend unser Blick- und Wortduell verfolgt hatte.

Mein Bruder antwortete nicht sofort. Erst als ich ihn anschaute und merkte, dass er mich ins Visier genommen hatte, nickte er. »Ja, für morgen ist etwas mit ein paar Freunden geplant.«

»Das freut mich für dich.« Dad wirkte zufrieden, bestimmt auch, weil er erfolgreich einen Streit zwischen Mom und mir verhindert hatte. »Und sonst läuft alles gut?«

»Sicher. Das Studium ist anspruchsvoll, aber interessant. Ich überlege, noch einen Master anzuhängen. Eventuell als Fernstudium, dann könnte ich dich parallel vor Ort unterstützen, Dad, und dich etwas entlasten.«

Unser Vater nickte. »Wenn du das möchtest ... Was genau schwebt dir denn vor?«

Liam schaute kurz in meine Richtung. Für mich war dieser Plan ebenfalls neu. Dass er mit dem Gedanken spielte, hatte er mir bisher nicht erzählt.

»Nun, da gibt es ein paar Studiengänge, die mich interessieren würden. Eine finale Entscheidung habe ich noch nicht getroffen.«

»Ich kann gern alles mit dir durchgehen, wenn du möchtest. Dann könnten wir gemeinsam eine Wahl treffen, was für *Collins Cosmetics* am besten wäre.«

»Eine gute Idee.« Liam lächelte, doch ich kannte ihn gut genug. So hatte er sich das nicht vorgestellt. Bestimmt wollte er etwas studieren, was einzig und allein *ihn* interessierte – völlig irrelevant, ob das Familienunternehmen davon profitieren würde oder nicht.

Zum Glück wurden in diesem Moment unsere Getränke serviert.

»Haben Sie schon gewählt, was Sie essen möchten?« Auch diesmal war die Bedienung – Elaine – äußerst freundlich. Falls sie die Überheblichkeit unserer Eltern störte, ließ sie es sich nicht anmerken.

Wir bestellten, und als wir wieder allein waren, erhob Dad sein Glas. »Auf Liam, auf die Zukunft von *Collins Cosmetics.*«

»Happy Birthday, mein Schatz«, gurrte Mom und beugte sich zu meinem Bruder, um ihm einen angedeuteten Kuss auf die Wange zu geben.

»Alles Gute«, murmelte ich und nickte ihm zu.

Er lächelte und ich wusste, er war froh, dass wir uns hatten.

Ich trank einen Schluck, als die Empfangsdame wenige Meter von uns entfernt neue Gäste an ihren Platz führte. Ihren Namen hatte ich mir aus Ärger über das Verhalten meiner Mutter leider nicht gemerkt, dabei hatte sie sich auch persönlich vorgestellt. Und allein ihre mutige Frisur machte sie schon interessant. Nicht jeder Frau würde so ein Kurzhaarschnitt stehen, aber mit ihren großen Augen und den Sommersprossen wirkte sie ausgesprochen attraktiv.

Ein Tritt gegen den Schuh lenkte meine Aufmerksamkeit zurück zu Liam. Er grinste und schaute mich fragend an. Doch ich schüttelte nur den Kopf und versuchte, der Unterhaltung unserer Eltern zu folgen, die irgendetwas von ihren Freunden Constance und Russell im Country Club erzählten.

»Ihre Tochter Linda studiert übrigens in Princeton. Sie ist so eine wohlerzogene junge Frau. Ihr solltet euch das nächste Mal treffen, wenn du wieder in Chicago bist«, meinte Mom schließlich an Liam gewandt.

Ein Schmunzeln umspielte seine Lippen. »Wieso nicht.«

»Was ist mit Evangeline?«, fragte ich meinen Bruder. Ich wusste, dass er schon öfter mit ihr ausgegangen war. Sie kannten sich von der Columbia, aber sie würde Mom vermutlich nicht genügen, da sie aus keiner einflussreichen Familie stammte. Evangeline hatte den Studienplatz nicht durch das Geld ihrer Eltern bekommen, sondern wegen ihrer herausragenden Leistungen.

Liam zuckte mit den Schultern. »Ich habe mich nur ein paarmal mit ihr getroffen.«

»Du hast eine Freundin?«, fragte Dad interessiert.

»Ja«, antwortete ich im selben Moment, als Liam »Nein« sagte.

»Dein Bruder wird wohl wissen, ob er eine Beziehung führt oder nicht«, wies mich Mom zurecht.

Ich sah, wie Liams Kiefer mahlten. Kurz schenkte er mir einen eindringlichen Blick, dann wandte er sich an Mom. »Du kannst mich Linda gern vorstellen, wenn ich euch das nächste Mal besuche.«

Verdammt, was war mit dem Kerl los? Hatte es zwischen Evangeline und ihm einen Streit gegeben? War sie doch nicht so toll, wie er mir beim letzten Mal vorgeschwärmt hatte? Oder ließ er sich nur erneut von Mom und Dad in eine Richtung biegen, in der sie ihn haben wollten, und stellte dabei mal wieder seine eigenen Wünsche zurück?

Das Essen hatte wie erwartet fantastisch geschmeckt. Mom hatte natürlich trotzdem etwas auszusetzen gehabt und Dad war mit dem Trinkgeld ziemlich sparsam gewesen. Liam schwieg zu beidem. Ob es unter seiner Oberfläche ebenfalls brodelte, konnte ich nicht erkennen. Falls ja, hatte er sein Pokerface perfektioniert.

Ich war froh, dass sich unsere Wege im Anschluss zumindest für ein paar Stunden trennten. Mom und Dad fuhren zurück ins Hotel, um sich für das Theater zurechtzumachen, während Liam und ich noch auf seinen Geburtstag anstoßen und uns mit unserem gemeinsamen Kumpel CJ treffen wollten. Seit mein Bruder in New York studierte, sahen wir uns viel zu selten. Und CJ hatte ich auch schon fast ein halbes Jahr nicht mehr gesehen. Zuletzt, als er im März seine Eltern in Chicago besucht hatte.

Als wir aus dem Restaurant traten, hatte der Himmel diese eigenartige Farbe zwischen schwarz- und ultramarinblau angenommen. Es war frisch, aber nicht kalt, und es herrschte nach wie vor dichter Verkehr.

Unzählige Lichter hüllten uns in die helle Blase der Stadt, in der es von Menschen wimmelte. Es war laut und grell und voll und aus allen Ecken stiegen uns die unterschiedlichsten Gerüche in die Nase.

»Was genau ist mit Evangeline?«, fragte ich, kaum dass wir uns von unseren Eltern verabschiedet hatten und allein waren.

Liam zuckte mit den Schultern und hielt am Fußgängerüberweg. »Sie ist … nett, aber es ist nichts Exklusives.«

Die Ampel schaltete auf Grün und wir überquerten die Straße.

»Also ist es dir egal, wenn sie sich auch mit anderen triffst?«

»Klar«, meinte er, klang dabei jedoch nicht wirklich überzeugt.

Ich merkte, wie uns drei junge Frauen interessiert musterten, die gerade aus dem Madison Square Park kamen.

»Kennst du Linda überhaupt?«

»Wen?«

»Na, die Tochter von Russell und Constance Goodwin. Schon vergessen? Die, mit der Mom dich verkuppeln will.«

Stirnrunzelnd sah er mich an und wich einem kleinen Jungen auf einem Scooter aus, als wir den Park betraten. »Ich habe sie ein paarmal gesehen, weiß also, wie sie aussieht.«

»Dir ist klar, dass Mom dich nicht ganz uneigennützig an Lindas Seite sieht, oder?« Den Kommentar konnte ich mir einfach nicht verkneifen.

»Und? Sollte mich das stören? Mit Evangeline sehe ich keine gemeinsame Zukunft. Wir haben Spaß miteinander, aber ich habe keine Gefühle für sie, und sie weiß das. Wir treffen uns hin und wieder, doch ich will mich nicht in etwas hineinsteigern, was nicht da ist. Und wenn es Mom glücklich macht, dass ich Linda date, mache ich es. Sollte es zwischen uns funken, ist es schön für alle Beteiligten. Falls nicht, wird Mom sich damit abfinden müssen, dass ihre Schwiegertochter nicht die Tochter ihres Schönheitschirurgen ist.«

Ich verkniff mir, ihn darauf hinzuweisen, dass Mom in diesem Fall wahrscheinlich alles daransetzen würde, die beiden trotzdem zu ihrem Glück zu zwingen. Wobei Mom für Liams Entscheidung eher Verständnis aufbrachte, als wenn ich es wäre, der sich nicht ihrer Wahl fügte.

Wir durchquerten den Madison Square Park, gingen am Madison Square Fountain vorbei, aus dem munter das Wasser plätscherte und vor dem eine kleine Jazzband spielte. Auf dem Flatiron Public Plaza zwischen dem Broadway und der 5th Avenue blieb ich kurz stehen, um ein Foto des Flatiron Building zu machen.

»Warte, stell dich dort hin, dann bist du mit auf dem Foto«, wies Liam mich an.

Ich gab ihm mein Handy, baute mich vor dem berühmten Gebäude in Bügeleisenform auf und schob lässig die Hände in die Taschen meiner Stoffhose, während Liam fotografierte.

»Komm, noch ein gemeinsames!«, sagte ich dann.

Wir baten zwei Passanten um ein Foto, die unseren Wunsch erfüllten, ohne mit meinem Handy abzuhauen.

Nachdem wir uns bedankt hatten und das Ergebnis sahen, lachte ich. »Typisches Touri-Foto – check. Und jetzt lass uns endlich zu CJ gehen, er wartet bestimmt schon auf uns.«

Eine Weile redeten wir über unser Studium und was in den Studentenwohnheimen los war, was sich im Grunde nicht allzu sehr voneinander unterschied, obwohl wir in zwei verschiedenen Städten studierten. Doch dann konnte ich nicht anders, ich musste das Thema von vorhin noch einmal ansprechen.

»Die junge Frau im Restaurant hat mir richtig leidgetan.«

»Die Bedienung?«

»Nein, am Empfang. Mom verhält sich manchmal echt unmöglich.«

Liam zuckte mit den Schultern. »So ist sie eben.«

»Mag sein. Trotzdem stört es mich, wie sie mit anderen umspringt. Als wären sie weniger Wert, als wären sie … Dreck.«

Liam schnaubte. »Du übertreibst. Ich weiß, du und Mom habt momentan nicht gerade den besten Draht zueinander, aber du solltest …«

»Was? Soll ich einfach hinnehmen, dass sie so ist?«

»Ja!«

Mit dieser Antwort hatte ich nicht gerechnet. Sprachlos schüttelte ich den Kopf.

»Du wirst sie nicht mehr ändern können, Trevor. Akzeptiere ihre Art und mach es selbst besser. Abgesehen davon hat diese – nicht gerade beste – Charaktereigenschaft sie zu der Frau gemacht, die fest hinter ihrer Meinung steht. Mom lässt sich nicht einschüchtern. Und sie hatte es bestimmt nicht immer leicht, den nötigen Respekt der anfangs größtenteils männlichen Angestellten zu bekommen.«

»Nein, Liam, das sehe ich nicht so. Man überzeugt mit Fachwissen, mit Können. Aber nicht dadurch, dass man andere abwertend behandelt und sie dastehen lässt, als wären sie dümmer, schlechter oder weniger Wert als man selbst. Das ist ein Unterschied«, hielt ich dagegen und konnte nicht fassen, dass ich gerade mit meinem Bruder diese Unterhaltung führen musste.

»Du hast recht. Aber man darf trotzdem auch auf Gebieten, in denen man nicht vom Fach ist, eine eigene Meinung haben und diese vertreten.«

»Du bist Moms Liebling und daran wird sich nichts ändern«, sagte ich kopfschüttelnd. »Dass du sie verteidigst, hätte ich mir denken können.«

Liam boxte mir eine Spur zu fest gegen die Schulter. »Jetzt hör auf zu winseln und verdirb mir nicht die Laune. Wir wissen beide, dass unsere Eltern … speziell sind. Und ich verstehe dich. Dennoch kann ich nur wiederholen, was ich vorhin gesagt habe: Mach es besser als die zwei. Das ist auch mein ewiger Leitspruch.« Er zwinkerte mir zu und nahm mir damit zumindest einen Teil meines Ärgers.

Verbissen presste ich die Lippen aufeinander und nickte. Denn von der Sache mit unseren Eltern einmal abgesehen, hatte er definitiv recht: Wir sollten uns nicht die Laune verderben lassen. Ich war in

New York, um Zeit mit ihm zu verbringen und seinen Geburtstag zu feiern. Und genau das würden wir gleich tun.

Eine halbe Ewigkeit später drückte Liam endlich einen Klingelknopf.

»Hätte ich gewusst, dass ich dafür fast dreißig Minuten lang durch die Stadt laufen muss, hätte ich auf ein Uber bestanden.« Theatralisch stützte ich mich auf den Knien ab.

»Du übertreibst schon wieder. Und so weit war das auch nicht.«

»Wenigstens weiß ich jetzt, wieso du CJ nicht öfter besuchst. Von der Columbia hierher muss es fast eine Tagesreise sein«, zog ich ihn auf.

»Keine halbe Stunde mit der U-Bahn«, meinte er grinsend und drückte gegen die Tür, als der Summer ertönte.

CJ erwartete uns an der Wohnungstür. Seine rotbraunen Haare leuchteten uns von Weitem entgegen und er empfing uns mit einem Lächeln. »Na endlich, ich dachte schon, ihr würdet mich heute versetzen.«

»Auf keinen Fall! Wenn ich in der Stadt bin, kannst du darauf wetten, dass wir uns sehen.« Ich schenkte ihm eine halbe Umarmung und betrat seine kleine Wohnung.

»Hey, du hast einen neuen Fernseher!« Liam begutachtete den Flachbildschirm, der an der Wand neben der Tür hing.

»Ja, schon eine Weile.« CJ ging in die Küche und holte drei Bier aus dem Kühlschrank.

»Was war mit dem alten?« Ich sah mich in der Wohnung um, während Liam sich auf die Couch sinken ließ. Zwei Türen führten vom Wohnzimmer mit der offenen Küche weg – vermutlich ein Schlafzimmer und ein Bad. CJ hatte nicht viel Zeit mit der Dekoration verschwendet, aber an einer Wand hingen Fotos aus unserer Kindheit und von anderen Freunden aus Chicago.

»Der war kleiner als mein Computermonitor«, erklärte CJ mit einem Grinsen und zeigte auf seinen Schreibtisch. »Den habe ich bei meinem Umzug aus Chicago hierher mitgenommen.«

»Ah, ich erinnere mich vage.«

CJ war in unserer Nachbarschaft aufgewachsen und hatte an der New York University Maschinenbau studiert. Danach hatte er gleich ein Jobangebot bekommen und arbeitete seitdem in einer Konstruktionsfirma in der Nähe des Hudson River.

Er reichte uns das Bier und wir machten es uns auf der Couch neben Liam gemütlich.

»Jungs, so schön, euch zu sehen.« CJs Worte klangen ehrlich und mit einem Lächeln auf den Lippen musste ich ihm zustimmen. Viel zu lange hatte ich nichts von ihm gehört und jetzt hier mit ihm zu sitzen, versetzte mich zurück in die Zeit, als wir alle noch in Chicago zu Hause gewesen waren.

CJ war fünf Jahre älter als ich, aber der Altersunterschied hatte nie ein Problem dargestellt. Wir hatten uns schon immer wie Brüder verstanden, auch wenn wir nicht täglich aufeinandergeklebt hatten. CJ war einer dieser Menschen, die man vielleicht zweimal im Jahr sah und trotzdem das Gefühl hatte, als wäre es erst gestern gewesen. Genauso kam es mir auch jetzt vor, mit dem Unterschied, dass nur noch einer von uns illegal Bier trank.

Kapitel 3

Cecile

Die gute Stunde Fahrt mit der U-Bahn zu meiner Mom nutzte ich, um auf dem Handy den Wohnungsmarkt zu sondieren. Vielleicht fand ich ja ein kleines bezahlbares Apartment für mich allein. Auch wenn wir das Inserat gestern online gestellt und sich bereits ein paar Leute gemeldet hatten, die nähere Informationen wollten, machte mich die Vorstellung nach wie vor nervös, Nicolas Zimmer an eine mir völlig fremde Person zu vermieten. Doch je länger ich die Anzeigen durchblätterte, desto mehr wurde mir bewusst, welches Glück ich mit dem Apartment hatte. Es lag in der Nähe meiner Arbeit und war trotzdem nicht utopisch überteuert. Sicher würde ich etwas abseits eine günstigere Wohnung finden. Aber erstens war ich von dem Luxus verwöhnt, es nicht weit zum Restaurant zu haben, und zweitens lagen diese Wohnungen in Gegenden, in denen ich lieber nicht allein sein wollte. Das hatte ich alles bereits hinter mir. Immerhin war ich aus so einem Viertel weggezogen, weil ich mich dort nicht sicher gefühlt hatte.

Am Pelham Parkway angekommen stieg ich aus der U-Bahn und ging das letzte Stück zu Moms Wohnung zu Fuß. Auf dem Weg machte ich halt im Supermarkt und kaufte Milch, Bagels, Brot, Wurst, Käse und Kaffee sowie ein paar Dosen Ravioli und Bohnensuppe für sie ein.

Wann immer ich sie besuchte – und das kam im Schnitt alle zwei Wochen vor –, wusste ich nicht, ob ich es beruhigend oder traurig finden sollte, dass sich hier überhaupt nichts veränderte. Aus dem Liquor-Store kamen die gleichen Leute wie früher und in Josys Friseurladen wurde nach wie vor lautstark diskutiert. Nur die ratternde U-Bahn, die in diesem Abschnitt oberirdisch fuhr, übertönte für einen Moment den Straßenlärm, die quengelnden Kinder und den Streit von zwei Männern, bei dem es wohl um einen Kratzer am Auto ging.

Im Treppenhaus begegnete ich Miss Colonel. Keine Ahnung, ob das wirklich ihr Name war, aber seit ich mich zurückerinnern konnte, nannten die Leute im Haus sie so. Sie trug einen dicken Winterparker, den sie über ihrem massigen Körper nicht schließen konnte, und Sandalen ohne Socken zu einem geblümten Kleid. Ihr missmutiges Gemurmel ignorierte ich wie jedes Mal und schloss schließlich die Wohnungstür meiner Mom auf.

Auch wenn ich mich angekündigt hatte, war ich nervös. Keine Ahnung, was – und vor allem wer – mich heute hier erwarten würde.

Leichter Mief schlug mir entgegen, als ich das Wohnzimmer betrat. »Mom? Ich bin's!«

»Ich komme gleich«, hörte ich sie aus dem Badezimmer rufen, kurz darauf rauschte die Toilettenspülung.

In der Zwischenzeit riss ich die Fenster auf und ließ Frischluft in die Wohnung. Sie mochte keinen Durchzug, aber die Luft war wirklich verbraucht.

»Cecile, wie geht es dir?«

Ich drehte mich zu meiner Mom um und lächelte. »Gut, und dir?«

Sie ging zur Einkaufstüte, um nachzusehen, was ich mitgebracht hatte, brach ein Stück von einem Bagel ab, das sie im Mund verschwinden ließ, und schloss kauend die Fenster.

»Du weißt schon …« Sie ruderte mit den Armen und setzte sich schließlich auf die Couch. »Ich versuche nach wie vor, weniger zu trinken. Inzwischen bin ich bei sechs Uhr abends angelangt.« Stolz lächelte sie.

»Das ist großartig«, sagte ich, obwohl ich keine Ahnung hatte, ob sie mich und sich selbst damit belog oder wirklich die Finger vom Alkohol lassen konnte.

Um meine Unsicherheit darüber zu verbergen, räumte ich die Lebensmittel weg und kochte Kaffee.

»Oh, und ich kann eventuell wieder arbeiten. Drüben, im Supermarkt. Regale einräumen und so … Na ja, ich hoffe, dass ich dort anfangen kann.«

»Hey, das sind ja gute Neuigkeiten!« Ich setzte mich zu ihr, während die Kaffeemaschine vor sich hin gluckerte.

»Ja, mal abwarten.« Sie lachte heiser. »Mein Lebenslauf ist immerhin sehr lückenhaft. In der Stellenausschreibung steht, dass sie eine zuverlässige Arbeitskraft suchen.«

»Aber das bist du doch!«

»Du kennst mich. Irgendwann werde ich wieder in ein Tief fallen und gehe nicht zur Arbeit. Das war's dann mit dem Job.«

Ich legte meine Hand auf ihre, sah in ihr vom Alkohol gezeichnetes Gesicht und ihre großen braunen Augen, die ich von ihr geerbt hatte. »Rede offen mit dem Chef. Wirklich, Mom. Die Menschen schätzen Ehrlichkeit. Es macht dich stark, wenn du deine Schwächen nicht unerwähnt lässt. Denn aufrichtig dazu stehen, kann nicht jeder.«

Sie schnaubte. »Ich soll also da reingehen und sagen, dass ich eine labile Alkoholikerin bin, die unter Umständen nicht zur Arbeit kommt, weil sie einen mentalen Breakdown hat und sich lieber besäuft, als ihren Job zu machen?«

»Genau so solltest du es vielleicht nicht formulieren.« Schmunzelnd stand ich auf und goss Kaffee und etwas Milch in zwei Tassen, mit denen ich zu ihr zurückkam. »Aber du könntest sagen, dass du unbedingt beweisen willst, dass du den Job gut erledigst, selbst wenn du neben vielen positiven Tagen hin und wieder schlechte hast. Dass du um diese Chance bittest und alles geben wirst, um das Team und dich selbst nicht zu enttäuschen.«

Zweifelnd hob sie eine Augenbraue. »Ach, ich weiß nicht.«

Mit einem Schulterzucken blies ich über den Tassenrand. »Einen Versuch wäre es wert. Was hat dir das Vorgaukeln falscher Tatsachen bei deinen vorherigen Jobs gebracht?«

Den Blick auf den Kaffee in ihrer Hand gerichtet, wischte sie sich über die Nase. »Du hast recht, ich sollte es versuchen. Entweder nehmen sie mich so, wie ich bin, und wissen, was sie erwartet, oder sie lassen es bleiben. Vermutlich wäre ich den Job sowieso spätestens beim nächsten Streit mit Saul los.«

»Du triffst dich wieder mit ihm?«

Mit Saul führte sie seit Jahren eine On-off-Beziehung. Der Kerl war grundsätzlich ganz okay, sie hatte definitiv schlimmere Typen mit nach Hause gebracht. Er hatte zumindest einen Job und schnorrte Mom nicht ständig an. *Und* er nahm keine Drogen, was mich sehr erleichterte. Einen Mann, der sie zusätzlich zu Alkohol und Zigaretten auch noch von anderen Giften abhängig machte, konnte sie echt nicht gebrauchen.

»Ja, na ja … Er ist jetzt wieder öfter hier. Hat mich überredet, nur noch nach einer bestimmten Uhrzeit zu trinken. Zu zweit fällt uns das irgendwie leichter.« Sie lächelte verlegen und zündete sich eine Zigarette an.

»Mom! Bist du verliebt?« Schmunzelnd stieß ich ihr in die Seite, was ihr tatsächlich etwas Farbe ins Gesicht zauberte.

»So würde ich das nicht gleich bezeichnen. Aber … er tut mir gut.«

»Das sehe ich.« Ich schlang einen Arm um sie und drückte sie.

»Und was ist mit dir? Wie läufts auf der Arbeit?«, wechselte sie das Thema, wie immer, wenn ihr etwas unangenehm war, und sog an ihrem Glimmstängel.

»Alles bestens so weit. Der Job macht meistens Spaß.«

»Meistens? Okay, wem muss ich eine Abreibung verpassen?« Sie schlug die Faust in ihre Handfläche.

Ich dachte an die Frau von gestern, die von meinen Problemen vermutlich nicht einmal ansatzweise eine Ahnung hatte. Die mehr als deutlich gemacht hatte, dass eine gewaltige Kluft zwischen uns klaffte. Wobei für ihren Mann und ihre Söhne ihr Verhalten wahrscheinlich nichts Neues war. Bestimmt hatten sie ihr gedanklich auch noch zu ihrer Wortwahl gratuliert.

»Niemandem, Mom. Das würdest du dir nicht leisten können.« Ich zwinkerte ihr zu und trank einen großen Schluck Kaffee, während sie mit einem mitfühlenden Blick Rauchschwaden in die Luft blies.

Auf dem Weg nach Hause dachte ich noch viel darüber nach, was Mom gesagt hatte. Nicht zum ersten Mal versuchte sie, trocken zu werden. Und nicht zum ersten Mal hoffte ich, sie würde es schaffen, auch wenn ich mit ziemlicher Sicherheit wusste, dass die Enttäuschung kommen würde. Trotzdem wollte ein Teil von mir daran glauben, sie könnte es packen.

Zumindest hatte ich durch sie gelernt, dass ich mein Schicksal selbst in den Händen hielt. Ich konnte mir ein anderes Leben aufbauen, wenn ich hart genug dafür arbeitete. Deshalb war ich auch aus unserem Viertel in der Bronx weggezogen. Vielleicht war es ein Irrglaube, dass eine neue Nachbarschaft meine Zukunft positiver formen würde als die alte, aber bisher schien es zu funktionieren. Dass ich den Job im *Eleven Madison Park* ergattern konnte, begründete ich jedenfalls vor allem mit dem klaren Ziel vor Augen, ein besseres Leben zu haben als meine Mom. Auch wenn sich mein größter Wunsch, das College zu besuchen, nicht erfüllt hatte.

Kurz vor meiner Wohnung hielt ich noch bei Benny's Burritos und nahm mir etwas zu essen mit. Nicola war heute nicht zu Hause und für mich allein wollte ich keine Pfannen abwaschen müssen.

Schmerzlich wurde mir bewusst, dass das gemeinsame Kochen mit ihr ebenfalls bald der Vergangenheit angehörte und ich diese Tradition womöglich mit niemandem fortführen konnte. Da ich nicht oft übrig gebliebenes Essen von der Arbeit mitnehmen konnte, es mir jedoch auch nicht leisten konnte, auf Dauer nur von Burritos, Pizza oder Sushi zu leben, würde mir wohl nichts anderes übrig bleiben, als für mich allein zu kochen.

Gott, Nicola fehlte mir jetzt schon, und dabei war sie noch nicht einmal weg!

Mit schwerem Herzen ging ich die Treppen hinauf und schloss die Wohnung auf, als sich die Tür nebenan öffnete.

»Hey, Jeff.« Ich winkte unserem Nachbarn zu, mit dem wir den ein oder anderen witzigen Fernsehabend verbracht hatten und mit dem Kaffee im Treppenhaus besser schmeckte, als erwartet.

»Hallo, Cecile. Wie nett von dir, mir mein Mittagessen zu liefern.« Mit einem frechen Grinsen nahm er mir die Burritos-Tüte aus der Hand und tat so, als würde er damit in seiner Wohnung verschwinden wollen.

Lachend eilte ich ihm hinterher. »Mit dem nächsten Lohn lade ich dich ein. Vorausgesetzt, ich kann mir dann überhaupt noch leisten, etwas zu essen zu kaufen.«

Stirnrunzelnd drehte er sich zu mir um und gab mir die Tüte zurück. »Sag nicht, die haben dir die Stunden gekürzt.«

»Hast du es noch nicht gehört?«

»Nein, was?« Das Fragezeichen über seinem Kopf wurde größer.

»Nicola zieht nach Chicago.«

»Echt?«

In wenigen Worten erzählte ich ihm, wie sich das Ganze ergeben hatte und dass wir für Nicolas Zimmer bereits ein Inserat aufgegeben hatten.

»Na gut, solange du bleiben kannst und jemand Neues einzieht, ist doch alles in Butter.«

»Du weißt, dass wir von *mir* reden?«

Jeff seufzte und lehnte sich an den Türrahmen. »Mach nicht im Vorfeld ein Problem aus einer Sache, wo vielleicht gar keins ist. Lass es einfach auf dich zukommen und sprich mit den Leuten, die sich für das Zimmer interessieren. Wer weiß, vielleicht ist jemand dabei, den du genauso nett findest wie Nicola.«

Meine Augen weiteten sich. »Oh, Jeff! Willst du bei mir einziehen?«

»Was?« Etwas überrumpelt schaute er mich an.

»Ja! Das ist die beste Idee überhaupt. Du sparst Miete, hast trotzdem dein eigenes Zimmer und musst nicht mal einen neuen Wohnsitz anmelden. Nur die Türnummer ändert sich für dich. Und wir beide verstehen uns super, du wärst der perfekte WG-Partner.«

Lachend schüttelte er den Kopf. »Ich fühle mich geehrt, Cecile, aber ich bin mit fünf Geschwistern aufgewachsen. Glaub mir, meine eigenen vier Wände sind mir mehr als heilig.«

Enttäuscht schob ich die Unterlippe vor. »Aber gib zu, der Vorschlag war gut.«

»Mach dir keinen Kopf. Du packst das bestimmt.« Er zwinkerte mir zu und ging zur Treppe. »Ach ja, hab ich fast vergessen … Vorhin war dein Vater da.«

Beinahe wäre mir die Burrito-Tüte aus der Hand gefallen. »Du meinst … hier an meiner Wohnung?«

Er nickte.

»Was hast du ihm gesagt?«

»Dass du nicht da bist und ich nicht weiß, wann du wiederkommst. Könnte also sein, dass er demnächst wieder auf der Matte steht.«

Ich bedankte mich bei ihm und betrat schließlich die Wohnung. Die Nachricht über meinen Vater machte mich nachdenklich. Seit ich hier wohnte, hatte er mich nur einmal besucht. Es war keine zwei Monate nach meinem Einzug gewesen und damals hatte er einen ziemlichen Aufstand gemacht, der die Aufmerksamkeit einiger Nachbarn auf sich gezogen hatte. Es ging um irgendwelche offenen Rechnungen eines Mobilfunkbetreibers, die an seine Adresse geschickt worden waren. Selbst nach einer halben Stunde heftiger Diskussionen hatte er sich nicht davon überzeugen lassen, dass nicht ich diese Verträge abgeschlossen hatte. Ich konnte mir gerade so eine Prepaidkarte leisten und würde auch dabei bleiben, bis sich meine finanzielle Situation gefestigt hatte. Das hatte er mir jedoch nicht glauben wollen und mich als geldgierige Lügnerin beschimpft, bis ich ihn mit den Worten rausgeschmissen hatte, dass er verschwinden und sich aus meinem Leben raushalten sollte.

Lange hatte ich befürchtet, er könnte jederzeit wieder vor der Tür stehen und erneut die über vierhundert Dollar der offenen Rechnung von mir fordern. Als er jedoch auch nach Monaten nicht mehr aufgetaucht war, hatte ich mich beruhigt und war irgendwann davon ausgegangen, er hätte begriffen, dass es bei mir nichts zu holen gab.

Entweder ich hatte mich geirrt oder er hatte einen neuen Grund gefunden, mich um Geld anzupumpen.

Nachdenklich setzte ich mich an den Couchtisch und wickelte den Burrito aus. Der typisch würzige Geruch drang intensiv in meine Nase und ließ meinen Magen knurren. Mit einem Seufzen biss ich hinein.

Gerade jetzt, wo Nicola auszog, konnte ich es gar nicht gebrauchen, dass mein Vater auftauchte und für Unruhe sorgte. Also würde ich ihn anrufen müssen, um zu erfahren, weshalb er heute hier gewesen war. Ich würde meinen Burrito verwetten, dass er Geld brauchte. Er wollte mich bestimmt nur besuchen, um den interessierten Vater zu spielen und mich dann um Unterstützung zu bitten.

Doch zuerst aß ich auf, nahm mir ein Soda aus dem Kühlschrank und gönnte mir noch ein Stück Schokolade. Dann fühlte ich mich für den Anruf bei ihm bereit.

Nervös lief ich in meinem Zimmer neben dem Bett auf und ab, während ich dem Freizeichen lauschte.

»Cecile, Schätzchen, wie geht es dir?« Dads Stimme war so übertrieben freundlich, dass es gleich nach einem Vorwand klang, der mir garantiert nicht gefallen würde.

»Hey, Dad. Mein Nachbar hat mir gesagt, dass du heute hier warst.«

»Ja, genau. Ich war zufällig in der Nähe und dachte, es wäre doch schön, meine einzige Tochter einmal wiederzusehen.«

Mit den Augen rollend, setzte ich mich aufs Bett. »Ach ja?«

Vermutlich war der Sarkasmus nicht zu überhören, denn er antwortete entrüstet: »Darf ein Vater nicht mal sein Kind besuchen?«

»Jederzeit, wenn er sich für seine Tochter und nicht für ihren Kontostand oder den Inhalt ihrer Geldbörse interessiert.« Mein Herz raste bei diesen Worten. So deutlich war ich ihm gegenüber noch nie gewesen. Doch heute war ich nicht in der Stimmung, mich zurückzuhalten. Und vielleicht fiel es mir leichter, so mit ihm zu reden, weil er mir nicht gegenüberstand.

»Überleg dir, was du sagst, Cecile!«, donnerte er mir durch das Telefon entgegen und ich zuckte kurz zusammen.

Im Hintergrund hörte ich ein Auto hupen und Reifen quietschen und ich hoffte, dass er nicht einfach auf die Straße gelaufen war, ohne auf den Verkehr zu achten.

»Ich meine es ernst, Dad«, fügte ich dann jedoch hinzu. Nun war es auch egal und es fühlte sich überraschend befreiend an, so direkt mit ihm zu reden. »Du kannst mich jederzeit besuchen, mich immer anrufen, solange Geld keine Rolle spielt. Weil ich wenig Lust habe, dir wieder und wieder zu erklären, dass ich dir nichts leihen kann. Ich muss selbst zusehen, wie ich jeden Monat meine Rechnungen bezahle.« Würde ich in der Pause während meiner Schicht im Restaurant nicht eine kleine Mahlzeit bekommen, wüsste ich vermutlich nicht einmal, ob mein Lohn bis zum Monatsende reichte. Selbst jetzt war ich manchmal auf Nudeln mit Ketchup angewiesen, wenn auf meinem Konto Ebbe herrschte.

»Hast du überhaupt eine Ahnung, wie viel Geld ich im Laufe der Jahre in dich investiert habe? Die Windeln, die Klamotten, aus denen du viel zu schnell herausgewachsen bist. Die Schulbücher, die Möbel, die …«

»Das war *deine Pflicht als mein Vater*!« Nun war es mit meiner Geduld endgültig vorbei. »Zu einer Zeit, als ich noch kein eigenes Geld verdienen konnte. Abgesehen davon hat Mom genauso ihren Anteil geleistet. Und ich weiß, dass ihr jede soziale Stelle abgegrast habt, um Klamotten und Windeln zu bekommen. Du musstest also nicht allein für mich sorgen.«

»Siehst du? Jetzt verdienst du deine eigene Asche und könntest dich mal bei deinem Vater bedanken, indem du die offenen Stromrechnungen bezahlst. Oder willst du riskieren, dass dein alter Herr im Winter in seinem Trailer erfriert?«

Entnervt schloss ich die Augen und versuchte, tief ein- und auszuatmen. Irgendwie fühlte es sich an, als würde etwas auf meinen Brustkorb drücken. »Bist du arbeitslos?«

»Was? Ja! Nein, ich hab da gerade einen Job bei der Straßenmeisterei. Dort krieg ich aber nicht mehr Stunden und bald kommt der Winter. Da wird es noch schwieriger.«

»Dann such dir einen zusätzlichen Job, aber hör auf, mich anzupumpen. Ich *kann* dir nichts abgeben. Wenn ich könnte, würde ich es tun.« Vielleicht.

Ein paar Sekunden lang herrschte Schweigen am anderen Ende der Leitung. Dass er nicht aufgelegt hatte, wusste ich nur deshalb, weil nach wie vor Straßenlärm zu mir durchdrang, vermischt mit dem Geräusch seines Atems.

»Du meinst das ernst, was?«

»Ja!«, presste ich angespannt heraus.

Wieder hörte ich nur das Klingeln einer Fahrradglocke und ein entferntes Bellen von Hunden.

»Na gut. Also … bis demnächst. Falls ich nicht erfroren bin.«

»Bis dann. Und such dir noch einen Job, Dad!«

Statt mir zu antworten, hatte er aufgelegt. Ob er sich nach einer Arbeit umschauen würde, wusste ich nicht. Vermutlich. Aber auch diese würde er nicht lange haben. Er hasste es, sich von morgens bis abends einem Vorgesetzten unterzuordnen und das zu tun, was man von ihm verlangte – und am Ende trotzdem nicht in Geld zu schwimmen. Doch so war nun mal das Leben … unser Leben.

Als ich gerade mein Telefon auf die Kommode gelegt hatte, weil ich mein Bett neu beziehen wollte, ging mein Klingelton los. Im ersten Moment dachte ich, es wäre erneut mein Vater, der sich einen neuen Schlachtplan zurechtgelegt hatte. Doch es war Marylin, meine Cousine.

»Hey! Na, wie gehts?«, fragte ich, kaum dass ich den Anruf angenommen hatte.

Marylin war die Tochter des Bruders meiner Mom und die Schwester, die ich nie hatte. Als ich noch in der Bronx gewohnt hatte, verging keine Woche, ohne dass wir Zeit miteinander verbrachten. Seit ich allerdings den Job im *Eleven Madison Park* hatte und nicht mehr in ihrer Nähe zu Hause war, telefonierten wir fast nur noch.

»Gut, und dir? Ich hoffe, ich störe nicht bei der Arbeit?«

»Nein, ich habe einen freien Tag, keine Sorge.«

»Gut. Also … ich wollte dich fragen, wann du Zeit hättest, mit mir die Colleges durchzugehen?«

Marylin war inzwischen im letzten Highschooljahr und wir wollten ein paar Hochschulen heraussuchen, die für sie infrage kamen. Selbst wenn mir dabei das Herz bluten würde, weil sich dieser Traum für mich nicht erfüllt hatte. »Stimmt, daran habe ich auch schon gedacht. Heute Abend oder morgen ginge es bei mir.«

»Heute übernachte ich bei einer Freundin. Und morgen kann ich auch noch nicht versprechen. Wir wollen nämlich eine Horrorfilmnacht machen und es könnte sein, dass ich erst einschlafe, wenn es dämmert. Aber wie wäre es nächsten Sonntag?«

»Ja, klingt gut, da muss ich auch nicht arbeiten. Ich schreibe es gleich in meinen Kalender. Kommst du her oder soll ich bei dir vorbeischauen?«

»Komm du zu mir. Mom und Dad haben schon nach dir gefragt.«

Tante Julia und Onkel Craig waren die Art von Eltern, die ich mir immer gewünscht hätte. Deshalb war ich während meiner Kindheit und Jugend oft und gern bei ihnen gewesen – auch, weil sie die Situation meiner Eltern kannten.

»Klingt großartig, ich freu mich schon! Viel Spaß bei deiner Freundin. Und grusele dich nicht zu sehr, du weißt, es sind nur Filme.«

»Haha, ja … ich versuche es. Also, bis nächste Woche.«

»Ja, bis dann.«

Nachdem ich auflegt hatte, verspürte ich plötzlich das drängende Bedürfnis, Marylin noch einmal anzurufen, obwohl ich nicht wusste, warum. Kopfschüttelnd wischte ich dieses eigenartige Gefühl beiseite und zog endlich das Bett ab, um die Wäsche zu waschen.

Kapitel 4

Trevor

Ein Klingeln drang zu mir durch und riss mich aus dem Schlaf. Blinzelnd sah ich mich um. Ich war wieder in Chicago, in meinem Bett, und konnte den Traum nicht mehr greifen. Was mich nervte, denn das Gefühl im Schlaf war unglaublich genial gewesen. Als würde ich fliegen. Vielleicht hatte ich das ja tatsächlich geträumt …

Ein Blick auf den Wecker neben meinem Bett verriet mir, dass es kurz nach halb zwei Uhr morgens war. Verdammt, was war denn los?

Das Klingeln verstummte und setzte gleich darauf wieder ein.

Wer rief mich zu dieser unmenschlichen Uhrzeit an?

Missmutig schob ich die Decke beiseite und stand auf. Mein Handy hatte ich gestern Abend zum Aufladen auf dem Schreibtisch im Arbeitszimmer nebenan in die Station gestellt.

Auf dem Display sah ich, dass Dad mich zu erreichen versuchte. Zum fünften Mal!

Sofort breitete sich ein unangenehmes Gefühl in mir aus, weil das Verhalten für ihn völlig untypisch war. Noch nie hatte er mich mitten in der Nacht angerufen. Und wenn er mich tagsüber nicht erreichte, wartete er darauf, dass ich zurückrief.

War etwas mit Mom passiert?

Sofort musste ich daran denken, wie sie sich vor ein paar Jahren beim Barbecue an einem Stück Fleisch verschluckt hatte und fast erstickt wäre. Liam und ich mussten zusehen, wie unser Vater verzweifelt versucht hatte, sie davon zu befreien, damit sie wieder Luft bekam.

Eine eiskalte Gänsehaut schüttelte mich und mit zitternden Fingern nahm ich den Anruf entgegen.

»Dad?«

»Trevor, verdammt, wo steckst du?«, herrschte er mich an.

»Im Bett, es ist mitten in der Nacht. Was ist passiert?«

»Zieh dich an und komm sofort zu uns. Es geht um Liam.«

Mein Herz setzte einen Schlag aus, dann noch einen. »Was ist mit ihm?«

Hatte er einen Unfall? Unweigerlich sah ich ihn vor meinem inneren Auge blutüberströmt in der Notaufnahme und stolperte in mein Ankleidezimmer.

»Die Polizei ist hier, er wurde verhaftet.«

Dads Worte sorgten dafür, dass zumindest die hässlichen Bilder aus meinem Kopf verschwanden. »Verhaftet?«

»Beeil dich, wir müssen mit dir reden.« Das war alles, was er sagte, bevor er auflegte.

Völlig durcheinander schlüpfte ich in Jeans und T-Shirt, zog einen Hoodie über und ging ins Bad. Im Schnellverfahren putzte ich mir die Zähne und strich mir mit feuchten Fingern durch die Haare, um sie zumindest ein kleines bisschen zu bändigen. Dann verließ ich die Wohnung und fuhr mit dem Aufzug in die Tiefgarage, wo ich mich in mein Auto setzte und die gut zehn Minuten zu meinen Eltern fuhr.

Zum Studienbeginn hatte ich – genau wie Liam damals – Geld von meinen Eltern bekommen. So viel, dass ich die Chance genutzt und mir diese Wohnung gekauft hatte. In Immobilien zu investieren war noch nie verkehrt gewesen. Mein Bruder hingegen hatte das Geld anders angelegt, vor allem auch deshalb, weil er sein Studium *in vollen*

Zügen ausleben wollte, wie er es genannt hatte. Deshalb hatte er sich auch für ein Zimmer im Wohnheim entschieden und lebte auf dem Campus, wohingegen ich lieber meine Ruhe hatte und mit dem Auto zu den Kursen fuhr.

Im Grunde könnte ich nach wie vor bei meinen Eltern wohnen – dadurch hätte ich fast ausschließlich Vorteile. Ich müsste keine Nebenkosten zahlen und hätte eine Haushälterin, Nellie, die schon seit Jahren für meine Eltern arbeitete. Doch der Gedanke daran, meine eigenen vier Wände zu haben, ohne mich ständig mit Mom und Dad auseinandersetzen zu müssen, war zu verlockend gewesen. Und da das Apartment nicht weit von meinem Elternhaus entfernt lag, hatte sogar Mom sich schnell damit abgefunden, dass nun auch ihr jüngster Sohn ausgezogen war.

Ich parkte direkt vor dem Eingang hinter einem schwarzen Wagen. Gehörte er zur Polizei?

Meine Hände waren schwitzig, als ich die Haustür aufschloss. Aus dem Salon drang Licht und ich hörte gedämpfte Stimmen. Ich wischte die Handflächen an der Jeans ab und ging weiter.

Tatsächlich saßen meinen Eltern zwei Männer gegenüber. Mom stand der Schreck förmlich ins Gesicht geschrieben, während Dads Haare zerzaust aussahen, als hätte er sie sich mehrfach gerauft.

»Trevor!« Mom entdeckte mich als Erste und kam mir entgegen.

»Was ist hier los?«, wollte ich wissen und ließ mich anstandslos von ihr zur Couch führen.

»Du erinnerst dich an Officer Frank Rhodes aus dem Country Club?« Sie deutete auf den Mann Anfang fünfzig mit den grauen Schläfen und ich nickte. Er hatte mir das Tennisspielen beigebracht, als ich noch klein war. »Das ist sein Kollege Detective Miller. Gentlemen, vielleicht kann Ihnen unser jüngerer Sohn Trevor mehr zu dem Fall sagen.« Sie drückte mich neben Dad auf die Couch und ich setzte mich den beiden Polizisten gegenüber völlig unfähig, zu verstehen, was hier gerade ablief.

»Trevor, deine Eltern haben mir erzählt, dass du vorgestern nach dem Restaurantbesuch gemeinsam mit Liam noch in New York unterwegs gewesen bist, ist das richtig?«

Ich nickte und Dad rempelte mich unmerklich an. »Ja, Sir.«

»Und hat er dir zufällig verraten, was er gestern Abend vorgehabt hat? Wo er verabredet war und mit wem er sich treffen wollte?«

Irritiert schaute ich zwischen den Männern hin und her. Warum waren sie hier und was könnte Liam getan haben? Er war immer der bravere Sohn gewesen, hatte nie etwas angestellt. Im Gegensatz zu mir. Mit neun hatte ich die teure europäische Vogeltränke aus dem keine Ahnung wievielten Jahrhundert im Garten der Nachbarn mit einem Baseball zerstört und gehofft, niemand würde es herausfinden. Doch die Überwachungskameras auf deren Grundstück hatten mich natürlich überführt. Und ich hatte mehrfach bei Tests in der Schule geschummelt und wurde, als ich zwölf war, leider zweimal dabei erwischt. Mit vierzehn hatte ich sogar in einem Elektronikladen etwas geklaut, weil ich wütend auf Mom und Dad gewesen war und dachte, gegen sie rebellieren zu können. Zu meinem Pech wurde ich ertappt, bin aber glücklicherweise mit einer Verwarnung davongekommen. Die Standpauke zu Hause hatte sich jedoch gewaschen.

Liam hatte höchstens mal auf einer Privatparty unerlaubt Alkohol getrunken. Doch jetzt war er einundzwanzig.

»Er hat nur gesagt, dass er mit ein paar Kumpels feiern wollte.«

Die Polizisten warfen sich einen Blick zu, den ich nicht deuten konnte.

»Was ist denn passiert?«, fragte ich aufgebracht, da ich es nicht länger aushielt, im Dunkeln zu tappen und mir den Kopf darüber zu zerbrechen, was vorgefallen sein könnte.

»Liam wird vorgeworfen, vorsätzlich einen Verkehrsunfall verursacht und dann Fahrerflucht begangen zu haben. Dabei ist eine Frau ums Leben gekommen, zwei weitere wurden verletzt«, erklärte Dad. Er klang kraftlos und müde, als hätte ihn diese Sache bereits jetzt zu viel Energie gekostet.

»Was? Nein … Vorsätzlich? Was soll das heißen? So etwas würde Liam nie tun!« Aufgebracht versuchte ich, in den Blicken der beiden Polizisten mehr zu erkennen, doch sie hatten natürlich ein professionelles Pokerface aufgesetzt. »Was ist mit ihm? Wurde er auch verletzt? Wie geht es ihm?«

»Er ist unverletzt«, erklärte Mom mit monotoner Stimme.

»Ist das alles, was er dir über seine Pläne für das Wochenende verraten hat? Bitte, Trevor, denk nach. Vielleicht fällt dir noch etwas ein, was Liam helfen könnte. Was ihn entlasten könnte …« Detective Miller sah mich eindringlich an.

»Ich weiß nicht mehr, als ich bereits gesagt habe. Wir haben einen Freund besucht – CJ – und über alte Zeiten geredet. Über Chicago, über New York, über unser Studium und die Jobaussichten.« Mein Blick huschte zu Mom, die bei meiner letzten Bemerkung das Gesicht verzog. Bestimmt würde sie mich zu einem späteren Zeitpunkt darauf ansprechen, was ich damit meinte – denn für sie stand nach wie vor fest, dass ich nach meinem Abschluss für *Collins Cosemtics* arbeiten würde. Eine andere Option gab es für sie nicht.

»Ihr habt also nicht genauer über seine Pläne für Samstagabend gesprochen?«, wollte nun Officer Rhodes wissen.

»Nein, das war kein Thema. Ich dachte, er würde mit seinen Freunden in irgendeinen Club gehen und auf seinen einundzwanzigsten Geburtstag anstoßen.« Angestrengt durchforstete ich mein Gedächtnis, ob er doch irgendetwas erwähnt hatte, was hilfreich wäre. »Ich weiß nicht einmal, mit wem er am Samstagabend zum Feiern verabredet war oder wo. Das alles war für mich nicht wichtig, ich habe einfach die Zeit mit meinem Bruder und unserem langjährigen Freund genossen und das war's.«

Detective Miller nickte nachdenklich. »Nun, es gab eine Party mit Studierenden der Columbia in einem Privathaus in Connecticut. Gegen elf Uhr nachts haben drei Studentinnen die Feier verlassen und ihre Rückfahrt ins Wohnheim angetreten. Dabei wurden sie von Liams Wagen verfolgt. Die Frauen haben ausgesagt, dass er immer wieder knapp aufgefahren ist und sie mit Lichthupe bedrängt hat. Sie haben Angst bekommen und das Geschwindigkeitslimit überschritten. Daraufhin hat die Fahrerin die Kontrolle über ihren Pick-up verloren und ist von der Straße abgekommen, wo der Wagen gegen einen Baum geprallt ist. Eine der Beifahrerinnen war nicht angeschnallt und wurde durch die Frontscheibe geschleudert. Sie ist noch am Unfallort verstorben. Die beiden anderen wurden verletzt ins Krankenhaus eingeliefert, nachdem die viel zu spät alarmierten Rettungskräfte eingetroffen sind. Die Unfallverursacher sind einfach weitergefahren und haben nicht einmal anonym Hilfe gerufen.«

Wieder und wieder schüttelte ich den Kopf. »Liam würde so etwas nie tun«, wiederholte ich. Das passte einfach nicht zu ihm. Selbst wenn er so dumm gewesen wäre und sich alkoholisiert hinters Steuer gesetzt hätte, hätte er niemals Fahrerflucht begangen und die Unfallopfer ohne Hilfe zurückgelassen.

»Die überlebenden Frauen konnten zwei Männer aus dem Fahrzeug identifizieren, das sie von der Straße gedrängt hat. Die beiden wurden ausfindig gemacht und haben bestätigt, dass Liam Collins seinen Wagen selbst gelenkt hat. Kurz darauf hat man ihn auf der Party verhaftet. Bislang streitet er ab, etwas mit dem Unfall zu tun zu haben, und behauptet, die Feier nicht verlassen zu haben. Es wäre jedoch ohne Weiteres möglich gewesen, in der Zeit zwischen Unfall und Verhaftung zu Fuß zum Veranstaltungsort zurückzukehren.«

»Er hat uns kurz nach seiner Festnahme angerufen«, sagte Dad kühl.

»Und ihr habt ihm bestimmt sofort einen guten Anwalt zur Seite gestellt, oder?«

Schweigen.

»Oder?!«, fragte ich energischer.

»Wir haben Officer Rhodes kontaktiert, der so freundlich war, gleich mit Detective Miller herzukommen und uns vor Ort über alles zu informieren. Um den Rest kümmern wir uns nachher.« Dad wirkte immer noch, als würde er einen auswendig gelernten Text aufsagen.

»Liam ist einundzwanzig geworden. Nicht selten kommt es vor, dass junge Menschen insbesondere diesen Geburtstag mit zu viel Alkohol feiern.« Officer Rhodes sah mich mit gerunzelter Stirn an. Was er sagte, klang selbst in meinen Ohren logisch. Würde ich Liam nicht kennen, wäre auch ich sofort der Ansicht, dass es auf der Hand lag, wie es zu dem Unfall gekommen war. Doch nicht, wenn es dabei um meinen Bruder ging, der weder Mom und Dad noch sonst jemanden enttäuschen wollte.

Okay, vielleicht hatte er es auf der Party mit dem Alkohol etwas übertrieben, aber dann wäre er nicht so dumm gewesen, sich hinters Steuer zu setzen.

Oder?

Zweifel stiegen in mir hoch. Was, wenn er so viel getrunken hatte, dass er sich nicht mehr unter Kontrolle gehabt hatte? Wenn der immer so korrekte Liam aus seiner perfekten Hülle ausgebrochen war und etwas völlig Dummes, Unüberlegtes getan hatte, weil er sich für unbesiegbar hielt?

»Sollten Ihnen doch noch Details einfallen, die Liam entlasten könnten, lassen Sie es meinen Kollegen oder mich wissen.« Mit diesen Worten schob Detective Miller eine Visitenkarte über den Tisch.

Dad nahm sie dankend an sich und steckte sie in die Brusttasche seines Hemdes. Anschließend erhoben sich die beiden Männer, und meine Eltern begleiteten sie zur Tür. Ich blieb sitzen, völlig geschockt, und konnte nicht fassen, was ich eben erfahren hatte.

»Frank, warte! Wäre es möglich, dass der Name Collins vorerst nicht offiziell mit dem Unfall in Verbindung gebracht wird?«, hörte ich meine Mom fragen. Ich spitzte die Ohren, stand auf und ging ihnen nun doch ein Stück nach. »Du verstehst sicher, dass eine schreckliche Tat wie diese ein schlechtes Licht auf *Collins Cosmetics* wirft. Derartige Negativschlagzeilen können wir im Moment wirklich nicht gebrauchen.«

Bei Moms Worten klappte mir der Mund auf. Echt jetzt? Ihr war der Ruf der Firma wichtiger als ihr Sohn?

Officer Rhodes nickte, nachdem er seinem Kollegen einen kurzen Blick zugeworfen hatte. »Ich werde eine Info diesbezüglich nach New York schicken. Mal sehen, was sich machen lässt. Bis jetzt wurde nichts an die Presse weitergegeben.«

»Vielen Dank.« Mom wirkte tatsächlich zufrieden, während ich einfach nicht fassen konnte, dass sie in diesem Moment überhaupt an so etwas dachte.

Kaum hatten meine Eltern die Tür hinter den Polizisten geschlossen, ging ich zu ihnen. »Ihr holt Liam da raus, oder? Er war es nicht, er würde nie …«

»Warst du dabei und kannst seine Unschuld beweisen?«, fiel mir mein Vater ins Wort. »Nein! Also woher willst du wissen, was dein Bruder getan oder nicht getan hat?«

Ungläubig schaute ich meinen Vater an, den ich nicht mehr erkannte. In seinen Augen lag eine Kälte, wie ich sie noch nie gesehen hatte, und ich verstand nicht, was hier gerade passierte.

»Er ist dein Sohn, Dad! Du *kennst* Liam!«

»Kenne ich ihn wirklich? Von dir dachte ich das ebenfalls und ich habe mich geirrt. Dein Verhalten im Restaurant hat es mir wieder gezeigt und nun erkundigst du dich nach *Jobaussichten*?«

Ich hatte gar nicht erwähnt, dass *ich* es war, der sich nach anderen Möglichkeiten umsah. Es hätte auch Liam sein können. Gut, Dad hatte recht mit seiner Vermutung, aber mir diese Sache einfach so zu unterstellen, traf mich hart.

»Es ist *mein* Leben«, sagte ich deshalb. »Und es wird mir wohl erlaubt sein, mit Liam und CJ darüber zu reden, welche Chancen Chemiker auf dem Stellenmarkt haben.«

Verdammt, ich hasste mich dafür, dass ich nicht den Mut hatte, ihnen endlich zu sagen, dass ich mich einfach nicht darauf festlegen lassen wollte, später bei *Collins Cosmetics* anzufangen.

»Aber darum geht es jetzt nicht. Es geht um Liam.« Abwartend schaute ich meine Eltern an.

Dad erwiderte noch ein paar Momente schweigend meinen Blick, dann wandte er sich ab und verschwand in seinem Büro, wo er die Tür geräuschvoll hinter sich ins Schloss fallen ließ.

»Ihr holt ihn doch da raus, Mom, habe ich recht?«, fragte ich noch einmal. Panik stieg in mir auf. »Wie hoch ist die Kaution? Die bezahlt ihr, oder? Außerdem braucht er einen guten Anwalt. Dann ist er in kürzester Zeit wieder auf freiem Fuß und kann seine Unschuld beweisen!«

Enttäuschung und eine ähnliche Kälte, wie ich sie in Dads Augen gesehen hatte, lagen in ihrem Blick. »Du musst deinen Vater verstehen. Ihm sind die Hände gebunden.«

»Was?« Ich hatte das Gefühl, als würde mir jemand die Luft abschneiden. Ganz sicher befand ich mich in einem schlechten Traum, aus dem ich jeden Moment aufwachen würde.

»Dein Onkel Oliver …« Sie hob ihre Augenbrauen und wartete ab, bis ich selbst die Fäden in meinem Hirn gesponnen hatte.

Den Bruder meines Dads hatte ich nie kennengelernt. Er war noch vor meiner Geburt ums Leben gekommen. Ihm war auf dem Highway ein Reifen geplatzt. Nachdem er mit seinem Wagen am Straßenrand stehen geblieben und ausgestiegen war, hatte ihn ein betrunkener Fahrer am helllichten Tag überfahren. Der Kerl hatte ihn nicht einmal gesehen. Onkel Oliver war in die Luft geschleudert worden und auf der Stelle tot gewesen. Seine damalige Freundin hatte auf dem Beifahrersitz gesessen und lange gebraucht, um das Erlebte zu verarbeiten.

»Liam ist unschuldig«, knurrte ich aufgebracht.

»Das hat der Alkoholfahrer damals auch von sich behauptet.« Mit diesen Worten ließ sie mich einfach stehen und ging die Treppe nach oben.

Verzweifelt raufte ich mir die Haare. Wollte schreien, die beiden zur Vernunft rufen. Wie konnten sie sich von einem auf den anderen Tag von Liam abwenden, ihn sich selbst überlassen. Er war doch ihr größter Stolz gewesen, die Zukunft der Firma.

Wut rauschte durch mich hindurch und ich verlor die Kontrolle. Aufgebracht stürmte ich in Dads Büro, wo er sich nach vorn gebeugt mit einer Hand auf dem Schreibtisch abstützte. »Ihr müsst ihn aus dem Gefängnis holen, Dad! Du weißt, dass Liam unschuldig ist!« Meine Worte klangen völlig verzweifelt, als würde ich mir seine Unschuld mit jeder Wiederholung selbst einreden müssen. »Ihr müsst ihm einen guten Anwalt besorgen, Dad!«

Seine zur Faust geballte Hand zitterte, als er den Kopf hob und mich anschaute. Seine Augen waren glasig, das konnte ich sogar im schwachen Licht der Schreibtischlampe erkennen. »Du erwartest nicht ernsthaft von mir, dass ich einen Mörder freikaufe, Trevor.«

»Aber er ist kein …«

»Genug! Ich glaube, es wäre besser, du fährst jetzt nach Hause.«

Die Wut in mir erreichte einen neuen Höhepunkt. »Warum habt ihr mich dann angerufen? Warum musste ich mitten in der Nacht herkommen, wenn ihr Liam sowieso hinter Gittern sehen wollt?« Ich brüllte die Worte heraus, verstand den Sinn ihres Handelns nicht.

»Wir hatten gehofft, dass er dir etwas gesagt hat, was ihn entlasten könnte. Was ihm ein Alibi verschafft.« Dad redete völlig ruhig mit mir. Seine kühlen Worte verrieten mir, dass er wirklich mit dem Vorfall – mit meinem Bruder – abgeschlossen hatte. So schnell. So einfach. Als ginge es nicht um sein eigenes Kind.

»Nur weil ich nicht weiß, wo er war und was er zu dem Zeitpunkt getan hat … Was sagt denn Liam zu dieser Sache?«

»Nichts!« Dieses eine Wort donnerte aus seinem Mund und sorgte dafür, dass ich einen Schritt zurückwich. »Nichts, verdammt! Wenn jemand unschuldig ist, hat man ein Alibi. Aber dein Bruder behauptet, dass er zum Unfallzeitpunkt allein unterwegs war. Allein, irgendwo in Connecticut, während irgendwelche Freunde einfach so sein Auto nehmen? Wo zur Hölle war er? Im Wald Beeren pflücken? Und danach war er dann plötzlich auf der Party?« Verächtlich schnaubte er auf. »Und das natürlich ohne Zeugen, während er angeblich mit seinen Kumpels seinen Geburtstag gefeiert hat. Also *warum*, verdammt noch mal, sollte ich glauben, dass Liam unschuldig ist?«

Mein Mund klappte auf, aber es kam nichts heraus. Mir waren die Argumente ausgegangen. Meine Sicht verschwamm und in mir herrschte Chaos. Ich konnte meine Eltern nach wie vor nicht verstehen, aber noch weniger Liam. Warum konnte er nicht sagen, wo er gewesen ist? Was machte er um elf Uhr nachts irgendwo abseits der

Party, auf der er mit seinen Freunden auf seinen Ehrentag anstoßen wollte?

Hinter meinen Augen breitete sich ein pochender Schmerz aus, während der Druck in meiner Brust fast unerträglich wurde. Ohne ein weiteres Wort zu verlieren, machte ich auf dem Absatz kehrt und verließ Dads Arbeitszimmer. Ich eilte an der Holztreppe und dem Aufzug vorbei, der den Keller mit den drei Etagen des Hauses verband. Als Kinder hatten wir oft hier gespielt und waren hoch- und runtergefahren, bis Dad irgendwann ein Schloss einbauen ließ, sodass wir den Fahrstuhl ohne Schlüssel nicht mehr bedienen konnten.

Aufgebracht stürmte ich auf die Straße, schlug die Haustür hinter mir zu und hetzte zu meinem Wagen. Immer wieder versuchte ich, ruhiger zu atmen, doch es gelang mir nicht. Ich zitterte am ganzen Körper, schluchzte und spürte, wie Tränen über meine Wangen liefen. Tränen aus Wut und Verzweiflung und Ohnmacht. Weil ich nach wie vor nicht glauben wollte, dass sich alles so ereignet hatte, wie Officer Rhodes und Detective Miller es uns erklärt hatten. Und weil ich meine Eltern für ihre Herzlosigkeit und Kälte verabscheute. Vor allem aber, weil ich mir große Sorgen um Liam machte.

Kapitel 5

Cecile

Bereits seit ein paar Tagen war das Inserat online und es hatten sich einige Leute gemeldet, die Interesse hatten. Diejenigen, die für mich infrage kamen, lud ich zu einem Besichtigungstermin ein. Dem siebenundfünfzigjährigen Mann, der Frau, die die gesamte Wohnung mieten wollte und der Mutter mit den vierjährigen Zwillingen hatte ich höflich abgesagt. Mit einem älteren Mann als Mitbewohner würde ich mich nicht wohlfühlen, und so leid es mir für die alleinerziehende Mutter tat, aber nach meiner Arbeit brauchte ich Ruhe und keine zwei kleinen Kinder, die hier herumtobten. Oder auf die ich womöglich sogar aufpassen müsste, wenn ihre Mutter mal in Zeitnot kam.

Weil ich nicht mit fremden Leuten allein in der Wohnung sein und auch nicht einfach so Nicolas Zimmer zeigen wollte, war meine Noch-Mitbewohnerin ebenfalls zu Hause, als am Mittwochabend die erste Kandidatin klingelte.

Nervös wischte ich meine Hände an der Jeans ab, bevor ich die Tür öffnete. Mir stand eine Frau Mitte dreißig mit fettigen Haaren und Kaffeefleck auf dem T-Shirt gegenüber.

Gut, ich würde mich für eine Wohnungsbesichtigung wenigstens ein bisschen zurechtmachen, aber das Äußere sagte schließlich nichts über den Charakter aus.

»Hi, bist du Cecile?«, fragte sie und ließ eine Kaugummiblase platzen. Ihre Augen waren strahlend blau und erinnerten mich an jemanden, doch mir fiel nicht ein, an wen …

»Ja, die bin ich. Und du musst Ria sein, richtig? Das ist Nicola.« Ich deutete auf meine Freundin, die ihr nach mir die Hand schüttelte.

Sie nickte knapp und schob sich an uns vorbei in die Wohnung. In dem kleinen Wohnzimmer sah sie sich um, setzte sich probeweise auf die Couch und ging weiter zur offenen Küche.

»Sieht ja nicht sehr sauber aus«, war ihr erstes Urteil, was dafür sorgte, dass Nicola und ich uns fragende Blicke zuwarfen. Okay, die Einrichtung hatte ihre Gebrauchsspuren, dennoch war es bei uns alles andere als schmutzig. Wir hatten erst gestern die Wohnung geputzt, und die Küche verließen wir immer ordentlich. Es standen nur zwei benutzte Tassen in der Spüle, weil wir nicht jedes Mal eine neue aus dem Schrank nehmen wollten, wenn wir uns Kaffee machten. Erst am Abend räumten wir sie in die Spülmaschine.

»Wo ist das Badezimmer?«

Ich führte sie zu dem kleinen Raum zwischen meinem und Nicolas Zimmer.

»Es ist nicht sehr groß, aber es hat eine Badewanne mit Duschvorhang und ein Fenster, was gut zum Lüften ist. Trotzdem kann niemand hereinsehen, wenn das Rollo unten ist.«

»Aha«, war ihr einziger Kommentar. Ohne zu fragen, öffnete sie die Schränke und warf einen Blick hinein. Selbst hier schien ihr Schmutzradar auszuschlagen, denn sie wischte mit dem Zeigefinger über eines der Regalbretter und verzog das Gesicht.

Na ja, *im* Schrank hatten wir etwas länger nicht mehr sauber gemacht, aber da war es auch nicht wirklich schmutzig.

Räuspernd deutete ich auf das Nachbarzimmer. »Das ist der Raum, der frei wird«, sagte ich.

»Die Möbel bleiben?«

»Bis auf die Kommode, ja.« Nicola zeigte auf das Möbelstück, das sie von ihrer Mom zum Auszug geschenkt bekommen hatte. Völlig verständlich, dass sie die Kommode mit nach Chicago nehmen wollte. Sie hatte inzwischen sogar den Transport organisiert.

»Und das ist mein Zimmer«, erklärte ich und zeigte Ria meine eigenen vier Wände.

»Ich will lieber das hier«, meinte sie, als stünde es ihr zu, sich ein Zimmer auszusuchen.

»Nein, das … steht nicht zur Wahl.« Überrumpelt schaute ich zu Nicola, die mir mit einem Nicken bestätigte, dass mein Einspruch in Ordnung war.

Als Freddy noch hier gewohnt hatte, gehörte das größere der beiden Zimmer – also meines – ihm. Nicola war in ihrem geblieben, weil sie sich dort wohlfühlte, auch wenn es etwas kleiner war. Sie hatte erst kurz vorher die Wände in einem Blassblau gestrichen und war so glücklich mit der Wandfarbe, dass sie nicht hatte tauschen wollen. Und ich verstand sie wirklich, sie hatte ihr kleines Reich richtig hübsch eingerichtet und dekoriert. Alles war stimmig und die Möbel passten so gut hinein, als hätte ein Tischler sie extra angefertigt, dabei waren sie von Ikea.

»In dieses Loch ziehe ich nicht. Und die Farbe ist grauenvoll«, erklärte Ria mit unfassbarem Selbstbewusstsein. »Die in dem großen Zimmer übrigens auch. Das musst du überstreichen, bevor ich einziehe. Was ist das überhaupt, senfblähfarben?«

»Das ist ocker«, erwiderte ich und musste mich extrem zusammenreißen. Wie kam diese Frau dazu, hier aufzutauchen, sich dermaßen respektlos zu verhalten und dann auch noch zu glauben, dass sie eine Zusage erhielt? »Und tut mir leid, aber ich fürchte, wir sind nicht auf einer Wellenlänge, weshalb ich dir das Zimmer nicht geben kann.«

Mein Herz klopfte wie wild. Ich hasste solche Situationen, dennoch war es nötig, meinen Standpunkt zu vertreten.

»Echt jetzt? Soll das etwa heißen, ich bin umsonst früher von der Arbeit weg und quer durch die Stadt getingelt, um mir die Bude anzusehen? Glaubst du, ich hätte nichts anderes zu tun?«

»Ich denke, du solltest gehen, Ria. Danke für deine Zeit und deinen Besuch«, erwiderte ich nur.

Ich war unglaublich froh, dass Nicola ebenfalls hier war, denn sie hatte bereits die Wohnungstür geöffnet und unterstrich meine Worte damit noch zusätzlich.

»Ihr haltet euch wohl für was Besseres, was? Fuck, ihr könnt mich mal!« Sie riss die Arme in die Höhe und zeigte uns beide Mittelfinger, bevor sie aus der Wohnung eilte.

Nicola riss die Augen auf und schloss die Tür, kaum dass Ria über die Schwelle getreten war.

»O Gott, was war das denn?«, flüsterte ich, die Hände an die Wangen gelegt.

»Ein übler Einstieg. Was bedeutet, es kann nur besser werden«, meinte Nicola und prustete schließlich los.

Ich lachte mit, auch wenn ich nach wie vor zitterte, weil mich diese Begegnung an meine Grenzen gebracht hatte. Im Restaurant hatte ich ebenfalls immer wieder mit Gästen zu tun, die sich über irgendetwas beschwerten. Aber dermaßen ausfallend war dort noch nie jemand mir gegenüber gewesen. Und obwohl ich aus der Bronx kam, hatte mich Rias Verhalten mehr als überrascht. Ich hatte einfach nicht damit gerechnet.

Die nächsten Besichtigungen waren jedoch nicht wirklich besser.

Nach Ria klingelte eine junge Frau, die ungefähr in meinem Alter sein musste. Sie war extrem geschminkt und sah mit ihren beiden Zöpfen, die hoch oben am Kopf saßen, ein bisschen aus wie eine Figur aus der Anime-Serie *Sailor Moon.* Dazu trug sie auch noch eine knappe Schuluniform, die ganz sicher nicht zu einer der New Yorker Privatschulen gehörte. Sie stellte sich als Adrastea vor, was noch verrückter war, da ich wusste, dass auch einer der Jupitermonde so hieß. Man hatte ihn nach der griechischen Göttin benannt, die für Belohnung und Bestrafung zuständig war, und ich war mir nicht sicher, was ich von diesem bestimmt von ihr selbst gewählten Namen halten sollte.

Am außergewöhnlichsten war jedoch die Tatsache, dass sie die ganze Zeit ihr Handy vor dem Gesicht hielt und in die Kamera sprach, als würde sie zu einem Publikum reden. Sie filmte jeden Raum, den wir ihr zeigten, und offensichtlich war sie wirklich live, denn sie fragte immer wieder nach Bewertungen zwischen eins und fünf.

»Filmst du ständig alles um dich herum?« Irgendwie machte mich das nervös. Vor uns hatte sie das Handy zwar jedes Mal gesenkt, als würde sie darauf achten, unsere Gesichter nicht zu zeigen. Trotzdem war es ein äußerst unangenehmes Gefühl.

»Klar.«

»Kannst du auch mal damit aufhören?«, wollte Nicola wissen. Sie schien ebenfalls davon genervt zu sein.

Adrastea schnaubte auf und verdrehte die Augen. Schließlich erklärte sie ihrem Publikum, dass sie sich später wieder melden würde. Dann schob sie ihr Handy in eine kleine puschelige Umhängetasche.

»Erzähl mal etwas von dir. Was machst du beruflich? Wie sieht ein normaler Tag bei dir aus?«

»Hauptberuflich bin ich Videospieltesterin und arbeite von zu Hause aus. Wenn ich nicht arbeite, bin ich live. Meine Fans lieben es, mich überallhin zu begleiten.«

Stirnrunzelnd schaute ich sie an. »Also entweder spielst du am Handy oder du redest ununterbrochen hinein?«

»Neee«, begann sie und ich ertappte mich dabei, wie ich erleichtert aufatmete, obwohl ich ihr noch gar nicht zugesagt hatte. »Ich filme auch regelmäßig, wenn ich Spiele teste. Ist doch logisch. Meine Kommentare zu den Spielen schneide ich später in die Spielmitschnitte ein.«

»Okay, danke. Ich melde mich, sollte ich mich für dich entscheiden«, erklärte ich und verabschiedete mich von ihr.

Als ich die Tür hinter ihr geschlossen hatte, drehte ich mich zu Nicola um, die die Backen aufgeblasen hatte. »Puh, die war echt anstrengend. Also ich will dich bei deiner Wahl nicht beeinflussen, du musst schließlich selbst wissen, wer hier zukünftig mit dir wohnen soll. Aber ich würde das vermutlich nicht lange aushalten.«

Da stimmte ich ihr zu. »Ich suche sie mal im Internet. Bestimmt heißt sie auch auf ihren Kanälen so.«

»Gute Idee.« Nicola beugte sich über mein Handy und stieß fast gleichzeitig mit mir einen Pfiff aus, als wir sahen, dass sie auf Instagram, YouTube und TikTok mehrere Millionen Follower hatte.

»Unsere Wohnung kennt nun die halbe Welt«, meinte ich lachend, obwohl ich das gar nicht lustig fand.

Als ich Nicola erklärte, dass Adrastea *ganz sicher* keine Zusage von mir bekommen würde, atmete sie erleichtert aus.

»Ein Glück. Sonst würde ich dich vermutlich nie besuchen.«

Ich konnte es ihr nicht einmal verübeln, dass sie so dachte, denn selbst ich fühlte mich nicht wohl bei dem Gedanken, jemanden in der Wohnung zu haben, der sein ganzes Leben mit der Öffentlichkeit teilte.

Bei der nächsten Kandidatin war ich nach den vorhergehenden Erlebnissen besonders vorsichtig. Sie hatte einen rotblonden Pagenkopf und stellte sich als Anna vor. Schätzungsweise war sie etwa in Nicolas Alter und machte überraschenderweise einen guten ersten Eindruck.

»Hübsch habt ihr es hier«, meinte sie, als sie sich im Wohnzimmer umsah. Auch die Küche schien ihr zu gefallen. »Würde ich auch im Badezimmer Platz für meine Sachen bekommen?«

»Sicher. Diese Hälfte gehört mir, die andere wird gerade noch von Nicola beansprucht und wäre dann für dich. Genügt dir das?«, fragte ich, als ich den Badezimmerschrank öffnete.

»Natürlich.« Sie lächelte und wirkte wirklich zufrieden. Auch Nicolas Zimmer schien für sie zu passen. »Schöne Farbe«, bemerkte sie mit einem anerkennenden Blick.

»Ja, ich habe mich sofort in dieses Blau verliebt, als ich es im Baumarkt gesehen habe.« Nicola zwinkerte mir zu und hielt hinter Annas Rücken den Daumen nach oben.

Anna erkundigte sich, welche Möbel hierbleiben würden, und Nicola erklärte auch ihr, dass sie nur die Kommode mitnehmen würde.

Annas Lächeln wurde breiter. »Wann könnte ich einziehen?«

»In gut eineinhalb Wochen. Nicola zieht am Freitag aus, also könntest du das Wochenende dafür nutzen, deine Sachen herzubringen.«

Anna nickte zufrieden. »Das klingt gut. Ich habe zwar grundsätzlich keinen Zeitdruck, aber je eher ich aus der Wohnung meines Freundes … sorry, *Ex*-Freundes ausziehen kann, desto besser.«

Ich schenkte ihr einen betretenen Blick und Nicola nickte mitfühlend. »Es gibt zwar noch ein paar weitere Besichtigungstermine, aber ich will ehrlich sein. Ich habe ein gutes Gefühl bei dir und ich glaube, das beruht auf Gegenseitigkeit.«

Anna stimmte mir zu, was mich nur noch mehr freute.

»Super! Ich würde mich bis zum Wochenende bei dir melden, wenn das für dich okay ist?«

Sie nickte. »Sicher, das passt gut.«

Nach ein paar letzten Fragen zu ihrem Job – sie arbeitete als Assistentin in einer Rechtsanwaltskanzlei –, zur Miete, zu den Nachbarn und zur Routine, was das Saubermachen in der Wohnung betraf, begleitete ich sie zur Tür. Es machte wirklich den Eindruck, als hätten wir uns gesucht und gefunden. Bevor wir uns verabschiedeten, vergewisserten wir uns noch, dass wir die jeweils richtige Telefonnummer gespeichert hatten.

Mit einem Grinsen schloss ich die Tür hinter ihr. »Die war echt gut, oder?«

»Ja, das denke ich auch. Sie wirkt sehr sympathisch und ich kann mir gut vorstellen, dass ihr miteinander auskommen werdet.« Nicola umarmte mich. »Falls das mit euch beiden klappt, kann ich guten Gewissens nach Chicago ziehen.«

Ich nickte und spürte, wie mir ein großer Stein vom Herzen fiel.

Es dauerte nicht lange, bis der nächste Bewerber klingelte und mir bewusst machte, dass Anna wohl eher eine Ausnahme als die Regel war. Der junge Mann hatte hüftlange Haare und einen Bart, war etwas Mitte zwanzig und wurde von seiner Freundin begleitet.

»Sind die Mauern recht dünn?«, wollte er nach der Führung wissen und klopfte probehalber an die Wand zwischen Küche und Nicolas Zimmer. »Wir haben oft und gerne Sex – mehrmals täglich – und halten uns dabei nicht zurück«, erklärte er trocken, als würde er mir anvertrauen, dass er seinen Kaffee mit Milch trank.

»Ähm ...« Kurz schaute ich zu Nicola, was leider nicht wirklich hilfreich war, weil sie gegen einen aufsteigenden Lachkrampf ankämpfte. »Also das Haus ist allgemein sehr hellhörig.«

»Mhm ... gut, das ist grundsätzlich kein Problem für uns, nicht wahr, Adam? Du kannst gern mitmachen, wenn wir dich durch unser Stöhnen animieren«, meinte seine Freundin, die wohl ebenfalls mit einziehen wollte.

Dem Kerl schien es nichts auszumachen, im Gegenteil, er zwinkerte mir sogar zu.

»Danke, ich gönne jedem seinen Spaß im Bett, trotzdem will ich davon weder etwas mitbekommen noch werde ich mitmischen.«

»Ah, nein, wir treiben es lieber außerhalb des Bettes. Wenn du nicht mitmachen möchtest, ist das zwar schade, aber sollte deine Freundin mal zu Besuch kommen …«

Der Typ schaute Nicola an, doch sie schüttelte abwehrend den Kopf. »Nee, das ist nichts für mich.«

Rasch räusperte ich mich. »Ich glaube nicht, dass wir die gleichen Vorstellungen vom Zusammenleben in einer WG haben. Trotzdem danke für euren Besuch.« Mit diesen Worten öffnete ich die Wohnungstür und die beiden gingen, ohne einen Aufstand zu machen.

Als wir wieder allein waren, fühlte ich mich müde und ausgelaugt. Nachdem ich mich noch kurz mit Nicola ausgetauscht und sie mir versprochen hatte, übermorgen bei den nächsten Besichtigungen ebenfalls dabei zu sein, zog ich mich in mein Zimmer zurück. Ich reflektierte die verschiedenen Begegnungen und überlegte, ob es an mir lag, dass ich mir ein Zusammenleben mit den *speziellen Fällen* nicht vorstellen konnte. Gut, zu Anna schien ich gleich einen Draht gefunden zu haben, doch sie wirkte auf mich eher wie ein Glücksfall. Eine Weile grübelte ich noch darüber nach und kam zu dem Schluss, dass es nicht unbedingt eine schlechte Eigenschaft sein musste, nur weil jemand *anders* war. Klar war ich geprägt durch meine Eltern und deren teils sehr exzessiven Lebensstil, aber vielleicht sollte ich an mir und meiner Einstellung fremden Menschen gegenüber arbeiten?

Wenn mich jemand gut genug kannte, um das beurteilen zu können, war es Tante Julia. Jahrelang hatte ich mehr Zeit bei Moms Schwägerin verbracht als zu Hause, denn im Gegensatz zu meiner Mutter war sie immer nüchtern gewesen.

Sie hatte mich aufgeklärt, hatte mit mir die ersten Tampons gekauft und war für mich da gewesen, als ich mit vierzehn den ersten

Liebeskummer hatte, weil Philip Scott von einem Tag auf den anderen nicht mehr mit mir Händchen halten wollte. Stattdessen ging er mit Beverly Mullins, die sich gern seine Zunge in den Hals stecken ließ.

Ich machte es mir auf meinem Bett bequem und rief meine Tante an.

»Cecile, Liebes, wie geht es dir?«

»Ganz gut, danke, ich hoffe, euch ebenfalls?«

Sie seufzte tief. »Ja, na ja … ich denke schon.«

»Was ist los?«

Kurz suchte sie nach Worten. »Ach … vermutlich nur mütterlicher Wahnsinn. Was kann ich denn für dich tun?«, lenkte sie ab und ich ging vorerst darauf ein, weil ich sie nicht bedrängen wollte.

Ich erzählte ihr von Nicolas Umzug und von den Leuten, die heute zur Wohnungsbesichtigung gekommen waren. »Denkst du, ich bin zu überempfindlich und lasse mich zu schnell abschrecken? Ich weiß es echt nicht.«

»Hm, was meint denn Nicola zu den Bewerbern?«

»Bis auf Anna fand sie die Leute auch nicht besonders toll, aber ich bin mir nicht sicher, ob sie das völlig wertfrei sagt. Ich weiß, sie ist wegen des Umzugs sehr zwiegespalten. Einerseits freut sie sich auf die neue Arbeit und die damit verbundenen Möglichkeiten. Andererseits liebt sie New York und wohnt gern hier. Wir verstehen uns super und … na ja, sie wird einen lieb gewonnenen Teil ihres Lebens zurücklassen müssen. Was also, wenn sie – vielleicht unbewusst – der Meinung ist, dass niemand sie als Mitbewohnerin ersetzen kann?«

Ein Lachen drang an mein Ohr. »Liebes, ich glaube, du zerdenkst das alles viel zu sehr. Was sagt dein Bauchgefühl?«

Verlegen fegte ich unsichtbare Krümel von der Bettdecke. »Dass außer Anna niemand passt.«

»Siehst du? Somit hast du deine Antwort. Auf das Bauchgefühl würde ich mich *immer* verlassen. Es liegt so gut wie jedes Mal richtig.«

»Aber was, wenn ich nur deshalb so empfinde, weil ich alle automatisch mit Nicola vergleiche?«

Tante Julia seufzte tief. »Okay, angenommen, es klappt mit Anna doch nicht. Dann solltest du vielleicht nach einer neuen Bleibe Ausschau halten. Plan B, du weißt schon.«

Mein Magen zog sich zusammen. Ich wollte nicht weg von hier, ich war gern in dieser Gegend zu Hause. Für ein bezahlbares Apartment müsste ich viel weiter weg vom Zentrum ziehen.

»Mal sehen, ich habe ja Annas Nummer.« Es ärgerte mich, dass mir anzuhören war, wie sehr mich meine Lage verunsicherte.

»Ach, Liebes. Du findest bestimmt eine Lösung.«

Darauf wollte ich etwas erwidern, hörte jedoch ein Rascheln und dann die gedämpfte Stimme von Onkel Craig. Meine Tante unterhielt sich kurz mit ihm, ehe sie sich wieder an mich wandte. »Tut mir leid, ich … Sag mal, hattest du eigentlich eine Phase, in der du dich komplett eingeigelt und mit niemandem mehr gesprochen, geschweige denn, dein Zimmer verlassen hast?«

Stirnrunzelnd dachte ich über ihre Frage nach. »Meinst du, wie damals, als dieser Kerl bei Mom eingezogen ist, der fast immer splitterfasernackt durch die Wohnung gelaufen ist, sogar wenn ich zu Hause war? Oder als Dad mein heimlich angespartes Geld gefunden und mir alles weggenommen hat, um seine Spielschulden zu bezahlen?«

»Hm, nein. Es ist … Marylin ist seit Kurzem sehr in sich gekehrt. Sie antwortet nur einsilbig und weigert sich, zur Schule zu gehen. Denkst du, sie hat Angst vor der anstehenden Veränderung? Du weißt schon, die Abschlussprüfungen, die Suche nach einem College und so weiter.«

Alarmiert setzte ich mich auf. »Was? Warum geht sie denn nicht zur Schule? Und seit wann?«

»Seit Montag. Erst dachte ich noch, sie hat Kopfschmerzen oder Menstruationsbeschwerden. Ihr Zustand ist jedoch seit zwei Tagen unverändert und ... sie lässt sich nicht überreden, zum Arzt zu gehen. Wenn ich nachfrage, schließt sie mich aus ihrem Zimmer aus. Craig meint, dass es nur wieder eine pubertäre Phase ist, aber ehrlich, sie ist siebzehn. Müsste es da mit solchen Anwandlungen nicht schon vorbei sein?«

»Selbst wenn nicht, ist das doch total untypisch für sie, oder nicht?«

Marylin ging wirklich gern zur Schule. Sie war eines dieser Mädchen, die verstanden hatten, wie wichtig eine gute Ausbildung war, um aus dem Sumpf unseres Viertels herauszukommen.

Erneut seufzte Julia tief. »Dachte ich auch. Aber ich bin mir nicht sicher. Bei mir ist es zu lange her.« Sie lachte halbherzig. »Ich frage mich, ob in der Schule etwas vorgefallen ist. Vielleicht hat es Streit mit ihren Freundinnen gegeben, wäre ja nicht das erste Mal.«

»Soll ich mal mit ihr reden?«, bot ich an.

»Ja, kannst du gern machen. Sie ist zu Hause und bestimmt auf ihrem Handy erreichbar. Aber sag nicht, dass ich mit dir über sie gesprochen habe. Es könnte ja auch etwas Persönliches gegen mich sein, was ich nur nicht verstehe, und sie macht dadurch weiter dicht.«

»Alles klar. Ich rufe sie an. Und sollte ich etwas erfahren ...« Ich bremste mitten im Satz, weil ich meiner Tante nicht versprechen wollte, dass ich ihr Marylins Geheimnis erzählen würde.

»Es genügt, wenn ich weiß, dass es meinem Schatz gut geht. Dann bin ich schon zufrieden.«

»Okay.« Ich verabschiedete mich von ihr und holte mir eine Karotte aus dem Kühlschrank, damit etwas Zeit verstrich und Marylin keinen Verdacht schöpfte, sollte sie mitbekommen haben, dass ihre

Mutter gerade mit mir telefoniert hatte. Anschließend wählte ich ihre Nummer, landete jedoch nach mehrmaligem Klingeln auf der Mailbox. Also beschloss ich, ihr eine Nachricht zu schicken.

Hey, Süße, wie geht es dir? Hast du schon eine College-Vorauswahl getroffen? Wenn ja, sag gern Bescheid, welche es sind. Dann kann ich mir einen Überblick verschaffen. Ich habe gerade Zeit.

Eine kleine Notlüge, die sie mir hoffentlich verzieh. Und sie schrieb mir tatsächlich zurück.

Alles gut. Ja, hab aber die Liste nicht bei mir. Bin unterwegs.

Nachdenklich starrte ich auf ihre Antwort und fragte mich, warum sie mich angelogen hatte.

Kapitel 6

Trevor

Liam im Gefängnis zu besuchen, war schlimm genug. Mit ihm jedoch durch eine Glasscheibe hindurch nur über einen Telefonhörer sprechen zu können, war richtig übel. Es tat weh und ich schämte mich für meine Eltern, die einfach gar nichts unternahmen, um ihrem Sohn zu helfen.

Fast eine Woche war er nun schon hier. Mom und Dad hatten weder die Kaution bezahlt noch einen Anwalt besorgt. Im Moment blieb ihm nichts anderes übrig, als auf seine Verhandlung zu warten.

Er seufzte. »Den Pflichtverteidiger, den man mir gestellt hat, kann ich vergessen. Er hat ein persönliches Problem mit mir und ist davon überzeugt, dass ich am Steuer gesessen habe. Er hört mir gar nicht zu, wenn ich ihm sage, dass mir ein Kumpel kurz nach unserem Eintreffen den Schlüssel abgenommen hat, damit ich nicht mehr selbst fahre.«

»Also warst du doch auf der Party, als der Unfall passiert ist? Dann muss es doch Zeugen geben, oder nicht? Ist vielleicht dieser Kumpel gefahren, der deinen Schlüssel hatte?«

»Nein, ist er nicht. Daniel hat die ganze Zeit im Haus gefeiert, das wurde von mehreren bestätigt. Nur ich … war zum Unfallzeitpunkt nicht auf der Party.«

Mit erhobener Augenbraue lehnte ich mich nach vorn. »Sondern?«

Auch Dad hatte etwas der Art erwähnt, aber für mich hatte das keinen Sinn ergeben. Warum hätte mein Bruder die Party allein und ohne sein Auto verlassen sollen? Oder hatte es sich doch so zugetragen, wie die Polizei behauptet hatte?

Liam presste die Lippen aufeinander.

»Ich hoffe, du weißt, dass es ein verdammt schlechter Zeitpunkt ist, um irgendwelche Informationen zurückzuhalten. Nichts kann so wichtig sein, dass du es verschweigst.«

»Ich war in einem nahe gelegenen Waldstück.«

Mein Atem stockte, aber noch immer wollte ich nicht glauben, dass die Anschuldigungen wahr waren. Denn das konnte einfach nicht sein. »Was zur Hölle hattest du dort zu suchen?«

»Das tut doch jetzt nichts zur Sache. Ich war allein im Wald, um Luft zu schnappen.«

Okay, auf Studentenfeiern war die Luft oft zum Schneiden, vom Alkohol, zu vielen Gästen, Schweiß und Erbrochenem. Ich nickte verständnisvoll.

»Und zuvor war ich *bei* meinem Wagen. Sicher hat jemand beobachtet, wie ich zum Parkplatz gegangen bin. Daniel kann sich nicht mehr erinnern, was er mit meinem Schlüssel gemacht hat, er war zu betrunken. Es könnte also sein, dass er ihn einfach weitergegeben hat. Vielleicht wurde er ihm ebenfalls abgenommen, damit er keinen Unsinn anstellt. Was weiß ich? Fakt ist, dass ich in der Klemme stecke. Und wenn Mom und Dad nichts unternehmen, um mich hier rauszuholen …« Seine Stimme zitterte. Er redete nicht weiter, musste er auch nicht.

Sein Leben wäre vorbei. Studium, Job, Zukunft … Alles, wofür er gearbeitet hatte, worauf er sich gefreut hatte – weg. Und er konnte nicht einmal etwas dafür, weil er unschuldig war.

Nur konnte er es allein nicht beweisen.

Niemand glaubte ihm.

Niemand, außer mir.

»Ich glaube dir«, sagte ich deshalb, weil es mir wichtig war, dass Liam das wusste.

Er schnaubte halb lachend, halb verzweifelt. »Danke, aber … das hilft mir leider nicht.«

»Ich möchte nur, dass du das weißt. Und ich werde alles tun, damit du hier rauskommst.«

»Wie willst du das anstellen? Es gibt keine Beweise, und die beiden anderen, die verhaftet wurden, behaupten, dass ich gefahren bin. Zudem gibt es niemanden, der bezeugen kann, dass ich im Wald war …«

»Ich weiß es nicht, okay? Aber ich werde alle Hebel in Bewegung setzen.«

Liam sah mich warnend an. »Du wirst nichts Unvernünftiges machen und am Ende ebenfalls hier drin landen, hörst du?«

»Keine Sorge, das habe ich nicht vor.«

Eine Weile musterte er mich schweigend. »Du siehst Dad immer ähnlicher«, sagte er schließlich leise, und die Art, wie seine Stimme dabei schwankte, verriet mir, wie sehr er unseren Vater vermisste – und wie enttäuscht er von ihm war.

Verunsichert rieb ich mir über meinen Bart. Ich wollte nicht wie Dad sein, auch nicht wie er aussehen. Seit Liams Verhaftung fühlte ich eine so große Kluft zwischen Dad und mir wie nie zuvor. Vielleicht sollte ich Verständnis für seine Reaktion zeigen. Er und sein Bruder Oliver hatten angeblich ein ähnlich enges Verhältnis gehabt wie Liam und ich.

Meinen Bruder im Gefängnis zu sehen, war schlimm, aber der Gedanke, er wäre bei einem Verkehrsunfall verunglückt, schnürte mir die Luft ab. Unvorstellbar, welche Trauer, welchen Schmerz unser Vater hatte aushalten müssen.

Und trotzdem wäre es für mich kein Grund, den eigenen Sohn zu verstoßen.

»Ich hole dich hier raus, Liam, versprochen«, wiederholte ich.

Er seufzte, schüttelte nur den Kopf.

»Ich gebe nicht auf, Liam. Glaub mir, es gibt immer Wege, die Wahrheit ans Licht zu bringen. Ich setze einen Privatdetektiv auf die Sache an oder ich engagiere Dads Anwalt auf eigene Faust.«

»Und wovon willst du das bezahlen? Mom und Dad drehen dir sofort den Geldhahn zu, sobald sie Wind davon bekommen.«

Meine Finger legten sich fester um den altmodischen Telefonhörer in der Hand. »Ich werde eine Lösung finden, verlass dich auf mich.«

»Trevor!« Liam sprach meinen Namen scharf und warnend aus. Glaubte er wirklich, dass ich irgendetwas Illegales tun könnte? Auf diese Idee würde ich nie kommen.

Ein Wärter trat hinter ihn und sagte etwas, was ich nicht verstehen konnte. Offenbar war meine Zeit mit Liam für heute vorbei.

»Ich muss …«, bestätigte er meine Vermutung.

»Ich lass dich nicht im Stich!« Meine Stimme war entschlossen und fest und ich schaute ihm hinterher, bis er aus meinem Sichtfeld verschwand.

Wenig später hatte ich das Gefängnis verlassen und atmete erst einmal tief durch. Schon als Besucher hatten diese Mauern eine unglaublich bedrückende Wirkung. Ich wollte mir nicht ausmalen, wie es Liam dort drin ging.

Heute Morgen hatte ich kurzfristig beschlossen, meine Kurse an der Uni sausen zu lassen, und war stattdessen ganz spontan zum Flughafen gefahren, wo ich die erstbeste Maschine nach New York genommen hatte. Ich hatte weder Klamotten gepackt noch mich um eine Unterkunft bemüht, weil ich zuerst Liams Sicht der Dinge erfahren wollte. Und nun hatte ich einen Plan. Ich fuhr mit dem Taxi zurück zum *JFK*, wo ich einen Rückflug nach Chicago buchen würde.

Mein Wort Liam gegenüber würde ich auf jeden Fall halten und ihn aus diesem Gefängnis herausholen.

Es dämmerte bereits, als ich Stunden später das Haus unserer Eltern betrat. »Mom? Dad?« Ich lauschte in die Stille, konnte jedoch niemanden hören.

Kurz entschlossen steuerte ich Dads Büro an. Ich wusste, dass er eine Mappe hatte, in der er sämtliche Visitenkarten alphabetisch einsortierte. Dort würde ich auch die Kontaktdaten des Anwalts finden.

Obwohl mir niemand geantwortet hatte, hielt ich vor dem Arbeitszimmer und klopfte an, doch es blieb weiterhin still. Also drückte ich die Klinke nach unten und hoffte, dass er den Raum nicht abgeschlossen hatte. Mit einem leisen Klicken öffnete sich die Tür und ich trat mit rasendem Herzen ein. Dad hatte es noch nie gemocht, wenn wir in seinem Büro waren, ohne dass er selbst anwesend war. Umso verbotener fühlte es sich an, als ich die Beschriftungen der vielen Ordner überflog.

Endlich entdeckte ich die Mappe und zog sie aus dem Regal. Ich wusste, dass der Familienname des Anwalts mit einem *F* begann, also schlug ich sie dort auf und wurde tatsächlich fündig.

Mit dem Handy fotografierte ich Mister Fergusons Kanzleiadresse und Telefonnummer und klappte den Ordner wieder zu. Doch gerade als ich ihn zurück an seinen Platz stellen wollte, ging die Tür auf und Dad stand mir gegenüber.

»Was …?« Sein Blick fiel auf die Mappe in meiner Hand und seine Augenbrauen schoben sich zusammen. »Was soll das, Trevor?«

»Wenn ihr nichts unternehmt, um Liam freizubekommen, ist das eure Sache. Ich werde jedenfalls nicht einfach so hinnehmen, dass er unschuldig hinter Gittern …«

»Fang jetzt nicht wieder damit an!«, unterbrach er mich polternd, sodass ich zusammenzuckte. »Akzeptiere die Schuld deines Bruders, genau wie wir uns damit abfinden mussten. Du *kannst* ihn nicht retten, weil *Lügner* nicht freikommen und die Gerechtigkeit siegt. Und glaube mir, deine Mutter und ich leiden sehr darunter, was Liam getan hat.«

»Ihr habt weder mit ihm gesprochen noch ihn im Gefängnis besucht, also erzähl mir nicht, dass er ein Lügner ist! Er sagt die Wahrheit, Dad! Das wüsstest du, wenn du in sein Gesicht gesehen hättest.«

Drohend kam mein Vater näher, doch diesmal würde ich mich nicht von ihm einschüchtern lassen. »Du warst bei ihm?« Wütend funkelte er mich an und gab mir das Gefühl, als sei ich ein Verräter.

»Ja, ich komme gerade vom Flughafen. Und ich werde Mister Ferguson beauftragen, ihn …«

Sein lautes Lachen ließ mich verstummen. »Mister Ferguson weiß Bescheid. Ich kann zwar nicht glauben, dass *du* ihn kontaktieren willst, das hätte ich eher Liam selbst zugetraut. Aber gut, dass ich bereits mit ihm gesprochen habe. Er hat von mir die ausdrückliche Anweisung bekommen, sich aus der Sache herauszuhalten.«

Ungläubig schüttelte ich den Kopf. »Wieso sollte er das tun? Er könnte damit eine Menge Geld verdienen, warum sollte er sich das …« Dann dämmerte es mir. »Du hast ihn dafür *bezahlt*, Liam nicht zu vertreten!«

Dads Schweigen traf mich heftiger als ein Schlag ins Gesicht.

»Worum geht es hier wirklich? Das alles nur, weil vor zwanzig Jahren ein Betrunkener deinen Bruder überfahren hat? Das glaube ich dir nicht.«

Es gab keinen Grund mehr, mich zurückzuhalten. Die Wut gegen

Dad, gegen meine Eltern, brodelte so heftig in mir, dass ich mich unmöglich länger zusammenreißen konnte.

»Du hast recht, das ist nicht der einzige Beweggrund«, hörte ich Moms Stimme hinter mir.

Ich wirbelte zu ihr herum. Sie stand in der Tür zu Dads Arbeitszimmer und ich sah Entschlossenheit und Kälte in ihrem Gesicht. »Es geht auch um den Ruf von *Collins Cosmetics*. Egal wie die Sache ausgeht, dieser Skandal würde immer an Liams Namen haften. Es ist unmöglich, dass ein Mann, der ein Menschenleben auf dem Gewissen hat oder zumindest in den Tod der Frau verwickelt ist, die Führung des Unternehmens übernimmt. Das würde ihn schwächen, angreifbar machen und ihn zu einer nicht ernst zu nehmenden Führungsperson degradieren. Nicht nur in den Augen der Mitarbeiter und der Kunden, sondern auch bei der Konkurrenz – und dabei spielt es keine Rolle, ob er es wirklich gewesen ist oder nur zur falschen Zeit am falschen Ort war. Es würde an ihm haften wie zäher Kaugummi und er würde dieses Siegel sein ganzes Leben lang mit sich tragen müssen – genau wie *Collins Cosmetics*. Glaub mir, Trevor, dafür haben dein Vater und ich nicht so hart gearbeitet. Das kannst du sicher verstehen.«

Jeder Satz von ihr fühlte sich an, als würde sie mit ihren Händen in meinen Eingeweiden wühlen. Als würde sie mir eigenhändig die Luft abschnüren und mein Herz zerquetschen.

Noch nie in meinem Leben hatte ich mich so für meine Eltern geschämt und sie gleichzeitig dermaßen verabscheut.

»Nein!«, brachte ich atemlos hervor. Mein Puls war jenseits von Gut und Böse, ich hörte das Blut in meinen Ohren rauschen. Es kostete mich einiges an Beherrschung, nicht irgendetwas durch die Luft zu schleudern, um auf diese Weise meine Wut und Ohnmacht zum Ausdruck zu bringen. »Nein, ich verstehe es nicht. Liam ist euer *Sohn*, euer Erstgeborener. Und euer Verhalten kommt einem Schuldeingeständnis gleich. Das kann nicht euer Ernst sein! Die Zukunft von *Collins Cosmetics* …«

»Die Zukunft von *Collins Cosmetics* hängt nicht von Liam ab! Nicht mehr. Sie liegt im Moment in unseren Händen.« Dad schaute mich emotionslos an und ich wusste, dass er sich nicht von seiner Meinung abbringen lassen würde. Die beiden hatten das bereits ausführlich besprochen, hatten sich ihren Plan zurechtgelegt – und darin hatte Liam keinen Platz mehr.

Vielleicht fiel es ihnen wirklich schwer, ihren Sohn zu verleugnen und im Stich zu lassen. Aber der Kosmetikkonzern war ihr Leben. Schon lange vor unserer Geburt. Ihre Worte und Taten waren nur ein Beweis, dass wir Kinder auf ihrer Prioritätenliste nicht an erster Stelle standen.

Als mir das klar wurde, machte es in mir klick. Ich verstand, dass es für mich nur noch einen Weg gab.

»Ihr nehmt es in Kauf, Liam zu verlieren? Dann müsst ihr auch ohne mich leben.« Noch bevor sie etwas erwidern konnten, drehte ich mich um und eilte zur Tür.

»Trevor, warte!«

Hinter mir klackerten Moms Absätze auf dem Marmorboden, doch Dads strenges »Lass ihn!« brachte sie zum Stehenbleiben.

Und in mir zerbrach noch mehr.

Wie in Trance erreichte ich mein Auto und fuhr los. Seltsamerweise fühlte ich mich erleichtert und frei. Fast so, als hätte ich eine schwere Last von meinen Schultern geschoben.

Ich brauchte einen Plan, und der würde mich auf jeden Fall nach New York führen. Ich wollte, nein, ich *musste* in Liams Nähe sein. Unmöglich konnte ich länger in Chicago hocken und aus der Ferne agieren. Und die Beweise für seine Unschuld würde ich hier auch nicht finden. Also fuhr ich zurück in meine Wohnung, wo ich entschlossen den Koffer packte. Erst im Bad stockte ich, als ich mich im Spiegel sah.

Liam hatte recht, die optische Ähnlichkeit zu meinem Vater konnte ich nicht leugnen. Die Haare reichten mir fast bis zum Kinn und mit dem Vollbart sah ich aus wie eine jüngere Version unseres Dads. Mein Bruder hatte die weicheren Züge von Mom geerbt, aber ich …

Kurz entschlossen holte ich den Rasierapparat aus der Schublade, setzte ihn ans Kinn und schaltete ihn ein. Alle Barthaare, die ich mir mit meinen neunzehn Jahren mühsam gezüchtet hatte, landeten im Waschbecken. Danach trug ich Rasierschaum auf und rasierte mein Gesicht, bis es so glatt war wie vor der Pubertät.

Es war ein seltsamer Anblick, nach so langer Zeit wieder überall die Haut auf meinen Wangen sehen zu können, aber auch ein befriedigender. Die Ähnlichkeit zu meinem Vater war bedeutend geringer geworden.

Für einen Moment überlegte ich, mir auch die Haare abzurasieren. Doch ich wusste, dass mir das nicht stand. Als ich sie zuletzt so kurz getragen hatte, hatte mich Liam ausgelacht und gemeint, ich würde wie ein Verbrecher aussehen. Das konnte ich auf keinen Fall riskieren. Ich hatte schon früh gelernt, welchen Einfluss das Äußere in unserer oberflächlichen Gesellschaft haben konnte. Mich zu verunstalten, machte also keinen Sinn.

Dennoch störte mich meine Frisur mit einem Mal gewaltig. Also klopfte ich bei der Nachbarin zwei Stockwerke über mir. Zum Glück war die Promi-Stylistin zu Hause. Nachdem ich sie fast auf Knien angefleht hatte, mir jetzt und sofort die Haare zu schneiden, ließ sie sich breitschlagen und verpasste mir eine lässige Frisur. Hinten und seitlich hatte sie die Haare kurz geschoren, nur oben waren sie noch etwas länger. Ich bedankte mich bei ihr mit dem doppelten Lohn und ging zurück in meine Wohnung.

Zufrieden buchte ich einen Flug und ein Uber, das mich wenig später zum Flughafen brachte. Und diese Entscheidung fühlte sich verdammt richtig an, auch wenn mein Herz gebrochen war und ich Angst um Liam hatte. Aber den Optimismus konnte ich immer noch begraben, sollte ich feststellen, dass meine Mühen umsonst gewesen waren. Bis dahin würde ich kämpfen und einfach alles tun, was in meiner Macht stand, um meinen Bruder zu retten.

»Trevor?« Einen Augenblick lang musterte mich Liam, dann konnte ich in seinem Gesicht sehen, dass ihm klar wurde, weshalb ich den Bart abrasiert hatte. »Gut siehst du aus.« Er grinste, wurde dann jedoch ernst. »Wieso bist du wieder hier? Gibt es Neuigkeiten von Mom und Dad?«

Ich hasste es, wie hoffnungsvoll er klang.

Bestimmt dachte er, es hätte sich noch gestern nach meiner Rückreise etwas ergeben, was mich dazu gebracht hatte, heute erneut herzukommen. Etwas Positives, was ihm helfen würde, freizukommen.

Doch da musste ich ihn leider enttäuschen.

Kurz schüttelte ich den Kopf, bevor ich ihm meine Entscheidung mitteilte. »Ich werde vorerst in New York bleiben und nicht weiterstudieren. Zumindest nicht Chemie.«

Mein Bruder riss die Augen auf und schaute mich überrascht an. »Was? Wieso denn? Willst du deine Zukunft wegwerfen? Dein Platz im Konzern ist dir doch sicher, gerade jetzt, wo ich nicht mehr …«

»Darüber werde ich nicht mit dir diskutieren. Du weißt, dass ich schon lange überlege, ob es wirklich das ist, was ich machen will. Ich habe mich nie bei *Collins Cosmetics* gesehen. Das war immer Moms und Dads Wunsch und ich habe sie in dem Glauben gelassen.«

Liam seufzte und verdrehte die Augen. »Okay, du bist sauer auf sie. Das ist aber kein Grund, auf das Erbe zu verzichten.«

Einen Augenblick lang schaute ich ihn an, doch dann wurde mir bewusst, dass ich meinen Bruder nicht länger mit Samthandschuhen anfassen konnte. Er musste die Wahrheit erfahren, um zu verstehen, was dahintersteckte. »Scheiß auf das Erbe, Liam. Mom und Dad haben dich *aufgegeben.* In ihren Augen bist du ein Lügner, ein Mörder. Sie sind fest davon überzeugt, dass du uns alle an der Nase herumführst. Und sie werden sich nicht für ihr Misstrauen entschuldigen und dich zurück in den Kreis der Familie holen. Weißt du auch, wieso?«

Erkenntnis blitzte in seinen Augen auf. »Ihnen geht es um den Ruf des Konzerns.«

»Bingo.« Abfällig presste ich dieses Wort hervor. Zu sehen, wie schlimm ihn die Wahrheit traf, fühlte sich an, als würde man mir einen Dolch ins Herz rammen. »Egal was du tust oder sagst, sie haben beschlossen, nur noch einen Sohn zu haben. Aber ich will nichts mit falschen, machtbesessenen, geldgierigen Leuten zu tun haben, die den Ruf ihres Unternehmens vor die eigenen Kinder stellen. Vielleicht würdest du in meiner Situation anders handeln, aber ich kann es nicht mit meinem Gewissen vereinbaren, hinter ihnen und einem Konzern zu stehen, für die es keinen Liam Collins mehr gibt.«

Entkräftet stützte mein Bruder den Kopf in die Hand. Er murmelte ein paar Flüche und am liebsten hätte ich ihn umarmt, um ihm Halt zu geben.

»Ich gehe nicht zurück nach Chicago, Liam. Nicht solange du hier sitzt und für eine Sache bezahlen musst, die du nicht getan hast.«

Er nickte langsam.

»Weißt du, wann die Verhandlung sein wird?«

Liam zuckte mit den Schultern. »Der Anwalt meinte, es könne schnell gehen und ich würde innerhalb der nächsten Wochen einen Termin bekommen. Manchmal zieht es sich aber auch über Monate hin.«

»Okay, das wäre grundsätzlich sogar gut für uns. Ich hätte dann mehr Zeit, um herauszufinden, wie ich deine Unschuld beweisen kann. Und egal wie lange es dauert, ich bin für dich da.« Dieses Versprechen würde ich nicht brechen.

»Wo wohnst du? Hast du ein Apartment in New York?«, wollte Liam wissen, während ein paar Plätze neben uns ein Streit ausgebrochen war. Aber wir durften keine Zeit verschwenden. Die Wärter waren streng mit der Besuchsdauer und wir mussten noch viel besprechen.

»Im Moment bin ich im Walker Hotel Tribeca, das ist hier gleich um die Ecke. Allerdings werde ich mich nach einem Apartment umsehen, das ich beziehen kann. Bestenfalls voll möbliert und in deiner Nähe.« CJ hatte ich noch nicht informiert, aber ich wollte mich in den nächsten Tagen bei ihm melden. Immerhin würde es auch mir guttun, einen Verbündeten in der Stadt zu haben, und vielleicht konnte er mich ja zumindest moralisch bei meinem Kampf um meinen Bruder und die Gerechtigkeit unterstützen.

Liam nickte. »Okay, hör zu, vielleicht gibt es ja doch Zeugen. Jemanden, der mich gesehen hat, wie ich vom Auto weg in den Wald gegangen bin. Oder jemand hat mitbekommen, wie ich Daniel meinen Schlüssel gegeben habe. Die Party hat bei Stacey Todd stattgefunden. Sie ist eine Kommilitonin von mir und hat ein Zimmer im Wohnheim neben meinem auf dem Campus. In dieser Nacht ist verdammt viel Alkohol geflossen und es hat bestimmt einige Filmrisse gegeben. Dennoch kann ich nach wie vor nicht glauben, dass niemand etwas gesehen hat.«

»Was sagt denn die Polizei?«

»Die sehen mich als Schuldigen, nachdem mehrere Partygäste ausgesagt haben, dass ich der Fahrer war. Ich gehe jedoch davon aus, dass die Leute sich abgesprochen haben, weil sie alle befreundet sind. Für die Polizei ist der Fall durch die vielen übereinstimmenden Aussagen klar. Aber vielleicht findest du ein paar Leute, die an meine Unschuld glauben – oder die zumindest unparteiisch sind und neutral an den Fall herangehen.«

»Okay, ich kümmere mich darum.«

»Ich *hasse* es, dass ich dir nicht helfen kann.« Liams Schultern sackten nach vorn.

»Wie hoch wurde deine Kaution angesetzt? Vielleicht könnte ich sie ja …«

»Vier Millionen Dollar«, fiel Liam mir ins Wort.

Mir klappte der Mund auf. »Was denken die denn? Haben sie Angst, dass du abhaust und untertauchst?«

Er zuckte mit den Schultern. »Mich wundert es ehrlich gesagt, dass sie nicht mehr gefordert haben. Immerhin wissen sie, wer meine Eltern sind und dass die Summe kein Problem für sie wäre. Vielleicht wollte der Richter nur sichergehen, dass sonst niemand die Kaution bezahlt, damit ich nicht die Gelegenheit nutze, um mich ins Ausland abzusetzen.«

Sprachlos schüttelte ich den Kopf. »Ich hoffe, die Leute hier lassen dich in Ruhe«, raunte ich so leise wie möglich in den Hörer.

»Ich komm schon klar«, meinte er und deutete ein aufmunterndes Lächeln an, das ich ihm nicht ganz abnahm.

Zu gern hätte ich mich noch länger mit ihm unterhalten, aber wie beim letzten Mal wurden wir viel zu früh unterbrochen, weil die Besuchszeit zu Ende war.

Auf dem Weg zurück ins Hotel nahm ich einen Umweg und ging in das Restaurant, in dem ich zuletzt mit meiner Familie gewesen war. Nicht weil ich mich gern an das Essen mit ihnen zurückerinnerte, sondern weil ein kleiner, aber verrückter Teil in mir sich bei der jungen Frau am Empfang entschuldigen wollte. Falls sie hier war, wollte ich sie ansprechen und ihr sagen, wie leid es mir tat, dass sich meine Mutter so unmöglich verhalten hatte. Doch heute stand ein junger Mann hinter dem Tresen am Eingang. Also fragte ich spontan nach einem freien Tisch. Und ich hatte Glück. Auch ohne Reservierung bekam ich einen Platz, was bestimmt daran lag, dass es noch nicht einmal elf Uhr war und die meisten Leute erst später zu Mittag essen würden.

Ich bestellte den Fisch, den ich schon beim letzten Mal nehmen wollte, bevor ich mich kurzfristig für das Filet Mignon entschieden hatte. Während ich aß, überlegte ich, was in den nächsten Tagen auf dem Plan stand: Apartment suchen, ein Auto mieten oder kaufen, mich auf dem Campus umsehen und diese Stacey Todd finden, von der Liam gesprochen hatte. Eventuell konnte sie eine Namensliste der Leute erstellen, die auf der Party gewesen sind. Außerdem wollte ich einen Privatdetektiv beauftragen, der garantiert bessere Möglichkeiten hatte, an Informationen zu gelangen als ich. Detective Miller brauchte ich nicht um Hilfe zu bitten – vermutlich hatte ihn unser Vater genauso unter Kontrolle wie den Anwalt und ich wollte mir die Sache nicht unnötig erschweren, indem ich meinen Eltern eine zu große Angriffsfläche bot. Genauso würde ich mir erst noch überlegen, inwiefern ich die New Yorker Polizei hinzuziehen wollte. Wenn für sie aufgrund von Falschaussagen die Sache klar war, würde ich an dieser Stelle vermutlich unnötig Zeit und Energie verschwenden, die ich anders sicher besser gebrauchen konnte.

Das Essen bezahlte ich bar, und als ich mich im Anschluss auf dem Weg zurück zum Hotel machte, fühlte ich mich optimistisch. Ich brauchte nur Geduld und die richtige Taktik, dann würde ich meinem Bruder sicher helfen können.

Enthusiastisch betrat ich die Hotellobby und zwinkerte der Rezeptionistin zu, bei der ich heute Morgen eingecheckt hatte. Sie schaute mich besorgt an und bedeutete mir mit einem Handzeichen, zu ihr zu kommen.

»Mister Collins, leider habe ich schlechte Nachrichten für Sie. Ihre Kreditkarte wurde gesperrt, wir können sie also vorerst mit keinem weiteren Betrag belasten.«

Ich brauchte zwei Sekunden, um zu verstehen, was passiert war. Dad hatte mir den Geldhahn zugedreht. Ich besaß zwar noch eine normale Bankkarte, doch auf dem Konto herrschte Ebbe, weil ich bisher alles mit Kreditkarte bezahlt hatte – deren Rechnung Dad beglichen hatte. Mein eigenes Geld war auf Sparbücher, Immobilien, Aktien und Treuhandfonds aufgeteilt. Auf Letztere hatte ich sowieso erst an meinem einundzwanzigsten Geburtstag Zugriff. An den Rest heranzukommen war von hier aus auch nicht so einfach. Und das wussten meine Eltern.

Die beiden wollten mich auf diese Weise zwingen, zurück nach Hause zu kommen. Aber das würde nicht passieren. Ich fand auch andere Wege, um Liam zu unterstützen. Lieber verzichtete ich auf das Geld meiner Eltern, als meinen Bruder im Stich zu lassen.

Kapitel 7

Cecile

Da bei den Wohnungsbesichtigungen am Freitag niemand dabei gewesen war, bei dem der Funke ähnlich wie bei Anna übergesprungen wäre, beschloss ich am Tag darauf, ihr zuzusagen. Aufgeregt wählte ich ihre Nummer und lauschte dem Freizeichen.

»Hallo?«

»Hi, Anna, hier ist Cecile. Du hast dir am Mittwoch das Zimmer in meiner Wohnung angesehen, das am nächsten Wochenende frei wird, und ich wollte dir sagen, dass ich mich freuen würde, wenn du einziehst«, ratterte ich in einem Atemzug herunter.

Kurz lauschte ich ihrem Schweigen, während ich auf ihre freudige Zusage wartete.

»Oje, das tut mir echt leid, Cecile. Das klingt wirklich toll, aber … ich habe gestern Abend einer anderen WG zugesagt.«

All meine Euphorie sank mir geballt in den Magen und formte sich dort zu einem schweren Klumpen. »Oh, okay.«

»Ja, also … die andere Wohnung liegt näher an meiner Arbeit und ist etwas geräumiger. Sie ist zwar teurer, aber … Sorry, ich hoffe, du bist jetzt nicht traurig oder so? Ich wollte dir auch heute im Laufe des Tages Bescheid sagen. Jetzt bist du mir mit dem Anruf zuvorgekommen.« Sie klang verlegen und ich merkte, dass es ihr wirklich leidtat.

»Schon gut, ich werde bestimmt jemand anderen finden. Freut mich für dich, dass du eine Wohnung gefunden hast, die perfekt zu dir passt.« Und das meinte ich auch so. Ich wusste selbst, *wie* unglaublich wichtig es war, sich zu Hause wohlzufühlen. Das schloss auch den Weg zur Arbeit mit ein.

»Alles Gute weiterhin für deine Suche, Cecile.«

»Danke.« Ich murmelte noch eine Verabschiedung, dann legte ich auf und fühlte wieder dieses große Loch in mir, das Anna für kurze Zeit mit Hoffnung gefüllt hatte.

Als ich Nicola später beim Mittagessen davon berichtete, nahm sie mich tröstend in die Arme. »Du findest bestimmt jemanden. Da bin ich mir ganz sicher. Tut mir so leid, dass ich dir das alles zumute.«

»Hör bloß auf, dir deswegen ein schlechtes Gewissen einzureden, hörst du?« Ich sah ihr eindringlich in die Augen. »Du sollst dich auf deine neue Chance in Chicago freuen und nicht mies gelaunt sein, weil du schon bald nicht mehr jeden Tag meine fabulöse Anwesenheit genießen kannst.«

Sie lachte auf und gab mir einen Kuss auf die Wange. »Ich werde dich so sehr vermissen. Das weißt du, oder?«

»Ich dich auch.« Den Kloß in meinem Hals konnte ich kaum hinunterschlucken.

Als ich mich am nächsten Tag auf dem Weg zum vereinbarten Treffen mit Marylin befand, war ich unglaublich nervös. Zu wissen, dass ich meiner Cousine gleich helfen würde, ihre Zukunft zu planen, fühlte sich wie ein eifersüchtiger Stich in meiner Brust an. Was mich ärgerte, weil ich ihr von ganzem Herzen eine gute Ausbildung gönnte.

Mit dem Job im Restaurant hatte ich großes Glück gehabt. Und ich war mit dem Verdienst bisher jeden Monat über die Runden gekommen. Sicher, ich könnte mir einen weiteren Job suchen, aber dafür fehlte mir die Energie. Nicht selten kam es vor, dass ich Überstunden machen musste. Hollys kleine Tochter war mehrmals im Jahr krank, dann sprangen Marcus oder ich für sie ein und teilten uns ihre Dienste auf.

Meine seit gestern gedrückte Stimmung verflüchtigte sich leider auch nicht, als mir Tante Julia die Tür öffnete. Sorgenfalten waren auf ihrer Stirn zu sehen.

»Cecile, ich wusste nicht, dass du heute kommst …« Sie zog die Tür ganz auf und ließ mich in die Wohnung.

»Marylin und ich hatten geplant, eine Vorauswahl an Colleges zu treffen, für die sie sich bewerben wollte. Ist sie denn nicht da?«

Hinter meiner Tante tauchte Onkel Craig auf. Er wirkte ebenfalls besorgt. »Sie ist nach wie vor in ihrem Zimmer, kommt nur raus, wenn sie auf die Toilette muss.«

»Seit Montag?«

»Ja, sie war die ganze Woche nicht in der Schule. Ich weiß nicht mehr weiter … Sie sagt nicht, was ihr fehlt, ob ihr etwas wehtut, ob jemand sie gekränkt oder verletzt hat«, meinte Tante Julia. »Wir haben schon alles versucht. Sie weigert sich jedoch nach wie vor, mit uns zu reden oder einen Arzt aufzusuchen. Und die Schmerztabletten, die ich ihr mit dem Essen ins Zimmer bringe, nimmt sie nicht.«

»Auf meinen Anruf hat Marylin auch nicht reagiert, sie hat mir nur per Textnachricht geantwortet. Ehrlich gesagt weiß ich nicht, ob ich zu ihr durchdringen kann.« Die Worte hatte ich geflüstert, denn ich wollte auf keinen Fall, dass Marylin uns hörte. Zudem verschwieg ich den beiden vorerst, dass Marylin mich in ihrer Antwort angelogen hatte. Ich wollte sie nicht noch mehr beunruhigen.

Überhaupt fühlte es sich seltsam an, so über meine Cousine zu reden, die nur eine Zimmertür von uns entfernt war. Aber ich wollte nicht einfach zu ihr gehen, wenn ihre Eltern nicht damit einverstanden waren. Immerhin hatte ich keine Ahnung, was mich in ihrem Zimmer erwarten würde. Und ihr Verhalten passte so gar nicht zu dem zwar etwas ruhigen, aber doch so lebenslustigen Mädchen, das voller Träume, Wünsche und Ziele war.

Tante Julia und Onkel Craig sahen sich kurz an und nickten schließlich.

»Einen Versuch ist es auf jeden Fall wert«, meinte mein Onkel.

Tante Julia schlug vor, Getränke und Sandwiches mitzunehmen, um sicherzustellen, dass Marylin wenigstens gut versorgt war.

Zwei Flaschen unter den Arm geklemmt und den Teller mit einer Hand balancierend, klopfte ich an Marylins Tür. Doch selbst nachdem ich ihr gesagt hatte, dass ich es war, kam keine Reaktion. Also drückte ich die Klinke herunter und trat langsam ein. Marylin saß auf dem Bett, hatte die Decke um sich geschlungen und schaute mich aus großen Augen an.

Ihr Anblick war … beängstigend, als würde sie etwas wahnsinnig quälen.

»Hey, Süße. Wie geht es dir?« Das Essen und die Getränke stellte ich auf dem Nachttisch ab und setzte mich zu ihr aufs Bett.

Ihre hüftlangen, brünetten Haare waren glatt gekämmt und wie immer hatte sie zwei Strähnen seitlich zu dünnen Zöpfen geflochten, was ihr einen Hippielook verlieh, der ihr unglaublich gut stand. Sie hatte unzählige Sommersprossen im Gesicht – genau wie ich –, die wir wohl von Grandpa George geerbt haben mussten, denn weder Onkel Craig noch Mom hatten welche. Bei Grandpa hatte ich sie auf den Fotos entdeckt, die wir vor einer halben Ewigkeit als Kinder aus Tante Julias Wohnzimmerschrank ausgegraben hatten. Wir hatten ihn beide leider nie richtig kennengelernt, weil er gestorben ist, als ich gerade mal vier Jahre alt gewesen war.

Statt einer Antwort zuckte Marylin mit den Schultern.

Ihre Stimmung drückte schon jetzt auf meine und ich hatte das drängende Gefühl, ihr helfen zu wollen. Irgendetwas musste es geben, um sie aus ihrem Schneckenhaus hervorzulocken.

»Du weißt, dass wir heute verabredet waren? Wir wollten gemeinsam die Colleges durchgehen. Hast du noch Lust darauf?«

Wieder hob sie nur die Schultern und knibbelte am Stoff ihrer Decke.

Mist. Dass sie so in sich gekehrt war und offensichtlich auch mit mir nicht reden wollte – oder konnte –, überforderte mich. Ich wollte nicht nachbohren, weshalb ich bei dem angesprochenen Thema blieb, um sie etwas abzulenken. Vielleicht würde sie sich im Laufe des Gesprächs öffnen.

»Du musst noch gar nichts sofort entscheiden. Es geht erst einmal nur darum, dass du einen Überblick über deine Möglichkeiten bekommst.«

An der Highschool stellten sich die Colleges zwar vor und es gab dort auch eine Collegeberatungsstelle, aber grundsätzlich war es nicht falsch, sich selbst ebenfalls zu informieren. Denn obwohl die Studienberater viele wichtige Informationen über die Hochschulen im Land hatten, konnten sie nicht genau wissen, welche für einen persönlich interessant war. Das war zumindest meine Erfahrung, immerhin hatte ich mich nicht nur einmal informiert und mich Tagträumen hingegeben, die nach und nach wie Seifenblasen zerplatzt waren.

Weil Marylin nicht reagierte, zeigte ich auf ihren Laptop. »Darf ich?«

Ihr zögerlich angedeutetes Nicken genügte. Ich nahm mir den Computer, setzte mich neben sie und klappte ihn auf.

Tief atmete ich ein und wieder aus. So kam ich nicht weiter. »Okay, hör zu. Ich weiß nicht, was vorgefallen ist oder wieso du gerade mit niemandem sprechen willst, aber zumindest ein klares Ja oder ein Nein wäre hilfreich. Du musst mir auch gar nicht erzählen, was los ist, warum du dich in deinem Zimmer verkriechst und im Moment nicht zur Schule gehst. Ich möchte nur wissen, ob ich verschwinden und ein anderes Mal wiederkommen oder ob ich bleiben soll. Okay?«

Zögernd schaute sie mich an, dann nickte sie.

»Also möchtest du, dass ich hierbleibe?«

Diesmal kam ihr Nicken entschlossener.

»Gut. Sollen wir uns die Colleges ansehen?«

»Vielleicht später«, sagte sie leise und kraftlos.

Nach kurzem Zögern klappte ich den Computer zu und legte ihn auf den Boden vor uns. »Kein Problem, das läuft uns ja nicht weg. Ich ... fühle mich nur gerade überfordert mit der Situation. Willst du darüber reden?«

Sie verneinte stumm.

»Das hab ich mir gedacht. Also ... was machen wir dann?«

»Kannst ... kannst du einfach hierbleiben?«

»Sicher. Wollen wir uns eine Serie anschauen?« Wieder zeigte ich auf den Laptop.

Marylin nickte und wenig später sahen wir zum dritten Mal die ersten Folgen von *Gossip Girl*.

Irgendwann drangen leise Atemgeräusche in meine Richtung. Marylin war eingeschlafen.

Den zugeklappten Laptop legte ich wieder auf ihren Schreibtisch. Danach wollte ich mich aus dem Zimmer schleichen, doch kaum hatte ich die Tür geöffnet, schreckte sie hoch.

»Was ...?« Verängstigt sah sie sich um und blinzelte ein paarmal, bis sie verstand, dass ich im Begriff war zu gehen.

»Schon gut, schlaf weiter. Ich wollte dich nicht wecken.« Ich ging zu ihr zurück und setzte mich an den Rand ihres Bettes. Sie sah verwirrt aus und ängstlich und ich fragte mich, was passiert war, dass sie sich so verhielt.

»Marylin …« Ich schluckte, zögerte. Keine Ahnung, wie sie auf meine Frage reagieren würde, geschweige denn, wie ich mit ihrer Antwort umgehen sollte. »Hat dir jemand etwas angetan?«

Ihre Augen waren weit aufgerissen, ihr Atem beschleunigte sich.

Verdammt, ich war wohl auf dem richtigen Weg.

»Hat dich jemand angefasst?«

Hektisch schüttelte sie den Kopf. »Geh jetzt, Cecile. Bitte.«

»Aber falls …«

»Geh!«, sagte sie bestimmter.

Sie blockte ab. Und sie weiter zu bedrängen, machte wohl keinen Sinn, sondern würde nur dazu führen, dass sie sich noch mehr einigelte.

Einen Augenblick lang schaute ich sie an und nickte schließlich. »Du weißt, dass du immer mit mir reden kannst. Über alles. Auch über nicht so schöne Themen.«

Statt mir zu antworten, wandte Marylin den Kopf ab.

Leise seufzend verließ ich ihr Zimmer. Es schmerzte, sie so zu sehen. Unvorstellbar, wie es Tante Julia und Onkel Craig damit ging.

Ich fand die beiden im Wohnzimmer, wo sie sofort in meine Richtung schauten.

Tante Julia stand auf und kam zu mir. »Wie geht es ihr? Konntest du etwas herausfinden?«

Entschuldigend schüttelte ich den Kopf. »Sie hat nichts gesagt.« In wenigen Worten erzählte ich von ihrem Verhalten, bevor ich gegangen war. »Ich meine, sie hatte *Angst*, als ich an der Tür war. Als befürchtete sie, es könnte jemand ins Zimmer kommen.«

Ihre Eltern warfen sich einen Blick zu. »Sie war letzten Samstag bei Vicky, ihrer Freundin.«

»Wenn dort etwas vorgefallen ist …« Onkel Craig sprang von der Couch auf und fuhr sich aufgebracht mit den Fingern über die kurzen Stoppeln auf dem Kopf. »Ich werde dieser Vicky mal einen Besuch abstatten. Sollte jemand meiner Marylin auch nur ein Haar gekrümmt haben …« Er schlug mit der Faust in die flache Hand.

»Wir haben doch gar keine Ahnung, was passiert sein könnte«, meinte Tante Julia und versuchte damit, Onkel Craig davor zu bewahren, und überstürzt zu handeln.

»Das mag sein. Aber wir wissen, dass sie letztes Wochenende bei Vicky übernachtet hat und seitdem ein völlig anderer Mensch ist. Ich erkenne meine eigene Tochter nicht wieder und es liegt wohl auf der Hand, dass sie dort irgendetwas erlebt haben muss, was sie völlig aus der Bahn geworfen hat.«

»Aber das erklärt nicht, warum Marylin nicht mehr zur Schule will«, warf Tante Julia ein.

Irritiert schaute ich sie an. »Wieso?«

»Vicky geht nicht auf Marylins Schule. Sie lebt in Harlem, die beiden kennen sich vom Tanzen.«

In ihrer Freizeit war meine Cousine leidenschaftliche Hip-Hop-Tänzerin. Dass sie nicht mehr tanzte, war ebenfalls ein Zeichen, dass irgendetwas vorgefallen sein musste.

»Dann hat es womöglich doch mit der Schule zu tun«, schlussfolgerte ich. »Vielleicht wird sie gemobbt? Oder es bedroht sie jemand. Hat nur sie bei Vicky übernachtet oder waren auch andere Mädels eingeladen?«

»Soweit ich weiß, war nur Marylin bei ihr. Was ist …« Tante Julia schluckte. »Was ist, wenn jemand körperlich übergriffig geworden ist? Nicht zwingend bei Vicky zu Hause. Vielleicht waren die Mädchen noch unterwegs. Aber warum redet sie dann nicht mit uns?« Tränen traten ihr in die Augen.

Tröstend nahm Craig sie in den Arm. »Ich weiß es nicht«, murmelte er leise.

Die beiden so hilflos zu sehen, brach mir das Herz. Noch mehr, wenn ich daran dachte, dass Marylin etwas Schlimmes passiert sein musste. Es tat weh, dass sie nicht darüber reden wollte, dass sie glaubte, sie müsste das Erlebte allein verarbeiten.

»Irgendwann wird sie sich öffnen«, sagte ich und sprach damit nicht nur mir, sondern auch meiner Tante und meinem Onkel Mut zu. »Wir sind einfach weiterhin für sie da, drängen sie nicht, geben ihr aber das Gefühl, dass sie jederzeit mit uns reden kann. Denn das muss sie tun, sonst können wir ihr kaum helfen.«

Die beiden nickten zustimmend und umarmten mich noch einmal, bevor ich schweren Herzens die Wohnung verließ und wieder nach Hause fuhr.

Die nächsten Tage verbrachte ich mehr oder weniger wie in einem Tunnel. Ich ging zur Arbeit, wo ich wie eine Marionette meinen Job erledigte. Abends war ich damit beschäftigt, Nicola zu helfen, ihre Sachen zu packen und an die Spedition zu übergeben, die sie an ihre Übergangswohnung in Chicago liefern würde.

Es sahen sich noch ein paar Leute das Zimmer an, aber mit niemandem von ihnen hätte ich mir ein Zusammenleben vorstellen können. Unter anderem war eine Kettenraucherin dabei. Schon beim Öffnen der Tür wehte mir ein ganz übler Geruch entgegen und kaum stand sie im Wohnzimmer, wollte sie sich die nächste Zigarette anzünden. Doch nachdem ich jahrelang im Zigarettengestank meiner Eltern aufgewachsen war, hatte ich mir geschworen, so etwas nie wieder ertragen zu müssen. Außerdem hatte sich ein junger Typ vorgestellt, der einen wirklich netten Eindruck gemacht hatte – bis Nicola ihn dabei erwischte, wie er ihr Tablet unbemerkt unter seinen Hoodie schieben wollte. Ihr neuer Arbeitgeber hatte es ihr bereits zur Verfügung gestellt und es lag auf der Kommode im Wohnzimmer. Zum Glück konnten wir ihm das Gerät abnehmen, bevor er sich aus dem Staub machen wollte.

Dass ich bis jetzt keinen Ersatz für Nicola gefunden hatte, machte mich nervös. Je näher ihre Abreise am Wochenende rückte, desto unruhiger schlief ich. Zudem belastete mich die Sache mit Marylin.

Als ich am Donnerstagmorgen völlig gerädert und mit schlimmen Augenringen in der Küche stand, um mir Kaffee einzuschenken, sprach mich Nicola erneut auf das Wohnungsthema an.

»Vielleicht solltest du doch einen weiteren Arbeitsweg in Kauf nehmen. Bestimmt findest du ein wenig außerhalb leichter eine bezahlbare Wohnung.« Ihr Blick war besorgt.

Zustimmend brummte ich und setzte mich neben sie an den Couchtisch. »Ich hasse diese Ungewissheit.«

»Verstehe ich total, und es tut mir echt leid, dass ich dafür verantwortlich bin.«

Ich schüttelte den Kopf. »Mach dir keine Gedanken, du hast auf jeden Fall die richtige Entscheidung getroffen.«

Verlegen senkte sie den Blick. »Wie geht es eigentlich deiner Cousine?«, wechselte sie das Thema.

»Unverändert.«

»Was wäre …«

»… wenn ich sie frage, ob sie hier einziehen will?!«, beendete ich ihren Satz, während sie aufgeregt nickte.

»Ich kann zumindest mal mit Tante Julia und Onkel Craig sprechen. Die beiden werden sicher auch ein Wörtchen mitreden wollen. Ob es ihnen gefällt, dass Marylin ihr Geld, das sie im Supermarkt dazuverdient, für eine Wohnung ausgibt, weiß ich nicht.«

»Aber vielleicht hilft es deiner Cousine, wieder am Leben teilzunehmen, wenn sie einen Tapetenwechsel hat«, sprach Nicola aus, was ich dachte.

»Ich rufe meine Tante gleich auf dem Weg zur Arbeit an«, erklärte ich entschlossen und gar nicht mehr so niedergeschlagen wie noch gerade eben.

Ungefähr eine halbe Stunde später verließ ich die Wohnung mit dem Telefon am Ohr und lauschte dem Freizeichen. Im Flur traf ich Jeff, der etwas zu mir sagen wollte, doch ich deutete erst entschuldigend auf das Handy und schließlich auf die Uhr, um ihm zu signalisieren, dass ich spät dran war.

»Ich schau am Abend mal vorbei«, sagte ich leise und winkte noch kurz, bevor ich die Treppen hinablief.

»Cecile? Ist etwas passiert?« Tante Julia klang müde, als sie ans Telefon ging.

»Nein, alles gut. Oje, habe ich dich geweckt?«

Sie murmelte etwas, vermutlich zu Onkel Craig. »Schon gut. Ich wollte sowieso gerade aufstehen.«

Das schlechte Gewissen überkam mich. Sicher hatte sie heute erst am Nachmittag Dienst in der Kinderkrippe. Ich hätte ihr vorher besser eine Textnachricht schreiben sollen.

Als ich aus der Haustür trat, wehte mir ein kalter herbstlicher Wind um die Ohren. Ein paar braune Blätter wurden von der Müllabfuhr aufgewirbelt, die an mir vorbeifuhr.

»Tut mir leid, ich … wollte fragen, wie es Marylin geht.« Auf meine Nachrichten hatte sie nur knapp zurückgeschrieben, wenn überhaupt. Meistens hatte sie nur einen nach oben gereckten Daumen oder einen lächelnden Smiley geschickt.

»Leider unverändert. Wir sterben hier vor Sorge.«

Zustimmend murmelnd bog ich in die 7th Avenue ein. »Hör mal, ich hatte heute Morgen eine Idee. Manchmal hilft ein Tapetenwechsel, um … na ja … um Dinge hinter sich zu lassen, die einen belasten. Und da Nicola dieses Wochenende auszieht und ich noch niemanden gefunden habe, der ihr Zimmer übernimmt, dachte ich, vielleicht könnte Marylin einziehen?«

»Was? Nein! Auf keinen Fall. Bitte versteh mich nicht falsch, Cecile, aber das möchte ich nicht. Durch Craigs und meine Dienste ist fast immer jemand zu Hause und hat ein Auge auf sie. Bei dir wäre sie zu oft allein, und solange wir nicht wissen, was passiert ist … Wer weiß, was sie dann tut. Welche Ängste sie durchstehen muss, wenn niemand in ihrer Nähe ist. Ich meine, sie zuckt zusammen, wenn wir nur ihre Tür öffnen. In der Nacht hat sie Albträume … Das will ich dir nicht zumuten. Mal davon abgesehen, dass wir noch nicht wissen, ob Marylin ein Vollstipendium bekommt, was eher unwahrscheinlich ist. Also müssen wir ihr die nächsten Jahre vermutlich finanziell unter die Arme greifen. Gerade jetzt ist es ein schlechter Zeitpunkt, zusätzliche regelmäßige Ausgaben zu haben.«

Je länger sie redete, desto tiefer sank meine Laune – auch wenn ich sie natürlich verstand.

»Ich kann mich gern noch einmal umhören, vielleicht sucht jemand ein Zimmer oder vergibt eine günstige Wohnung. Dann melde ich mich auf jeden Fall bei dir.«

»Danke«, sagte ich entmutigt.

»Wie lange kommst du denn über die Runden, wenn deine Freundin ausgezogen ist?«

»Nicola hat das Geld für September schon zusammen, und da sie in der Übergangswohnung nur einen geringen Anteil Miete bezahlen muss, hat sie mir angeboten, mir zumindest diesen Monat unter die Arme zu greifen. Es sei denn, es findet sich jemand für ihr Zimmer. Dann würde ich ihr den restlichen Teil selbstverständlich zurückzahlen.«

»Hm, dann haben wir noch gut zwanzig Tage Zeit, bis der Monat um ist. Bis dahin finden wir eine Lösung.«

Meine Stimmung wurde nicht besser, als ich mich am nächsten Morgen von Nicola verabschieden musste. Ich half ihr, ihren Koffer nach unten zu tragen, und drückte sie fest, als wir auf ihr Taxi warteten.

»Ich werde dich so sehr vermissen!«, sagten wir fast gleichzeitig und mussten lachen.

Seufzend atmete ich aus. »Die Wohnung wird sich seltsam leer anfühlen ohne dich.«

»Aber ich war doch auch nicht immer zu Hause. Stell dir einfach vor, ich wäre auf der Arbeit.« Sie zwinkerte mir zu und drückte mich ein letztes Mal. »Ich glaube, ich muss dann los«, sagte sie, als das Taxi neben uns hielt.

»Melde dich unbedingt, wenn du angekommen bist, hörst du?«, bat ich sie.

»Das mache ich. Und halte mich auf dem Laufenden, was deine Wohnsituation betrifft.« Erneut blitzte das schlechte Gewissen in ihren Augen auf.

»Natürlich. Du wirst sehen, das klärt sich bestimmt in den nächsten Tagen und all meine Sorgen lösen sich in Luft auf.«

Der Taxifahrer kam auf uns zu. »Zum Flughafen?«

»Genau, einen Moment noch, bitte.«

Der Fahrer lud bereits Nicolas Koffer ein und setzte sich wieder hinters Steuer. Bestimmt berechnete er ihr die Wartezeit.

»Pass auf dich auf. Mir ist gar nicht wohl bei dem Gedanken, dass du allein irgendwelche fremden Leute in die Wohnung lässt. Also frag am besten Jeff, ob er dabei sein kann, oder … vielleicht solltest du nur noch Frauen zur Besichtigung einladen. Halte auf jeden Fall ein Pfefferspray bereit.«

Angespannt nickte ich. Das hatte ich auch schon überlegt. »Mach dir keine Sorgen. Die darfst du erst haben, wenn ich mich ein paar Tage hintereinander nicht bei dir gemeldet habe.«

Nicola riss die Augen auf. »So etwas will ich bei meiner Abreise nicht hören! Dann bleibe ich doch noch hier und ...«

»Nichts da«, erwiderte ich lachend und schob sie auf ihr Taxi zu. »Flieg nach Chicago und freu dich auf dein neues Leben.«

Ein letztes Mal umarmten wir uns fest, ehe ich mich tapfer von ihr löste. Sie stieg ein und ich sah dem Wagen hinterher, bis er am Murly Square in die 7th Avenue einbog und hinter den Bäumen verschwand.

Als ich kurz darauf zurück in die Wohnung ging, hatte ich das Gefühl, es würde etwas fehlen. Nicola hatte recht, ich könnte mir vorstellen, sie sei auf der Arbeit. Aber ich *wusste*, dass es nicht so war. Ich fühlte mich allein und mit einem Mal kamen mir die knapp sechzig Quadratmeter unglaublich groß vor.

Kapitel 8

Trevor

Die Tatsache, dass Dad meine Kreditkarte gesperrt hatte, brachte mich in eine ziemlich verzwickte Lage. All meine zurechtgelegten Pläne musste ich zumindest vorerst verwerfen. Kein Privatdetektiv, kein Auto und vor allem kein Hotelzimmer mehr.

Zuerst hatte ich überlegt, meine Eltern anzurufen. Doch noch während ich darüber nachdachte, wurde mir klar, dass es zu nichts führen würde. Sie hatten sich von ihrem Lieblingssohn abgewendet und offenbar auch kein Problem damit, mich ebenfalls abzuschreiben.

Ihr Verhalten sollte mich nicht schockieren – und dennoch traf es mich heftig. Vor Liams Verhaftung dachte ich, sie wären entschlossene Geschäftsleute mit einer unterkühlten, wirtschaftlich denkenden Grundeinstellung. Aber die neuesten Ereignisse hatten mir gezeigt, dass sie herzlose Egoisten waren.

Da ich weder zurück nach Chicago fliegen noch auf einer Parkbank übernachten wollte, hatte ich die einzige Person angerufen, die ich abgesehen von Liam in der Stadt kannte. Nachdem ich CJ meine aktuelle Lage erklärt hatte, hatte er sofort angeboten, auf seiner Couch zu übernachten, bis ich einen Job und eine neue Bleibe organisiert hatte. Ein Angebot, das ich dankend angenommen hatte, auch wenn mir bereits die erste Nacht auf seiner Couch gezeigt hatte, dass ich seine Gastfreundschaft nicht allzu lange in Anspruch nehmen sollte.

Grelles Licht blendete mich, als CJ mit einem »Guten Morgen!« aus dem Schlafzimmer kam, um Kaffee zu kochen.

»Morgen!« Ein Ächzen unterdrückend, setzte ich mich auf.

Ich war wirklich dankbar, dass er mich hier schlafen ließ, nur mein Rücken hielt das für keine gute Idee. Er bestrafte mich mit Schmerzen und einem steifen Nacken. Doch auf keinen Fall würde ich CJ gegenüber ein Wort darüber verlieren. Ich war unglaublich froh, hier wohnen zu dürfen.

»Gut geschlafen?«

Mit einem Brummen bejahte ich seine Frage und stand auf, um mir eine Tasse aus dem Schrank zu nehmen.

»Hast du schon Pläne für heute? Wieder auf den Campus?«

Ich nickte. Aufgrund des Geldmangels hatte ich mich selbst unter die Detektive begeben und herausgefunden, dass Stacey Todd, die Gastgeberin der Party, heute gegen elf Uhr vormittags im *Café East* auf dem Campus sein würde. Sie war jeden Freitag dort, um zu lernen und etwas zu essen, und mit etwas Glück hatte sich daran nichts geändert. »Ich werde dieser Stacey auf den Zahn fühlen und hoffe, etwas herauszufinden, was die Polizei übersehen hat.«

Anfang der Woche hatte ich dann doch Officer Rhodes kontaktiert, aber er hatte sich ziemlich bedeckt gehalten. Erst in Absprache mit seinem Kollegen Detective Miller hatte er mir einen Kontakt bei der New Yorker Polizei verraten, der mit Liams Fall vertraut war und mir unter Umständen helfen würde. Leider war dieser Detective Grant schwerer zu erreichen als der Präsident.

»Hast du denn inzwischen Akteneinsicht bekommen?«

»Nein. Alles, was ich in Erfahrung bringen konnte, habe ich von der Polizei in Chicago, und das ist nicht viel. Ich weiß nur, dass sich jemand sehr an das Offensichtliche gehalten und den Fall für erledigt erklärt hat.«

»Du meinst, ein Auto und dessen Besitzer, eine feuchtfröhliche Party und übermütige Studenten?«

Ich nickte. »So in etwa.«

CJ verdrehte die Augen. »Das ist doch scheiße … Dabei dachte ich, dass es bei reichen Kids anders läuft und schnell mal etwas unter den Teppich gekehrt wird.«

»Vermutlich nur, wenn teure Anwälte im Spiel sind. Je tiefer du in die Tasche greifst, desto schneller hast du eine reingewaschene Weste.«

»Also denkst du, dass Liam doch etwas damit zu tun hat?« CJ lehnte sich an den Küchentresen und schaute mich neugierig über den Rand seiner Tasse an.

»Nein, das glaube ich nicht. Aber irgendetwas an dieser Sache stinkt, und dass er kein Alibi hat, macht das Ganze zu einem noch größeren Problem.«

CJ nickte. »Wenn ich irgendetwas tun kann …«

»Danke, du hilfst mir schon sehr, indem ich hier wohnen darf.« Freundschaftlich klopfte ich auf seine Schulter. »Ich werde dir auch nicht allzu lange auf die Nerven gehen. Sowie ich einen Job habe, kümmere ich mich um eigene vier Wände.«

»Frag mal drüben an der Tankstelle. Ich glaube, ich habe gestern beim Vorbeigehen ein Schild gesehen, dass dort jemanden gesucht wird.«

»Danke für den Tipp, das mach ich gleich, bevor ich zur Columbia fahre.«

Eine halbe Stunde später verließ ich kurz vor CJ die Wohnung. Die Tankstelle war nur zwei Querstraßen weiter. Ich hatte sie Anfang der Woche entdeckt, als ich auf dem Weg zur Columbia zur Bushaltestelle wollte. Sie lag an einer Straßenecke und war von schäbigen Backsteinhäusern umgeben, die zum Teil von oben bis unten mit buntem Graffiti besprüht worden waren. Der Verkehr rauschte hinter mir vorbei und irgendwo ertönte die Polizeisirene.

Der Laden wirkte genauso schäbig wie die Umgebung, aber der Zettel, dass sie jemanden für die Kasse suchten, hing immer noch an der Scheibe. Ich nahm ihn ab und ging damit zum Tresen, wo ein Mann um die fünfzig stand und mich aus zusammengekniffenen Augen musterte.

»Ja, bitte?«

»Ich bin wegen des Jobs hier.«

»Mhm.« Er betrachtete mich von oben bis unten, sein Blick war argwöhnisch und abschätzend. »Du siehst aber nicht wie einer aus, der an einer Tanke arbeitet.«

»Wie müsste ich denn aussehen, um diesen Job zu kriegen?«

Der Mann lachte. »Nicht wie der Sohn reicher Eltern.«

Ich schaute an mir hinab. Vielleicht waren das Poloshirt und die Marken-Chino mit den polierten Schuhen nicht die richtige Wahl für die Tankstelle, aber ich war schließlich auf dem Weg zur Uni.

»Ich kann auch mit Jeans und zerschlissenem T-Shirt wiederkommen, falls Sie das beruhigt.«

»Nee, lass mal. Ich heiße Wren und bin hier der Boss. Wenn du den Job willst, musst du mich anders überzeugen.« Mit diesen Worten schob er mir ein Formular zu. Es sah also ganz so aus, als würde er mir zumindest eine Chance geben wollen.

Knappe fünfzehn Minuten später verließ ich die Tankstelle. Morgen würde ich anfangen. Das war zwar einerseits gut, da ich dringend Geld brauchte, würde mich andererseits aber viel Zeit kosten, weil ich nicht mehr in bisherigem Tempo vorankam, was das Suchen nach Beweisen für Liams Unschuld betraf. Und das lief schon ohne Job verdammt schleppend.

Als ich schließlich am Campus ankam und das *Café East* ansteuerte, musste ich unwillkürlich an Liam denken. Wäre vor zwei Wochen auf dieser Party nicht alles aus dem Ruder gelaufen, wäre er jetzt hier unterwegs. Wie schnell sich ein Leben in eine völlig andere Richtung entwickeln konnte …

Studenten eilten an mir vorbei und ich fühlte mich sofort wie auf dem Campus der University of Chicago.

Das *Café East* erinnerte an ein modernes Restaurant in Tokyo. Das Interieur war sehr geradlinig gestaltet. Es war gut besucht, was bestimmt auch an der bevorstehenden Mittagszeit lag. Fast alle Tische waren besetzt und an dem langen Tresen, an dem man auf beiden Seiten sitzen konnte, waren auch nur wenige Plätze frei. Dort saßen Studierende mit ihren Laptops, einen Kaffee oder Bubble Tea neben sich, und lasen oder schrieben. Einige von ihnen unterhielten sich angeregt.

Tatsächlich entdeckte ich auch Stacey unter ihnen, von der ich zuvor ein Foto auf Facebook entdeckt hatte und sie dadurch erkannte. Sie saß am äußersten Rand und zu meinem Glück war der Platz ihr gegenüber frei. Ohne zu zögern, ging ich zu ihr und setzte mich auf den gegenüberliegenden Stuhl. Sie hatte Kopfhörer auf und den Blick konzentriert auf ihren Laptop gerichtet.

Ihre blonden Haare sahen aus wie vom Stylisten geföhnt – und vielleicht traf das sogar zu. Sie trug einen cremeweißen, feinmaschigen Pullover, dazu Goldschmuck an den Ohren, um den Hals und an den Handgelenken. Ihr Gesicht hatte sie dezent geschminkt und sie war von einer blumigen Duftwolke umgeben, die ich bis hierher riechen konnte.

»Hier ist Selbstbedienung«, sagte sie, ohne den Blick zu heben.

»Ich bin nicht wegen der Speisen und Getränke hier.«

Dieser Satz erregte ihre Aufmerksamkeit. Sie hob den Kopf und schaute mich an. »Sondern?« Ihre Mundwinkel hoben sich zu einem Lächeln.

»Nun«, begann ich und beugte mich vor.

Sofort klappte sie ihren Laptop zu und kam mir ein Stück entgegen.

»Ich bin Trevor Collins. Mein Bruder Liam war vor zwei Wochen auf deiner Party.«

Augenblicklich verfinsterte sich ihr Gesichtsausdruck. Sie stand auf, klemmte sich den Laptop unter den Arm, schulterte ihre Tasche und nahm ihren Bubble Tea. »Es gibt nichts, was ich dir sagen könnte, was ich nicht schon der Polizei erzählt habe.« Mit diesen Worten stolzierte sie davon.

»Warte!« Ich sprang auf und eilte ihr hinterher. »Gib mir doch erst mal die Chance, dir zu erklären, warum ich hier bin.«

Sie blieb stehen und drehte sich zu mir um. »Kein Bedarf. Dein Bruder ist ein Arschloch, seinetwegen ist die beste Freundin meiner Schwester gestorben.«

Augenblicklich verebbte das leise Gemurmel um uns herum und gefühlt alle Anwesenden schauten mich an.

»Hau ab, Mann!«, rief ein Kerl mit kurz geschorenen Haaren und einige murmelten zustimmend.

So hatte ich mir das nicht vorgestellt. Ich verkniff mir eine Antwort und lief stattdessen Stacey nach. Draußen holte ich sie ein.

Mit schnellen Schritten überquerte sie das Campusgelände. »Bleib bloß weg von mir, hörst du?«, zischte sie, noch bevor ich ein weiteres Wort an sie richten konnte.

»Liam ist unschuldig, er hat nicht einmal in seinem Auto gesessen! Ein Freund hat ihm lange vorher den Schlüssel abgenommen, damit er keine Dummheiten macht.«

Misstrauisch schielte sie zu mir, verlangsamte jedoch ihr Tempo.

»Dann hat die Polizei deinen Bruder also entlassen und sucht nun den wahren Täter?«

»Nein, das nicht … Und genau deshalb brauche ich deine Hilfe. Nicht nur, damit der Täter seine gerechte Strafe bekommt, sondern auch, um Liam vor einer falschen Verurteilung zu bewahren.«

Stacey blieb stehen und schaute mich an. »Wie soll ich dir da helfen? Die Polizei ist an dem Fall dran, wieso redest du nicht mit denen?«

Ihre Fragen ignorierte ich. »Ich brauche die Namen von allen Leuten, die auf deiner Party waren. Kannst du mir eine Liste zusammenstellen?«

Leise lachte sie auf. »Keine Ahnung, wie du dir das vorstellst. Es waren viele dort, die ich nicht einmal kannte.«

»Aber du könntest die aufschreiben, die du kennst – bestenfalls mit Telefonnummer oder sonstiger Kontaktmöglichkeit. Mit deren Hilfe lässt sich die Gästeliste dann bestimmt vervollständigen.«

»Und was versprichst du dir davon?«

»Ich vermute, dass der Unfallverursacher unter den Gästen war.«

»Was ist mit den beiden Typen, die ebenfalls im Auto saßen? Die wurden doch auch festgenommen. Ich schätze mal, dass sie wissen, wer gefahren ist, oder nicht?«

»Sie waren – wie vermutlich der Großteil der Gäste – ziemlich betrunken. Angeblich können sie sich nur vage erinnern, aber sie sind sich sicher, dass Liam am Steuer saß. Soweit ich jedoch weiß, hatten die beiden etwas mehr als ein Promille. Von sturzbetrunken und davon, sich nicht mehr erinnern zu können, waren sie also weit entfernt.«

Stacey hob ihre linke Augenbraue. »Was bedeutet, an der Sache ist etwas faul.«

Ich nickte.

Einen Augenblick lang sah sie mich an und zögerte.

»Bitte«, fügte ich hinzu.

»Okay, aber ich brauche ein paar Tage für die Liste.«

Ein ganzer Felsbrocken fiel mir vom Herzen.

»Wie kann ich dich erreichen?«

Ich gab ihr meine Telefonnummer, die sie in ihrem Handy speicherte.

»Gut, also ich versuche, mich bis spätestens Ende nächster Woche bei dir zu melden.«

»Vielen Dank, du ahnst nicht, wie sehr du mir damit weiterhilfst! Du kannst mir auch gern schon früher Namen schicken, mir läuft die Zeit davon … Und Liam ebenfalls. Eventuell könntest du auch … Ach nein, vergiss es.«

»Was? Sag schon!«

Kurz biss ich mir auf die Unterlippe und ärgerte mich, dass die Worte schneller über meine Lippen gekommen waren, als ich nachgedacht hatte. Doch nun war es zu spät und womöglich würde Stacey mir nicht gleich den Kopf abreißen, wenn sie meine Bitte hörte. »Ich dachte, du könntest vielleicht auch die beiden Studentinnen kontaktieren, die den Unfall überlebt haben, und vorsichtig bei ihnen nachfragen, ob sie nicht doch noch etwas wissen, was mir helfen könnte, das große Puzzle zu lösen.«

Unschlüssig sah sie mich an. »Das ist schon viel, was du da von mir und vor allem von den beiden verlangst. Ich will nichts versprechen, mal sehen, ob es passt, wenn ich die beiden das nächste Mal sehe.«

»Aber du glaubst mir, dass Liam unschuldig ist, oder?«

Sie neigte den Kopf. »Ich will einfach nur, dass der Schuldige hinter Gitter kommt. Wenn es dein Bruder war, wird er seine Strafe erhalten. Falls er es nicht war und du es beweisen kannst, wird der Richtige dafür büßen müssen.«

»Danke für dein Vertrauen.« Hätte jemand Liams besten Freund auf dem Gewissen, würde ich auch dafür sorgen, dass der Täter verurteilt wurde.

Sie nickte und schenkte mir ein zurückhaltendes Lächeln, bevor sie sich umdrehte und die Bücherei ansteuerte.

Einen Augenblick lang schaute ich ihr nach und überlegte, ob ich noch etwas tun konnte, doch im Moment waren mir die Hände gebunden und ich musste abwarten, bis Stacey mir Namen schickte.

Ich saß bereits wieder im Bus auf dem Weg zurück zu CJs Wohnung, als eine unbekannte Nummer auf meinem Handy anrief.

War Stacey etwa so schnell mit den ersten Kontakten oder hatte sie noch eine Frage an mich?

Doch als ich abhob, meldete sich eine männliche Stimme. »Trevor Collins?«

»Ja?«

»Hier spricht Detective Ian Grant. Sie haben mehrfach bei mir angerufen und behauptet, Informationen zu einem meiner Fälle zu haben?«

»Das ist richtig. Es geht um den Unfall mit Fahrerflucht vor zwei Wochen, bei dem eine junge Frau ums Leben gekommen ist. Mein Bruder Liam wurde verhaftet und wartet im Gefängnis auf seine Verhandlung. Er ist jedoch unschuldig. Können wir uns treffen?«

»Würde ich jedes Mal einen Dollar bekommen, wenn mir jemand erzählen will, dass ein Unschuldiger verhaftet wurde, hätte ich inzwischen eine Jacht.« Er seufzte schwer. »Aber ja, kommen Sie vorbei.« Er nannte mir die Anschrift des Police Departments.

An der nächsten Haltestelle am Central Park stieg ich aus und gab die Adresse auf meinem Handy ein. Tatsächlich war ich zu Fuß fast genauso schnell, als wenn ich mit den öffentlichen Verkehrsmitteln außen herum fahren würde. Also eilte ich durch den Park, überholte

Mütter mit Kinderwagen, Typen in Anzügen und eine Frau, die mit fünf Hunden gleichzeitig Gassi ging – oder eher umgekehrt. Ich kam an einer großen Wiese vorbei, auf der einige junge Leute auf Picknickdecken lagen und die letzten annähernd warmen Sonnenstrahlen genossen, den Blick auf die Skyline der Stadt gerichtet. Auf dem Beachvolleyballplatz daneben spielten noch ein paar Verrückte in kurzen Hosen und T-Shirts.

Als ich den Park endlich durchquert hatte, war es nicht mehr weit bis zum Polizeirevier.

Detective Grant war ein Typ Anfang vierzig und erinnerte mich ein bisschen an Hugh Jackman. Dass er sehr gestresst war, bestätigte sich ein weiteres Mal, als er mir gehetzt einen Platz gegenüber seines Schreibtischs anbot.

»Also, lassen Sie hören«, sagte er sichtlich genervt.

»Was können Sie mir alles über den Unfall erzählen?«

Er lachte heiser auf. »Ich dachte, Sie können *mir* etwas sagen, was ich noch nicht weiß?«

»Das stimmt. Aber erst will ich wissen, welche Informationen Sie haben.«

Er stand auf und stützte sich auf den Schreibtisch, bis er über mir aufragte. »Okay, so funktioniert das Ganze nicht. Sie wissen etwas, was für die Ermittlungen nützlich sein könnte? Dann raus damit. Wenn Sie nichts zu sagen haben, halten Sie mich nicht länger von meiner Arbeit ab.«

Wütend mahlten meine Kiefer aufeinander. Das hatte ich mir definitiv leichter vorgestellt. »Haben Sie mit meinem Bruder gesprochen? Er hat den Wagen nicht gefahren. Ein Freund hat ihm auf der Party zur Sicherheit den Schlüssel abgenommen. Den müssen Sie doch genau wie den Wagen gefunden haben?«

»Ja, der Schlüssel lag in dem Haus, in dem die Party stattgefunden hat, das Auto parkte etwas abseits.« Mit unbeweglicher Miene verschränkte er die Arme vor der Brust.

»Wo jeder Zutritt hatte und den Schlüssel jederzeit hätte ablegen können, nachdem er Liams Wagen wieder abgestellt hat.« Auf keinen Fall würde ich mich von diesem Detective einschüchtern lassen und den Blick abwenden.

Er runzelte kurz die Stirn und setzte sich tatsächlich wieder hin. »Ihr Bruder hat kein Alibi. Dafür gibt es zwei Zeugen, die aussagen, mit ihm im Auto gewesen zu sein, während er gefahren ist.«

»Die beiden lügen. Er hat nicht in dem Wagen gesessen.« Nun verschränkte ich die Arme und sah ihn herausfordernd an.

»Das ist nicht mehr meine Angelegenheit. Darum kümmert sich jetzt das Gericht.«

»Nein, das sehe ich anders. Sein Anwalt ist ein Pflichtverteidiger, der ein gewaltiges Problem mit ihm hat und nicht mit ihm zusammenarbeiten will. Sie können Fingerabdrücke nehmen. Vom Auto und vom Schlüssel. Sie können die Gäste der Party verhören und herausfinden, ob nicht vielleicht doch jemand etwas gesehen hat. Denn ich denke nicht, dass Sie jemand sind, der einfach einen Strich unter einen Fall macht. Sie wollen ihn lösen und nicht abhaken und zu den Akten legen.«

Sein rechter Mundwinkel zuckte, dann beugte er sich zu mir vor. »Das war eine Studentenparty. Die Leute waren zum Teil stark alkoholisiert, haben unzählige Freunde angeschleppt. Allein herauszufinden, wer alles dort war, ist eine irrsinnig aufwendige Arbeit. Dafür habe ich keine Zeit und kein Budget. Hier geht es um einen eindeutigen Fall von Fahrerflucht mit Todesfolge nach einer Studentenfeier.«

»Keine Sorge, ich bin gerade dabei, eine Gästeliste zusammenzutragen.«

Detective Grant runzelte die Stirn. »Sie halten sich da schön raus, das ist Polizeiarbeit.«

»Also werden Sie der Sache doch noch einmal nachgehen? Vielleicht gibt es jemanden, der Liam gesehen hat und bezeugen kann, dass er *nicht* in seinen Wagen gestiegen ist.«

Er knirschte mit den Zähnen. »Aber Sie kommen den Ermittlungen nicht in die Quere, haben wir uns verstanden?«

»Auch nicht, was die Gästeliste betrifft? Selbstverständlich kann ich das alles Ihnen überlassen, aber wäre es für Sie nicht eine immense Arbeitserleichterung, wenn ich Ihnen ein wenig behilflich bin?«

Ein paar Sekunden lang musterte er mich. »Na gut, Sie besorgen mir die Gästeliste. Aber den Rest erledigen mein Team und ich, haben wir uns verstanden?«

»Nur wenn Sie den Wagen und den Schlüssel nach Fingerabdrücken untersuchen.«

»Das Auto gehört Ihrem Bruder und einer seiner Freunde hat ihm den Schlüssel abgenommen. Es ist wohl klar, wessen Fingerabdrücke darauf zu finden sind.«

Verdammt, was sollte das?

Eindringlich sah ich ihn an. Ich würde nicht nachgeben, denn um Fingerabdrücke konnte sich nur die Polizei kümmern.

»Okay, ich werde noch einmal eine Untersuchung einleiten.« Er fuhr sich mit beiden Händen durch die Haare. »Als hätte ich nicht schon genug zu tun …«

»Wäre es Ihr Bruder, würden Sie auch alles daransetzen, um zu beweisen, dass er mit dem Unfall nichts zu tun hat, oder?« Mit diesen Worten stand ich auf und wandte mich zum Gehen. Doch dann drehte ich mich noch einmal zu ihm um. »Danke, ich weiß Ihre Hilfe sehr zu schätzen.«

Statt mir zu antworten, nickte er knapp.

Als ich schließlich auf die Straße trat, erfüllte mich das Gefühl, einen weiteren Schritt nach vorn geschafft zu haben.

Auf dem Nachhauseweg hielt ich an einer Imbissbude. Ich wollte mich nicht erneut an CJs Kühlschrank bedienen, auch wenn er mehrfach beteuert hatte, dass das kein Problem wäre. Er tat schon so viel für mich. Mein schlechtes Gewissen hatte sich zumindest etwas gelegt, seit ich wusste, dass ich an der Tankstelle arbeiten konnte. Doch bis ich mir eine eigene Bleibe leisten konnte, würde es noch dauern. Dass ich Detective Grant dazu gebracht hatte, Liams Fall erneut aufzunehmen und die Partygäste zu befragen, sparte mir viel Zeit. Mal abgesehen davon, dass er bestimmt mehr erreichen konnte als ich. Wie Stacey darauf reagieren würde, dass nun nicht ich, sondern ein Detective ihre Gäste kontaktieren würde, wusste ich nicht. Aber ich wollte es ihr auch nicht sagen, bevor ich die Liste hatte – und danach würde sie sich einfach damit abfinden müssen.

Es war schon dunkel, als ich nach diesem aufwühlenden und ereignisreichen Tag zu CJs Wohnung zurückkehrte. Mir war kalt, weil ich keine Jacke mitgenommen hatte. Am Vormittag war es warm gewesen und ich hatte nicht damit gerechnet, so lange unterwegs zu sein.

CJ hatte mir geschrieben, dass er nach der Arbeit zu einem Kollegen fahren würde. Sie wollten um die Häuser ziehen und das Wochenende genießen. Er hatte mich zwar auch dazu eingeladen, aber ich hatte abgelehnt. Zum einen war ich nicht in Feierlaune und zum anderen hatte ich nicht vor, an meinem ersten Arbeitstag müde zu sein oder womöglich zu verschlafen.

Ich ging die Treppen hinauf und suchte nach dem Wohnungsschlüssel, den CJ mir anvertraut hatte. Doch bis auf einen Kaugummi und mein Handy waren meine Hosentaschen leer.

Panik schoss durch mich hindurch. Wenn ich den Schlüssel verloren hatte, würde ich mich CJ gegenüber nur noch schlechter fühlen. Gedanklich ging ich durch, wann ich den Schlüssel zuletzt in der Hand gehabt hatte. Ich hatte ihn heute Morgen vom Couchtisch genommen und war dann im Badezimmer gewesen, wo ich ihn auf das Waschbecken gelegt hatte. Mist, dort lag er vermutlich immer noch. CJ hatte mir irgendetwas zugerufen und ich war zu ihm gegangen, ohne an den Schlüssel zu denken.

Wenn ich nicht wüsste, dass er sich so auf den freien Abend mit seinem Kollegen gefreut hatte, würde ich ihn anrufen. Ich könnte vor der Tür auf ihn warten, doch er hatte angekündigt, dass es spät werden würde – falls er überhaupt nach Hause kam. Aus unserer Chicagoer Zeit und seinen Erzählungen wusste ich, dass er gern mal auf irgendeiner Couch übernachtete und erst am nächsten Tag von einer Party heimkam.

Wütend über mich selbst stieß ich ein paar leise Flüche aus. Dann fiel mir ein, dass an der Fassade Feuertreppen angebracht waren. Der Gedanke war zwar verrückt, aber meine einzige Möglichkeit, heute noch ins Warme zu kommen. Das Badezimmerfenster lag schließlich direkt an der Treppe.

Auf der Straße wischte ich meine feuchtkalten Hände an der Jeans ab. Hoffentlich rief nicht gleich jemand die Polizei, wenn ich dabei gesehen wurde, wie ich in die Wohnung einstieg.

Ich stellte mich auf einen der Blumentöpfe, die unten in mehreren Metern Abstand vor dem kleinen britischen Restaurant standen, und sprang auf die Leiter zu. Tatsächlich bekam ich die vorletzte Sprosse zu fassen und zog mich an ihr hoch, während sie durch mein Gewicht langsam hinabglitt.

Mein Herz raste, doch niemand schien sich an meiner Klettertour zu stören – wobei mir bestimmt die Dunkelheit zugutekam.

Schnell stieg ich bis in den dritten Stock. Mit beiden Händen schirmte ich mein Sichtfeld ab, um die Spiegelungen der Straßenlaternen und der vorbeifahrenden Autos in der Fensterscheibe abzuschirmen. Ja, das Badezimmer, hier war ich richtig.

Mit aller Kraft versuchte ich, das Fenster nach oben zu schieben, und hatte Glück. Es ließ sich so weit öffnen, dass ich die Finger in den schmalen Spalt stecken und es nach oben drücken konnte. Erleichtert atmete ich auf – bis ich einen dicken Badezimmerteppich unter meinen Schuhen spürte.

Hatte CJ einen neuen gekauft? Denn bisher hatte bei ihm immer ein kleines Handtuch als Duschvorleger gedient.

Mit einem Rums schloss ich das Fenster und wollte zum Lichtschalter greifen, als die Tür aufgerissen wurde.

Doch es war nicht CJ, der mir gegenüberstand.

Ich befand mich auch nicht in seiner Wohnung, wie mir in dem Moment bewusst wurde, als Licht aus dem Flur in das kleine Bad fiel.

Eine junge Frau stand vor mir, einen Baseballschläger erhoben und bereit, zuzuschlagen – obwohl sie zuerst den Türrahmen erwischen würde, wenn sie aus dieser Position ausholte. Sie wirkte auch nicht wirklich Angst einflößend. Trotzdem wollte ich mein Schicksal nicht herausfordern.

Dass sie nicht erfreut war von meinem Auftauchen in *ihrem* Badezimmer, verriet mir auch ihre Stimme, als sie fast schon hysterisch schrie: »Verdammte Scheiße, wer bist du und was tust du in meiner Wohnung?«

Kapitel 9

Cecile

Ohne zu zögern, würde ich zuschlagen, das hatte ich mir geschworen. Wenn der Einbrecher auch nur einen Schritt in meine Richtung machen würde, wenn er dachte, er könnte sich auf mich stürzen oder sich an mir vorbei in meine Wohnung drängen, hatte er sich geschnitten. Er würde schneller das Holz des Schlägers zu spüren bekommen, als ihm lieb war.

»Whow, sorry … ich hab mich im Apartment geirrt.« Der Kerl war mehr als einen Kopf größer als ich und vielleicht in meinem Alter. Kapitulierend hob er beide Hände und sah mich entschuldigend an. »Ich dachte, ich bin hier richtig, ich wollte zu CJ. Seit ein paar Tagen wohne ich bei ihm, heute Morgen habe ich nur den Wohnungsschlüssel im Badezimmer vergessen.«

»CJ, hm? In diesem Haus gibt es keinen CJ, also lass dir etwas Besseres einfallen!« Weil ich den Typen ins Gesicht sehen wollte, schaltete ich das Licht an. Sofort bemerkte ich die aufgeschürften Handflächen und seine teure Markenkleidung. Nicht gerade charakteristisch für einen Einbrecher.

»CJ Winter. 3F.« Seine brünetten Haare fielen ihm in die gerunzelte Stirn.

Mit zusammengekniffenen Augen starrte ich auf seine Lippen und auf sein kantiges, glatt rasiertes Kinn.

»In 3F wohnt Jeff und kein CJ.«

Sein erleichtertes Lachen irritierte mich und ich umfasste den Schläger wieder fester, auch wenn der Fremde immer noch die Hände nach oben hielt und sich keinen Schritt von der Stelle bewegt hatte.

»CJ steht für Camillo Jefferson. Er hasst seinen vollen Namen. Wundert mich, dass er hier Jeff genannt werden will, aber vielleicht gehört das zu seinem New Yorker Ich.«

Ich schaute auf seine Lippen, während er redete. O Mann, und dann diese blauen Augen, die mich mit einem unglaublich fesselnden Blick anschauten. Irritiert schüttelte ich den Kopf. Ich verstand nur Bahnhof. »Woher kennst du ihn?«

»Wir sind gemeinsam in Chicago aufgewachsen. Entschuldige, total unhöflich von mir, ich bin Trevor.« Er streckte mir seine Hand entgegen und sah mich versöhnlich an.

Ich reagierte nicht auf seine Geste. Vielleicht wollte er mich auf diese Weise nur überwältigen? »Sorry, aber ich traue dir nicht. Nur weil du Jeffs vollen Namen kennst, sind wir nicht gleich Freunde. Den kannst du auch von einem an ihn adressierten Brief haben, den du unten aus seinem Postfach gefischt hast.«

»Okay, verstehe. Du brauchst Beweise.« Er zwinkerte mir zu.

Verdammt, ich ärgerte mich, dass er damit ein Kribbeln in meinem Bauch auslöste. Der Kerl war gerade in meine Wohnung eingebrochen. Wie konnte ich mich da zu ihm hingezogen fühlen?

»Am besten ist, ich rufe ihn an und er bestätigt dir persönlich, dass ich bei ihm wohne.«

»Genau. Du wählst einfach eine ganz andere Nummer und irgendein Typ versucht, mir weiszumachen, dass er Jeff ist. Das kannst du vergessen.«

»Und du hast bestimmt einen besseren Vorschlag?« Er grinste verschmitzt.

Wütend funkelte ich ihn an und zog mein Smartphone aus der Gesäßtasche, ohne ihn dabei aus den Augen zu lassen. Sollte er sich auch nur einen Schritt auf mich zubewegen, würde ich mein Handy fallen lassen und ihm zeigen, wie sich ein Baseballschläger anfühlt.

Ich entsperrte es und navigierte mich zu Jeffs Nummer, ließ diesen Trevor jedoch immer nur ganz kurz aus den Augen. Er stand nach wie vor ruhig im Badezimmer und schmunzelte vor sich hin, als würde ich ihm ein witziges Unterhaltungsprogramm bieten.

»Cecile, was ist los?« Als Jeff abhob, hörte ich laute Musik und Stimmen im Hintergrund.

»Sag mal, hast du seit Neuestem einen Mitbewohner?«

»Was?«

Mein Herz schlug wieder schneller. »Ob du einen Mitbewohner hast?!«, wiederholte ich lauter.

»Ach so, ja. Aber nicht lange. Trevor ist nur in New York, um seinen Bruder aus dem Gefängnis zu holen.«

Meine Augen weiteten sich. »Aus dem Gefängnis?«

Der Kerl mir gegenüber runzelte besorgt die Stirn.

»Ja, längere Geschichte, kann ich dir bei Gelegenheit erzählen. Wieso, wie kommst du auf ihn? Mist, ich wollte es dir neulich im Flur sagen, aber da hast du telefoniert und danach hab ich es vergessen. Hast du ihn getroffen? Ich hoffe, nicht vor meiner Tür. Oh, du hast doch nicht die Bullen gerufen, weil er in meine Wohnung wollte?«

»Noch nicht«, sagte ich und kniff die Augen zusammen, ohne den Blick von diesem Trevor zu nehmen. »Beschreibe mir mal, wie er aussieht.«

»Puh, ähm …«

»Stell auf Lautsprecher«, meinte Trevor leise. Er schien das wohl nach wie vor für unglaublich witzig zu halten, aber den Gefallen, ihn mithören zu lassen, würde ich ihm auf keinen Fall tun.

»Also er hat dunkle Haare. So einen braven Bubischnitt. Blaue Augen, Bart.«

Angespannt schnappte ich nach Luft.

»Ach so, nee, den Bart hat er sich abrasiert. Auf jeden Fall sieht er nicht so gut aus wie ich. Ist er das?«

»Ja«, sagte ich leise. »Dann muss ich ihn also nicht verprügeln?«

Jeff und Trevor lachten.

»Nein, der ist harmlos«, erklärte mein Nachbar.

Als ich den Baseballschläger sinken ließ, atmete der Kerl mir gegenüber erleichtert auf.

»Okay, danke, Jeff. Noch einen schönen Abend.«

»Dir auch!« Damit hatte er schon wieder aufgelegt.

»Überzeugt?«, wollte Trevor wissen und nahm seine Hände herunter. »Oder willst du zur Sicherheit doch die Polizei rufen?«

Unschlüssig zuckte ich mit den Schultern. »Was hat es mit deinem Bruder auf sich?«

Trevor atmete tief ein und aus. »Liam sitzt unschuldig im Gefängnis. Ich bin aus Chicago hergekommen, um bei ihm zu sein und dafür zu kämpfen, dass er wieder freikommt und der wahre Täter gefasst wird.«

Statt zu antworten, nickte ich. Weil ich mir nicht sicher war, ob ich überhaupt mehr darüber erfahren wollte, lenkte ich auf ein anderes, nicht weniger wichtiges Thema. »Und wieso bist du in mein Bad eingestiegen?«

»Weil ich mich aus CJs Wohnung ausgesperrt habe«, wiederholte er.

Ich verdrehte die Augen. »Kannst du bitte Jeff zu ihm sagen? Und echt jetzt? Das war kein Scherz?«

Verlegen lachte er auf. »Okay, ich werde versuchen, ihn Jeff zu nennen, kann aber für nichts garantieren. Und nein, das war kein Scherz.

Der Schlüssel liegt vermutlich noch auf dem Waschtisch in seinem Badezimmer. Ich dachte, ich könnte über die Feuertreppe ins Bad gelangen. Dass ich mich um eine Wohnung verschätzt habe, tut mir leid, ich hätte die Treppe rechts von dieser nehmen müssen.«

Zögernd nickte ich. »Schon gut. Ich glaube, den ersten Schock habe ich überwunden. Ähm ... willst du einen Schlüsseldienst rufen?«

Trevor schüttelte verlegen den Kopf. »Dafür fehlt mir das Geld.«

»Dann ... möchtest du es an der anderen Feuertreppe versuchen?«

Wieder verneinte er. »Wenn es nicht sein muss, lass ich das besser.« Er zeigte mir seine Handflächen, die näher betrachtet ziemlich schlimm aussahen.

»Autsch, wie ist das passiert? Bist du abgerutscht?«

»Nein, das ist vom Sprung auf die Leiter. Das Eisen ist rau, vermutlich als Trittschutz im Winter.«

»Warte, ich desinfiziere das. Nicht dass es sich entzündet.« Ohne seine Antwort abzuwarten, lehnte ich den Baseballschläger an die Tür und öffnete den Medizinschrank im Bad. Dass ich ihm dabei den Rücken zudrehte, war mir bewusst, aber Jeff hatte mir versichert, dass von Trevor keine Gefahr ausging, also glaubte ich ihm. Mal abgesehen davon, dass Trevors Geschichte glaubhaft klang.

Bevor ich das Wundheilungsspray schüttelte, wusch ich mir die Hände, obwohl ich nicht vorhatte, in die Nähe seiner aufgeschürften Haut zu kommen.

»Achtung, das könnte gleich ein bisschen brennen«, warnte ich ihn vor.

Zischend sog Trevor Luft zwischen die Zähne, während er die Handflächen über das Waschbecken hielt und ich sie einsprühte. Danach schüttelte er sie vorsichtig, um sie etwas zu kühlen und den Schmerz zu lindern. »Danke ...«

»Cecile. Und kein Ding. Ähm … willst du etwas trinken, solange du auf Jeff wartest?«

Zögernd antwortete er: »Gerne.«

Ich bat ihn ins Wohnzimmer, wo er auf der Couch Platz nahm. »Cola, Wasser, Kräutertee und Kaffee habe ich im Angebot.«

»Ein Wasser, bitte.«

Da mir nach einem Tee war, füllte ich Wasser in eine Tasse, hängte den Beutel hinein und stellte alles in die Mikrowelle. Aus dem Kühlschrank holte ich eine kleine Flasche, die ich Trevor reichte. »Oh, warte, ich sollte sie dir besser aufmachen, oder?« Bevor er danach greifen konnte, zog ich sie zurück und drehte den Deckel auf.

»Bitte.«

Dankend nickte er, als ich ihm die geöffnete Wasserflasche gab. Er setzte sie an die Lippen und leerte sie in einem Zug.

»Oh, hast du den ganzen Tag nichts getrunken?« Als die Mikrowelle piepte, holte ich meinen Tee und brachte ihm gleich eine weitere Flasche Wasser aus dem Kühlschrank mit.

»Doch. Morgens einen Kaffee und eine kleine Cola zum Hot Dog, den ich mir in der Stadt gekauft habe.«

»So wenig trinkst du hoffentlich nicht jeden Tag?«

»Na ja, nein, also ich …«

Tadelnd schaute ich ihn an. »Du weißt sicher, dass das total schlecht für den Körper ist, oder?«

Trevor zuckte mit den Schultern.

»Hey, damit ist nicht zu spaßen. Schon mal eine Nierenbeckenentzündung oder eine Entzündung der Harnwege gehabt? So etwas ist verdammt schmerzhaft und nichts, was man herausfordern sollte. Hast du gewusst, dass sich die geistigen Fähigkeiten verringern können, wenn dem Körper nur zwei Prozent der benötigten Flüssigkeit fehlen? Dass einem schwindelig werden kann und man unter einem

Erschöpfungsgefühl leidet, was bei andauerndem Flüssigkeitsmangel bis zu Schock und Koma führen kann?«

Trevor lachte auf. »Okay, schon gut, ich hab's verstanden und achte darauf, ab sofort jeden Tag mindestens zwei Liter zu trinken.«

»Das ist sicher zu wenig.« Auf meinem Handy suchte ich im Internet nach einem Flüssigkeitsrechner. »Wie alt bist du?«

»Neunzehn, und du?« Er schmunzelte immer noch, doch ich ließ mich davon nicht verunsichern.

»Achtzehn. Wie viel wiegst du?«

»Vermutlich mehr als du.«

Augen rollend wartete ich auf eine ernst zu nehmende Antwort. »Nun sag schon …«

»Keine Ahnung, etwa vierundachtzig Kilo?«

Ich tippte die Zahlen in den Rechner. »Ihr täglicher Wasserbedarf beträgt 2940 Milliliter pro Tag«, las ich triumphierend vor.

»Damit hätte ich nicht gerechnet«, gestand er und klang dabei wirklich beeindruckt. »Was sagt das Programm bei dir?«

»1920 Milliliter.«

»Echt jetzt?« Überrascht runzelte er die Stirn und beugte sich in meine Richtung, um sich mit eigenen Augen davon zu überzeugen. »Darf ich mal?«, fragte er und ich überließ ihm mein Handy. Tatsächlich gab er seine Daten erneut ein. »Das hätte ich echt nicht gedacht. Und zu meiner Verteidigung, ich komme meistens auf zweieinhalb bis drei Liter pro Tag. Das heute war eine absolute Ausnahme.«

Ich hob eine Augenbraue, denn das klang eher wie eine Notlüge, damit er nicht blöd dastand.

Trevor lachte erneut auf. »Doch, wirklich. Allein nach dem Sport trinke ich locker einen Liter. Und ich trainiere fast jeden Tag.«

»Indem du Feuerleitern hinaufkletterst und in fremde Badezimmer einsteigst?«

Ein Funkeln lag in seinen Augen, das wieder dieses sanfte Kribbeln in mir auslöste. »Normalerweise gehe ich zu Hause in Chicago ins Fitnessstudio wenige Stockwerke unter meiner Wohnung. Hier in New York müssen Übungen mit dem eigenen Körpergewicht reichen.«

Ich zwang mich, meinen Blick von seinen sehnigen Unterarmen und ausgeprägten Oberarmen abzuwenden, was jedoch nicht einfach war. Auch an seinen breiten Schultern war deutlich zu sehen, dass er Kraftsport machte.

Schnell nippte ich an meinem Tee und spürte, wie mir Hitze ins Gesicht stieg. Ich musste unbedingt das Thema wechseln. »Dann bist du also gemeinsam mit Jeff aufgewachsen?«

»Genau. Er ist zwar fünf Jahre älter als ich, aber wir haben uns schon immer super verstanden. Ich habe zu ihm aufgesehen und mir einiges von ihm abgeschaut.«

»Was zum Beispiel?«

»Ich wollte schon immer Gitarre spielen können wie er. Aber ich bin da wohl völlig talentfrei, weshalb ich es irgendwann aufgegeben habe. Was sicher auch daran lag, dass er zum Studieren nach New York gegangen ist. Und … na ja, mich hat damals imponiert, wie er Mädchen angesprochen hat.« Er grinste.

»Jeff, der Frauenheld? Reden wir wirklich von derselben Person?«

Trevor verbarg seine Belustigung, indem er noch einen Schluck trank. »Na ja, für mich als Zwölfjährigen war das schon sehr beeindruckend.«

»Wie kommt es, dass er noch nie von dir oder deinem Bruder erzählt hat?«

»Autsch!« Er verzog das Gesicht und ich schenkte ihm einen bedauernden Blick. »Also warum CJ nicht über uns spricht, weiß ich nicht. Kennt ihr euch denn gut?«

Nachdenklich legte ich den Kopf schräg. »Na ja, schon. Das heißt, wir treffen uns öfter mal im Flur auf einen Kaffee oder schauen gemeinsam Filme. Aber stimmt, wir reden kaum über unsere Vergangenheit. Ich wusste wirklich nur, dass er früher in Chicago gewohnt hat. Und selbst das hatte ich völlig verdrängt, bis du es eben erwähnt hast.«

»Okay, also verbindet CJ und dich nur … Nachbarschaft?«

Stirnrunzelnd überlegte ich, was genau er damit andeuten wollte. »Oh, du meinst, ob Jeff und ich … Nein, da läuft nichts zwischen uns.« Warum wurde ich erneut rot?

»Gut … also …« Verlegen räusperte er sich. »Ich sollte dich wohl jetzt besser allein lassen.«

»Aber Jeff ist doch noch gar nicht zu Hause.«

»Er kommt bestimmt bald.« Trevor stand auf und deutete über seine Schulter zur Wohnungstür. »Ich warte einfach vor der Wohnung auf ihn.«

»Sicher?«

»Ja, klar. Kein Problem …« Sein Lächeln war ansteckend und ich konnte nicht anders, ich musste es erwidern.

»Hat mich gefreut, dich kennenzulernen. Dann sehen wir uns in den nächsten Tagen vermutlich öfter.«

Trevors Gesichtsausdruck verdunkelte sich für einen unmerklichen Moment. Wahrscheinlich musste er daran denken, wieso er in New York war. Doch dann grinste er mich wieder an und nickte. »Genau. Sollte also jemand versuchen, in deine Wohnung einzubrechen, weißt du, wo du mich findest. Ich nehme es locker mit jedem auf.«

Ich lachte. »Gut zu wissen …«

Trevor zwinkerte mir zu. »Danke für das Wasser, Cecile. Und dafür, dass du meine Hände versorgt und mich nicht auf demselben Weg rausgeschmissen hast, den ich gekommen bin.«

Dass ich ihn anfangs nicht freiwillig ins Wohnzimmer gelassen hatte, erwähnte ich nicht. Denn inzwischen fand ich ihn wirklich nett, obwohl ich zu Beginn bei nur einer falschen Bewegung, ohne zu zögern, den Baseballschläger benutzt hätte.

»Nicht dafür. Und solltest du etwas brauchen, kannst du jederzeit klingeln. Also … sofern ich nicht gerade auf der Arbeit bin und dir nicht öffnen kann.« Gott, wie bescheuert war denn diese Antwort, bitte?

Doch Trevor schenkte mir nur ein Lächeln, das mir das Gefühl gab, als hätte ich etwas wirklich Intelligentes gesagt.

»Schönen Abend und gute Nacht.« Mit diesen Worten öffnete er die Wohnungstür und trat auf den Flur hinaus. Ich sah ihm hinterher, bis er vor Jeffs Apartment ankam, sich dort gegen die Wand lehnte und sein Handy herausholte. Dann schloss ich die Tür und konnte ein dümmliches Grinsen nicht unterdrücken.

Nachdenklich, verwirrt und immer noch aufgewühlt von der Tatsache, dass sich ein Fremder Zutritt zu meiner Wohnung verschafft hatte, ging ich ins Badezimmer. Mit einem flauen Gefühl im Magen überprüfte ich die Verriegelung des Fensters. Der kleine Hebel, der dafür sorgte, dass es sich nicht von außen öffnen ließ, stand immer noch offen. Ich schob ihn nach links, um das Fenster zu verriegeln, konnte ihn aber nur unter starker Krafteinwirkung vollständig schließen. Der Riegel war offenbar nie komplett eingerastet, was mir erst jetzt bewusst wurde. In Zukunft würde ich besser darauf achten.

Ich beschloss, Nicola anzurufen, und ging ins Wohnzimmer.

»Hey, Süße, gib's zu, du vermisst mich schon«, meldete sie sich sofort mit ihrer weichen Stimme und vertrieb damit für einen Augenblick all meine Ängste.

»Und wie! Wie war dein Flug? Und wie ist das Apartment?«

»Oh, es ist toll hier, ich schicke dir morgen mal Fotos, wenn es wieder hell ist. Ich habe mindestens doppelt so viel Platz wie in meinem alten Zimmer und ich hoffe sehr, eine ähnlich schöne Wohnung zu finden. Die Firma arbeitet mit einem Makler zusammen, mit dem sie für ihre Angestellten einen Rabatt ausgehandelt hat.«

»Das klingt doch großartig! Ich freu mich für dich und bin echt gespannt, wie du jetzt wohnst.«

Ein zufriedenes Seufzen drang an mein Ohr. »So schade, dass ich dich nicht mitnehmen konnte. Wie war dein Tag? Ist es recht leer zu Hause ohne mich?«

In wenigen Worten erzählte ich Nicola von dem *Einbrecher*, der keiner war. »Hast du gewusst, dass bei Jeff jetzt jemand wohnt?«

»Hm, ich habe schon Anfang der Woche einen Kerl aus seiner Wohnung gehen sehen. Einen, der im Übrigen äußerst gut aussieht.«

Mein leises Kichern verriet ihr, dass ich ihr in diesem Punkt zustimmte.

»Ich dachte jedoch, dass es einfach ein Kumpel von ihm ist, der zu Besuch war«, fuhr sie fort. »Aber das muss ja ein riesiger Schreck für dich gewesen sein …«

»War es auch. Fast hätte ich ihn mit dem Baseballschläger eine verpasst.« Ich lachte. »Wusstest du, dass das Fenster im Badezimmer nicht richtig schließt, wenn man den Riegel nicht ordentlich zuschiebt?«

Meine Freundin stieß einen überraschten Laut aus. »Nicht dein Ernst, oder?«

»Doch. Ich hab es eben noch mal überprüft. Der kleine Spielraum hatte ausgereicht, dass Trevor das Fenster öffnen konnte.«

»Jetzt krieg ich echt Gänsehaut. Stell dir mal vor, es hätte jederzeit jemand bei uns einsteigen können!«

»Ja, unheimlich, oder? Zum Glück weiß ich jetzt, was ich tun muss, damit das Fenster von außen nicht aufgeht.« Ich nippte noch einmal an meinem bereits abgekühlten Tee.

Nicola atmete geräuschvoll aus. »Frag am besten Jeff, ob er dir hilft, ein zusätzliches Schloss anzubringen. Oder diesen Trevor.« Sie betonte seinen Namen, als wäre er ein leckeres Dessert, das sie mir anpreisen wollte.

Statt einer Antwort brummte ich zustimmend.

»Und jetzt ist er wieder in Jeffs Wohnung?«, wollte Nicola wissen und verjagte das Bild aus meinem Kopf, wie Trevor mit angespannten Oberarmen und einer Bohrmaschine in der Hand am Fensterrahmen hantierte.

»Ähm … ja. Das heißt, ich denke schon. Er wollte vor Jeffs Wohnung auf ihn warten.«

»Wieso hast du ihn ausquartiert?« Nicola wirkte überrascht.

»Hab ich nicht. Er wollte gehen.«

»Hm. Okay.«

»Das klang grade irgendwie komisch«, sagte ich und räumte die Tasse in die Spüle.

Ein leises Lachen drang an mein Ohr. »Du bist auch komisch, Cecile. Gott, ich vermisse dich. Pass gut auf dich auf, hörst du? Ich melde mich in den nächsten Tagen mal, wenn ich ausgepackt habe. Die Spedition hat heute Nachmittag alles geliefert, hier sieht es aus, als hätte eine Bombe eingeschlagen.«

Ich wusste, dass sie übertrieb. So viel Zeug hatte sie gar nicht verschickt, es waren nur ein paar große Kartons gewesen.

Wir wünschten uns eine gute Nacht und verabschiedeten uns. Und irgendwie fühlte ich mich danach gar nicht mehr so einsam.

Ich beschloss, ein Bad zu nehmen und den Abend gemütlich mit einem Hörbuch ausklingen zu lassen. Zuvor vergewisserte ich mich trotzdem erneut, ob das Fenster auch wirklich fest geschlossen war, bevor ich mich in die warme Wanne gleiten ließ.

Eine gute halbe Stunde später trug ich bereits meinen Pyjama, und die Gedanken an Trevor holten mich wieder ein. Außerdem musste ich an das Gespräch mit Nicola denken.

Neugierig ging ich zur Wohnungstür und lauschte in den Flur, aber dort war es still. Als ich durch den Türspion linste, sah ich nur Finsternis. Jeff war bestimmt inzwischen nach Hause gekommen. Doch in dem Moment, als ich mich abwenden und zurück ins Wohnzimmer gehen wollte, um es mir auf der Couch bequem zu machen, ging draußen das Licht an. Ein erschrockener Laut drang aus meiner Kehle, denn ich entdeckte Trevor. Er hockte vor Jeffs Wohnung auf dem Boden, die Arme um die Knie geschlungen, den Kopf mit geschlossenen Augen an die Tür gelehnt.

Mein Herz machte einen Satz, und bevor ich überlegen konnte, was ich tat, öffnete ich meine Tür.

Müde blinzelte Trevor gegen das Licht an. Als er bemerkte, dass ich vor ihm stand, räusperte er sich und sprang auf. »Oh, hey, Cecile. Ich muss wohl eingenickt sein.«

»Meine Güte, Trevor! Ist Jeff immer noch nicht da?«

Er zeigte mit dem Daumen über seine Schulter. »Nein, er … ähm …«

»Kommt später?«, riet ich.

»Oder auch gar nicht. Also schon, aber erst morgen früh. Er ist feiern und es könnte sein, dass er … nun ja …«

»Scheiße«, entfuhr es mir und ich legte die Hand vor den Mund, als ob ich das Wort dadurch zurücknehmen könnte. »Ich meine … das ist nicht gut. Was …« *Was willst du jetzt tun?*, wäre mir fast herausgerutscht, doch zum Glück konnte ich mich zurückhalten. Diese Frage wäre wirklich dämlich. Er hatte keinen Schlüssel, kein Geld für den Schlüsseldienst, und Jeff zu bitten, nach Hause zu kommen, war für Trevor offenbar keine Option, sonst hätte er ihn längst angerufen.

»Schon gut, ich warte einfach noch eine Weile. Vielleicht kommt er ja doch bald.« Trevor schenkte mir ein Lächeln, das bestimmt cooler wirkte, als es in ihm gerade aussah.

»Das … nein. Also hör zu, das ist doch blöd. Du weißt nicht, wann er kommt, und der Boden ist unbequem. Davon abgesehen, frierst du.«

Als würde er die Tatsache vertuschen wollen, rieb er sich über die bloßen Arme, auf denen er eine Gänsehaut hatte.

»Ich habe hier eine Couch … oder noch besser ein Bett. Also nicht meines.« Zack, schon wieder lief ich rot an. »Meine Mitbewohnerin ist heute ausgezogen, du kannst in ihrem Zimmer übernachten.«

Trevor fuhr sich mit einer Hand durch die Haare. »Das ist ein wirklich nettes Angebot, aber …«

»Die Matratze ist weich und ich habe ein Kissen und eine Decke für dich. Und Kaffee. Wasser. Eine Toilette und eine Dusche, falls du …«

»Okay, schon gut, du hast mich überredet.« Verlegen grinste er, was ich unglaublich süß fand. »Aber bitte mach dir nicht zu viele Umstände meinetwegen.«

Augen rollend öffnete ich die Tür ein Stück weiter und ließ ihn in die Wohnung. »Das ist kein Problem, das mache ich gern.«

Er schenkte mir ein dankbares Lächeln und mein Herz machte einen Satz.

War ich völlig verrückt geworden, einem Kerl, den ich kaum kannte, einfach so einen Schlafplatz bei mir anzubieten? Ja, definitiv! Aber ich fühlte keine innere Gegenwehr. Außerdem hatte er in letzter Zeit vermutlich schon genug durchmachen müssen. Also tat ich das Richtige. Oder?

Kapitel 10

Trevor

Dieser Tag hatte so gut begonnen und nun hatte er eine derartige Wende hingelegt. Wobei diese nicht zwingend negativ war, nur … unerwartet.

Dass ich mich im Fenster geirrt hatte, war zwar schlecht, hatte aber unverhofft zu einem vermutlich gemütlicheren Schlafplatz geführt als CJs Couch. Und dass diese Wohnung noch dazu Cecile gehörte, die als Empfangsdame im *Eleven Madison Park* arbeitete und uns trotz des unmöglichen Benehmens meiner Mutter so freundlich behandelt hatte, war ein unfassbarer Zufall, den ich nicht wirklich fassen konnte. Seit dem Tag, als ich mit Liam und meinen Eltern dort gegessen hatte, war sie mir nicht mehr aus dem Kopf gegangen. Dass das Schicksal mich nun direkt zu ihr geführt hatte, war … verrückt.

Sie hatte mich jedoch nicht erkannt, das glaubte ich zumindest. Was bestimmt daran lag, dass ich den Bart abrasiert und eine neue Frisur hatte – aber wahrscheinlich auch an der Tatsache, dass ihr eher meine unhöflichen Eltern in Erinnerung geblieben waren.

So gesehen war es mir ganz recht, dass sie nicht wusste, wer ich war. Ich wollte nichts mehr mit Mom und Dad zu tun haben – schon gar nicht vor Cecile. Womöglich würde sie es sich noch einmal anders überlegen und mich vor die Tür setzen. Ich an ihrer Stelle würde es vermutlich so machen.

Selbst jetzt, während ich in ihrem Wohnzimmer stand und ihr zusah, wie sie Kissen und Decke aus der Kommode unter dem Fernseher nahm und beides in das angrenzende Zimmer trug, rang ich mit mir, ihr Angebot nicht doch dankend abzulehnen. Aber die Aussicht, in einem weichen Bett zu schlafen, anstatt weiter im Flur frieren zu müssen und ständig aus dem Dämmerschlaf gerissen zu werden, war einfach zu verlockend.

Nachdem sie in dem anderen Zimmer – vermutlich ihr eigenes – verschwunden war und wenig später mit Bettlaken und Bezügen auftauchte, räusperte ich mich verlegen.

»Du musst das Bett nicht beziehen, das kann ich auch übernehmen«, sagte ich mit einem Blick auf ihren dunkelblauen Pyjama, der mit roten Kussmündern bedruckt war.

»Schon gut, ist doch schnell erledigt. Du kannst inzwischen ins Badezimmer, wenn du willst. Ein frisches Handtuch findest du auf dem Regal, und falls du sonst noch etwas brauchst, lass es mich wissen.«

»Danke.« Mir war das alles äußerst unangenehm, aber Cecile war so nett und es wäre dumm, ihre Hilfe nicht anzunehmen. Also ging ich erst mal ins Bad.

Als ich zurück ins Wohnzimmer kam, saß Cecile eingewickelt in eine Decke auf der Couch und lächelte mich freundlich an. »Ich habe mein größtes T-Shirt aus dem Schrank ausgegraben und dir auf das Bett gelegt. Das kannst du zum Schlafen anziehen, wenn du möchtest.«

Erneut bedankte ich mich und rieb mir etwas unsicher über die Brust. »Ähm … gehst du jetzt ins Bett?«, fragte ich, obwohl sie nicht den Eindruck machte, als wäre sie müde.

»Nein, ich hatte eigentlich vor, noch ein wenig fernzusehen. Du kannst mir gern Gesellschaft leisten, wenn du willst. Außer … O Gott, hast du Hunger? Wie unhöflich von mir, ich habe dir gar nichts angeboten. Ich könnte dir ein paar belegte Brote machen. Eine Tiefkühlpizza müsste auch noch da sein. Oder Instantnudeln, falls du so etwas magst …«

»Ich habe vorhin unterwegs etwas gegessen, aber danke.« Dass es nur ein Hot Dog zum Mittag gewesen war, verschwieg ich. »Aber wenn ich mir noch ein Wasser aus dem Kühlschrank nehmen dürfte?«

»Sicher! Warte, ich …« Sie wollte bereits aufstehen.

»Nein, bleib sitzen. Falls es für dich okay ist, bediene ich mich selbst.«

»Oh, natürlich.« Sie lächelte schüchtern und … verdammt, wie süß sie war!

»Willst du auch etwas?«

»Danke.« Sie hob die Teetasse an, aus der sie vorhin schon getrunken hatte.

»Was sehen wir uns an?«, wollte ich wissen, als ich kurz darauf zu ihr ins Wohnzimmer ging.

Sie zuckte mit den Schultern. »Bin noch unentschlossen. Setz dich.« Sie deutete neben sich.

Mit einem Ächzen ließ ich mich in die Polster sinken. CJs Couch war echt tödlich für meinen Rücken.

»Gibt es irgendetwas, was du sehen möchtest, solange es kein Sportsender ist?«

Ich lachte und ließ mir helfen, die Wasserflasche aufzudrehen, ehe ich davon trank. »Ich richte mich ganz nach dir. Meinetwegen kann es auch eine Liebesschnulze sein – auch auf die Gefahr hin, dass ich dabei einschlafe.«

Sie verdrehte die Augen. »Du kennst wohl die richtig guten nicht?« Sie stieß mir sanft in die Seite und sorgte dafür, dass die Berührung noch Sekunden später prickelnd in mir nachhallte.

»Die da wären?«

»*A Star is Born, Wie werde ich ihn los – in 10 Tagen?, 10 Dinge, die ich an Dir hasse, Brokeback Mountain, 50 erste Dates …*« Auffordernd wackelte sie mit den Augenbrauen.

»Okay, damit komme ich klar.«

»Wirklich?« Sie sah mich mit strahlenden Augen an, was dafür sorgte, dass ich mich beim Trinken verschluckte und mir Wasser übers Kinn rann.

»Auf jeden Fall. Ein paar davon habe ich sogar schon gesehen.«

Einige Sekunden lang musterte sie mich schweigend. Glaubte sie mir nicht, oder … erkannte sie mich gerade aus dem Restaurant wieder?

Doch dann schloss sie die Lider und schüttelte den Kopf. »Okay, also bist du auch mit einer Realityshow zufrieden? Ich fürchte, etwas Besseres finden wir nicht mehr. Ich habe leider keine Streaming-Abos.«

Überrascht runzelte ich die Stirn. »Ich glaube, ich kenne niemanden in unserem Alter, der wie du kein …« Mist, bestimmt hatte sie kein Geld dafür übrig und ich musste sie auch noch darauf hinweisen. »Also … ist nicht schlimm. Das Fernsehprogramm sollte man auf keinen Fall unterschätzen.«

»Mhm, besonders die Werbeunterbrechungen.« Sie streckte die Zungenspitze seitlich zwischen den Lippen hervor.

»Machst du dich gerade über mich lustig?«

Ihr Kichern bestätigte meine Vermutung.

Schnaubend lachte ich auf und legte den Kopf an die Rückenlehne. »Okay, das geschieht mir recht.«

»Tut mir leid, das musste einfach sein.«

»Schon gut, ich werde es verkraften«, sagte ich und hatte damit zu kämpfen, nicht noch einmal den Kopf in ihre Richtung zu drehen und ein weiteres Lachen von ihr zu provozieren.

Bestimmt eine Stunde lang sahen wir uns diese Realityshow an, von der ich nicht viel mitbekam. Ich ließ mich einfach berieseln und dachte stattdessen über meine aktuelle Situation nach. Über Liam, über das Gespräch mit Detective Grant und dass er mir zugesichert hatte, die Ermittlungen doch noch einmal aufzunehmen, wie sich das alles – hoffentlich positiv – auf Liams Zukunft auswirken würde. Und darüber, wie ich hier gelandet war.

»Du bist müde, du solltest ins Bett gehen«, drang ihre Stimme zu mir durch.

Sofort fokussierte ich wieder meinen Blick. Ich war tatsächlich kurz davor gewesen wegzudriften. »Ja, du hast recht.« Umständlich hievte ich mich hoch und zeigte auf das Zimmer, das sie mir angeboten hatte. »Danke noch mal und … gute Nacht.«

»Gute Nacht. Ähm … ich muss morgen übrigens gegen neun Uhr raus. Ich hoffe, das ist kein Problem?«

»Nein, überhaupt nicht. Sollte CJ noch nicht da sein, werde ich einfach auf ihn warten.«

Kleine Falten bildeten sich auf ihrer Stirn. »Bist du dir sicher?«

»Absolut. Ich kann mir auch von unten einen Kaffee holen.«

Nun lächelte sie wieder. »Den kriegst du auch bei mir. Aber ja, ich versteh schon … du willst nicht vor seiner Tür warten müssen.«

Ich war zu müde, um ihr jetzt von meinem Job an der Tankstelle zu erzählen. Also wünschte ich ihr noch einmal Gute Nacht, ging ins Zimmer und schloss die Tür hinter mir. Der Raum war bis auf die Möbel ausgeräumt. Es gab keine Deko auf der Kommode oder dem Nachttisch, also ging ich davon aus, dass auch die Schubladen und der Schrank leer waren. An den Wänden waren nicht abgelöste Klebestreifen und Nägel zu erkennen, wo bis vor Kurzem noch Bilder gehangen hatten. Ich schloss die Vorhänge und zog mich bis auf die Boxershorts aus. Auf dem Bett lag wirklich ein T-Shirt – mit einem aufgedruckten Chihuahua, der rosa Schleifchen trug, und dem Schriftzug *Pretty Little Girl* über seinem Kopf.

Schmunzelnd zog ich es mir über. Es lag zwar eng an, passte aber grundsätzlich ganz gut.

Bestimmt amüsierte Cecile die Vorstellung, wie ich mit dem T-Shirt aussah – oder auch nicht. Sie hatte nur hilfsbereit sein wollen. Vermutlich hatte sie auch keinen Freund. Oder wenn, hatte er keine Klamotten bei ihr gelassen.

Als ich mich hinlegte, seufzte ich auf, weil es so verdammt gemütlich war. Wie sehr ich mein Bett zu Hause in Chicago vermisste …

Kaum hatte ich die Decke über mich ausgebreitet, sank ich auch schon in einen tiefen Schlaf. Im Traum war ich wieder an der Highschool. Das ganze Gebäude war leer und nur die Notstrombeleuchtung war an. Ich irrte durch die Gänge, die sich ständig in völlig unlogischer und surrealer Abfolge aneinanderreihten, und suchte nach Liam. Ich wusste, er war hier irgendwo, aber ich konnte ihn nicht finden. Wieder und wieder rief ich seinen Namen, spürte, dass er in Gefahr war. Ich wollte laufen, um schneller bei ihm zu sein, doch meine Beine fühlten sich an, als würden sie auf dem Boden haften und mich dazu verdammen, nur in Zeitlupentempo voranzukommen.

Ein kräftiges Klopfen ließ mich herumwirbeln. Erneut pochte es gegen eine Tür und mir wurde klar, dass das nicht nur im Traum, sondern wirklich passierte.

»Trevor, bist du wach?« Ceciles Stimme drang durch die geschlossene Tür.

Müde wischte ich mir über das Gesicht. »Ja, bin ich.«

Sanftes Tageslicht blinzelte zwischen den Vorhängen hindurch und ein Blick auf meine Uhr verriet mir, dass es wenige Minuten nach acht Uhr morgens war. Diese Nacht war gefühlt viel zu kurz gewesen und doch war ich fitter als erwartet.

»Ich … ähm … habe Frühstück gemacht und dachte, vielleicht möchtest du auch etwas essen.«

Wie auf Kommando knurrte mein Magen. »Danke, ich komme gleich.« Mit erstaunlich weniger schmerzendem Rücken als in den letzten Tagen stand ich auf und schlüpfte in meine Hose. Mein Poloshirt, das ich gestern getragen hatte, müffelte etwas, sodass ich spontan beschloss, Ceciles T-Shirt anzubehalten.

Im Wohnzimmer duftete es bereits lecker nach Pancakes und Kaffee. Cecile brachte gerade einen gut beladenen Teller zum Couchtisch und stellte ihn darauf ab.

»Guten Morgen. Wow, das ist definitiv besser als das, was mich bei CJ erwarten würde.« Und damit meinte ich nicht ausschließlich das Frühstück. Cecile trug noch den Pyjama von gestern, hatte aber einen weiten Hoodie darüber angezogen. Ihre kurzen Haare standen kreuz und quer in alle Richtungen ab und ich liebte es, wie hübsch sie verschlafen aussah.

»Guten Morgen«, sagte sie lächelnd. »Es ist nur eine Fertigmischung, aber die Pancakes sind trotzdem lecker. Und ich habe Ahornsirup und Blaubeeren, also im Grunde ist es fast perfekt.«

Sie ahnte nicht, *wie* perfekt das war. Ich hatte keine Ahnung, wann zuletzt jemand Frühstück für mich gemacht hatte. Es musste wohl unsere Haushälterin Nellie gewesen sein, als ich noch bei meinen Eltern gewohnt hatte. Dass Mom mal etwas zubereitet hatte, lag so lange zurück, dass ich mich kaum daran erinnern konnte.

»Schickes T-Shirt übrigens.« Cecile musterte mich breit grinsend, als ich mich neben sie auf die Couch sinken ließ.

»Ja, richtig heiß, ich weiß.« Ich zog am Bund, um selbst noch einmal einen Blick darauf zu werfen. »Ist der letzte Schrei, hab ich mir sagen lassen.« Ich sah sie zwinkernd an. »Ich hoffe, es ist okay, wenn ich es dir in den nächsten Tagen gewaschen zurückgebe?«

»Na klar, ich kann ein paar Tage auf dieses hippe Teil verzichten. Greif zu und lass es dir schmecken!«

»Danke.« Mit der Gabel lud ich Pancakes auf meinen Teller und ließ Sirup darüberlaufen.

»Oh, brauchst du Zucker für deinen Kaffee?«

»Nur Milch, danke.« Ich griff nach der Milchpackung und goss etwas davon in die Tasse.

»Ich hoffe, du hast gut geschlafen. Zumindest siehst du …«, sie musterte mich aus zusammengekniffenen Augen, »ausgeschlafen aus.«

»Ja, das Bett ist definitiv besser als CJs Couch. Ich werde also heute richtig fit sein, wenn ich meinen ersten Arbeitstag antrete.«

»Du hast hier einen Job angenommen? Dann gehst du nicht so schnell zurück nach Chicago?«

Schulterzuckend schob ich mir ein Stück Pancake in den Mund, bevor ich ihr antwortete. »Ich fange drüben an der Tankstelle an. Und ehrlich gesagt weiß ich nicht, wie lange ich bleiben werde. So lange eben, bis mein Bruder freigelassen wird.«

»Dann steht bei ihm noch alles in den Sternen?«

Ich merkte ihr an, dass ihr die Frage unangenehm war. Bestimmt wollte sie mir damit nicht zu nahe treten.

»Er wartet auf seinen Verhandlungstermin. Bis dahin versuche ich, Beweise für seine Unschuld zusammenzutragen.«

»Gibt es dafür nicht die Polizei und Anwälte?«

Ich atmete schwer aus. »Im Grunde schon, doch … das ist eine längere Geschichte. Bei Gelegenheit erzähle ich sie dir. Aber lass uns nicht mit schlechter Laune in den Tag starten, sondern über etwas anderes reden. Wo musst du gleich hin?«

»Zur Arbeit und im Anschluss bin ich mit einer Kollegin verabredet. Darauf freue ich mich schon.«

»Okay. Klingt gut«, sagte ich und nippte an meinem Kaffee.

Nach wie vor wusste ich nicht, ob Cecile mich erkannt hatte. Aber ich hätte nichts dagegen, wenn sie in mir den mittellosen Kerl sah, der auf der Couch eines Kumpels schlief und an der Tankstelle arbeitete. Meine teuren Markenklamotten hätte ich mir auch von CJ leihen können. Wir hatten eine ähnliche Statur und er trug ebenfalls hin und wieder Poloshirts und Chinos.

»Und morgen?«, fragte ich, weil ich Ceciles Gesellschaft mehr genoss, als ich mir eingestehen wollte. Es tat gut, hier noch jemanden außer meinem Bruder und CJ zu kennen. Vor allem, weil ich mit Cecile auch über andere Themen reden konnte.

Sie nippte an ihrem Kaffee und sah mich über den Rand ihrer Tasse fragend an. »Was ich da mache?«

»Ja, immerhin muss ich wissen, wann ich dir dein T-Shirt zurückbringen kann.«

»Oh … morgen bin ich vermutlich zu Hause«, sagte sie und lächelte mich dabei verlegen an. »Ich muss nur kurz zu meiner Mom, ab elf Uhr spätestens sollte ich jedoch zurück sein. Also du kannst jederzeit klopfen, wenn du willst. Aber bitte an der Wohnungstür und nicht am Badezimmerfenster.«

Schmunzelnd spießte ich Blaubeeren auf die Gabel und zog sie durch den Sirup, bevor sie in meinem Mund verschwanden. »Keine Sorge, den Weg finde ich.«

»Wie geht es deiner Verletzung?«, fragte sie und griff unvermittelt nach meiner Hand, um sich die Abschürfung anzusehen.

Angespannt hielt ich den Atem an und spürte, wie mein Puls anstieg. »Das wird schon. Dank deiner Ersten Hilfe ist es nur halb so schlimm«, erwiderte ich mit rauer Stimme.

Cecile glitt mit dem Zeigefinger zart am Rand meiner Handfläche entlang, ohne an die Wunden zu kommen. Trotzdem fühlte sich die

Berührung an wie Feuer. Aber nicht auf eine unangenehme Art und Weise.

Ich schluckte und sah sie an, doch sie konzentrierte sich nur auf meine Hand. Erst als ich nichts mehr sagte, schaute sie zu mir. Ihr Mund war leicht geöffnet, während sie mein Gesicht musterte und mir tief in die Augen sah, bevor ihr Blick zu meinen Lippen glitt. Instinktiv benetzte ich sie mit der Zunge, was ihre Wangen interessanterweise in einen zarten Rotton tauchte. Fasziniert betrachtete ich ihre Sommersprossen, die ich am liebsten gezählt und dabei jede einzelne berührt hätte …

Leise räuspernd ließ sie meine Hand los und stand auf. »Ich glaube, ich sollte ins Bad und mich für die Arbeit fertigmachen. Lass einfach alles stehen, ich räume später auf.«

Mit diesen Worten rauschte sie zuerst in ihr Zimmer, um gleich darauf mit einem Kleiderbügel herauszukommen, über dem ein graues Kostüm und eine weiße Bluse hingen. Ohne mir noch einen Blick zuzuwerfen, verschwand sie im Badezimmer. Kurz darauf hörte ich das Wasser der Dusche rauschen.

Seufzend wischte ich mir über das Gesicht. Keine Ahnung, ob ich gerade irgendeine Grenze überschritten hatte. Ich bereute nichts und wüsste auch nicht, wofür ich mich entschuldigen sollte. Aber auf keinen Fall würde ich ihr die Arbeit mit den Frühstücksresten überlassen. Ich aß noch die letzten Bissen auf und trank meinen Kaffee aus, bevor ich alles in die Küche brachte.

Die Teller, unsere Tassen und das Besteck räumte ich in die Spülmaschine, genau wie die Pfanne. Die übrig gebliebenen Pancakes und die Milch stellte ich in den Kühlschrank und wischte alles sauber. Danach ging ich zurück in das Zimmer, in dem ich geschlafen hatte, und zog das Bettzeug ab. Das würde ich mitsamt dem T-Shirt waschen und ihr anschließend zurückgeben.

»Was machst du da?« Ceciles Stimme hinter mir ließ mich zusammenzucken, als ich gerade das Kissen auf die Decke ans Fußende legte, die Bettwäsche neben mir auf dem Boden.

Ich drehte mich zu ihr um. Ihre Haare waren noch feucht, doch sie trug bereits die Sachen, mit denen ich sie im Restaurant gesehen hatte. Ihre Augen waren mit Make-up betont und wirkten dadurch noch größer, ihre Lippen glänzten verführerisch.

»Ich habe das Bett abgezogen und bringe dir morgen alles frisch gewaschen zurück.«

Sie lächelte, schloss die Lider und schüttelte den Kopf. »Das musst du doch nicht. Das T-Shirt kann ich ebenfalls selbst waschen, das ist …«

»Keine Widerrede, okay? Ich hab dich immerhin gestern zu Tode erschreckt, als ich bei dir eingestiegen bin. Ich habe in deinem Bett geschlafen und Frühstück von dir serviert bekommen, als sei ich ein geladener Gast. Hast du auch nur eine ungefähre Vorstellung davon, wie groß mein schlechtes Gewissen ist?« Ich raffte die Bezüge und mein Polo-Shirt von gestern vom Boden hoch und wollte an ihr vorbeigehen.

»Du hast abgeräumt und in der Küche alles sauber gemacht. Und du warst da, als ich Angst davor hatte, zum ersten Mal allein in dieser Wohnung zu schlafen. Du hast dich schon mehr als revanchiert für deinen Schlafplatz.«

Ihre Worte sorgten dafür, dass ich stockte und direkt vor ihr stehen blieb. Zwar war das nicht mein Plan gewesen, doch ihr jetzt so nahe zu sein und den frischen Duft ihres Duschgels auf ihrer Haut einzuatmen, brachte mich mehr als erwartet aus dem Konzept.

»Ich … mache es trotzdem«, antwortete ich rau, den Blick auf ihr hübsches Gesicht gerichtet. Räuspernd ging ich endlich an ihr vorbei und hoffte, dass sie nicht bemerkt hatte, wie tief ich dabei Luft holte.

Ich wollte nicht, dass sie mich für einen Irren oder Perversen hielt, weil ich ihren Duft einatmete.

»Das ist wirklich lieb von dir. Willst du noch … duschen?« Verlegen deutete sie mit dem Daumen über ihre Schulter in Richtung Badezimmer.

»Nein, danke.« Ich bewegte mich weiter auf die Wohnungstür zu. »Ich habe deine Gastfreundschaft schon viel zu sehr strapaziert. Ich werde auf CJ warten, falls er nicht bereits da ist. Wir sehen uns morgen … Schönen Tag noch!«

»Warte! Was, wenn er dich heute auch versetzt? Du musst doch zur Arbeit.«

Ihre Sorge rührte mich. »Ich habe ihm gestern noch kurz geschrieben. Er weiß Bescheid und kommt spätestens um zehn. Meine Schicht beginnt um elf, also …«

»Oh, okay. Na dann … alles Gute für deinen Job und natürlich deinen Bruder.« Sie lächelte und zu gern hätte ich den Abstand zwischen uns noch einmal verringert.

»Danke. Für alles.« Ich streckte ihr meine Hand entgegen, die sie vorsichtig schüttelte, um meine Wunden nicht zu sehr zu berühren. »Und dir auch einen schönen Arbeitstag.«

Ich öffnete die Tür und zog sie hinter mir wieder zu – nicht ohne noch einen Blick in ihre Richtung zu werfen. Verdammt, dieses Lächeln würde ich wohl den ganzen Tag nicht vergessen können.

Kapitel 11

Cecile

»Was ist los, Cecile? Oh, ich weiß schon, gestern ist deine Mitbewohnerin abgereist, richtig?« Elaine saß mit mir im Pausenraum, während wir unser spätes Mittagessen aßen. Der erste Ansturm war vorbei und jetzt, gegen drei Uhr nachmittags, war es um einiges ruhiger geworden. Neue Gäste würde Paco aus dem Service zum Tisch führen, bis ich aus meiner Pause zurück war.

»Ja, das auch. Und ich habe nach wie vor niemanden für ihr Zimmer. Aber darüber hab ich gerade nicht nachgedacht.«

»Sondern?«

»Das Fenster im Badezimmer war die ganze Zeit so schlecht verriegelt, dass jederzeit jemand bei uns hätte einsteigen können.«

Sie runzelte die Stirn. »Wie kommst du darauf?«

In wenigen Worten erzählte ich ihr von Trevor und wie er sich gestern im Fenster geirrt hatte.

»Du bist echt irre. Lässt einfach einen Kerl in deiner Wohnung schlafen, der bei dir eingebrochen ist. Was, wenn er dich in der Nacht vergewaltigt hätte oder Schlimmeres?«

»Jeff hat mir bestätigt, dass Trevor harmlos ist.«

Elaine verdrehte die Augen. »Echt jetzt? Du vertraust deinem Nachbarn? Also ich würde kein Wort von dem glauben, was mir die Typen in meinem Wohnhaus erzählen wollen …«

Genervt legte ich das Besteck beiseite. »Hast du mir nicht erst vor Kurzem noch erklärt, dass ich mich wegen der Wohnungsbesichtigungen nicht so anstellen soll? Unter den Interessenten hätte genauso gut irgendein Irrer sein können.«

Entschuldigend zuckte sie mit den Schultern. »Die wählst du immerhin vorher aus und kannst dir eine Meinung bilden.«

»Das konnte ich bei Trevor auch. Sogar über einen längeren Zeitraum, als ich mit den Bewerbern zu tun hatte.«

Stirnrunzelnd stand sie auf, um ihren Teller zur Spüle zu bringen. »Na, es ist ja alles gut gegangen. Du lebst und wurdest auch nicht ausgeraubt. Offensichtlich hattest du Glück mit deinem Einbrecher.« Sie zwinkerte mir versöhnlich zu.

»Bei dir wurde eingebrochen?« Kevin aus der Küche betrat in diesem Moment den Pausenraum.

»Keine Sorge, Kev, der Kerl hat sich als ganz nett entpuppt. Cecile hat ihn daraufhin bei sich übernachten lassen«, erklärte Elaine an meiner Stelle.

Ich streckte ihr die Zunge heraus, was sie mit einem Schmunzeln beantwortete.

»Bist du lebensmüde?«, sagte Kevin.

»Nein, das alles war nur ein Irrtum.« In wenigen Worten erzählte ich auch ihm von gestern Abend. Elaine hatte den Pausenraum inzwischen verlassen, um weiter die Gäste zu bedienen. »Er ist wirklich nett. Trotzdem brauche ich dringend eine zusätzliche Verriegelung am Badezimmerfenster.«

»Also falls du Hilfe beim Nageln benötigst …« Frech zwinkerte er mir zu, als Paco den Kopf zur Tür hereinsteckte.

Er verdrehte nach Kevins Kommentar die Augen, bevor er sich an mich wandte. »Kommst du wieder zurück zum Empfang, Cecile? Es wird langsam voller und ich werde im Service gebraucht.«

»Träum weiter, Kev«, sagte ich zu meinem immer noch doof grinsenden Kollegen, nur um diesen Punkt klarzustellen. Wieso gab es immer noch Typen, die solche Sprüche witzig fanden? »Und ja, ich bin gleich da. Danke fürs Aushelfen, Paco.«

Stunden später saß ich mit Elaine in einem niedlichen Café im Vintage-Stil nicht weit vom *Eleven Madison Park* entfernt. Meine Hände lagen um eine Tasse Tee, die mich wärmte, während Elaine an einem Kaffee nippte.

»Ich hoffe, du weißt, dass dank dir heute in der Küche ständig über mich geredet wurde«, sagte ich.

Sie kicherte. »Sorry. Und ja, ich habe es mitbekommen. Dafür hast du jetzt die Auswahl zwischen einem Sous Chef, einem Service Director und einem Abwäscher, die dir alle liebend gern beim Montieren des Riegels behilflich sein würden.« Sie wackelte vielversprechend mit den Augenbrauen.

»Lass uns über etwas anderes reden.«

Obwohl ich mehrmals an Trevor denken musste, störte es mich, dass er gefühlt den ganzen Tag Gesprächsthema war. Oder eher, dass alle der Meinung waren, die Situation zwischen ihm und mir bewerten zu müssen. Abgesehen davon würde ich auf keinen Fall einen Arbeitskollegen bitten, mein Fenster zu reparieren. Der fast ausschließlich oberflächliche Kontakt und die hin und wieder kurzen privaten Gespräche in den Pausen reichten mir vollkommen aus.

»Okay. Also … habe ich dir schon erzählt, dass bei meiner Family zu Hause gerade eine ziemlich miese Stimmung herrscht?«

»Nein.« Ich überlegte, ob ich etwas nur nebenbei aufgeschnappt und wieder vergessen hatte, doch mir fiel beim besten Willen nichts ein.

»Meine jüngste Schwester möchte auf die Columbia gehen. Sie hat natürlich noch keine Ahnung, ob sie überhaupt angenommen wird, aber seit dem tragischen Unfall letztens ist mein Dad wieder total gegen die Uni. Nun streiten die beiden in einer Tour darüber, weil sie nicht einsieht, an einem anderen Ort zu studieren, nur weil unser Vater als Student an der Columbia schlechte Erfahrungen gemacht hat. Dass jetzt diese Studentinnen verunglückt sind und eine dabei gestorben ist, macht die Sache natürlich nicht besser.«

»Unfall? Was für ein Unfall?«

Manchmal fühlte ich mich echt, als würde ich zu viel Zeit in meiner eigenen kleinen Bubble verbringen und zu wenig von der Welt da draußen mitbekommen. Aber mein Leben bestand nun mal hauptsächlich aus arbeiten, mich um meine Mutter kümmern, meinem Vater aus dem Weg gehen und den Kontakt zu Freunden pflegen. Mal abgesehen davon, dass ich durch Nicolas Auszug und die Suche nach passenden Interessenten gerade einfach keinen Kopf für irgendetwas anderes hatte.

»Ja, der Wagen der Studentinnen ist nach einer Privatfeier von drei Typen von der Straße gedrängt worden. Es waren wohl ebenfalls Studenten von der Columbia. Eine der Studentinnen ist bei dem Unfall tödlich verunglückt.«

»O Gott, das klingt ja schlimm.« Davon hatte ich definitiv nichts mitbekommen. »Wann war das?«

Elaine zuckte mit den Schultern. »Ich glaube vor zwei Wochen oder so. Jedenfalls läuft zu Hause jetzt ständig die Diskussion, dass so etwas überall passieren könnte. An jeder verdammten Uni, in jeder x-beliebigen Stadt. Aber Dad hängt sich daran auf, dass es Studenten von der Columbia waren. Also ist er dagegen, dass meine Schwester dort studiert.« Sie seufzte tief. »Ich schwöre dir, ich bin so froh, nicht mehr zu Hause zu wohnen.«

Schmunzelnd runzelte ich die Stirn. »Du bist siebenundzwanzig, du hast doch bestimmt schon seit acht oder neun Jahren deine eigene Wohnung.«

»Sieben Jahre. Ich bin erst mit zwanzig ausgezogen, aber das war dann auch wirklich dringend nötig.« Sie griff nach einem der Butterkekse, die zwischen uns auf einem Teller lagen und die wir uns gemeinsam bestellt hatten.

»Sollte deine Schwester ein Zimmer suchen …«, warf ich ein, obwohl ich mir vorstellen konnte, dass Elaine es ihr sowieso erzählen würde, falls ihre Schwester außerhalb des Campus wohnen wollte. Abgesehen davon würde es noch ein paar Monate dauern, bis sie ihr Studium antreten würde. So lange konnte ich unmöglich warten.

»Hab ich bereits. Sie will lieber das Campusleben in allen Lebenslagen genießen.«

Frustriert verzog ich das Gesicht. »Verständlich. Würde mir bestimmt genauso gehen. Bestell deiner Schwester aber liebe Grüße von mir, sie soll sich auf keinen Fall von ihrem Weg abbringen lassen. Hätte ich die Möglichkeit, würde ich definitiv das tun, was *ich* will.«

»Daddy bezahlt das Studium«, sagte sie schulterzuckend. »Da muss sie sich wohl oder übel auch mit ihm einigen.«

Darauf erwiderte ich nichts mehr. Allein die Vorstellung, dass *mein* Vater mir Geld *gab* und nicht aus der Tasche zog, war so absurd, dass ich sie mir nicht einmal mit viel Fantasie ausmalen konnte, ohne darüber zu lachen.

Als ich später nach Hause ging, war ich unglaublich müde und freute mich auf mein Bett. Die Haustür war schon in Sichtweite, als ich eine Gestalt darauf zugehen sah, die mir bekannt vorkam, was meinen Herzschlag sofort beschleunigte.

»Trevor? Kommst du auch gerade von der Arbeit?«

Er trug Jeans, ein ausgewaschenes T-Shirt und Chucks – von den schicken Klamotten von gestern war nichts mehr zu sehen. Doch selbst im blassen Licht der Straßenlaterne sah er unfassbar gut aus.

Vor der Haustür kamen wir zum Stehen.

»Ja, ich hatte gerade Schluss.« Er gähnte verhalten. »Und du?«

»Ich komme vom Treffen mit meiner Freundin, Schrägstrich Arbeitskollegin.«

Trevor schloss die Tür mit einem Schlüssel auf, den er von Jeff haben musste und diesmal nicht in der Wohnung vergessen hatte. »Du solltest nachts nicht allein unterwegs sein.«

»Sondern? Soll ich mir einen Leibwächter zulegen?«, fragte ich und konnte mir ein schiefes Grinsen nicht verkneifen, als wir langsam die Treppen nach oben stiegen. »Keine Sorge, ich habe immer ein Pfefferspray dabei.« Zum Beweis zog ich es aus der Tasche meines Trenchcoats. »Abgesehen davon habe ich früh gelernt, mich gegen andere zu wehren.«

Trevors Augenbrauen schossen nach oben. »Wie meinst du das?«

»Na ja, ich bin in der Bronx aufgewachsen. Da gibt es nicht nur nette Leute und die Schule ist hart. Vermutlich härter als … Egal, jedenfalls kann ich gut zuschlagen, wenn es sein muss.«

»Nur mit einem Baseballschläger oder auch mit der Faust?«

Machte er sich gerade über mich lustig?

»Willst du mich herausfordern?« Gespielt drohend tänzelte ich wie ein Boxchampion neben ihm, beide Arme an den Körper gezogen, die Hände zu Fäusten geballt.

»Besser nicht. Schon gestern hast du mir gehörigen Respekt eingeflößt. Ich dachte echt für einen Moment, du beförderst mich mit einem gezielten Schlag ins Nirwana.«

Zweifelnd schaute ich ihn an, denn er hatte nicht gerade den Eindruck erweckt, als würde er sich vor mir in die Hosen machen. Eher davor, dass ich die Polizei rief, aber nicht, dass ich ihn ernsthaft verletzen könnte.

»Hast du schon mal einen Schlag mit einem Baseballschläger abbekommen? Für einen kurzen Augenblick dachte ich …«

Weil er so gegen das Lachen ankämpfte, stieß ich ihn in die Seite. »Hey, du verarschst mich! Aber okay, beim nächsten Mal hole ich lieber das Pfefferspray. Da weiß ich, wie es wirkt.«

»Hoffentlich hast du diese Erfahrung nicht am eigenen Leib gemacht.«

Wir hielten vor meiner Wohnungstür. »Nein, also nicht direkt. Ich musste aber schon mal einen Kerl damit in die Flucht schlagen.«

Auf seinen beunruhigten Gesichtsausdruck reagierte ich mit einem Schulterzucken. »Ist nicht hier in der Gegend passiert. Und es war nicht einmal Nacht. Also dann, Trevor. Hat mich gefreut, dass wir uns gesehen haben. Noch mehr, dass du diesmal einen Schlüssel zu Jeffs Wohnung hast.«

»Daran muss ich mich echt gewöhnen, dass du CJ Jeff nennst …«, murmelte er und schüttelte belustigt den Kopf.

»Und ich, dass du partout nicht Jeff zu ihm sagst.«

Er grinste. »Schönen Abend noch, Cecile.«

»Danke, wünsche ich dir auch. Und gute Nacht.«

»Bis morgen.« Er zwinkerte mir zu, bevor er sich abwandte und die paar Schritte zur nächsten Wohnung ging.

Meine Tür sprang auf, nachdem ich aufgeschlossen hatte, doch ich musste einen letzten Blick in Trevors Richtung werfen, bevor ich meine vier Wände betrat. Und tatsächlich schaute er ebenfalls noch einmal zu mir und lächelte.

Gott, wie sehr mein Herz raste, als ich die Tür hinter mir zuzog und mich mit einem glücklichen Gesicht an das dunkle Holz lehnte.

Mein Besuch bei Mom am Sonntagvormittag war unglaublich enttäuschend. Sie hatte gestern gefeiert und war wieder rückfällig geworden. Viel zu viele leere Flaschen standen in der Wohnung verteilt. Es stank nach Bier und Zigaretten und ich musste erst mal eine Handvoll fremder Menschen hinausbugsieren, bevor ich mich daranmachen konnte, ein wenig Ordnung zu schaffen.

»Lass doch, echt. Du versaust wieder alles, Cecile. Alles!« Sie lehnte lallend im Türrahmen des Badezimmers und sah mich an, als wäre ich der Teufel höchstpersönlich. Ihre tiefen Augenringe, das verschmierte Make-up und die zerzausten Haare, die über ihrem zerschlissenen T-Shirt hingen, sorgten jedoch dafür, dass ich sie nicht ernst nehmen konnte.

»Ich räume nur ein wenig auf, dann bin ich auch schon wieder weg.«

»Und wirfst meine Gäste raus? Was denkst du, wie ich jetzt vor denen dastehe?«

»Du solltest dir eher Gedanken darüber machen, welche Auswirkungen dein Rückfall auf deinen Job hat.« Sie hatte letzte Woche vom Supermarkt die Zusage bekommen und gleich am Donnerstag anfangen können. »Warst du an allen eingeteilten Tagen dort oder hast du mal gefehlt?«

»Das geht dich einen Dreck an«, raunte sie und wandte sich von mir ab.

»Ja? Ist das so? Gut, wenn es mich einen *Dreck* angeht, erwarte bloß nicht, dass ich dich da herausziehe, falls du deinen Job gleich wieder verlierst.« Aufgebracht ging ich auf sie zu. »Denn ich habe es satt, ständig deine Hand zu halten und für dich da zu sein, während du jede Chance einfach wegwirfst.«

Mit einem lauten Klatschen traf mich ihre Hand an der Wange.

Tränen stiegen mir in die Augen, als ich mir an die schmerzende Stelle griff.

»Cecile, ich … das wollte ich nicht.« Starr vor Schreck schaute sie mich an. So betrunken war sie wohl doch nicht mehr, denn ihr war klar, was sie gerade getan hatte. Es war das erste Mal, dass sie mich geschlagen hatte. Vielleicht schmerzte es deshalb doppelt.

Ohne ein Wort zu sagen, wandte ich mich von ihr ab und ging zu der kleinen Küchenzeile, wo ich schnell die Lebensmittel ausräumte, die ich für sie eingekauft hatte.

»Cecile, Schätzchen, es tut mir leid!«

Mom klang wirklich, als würde sie es bereuen, doch ich war zu geschockt, zu verletzt, um jetzt mit ihr zu reden. Sie hielt mich am Oberarm fest, aber ich schüttelte sie ab und ging zur Wohnungstür.

»Bring endlich dein verdammtes Leben in Ordnung.« Meine Stimme zitterte und meine Sicht war verschwommen, während ich die Treppe ansteuerte.

»Nein, warte!«

Ich hörte, wie sie mir ein paar Schritte hinterhertaumelte, doch ich blieb nicht stehen. Ich konnte es nicht. In mir war etwas zerbrochen.

Als ich zu Hause ankam, war ich noch immer aufgelöst und geschockt. Im Laufe der Jahre hatte ich immer wieder erlebt, dass irgendwelche Kerle Mom geschlagen hatten. Auch sie hatte nicht nur einmal ausgeholt, um sich zu wehren. Nur gegen mich hatte sie noch nie die Hand erhoben. Kein einziges Mal …

Völlig paralysiert ließ ich die Wohnungstür ins Schloss fallen. Wie gelähmt setzte ich mich auf die Couch. Ich fühlte den Schmerz auf der Wange, als hätte sie mich gerade erst geschlagen, spürte, wie mein Herz erneut brach. Dann begann ich zu weinen wie schon lange nicht mehr. Schluchzer schüttelten mich, Tränen flossen und benetzten mein Gesicht und das T-Shirt. Wut und Verzweiflung, vermischt mit

Ohnmacht und Herzschmerz, wuchsen in mir und sorgten dafür, dass ich nicht mehr aufhören konnte.

So sehr hatte ich gehofft, dass es für meine Mom endlich bergauf ging. Dass sie es schaffen würde, sich vom Alkohol fernzuhalten. Der Job im Supermarkt hatte sich gut angehört, sie war aufgeregt und optimistisch gewesen, als sie mir davon erzählt hatte. Auch dass Saul einen guten Einfluss auf sie haben könnte, hatte ich geglaubt ... Wie naiv ich doch gewesen war. Dennoch hätte ich nicht erwartet, dass sie so schnell wieder in dieses Loch fallen würde.

Ich war enttäuscht von ihr – und von mir. Weil ich das Gefühl hatte, nicht genug für sie da gewesen zu sein. Nicht zum ersten Mal fragte ich mich, ob es die richtige Entscheidung gewesen war, von zu Hause auszuziehen. Hier hatte ich keine Kontrolle über sie. Hätte ich es verhindern können, wenn ich noch bei ihr wohnen würde?

Ich wusste es nicht.

Vermutlich nicht, sie hatte sich auch früher nicht davon abhalten lassen. Andererseits war ich da noch jünger gewesen. Ich hatte nicht die Stärke gehabt wie jetzt, hatte nicht die Erfahrung, die ich durch meinen Auszug und den Job im Restaurant gesammelt hatte. Trotzdem verschwand das schlechte Gewissen nicht.

Irgendwann beruhigte ich mich und das Schluchzen verebbte. Nur die Tränen versiegten einfach nicht, genauso wenig wie der Stich in meinem Herzen.

Mit einem Taschentuch trocknete ich die Wangen und putzte mir die Nase, als es an der Tür klopfte. Das musste Trevor sein!

»Moment, ich komme gleich!«

Ich warf das Taschentuch in den Mülleimer, wusch mir die Hände in der Küche und ging schließlich zur Tür, um ihm zu öffnen.

»Was ist denn mit dir passiert?« Erschrocken sah er mich an und schob sich an mir vorbei in die Wohnung. Angespannt schaute er sich um, doch außer uns war natürlich niemand hier.

»Danke fürs Waschen«, sagte ich mit übertrieben freundlicher Stimme und nahm ihm den kleinen Stoffberg aus der Hand.

»Cecile, ich will wissen, wer dich geschlagen hat. Vorher gehe ich nicht wieder.« Demonstrativ schloss er die Wohnungstür und stemmte die Fäuste in die Seiten.

»Du müsstest mal den anderen sehen.« Ich mühte meine Mundwinkel zu einem Lächeln, was mir vermutlich nicht so gut gelang, denn Trevor runzelte sorgenvoll die Stirn.

»Komm schon, wer war es? Dein Freund? Ein Fremder?«

Ich atmete tief ein und aus und schloss die Augen, bevor ich ihn wieder ansah. Meine Familienprobleme teilte ich normalerweise nicht so schnell mit jemandem. Nicola hatte ich erst nach zwei oder drei Monaten von meinen verkorksten Eltern erzählt, aber bei Trevor war es irgendwie anders. Keine Ahnung, warum ich sofort bereit war, ihm mein Herz auszuschütten – zumindest in kleinen Teilen. »Ich war bei meiner Mom. Ihr hat es nicht gefallen, dass ich ihre betrunkenen Gäste vor die Tür gesetzt und ihr vorgeworfen habe, dass sie die Finger nicht vom Alkohol lassen kann.«

Einen Augenblick lang schaute er mich schweigend an und ich wusste wirklich nicht, ob er mich auslachen, sich auf die Seite meiner Mom stellen oder die Sache herunterspielen würde. Doch dann kam er auf mich zu, nahm mir die Wäsche aus den Händen und legte sie auf den Couchtisch. Anschließend zog er mich an sich und ich landete an seiner Brust.

Dass diese Geste so unerwartet kam und er mir dabei auch noch liebevoll tröstend über den Rücken strich, während er seine Wange an meinen Scheitel legte, sorgte dafür, dass der Damm erneut brach.

Schluchzend klammerte ich mich an seinem T-Shirt fest, atmete seinen herben Duft ein, den ich sofort mochte und der mir Geborgenheit schenkte. Ich schmiegte mich an ihn und weinte. Stumm schüttelte mich der Schmerz und gleichzeitig fühlte ich mich so behütet und getröstet wie noch nie zuvor in meinem Leben.

»Lass alles raus, Cecile. Den Kummer, deine Wut und Verzweiflung. Ich kann dich so gut verstehen. Manche Eltern können großartig sein. Einige jedoch sind … einfach nur ätzend. Das Traurige ist, dass man sich seine Eltern nicht aussuchen kann.«

Eine Schniefen löste sich aus mir. »Klingt, als hättest du auch ganz besondere Exemplare erwischt.«

»Leider. Aber weißt du, was?«

»Was?«, fragte ich an seiner Brust. Ich musste echt schrecklich aussehen mit meiner roten Wange und den Tränen und dem Rotz im Gesicht – und auf Trevors T-Shirt.

O Gott, wie peinlich!

»Wir sind erwachsen und können zumindest Abstand nehmen. Außerdem müssen *sie uns* beschützen und von Fehlern abhalten und nicht umgekehrt.«

Endlich hob ich den Kopf, um ihn anzuschauen. »Ich denke, damit hast du recht.«

Diese Erkenntnis zu fühlen, zu verstehen, dass er einen essenziellen Punkt angesprochen hatte, tat gut und beruhigte mich. Trevor hatte, ohne es vielleicht zu wissen, einen großen Brocken Verantwortung von meinen Schultern genommen.

»Es ist so. Auch wenn es wehtut, es sind ihre Handlungen und Entscheidungen. Wir sind nicht dafür verantwortlich.«

Sanft wischte ich über seine Brust, wo der Stoff nass von meinen Tränen war, und ich fragte mich, was er wohl durchgemacht hatte, wenn er so dachte. Aber ich traute mich nicht, die Frage auch zu stellen. Ich wollte ihm die Gelegenheit geben, es mir von sich aus anzuvertrauen, ohne ihn zu drängen – weil ich wusste, wie schwer mir eine Antwort fiel, wenn mich jemand auf das Chaos in meiner Familie ansprach. Und immerhin kannten wir uns kaum, obwohl ich nicht das Gefühl hatte, dass er mir fremd wäre.

Kapitel 12

Trevor

Cecile so zu erleben, tat mir im Herzen weh. Weil ich ihren Schmerz fühlte, als wäre es mein eigener. Von den Eltern enttäuscht zu werden, war eine Erfahrung, mit der ich selbst immer schon zu kämpfen hatte – seit Liams Verhaftung nur noch mehr.

Sanft streichelte ich über ihren Rücken, während ihr Kopf an meiner Brust lehnte. Inzwischen saßen wir auf der Couch, sie hatte sich die Nase geputzt und die Tränen getrocknet. Doch der Schock saß wohl nach wie vor tief, denn sie schwieg vor sich hin, seufzte immer wieder schwer oder schluchzte auf.

»Sie hat mich noch nie geschlagen«, murmelte sie irgendwann. »Nicht dass du denkst, das ist schon mal passiert.«

»Du weißt, dass das keine Ausrede ist, oder?«

Sie nickte. »Natürlich. Ihr hat es auch sofort leidgetan, was mich in dem Zustand, in dem sie gewesen ist, gewundert hat. Erst durfte ich mir noch Beschimpfungen von ihr anhören, weil ich …«, sie atmete geräuschvoll aus, »weil ich ihre Party gesprengt hatte, und dann …«

»Du böse Tochter«, raunte ich und hoffte, dass sie den Sarkasmus dahinter verstand.

Cecile löste sich von mir und schaute mich an. »Es ist völlig irrational, ich weiß, aber trotzdem fühle ich mich schuldig. Warum ist das so?«

»Keine Ahnung. Psychologie ist nicht gerade mein Fachgebiet.«

Sie nickte knapp.

Ich schenkte ihr ein aufmunterndes Lächeln. »Geht es wieder? Ist der Schmerz erträglich?«

Geräuschvoll atmete sie ein und aus. Dass sie die Sache nach wie vor belastete, war nicht zu übersehen. »Ja, so halbwegs. Danke, dass du mich aufgefangen hast, als ich dachte, ich würde zusammenbrechen.«

Sie sagte es mit zitternder Stimme und ihre Worte trafen mich tief in meinem Inneren. »Immer und jederzeit wieder, Cecile – obwohl ich dir von Herzen wünsche, dass es nicht noch einmal dazu kommt.«

Sie nickte verlegen und rückte ein Stück von mir ab. Erneut griff sie nach einem Taschentuch und tupfte damit über ihre Wangen, die nach wie vor einen sanften Rotton hatten, der die Sommersprossen fast verschluckte.

»Na ja, ich sollte dann mal …« Sie deutete mit dem Kinn vage in Richtung Küche oder Badezimmer und ich wusste nicht so recht, was genau sie damit andeuten wollte. Suchte sie nach einer Ausrede, um mich wegzuschicken? Womöglich dachte sie, dass wir eine Grenze überschritten hatten, auch wenn ich es nicht so empfand.

»Sicher, ich … hab auch noch etwas zu tun.« Mit dem Kopf zeigte ich in die Richtung, in der CJs Wohnung lag. Dass ich am Nachmittag wieder in der Tankstelle arbeitete, erwähnte ich nicht. Ich wollte nicht, dass sie das Gefühl hatte, mich von etwas abgehalten zu haben.

Cecile erhob sich. Auch ich stand auf und ließ mich von ihr zur Tür begleiten. »Danke noch einmal für das Wäschewaschen … und das Zuhören.«

Langsam schüttelte ich den Kopf. »Ich habe zu danken für das

Nicht-Erschlagen mit dem Baseballschläger, dass ich bei dir übernachten und mir ein T-Shirt von dir leihen durfte. Und für das Frühstück.«

Und dafür, dass du mir vertraust, dachte ich. Heute zum zweiten Mal innerhalb so kurzer Zeit, obwohl wir uns so gut wie gar nicht kannten.

Sie schenkte mir ein letztes Lächeln, ehe sie mir die Wohnungstür öffnete und mir erneut hinterhersah, bis ich CJs Apartment aufschloss.

»Mann, warst du noch Zigaretten kaufen oder warum warst du so lange weg?« CJ drehte sich auf seinem Schreibtischstuhl zu mir um, als ich die Tür hinter mir zuzog. Er zockte gerade *Call of Duty* und ehrlich gesagt wunderte es mich, dass er durch die Kopfhörer mitbekommen hatte, dass ich zurück war.

»Klar, ich habe jetzt mit dem Rauchen angefangen.« Ich verdrehte die Augen. »Cecile und ich haben uns noch kurz unterhalten«, erklärte ich und bereute es sofort.

Interessiert wackelte er mit den Augenbrauen, während seine Spielfigur hinter seinem Rücken gerade abgeknallt wurde. Doch das schien ihm egal zu sein. »Soso ...«

Ich atmete tief durch, ging zum Kühlschrank und nahm eine Flasche Wasser heraus, die ich heute Vormittag im Supermarkt gekauft hatte, während ihre Bettwäsche und das T-Shirt in CJs Wäschetrockner ihre Runden gedreht hatten.

»Morgen will ich wieder Liam besuchen«, wechselte ich das Thema, weil ich nicht auf seine Sticheleien eingehen wollte. »Und ich hoffe, dass sich Stacey bald mit der Gästeliste meldet. Ich sitze hier wie auf Kohlen.«

CJ runzelte die Stirn, sagte aber nichts weiter dazu, dass ich seiner Frage ausgewichen war. »Alles klar, sag ihm liebe Grüße von mir. Eventuell schaffe ich es am Freitag nach Feierabend zu den Besuchszeiten zu ihm. Musst du die ganze Woche arbeiten?«

Ich setzte mich auf die Couch und legte die Beine hoch. »Soweit ich weiß, schon. So genau hat sich mein Boss bisher nicht dazu geäußert. In den nächsten Tagen bin ich mit ihm oder einem Kollegen dort, danach will er mir die Kasse allein überlassen. Er hat bereits angedroht, mich zur Rechenschaft zu ziehen, sollte der Betrag am Ende nicht stimmen. Und ich glaube, mit dem Kerl ist nicht zu spaßen«, sagte ich mit einem Lachen, das gar nicht so scherzhaft gemeint war. Denn ehrlich, ich war mir sicher, dass Wren nicht lange zögern würde, seinen Besitz notfalls auch mit Gewalt einzufordern.

»Als ob du Geld unterschlagen würdest.«

Ich zuckte mit den Schultern. »Es könnte auch sein, dass jemand, ohne zu zahlen, wieder fährt oder etwas im Laden mitgehen lässt. Dann muss ich für den Verlust aufkommen. Da lässt er sich auf keine Diskussion ein. Ich glaube aber auch, dass Wren mich noch nicht richtig einschätzen kann. Vermutlich haben das Poloshirt und die Chino bei unserem Kennenlernen ein paar Vorurteile geweckt.« Ich trank einen Schluck und rief mir in Erinnerung, wie er die Augenbrauen gehoben hatte, als ich an meinem ersten Arbeitstag in Jeans und T-Shirt aufgekreuzt war.

Dass ich ihn gestern schon etwas mehr von mir überzeugen konnte, hatte mir gefallen. Ich war nun mal nicht wie die versnobten Jungs, mit denen ich aufgewachsen war. Im Gegenteil, ich scheute keine Arbeit und ich wollte auch nicht dem arroganten Niveau meiner Eltern und der restlichen elitären Gesellschaft entsprechen – erst recht nicht, nachdem sich Mom und Dad von Liam abgewandt hatten. Ich war nicht wie sie, das war mir nach Liams Verhaftung noch deutlicher bewusst geworden.

Ein College- oder Universitätsabschluss oder viel Geld auf dem Konto machten aus niemandem einen besseren Menschen.

Die nächsten Tage verschwammen zu einem Einheitsbrei, was hauptsächlich an der Arbeit lag. Wren nutzte es aus, dass ich neu war, und ließ mich gleich eine Menge Überstunden machen. Aber ich brauchte diesen Job, also beschwerte ich mich nicht.

Zu meinem Glück meldete sich Stacey am Mittwochvormittag, dass sie alle Namen aufgeschrieben hatte, die ihr eingefallen waren. Und auch wenn es leichter gewesen wäre, mir die Liste per E-Mail zu schicken, stimmte ich einem Treffen mit ihr zu.

Wren war nicht besonders begeistert davon, dass ich heute pünktlich gehen wollte. Erst als ich ihm versprach, morgen wieder länger zu bleiben, falls er mich brauchte, stimmte er brummend zu. Und tatsächlich saß ich nach meiner Schicht planmäßig im Bus auf dem Weg zur Columbia, wo sich Stacey mit mir im nahe gelegenen Morningside Park treffen wollte.

Ich eilte am Carl Schurz Memorial vorbei die Treppen hinab, wo sie bereits auf mich wartete. Dass sie Designerklamotten trug, konnte ich bereits von Weitem erkennen. Dementsprechend abschätzig wanderte ihr Blick über meine leider etwas fleckige Kleidung, die ich nach der Arbeit nicht gewechselt hatte.

Kaum war ich bei ihr angekommen, zog sie einen Umschlag aus ihrer Louis Vuitton. »Ich habe alle Gäste aufgelistet, an die ich mich erinnern konnte. Bei einigen habe ich die Kontaktmöglichkeit dazugeschrieben, aber viele kenne ich nur vom Sehen, da kann ich dir nicht weiterhelfen.«

»Schon gut, damit hast du mir und meinem Bruder auf jeden Fall sehr geholfen.« Ich öffnete das Kuvert und linste hinein. Es waren drei ausgedruckte Seiten mit Namen, teilweise Telefonnummern und E-Mail-Adressen. »Es war offenbar eine große Party«, meinte ich zwinkernd.

Stacey kniff die Augen zusammen. »Hör zu, die Liste hast du nicht von mir, okay? Egal wer dich fragt, ich habe nichts damit zu tun.«

»Schon klar, keine Sorge.«

»Mein Ruf ist sowieso durch den Unfall ruiniert, ganz zu schweigen davon, dass meine Eltern ausgeflippt und immer noch ziemlich sauer sind. Also … versau mir nicht noch mehr.«

Mit einem Mal tat sie mir leid. Ihr hochnäsiges, kühles Verhalten diente wohl eher dem Selbstschutz. »Du musst ganz schön was durchgemacht haben in den letzten Wochen.«

Statt mir zu antworten, wandte sie den Kopf von mir ab. Der Wind wehte eine blonde Haarsträhne vor ihr Gesicht.

»Hör zu, es tut mir unglaublich leid, was passiert ist. Ich kann verstehen, dass es in letzter Zeit nicht leicht für dich gewesen ist.« Ich rollte das Kuvert zusammen und schob es in die Innentasche meiner Jacke. »Keine Ahnung, ob du es weißt, aber Liams und meinen Eltern gehört *Collins Cosmetics.* Dass mein Bruder verhaftet wurde, hat bei uns zu Hause alles verändert.«

Nun hatte ich ihre Aufmerksamkeit. Mit großen Augen sah sie mich an und musterte mich erneut von oben bis unten. »Du verarschst mich, oder?«

»Nein, und ich bitte dich, diese Info ebenso für dich zu behalten, denn ich will nichts mehr mit meinen Eltern zu tun haben. Ihnen ist nur wichtig, dass der Unfall und die Verhaftung kein schlechtes Licht auf das Unternehmen werfen, während ihnen das Schicksal ihres Sohnes egal ist.«

»Scheiße«, flüsterte sie gerade laut genug gegen den Wind an, dass ich sie verstehen konnte.

»Du sagst es. Jetzt bin ich hier, als einzige Unterstützung für ihn.

Ich habe einen Job an einer Tankstelle angenommen und mein Schlafplatz ist die Couch eines Freundes. Ich versuche alles, um den wahren Unfallverursacher zu finden. Denn *ich* glaube Liam, dass er unschuldig ist. Dafür kenne ich ihn zu gut.«

Zum ersten Mal wurde ihr Blick weicher und sie schenkte mir ein mitleidsvolles Lächeln. »Ich hoffe wirklich, dass du es schaffst. Sollte mir noch etwas einfallen oder ich etwas hören, das dir weiterhelfen könnte, lasse ich es dich wissen.«

Erleichtert bedankte ich mich bei ihr. »Und halte durch, bald reden die Leute nicht mehr darüber, was an dem Wochenende passiert ist.«

Sie zuckte mit den Schultern. »Zumindest habe ich dadurch herausgefunden, wer meine wahren Freunde sind und auf wen ich zukünftig verzichten kann.«

Diese Erfahrung hatte ich ebenfalls gemacht. Den meisten meiner sogenannten Freunde vom College war es bisher nicht einmal aufgefallen, dass ich nicht mehr in Chicago war. Ein paar hatten nachgefragt, ob ich das Studium geschmissen hätte. Andererseits hatte ich mich auch nicht verabschiedet und nichts von Liams Verhaftung und den Anschuldigungen gegen ihn erzählt. Nur CJ war eingeweiht und zum Glück immer noch der Alte.

»Wer weiß, wofür es gut ist«, sagte ich noch zu Stacey, bevor ich mich von ihr verabschiedete und mich auf direktem Weg zu Detective Grant machte – nicht ohne vorher die Liste abzufotografieren. Ich hatte ihn vorhin schon angerufen und sollte bei ihm im Polizeirevier vorbeikommen.

Kaum hatte ich das Gebäude betreten, kam er mir entgegen, als hätte er bereits auf mich gewartet. »Mister Collins, kommen Sie mit.«

Wortlos folgte ich ihm mehrere belebte Gänge entlang. Wir kamen an einer Frau vorbei, die einen Officer beschimpfte, an einem betrunkenen Obdachlosen und einem Mann, der ein Baby auf dem

Arm zu beruhigen versuchte. Schließlich durchquerten wir das Großraumbüro, in dem wir beim letzten Mal gesessen hatten und in dem es etwas ruhiger zuging. Von dort aus führte er mich in einen kleinen Raum, in dem nur ein Tisch und zwei Stühle standen.

Detective Grant bedeutete mir, mich zu setzen.

Ich wischte meine Hände an der Jeans ab und ballte sie anschließend zu Fäusten, um meine Nervosität zu verbergen. Er nahm mir gegenüber Platz und legte eine Akte auf den Tisch.

»Ich rede gar nicht lange um den heißen Brei herum«, begann er und trieb damit meinen Puls weiter in die Höhe. »Wir haben auf Ihre Bitte hin das beschlagnahmte Auto Ihres Bruders auf Fingerabdrücke untersucht und Abdrücke gefunden, die weder Ihrem Bruder noch den beiden anderen Verhafteten gehören. Wir gehen also davon aus, dass tatsächlich eine uns bisher unbekannte Person den Wagen gefahren haben könnte. Die Frage ist jedoch, warum die zwei anderen Insassen behaupten, dass Liam Collins am Steuer saß.«

Stirnrunzelnd schaute ich ihn an. Das waren gute Neuigkeiten, aber dieser eine Punkt hatte mich auch die ein oder andere schlaflose Nacht gekostet. »Vielleicht hatten sie Streit und sie wollen ihm so eins auswischen?«

Detective Grant schaute mich ausdruckslos an. »Es ist Ihr Bruder. Hat er Ihnen nichts dazu gesagt?«

Betreten schüttelte ich den Kopf. »Nein, leider nicht.«

Er beugte sich über den Tisch und klopfte mit der flachen Hand auf die Akte. »Fahren Sie zu ihm und finden Sie es heraus. Machen Sie ihm mal klar, dass seine Zukunft davon abhängt. Falsche Eitelkeiten helfen ihm nicht weiter.«

Gequält nickte ich. Ich wollte nichts lieber, als endlich die Wahrheit über den Unfall erfahren. Aber erstens war die Besuchszeit sehr knapp gehalten und zweitens hatte ich ebenfalls das Gefühl, dass Liam etwas verschwieg. Ich wusste nur nicht, ob er nichts sagen wollte – oder nicht konnte. Aus welchem Grund auch immer.

»Ich fahre gleich morgen zu ihm und rede mit ihm.« Vermutlich würde Wren nicht begeistert sein, dass ich mein Versprechen brechen und ihn um einen weiteren Tag ohne Überstunden bitten müsste, aber das war mir egal.

»Tun Sie das. Sonst werde *ich* ihn mir vorknöpfen, und glauben Sie mir, das wollen weder Sie noch er. Ich bin nämlich nicht der Typ, der sich etwas vormachen lässt.« Sein Blick zeigte mir deutlich, dass er das völlig ernst meinte. »Also … wo ist die Liste?«, wechselte er schließlich das Thema.

Ich griff in die Jackeninnentasche und reichte ihm den Umschlag. Er zog die drei Seiten heraus und überflog sie kurz.

»Das sind noch nicht alle Gäste. Mein Plan war, mit jedem zu sprechen und herauszufinden, wer mir weitere Leute nennen kann, die ebenfalls dort gewesen sind. Und natürlich wollte ich auf diese Weise auch die fehlenden Kontaktmöglichkeiten ergänzen.«

Detective Grant schob die losen Blätter zurück in den Umschlag. »Darum kümmern wir uns. Sehen Sie lieber zu, dass Ihr Bruder endlich redet und uns verrät, was wir noch nicht wissen.«

»Okay, das mache ich. Vielen Dank, Sir.«

Er machte eine kurze Bewegung mit dem Kopf, die mir signalisieren sollte, dass unser Gespräch beendet war.

Einen Augenblick lang zögerte ich, überlegte, ob ich sonst noch etwas sagen oder tun konnte, um das Ganze zu beschleunigen. Es war nach wie vor keinen Termin für die Verhandlung angesetzt, was einerseits gut war, weil es dadurch noch keine zeitliche Beschränkung gab. Andererseits bereitete mir diese Ungewissheit Sorgen und machte mich nervös. Da mir nichts mehr einfiel, verabschiedete ich mich und machte mich auf den Heimweg.

Im Bus schaute ich die Fotos durch, die ich von der Liste gemacht hatte. Mich juckte es in den Fingern, endlich damit anzufangen, die Leute zu kontaktieren. Denn nein, ich würde nicht untätig herumsitzen und warten, bis die Polizei etwas herausfand. Dafür tickten Liams Uhren einfach zu laut.

»Hey, scheint wohl zur Gewohnheit zu werden, dass wir uns auf dem Nachhauseweg treffen.« Cecile schloss gerade die Haustür auf, als ich um die Ecke bog. Sie lächelte mich müde an, doch als sie mein Gesicht sah, wurde ihr Blick besorgt. »Alles in Ordnung?«

»Ja … ich denke schon. Ich hab nur einen anstrengenden Tag hinter mir und komme gerade aus dem Polizeirevier.«

Neben ihr stieg ich die Treppe nach oben und bemerkte nicht sofort, dass Cecile alarmiert die Augen aufriss.

»O-oh.«

»Keine Sorge, ich habe nichts ausgefressen oder so.«

»Du warst wegen deines Bruders dort.« Sie klang völlig natürlich und nicht so, als würde sie darüber urteilen.

»Ja, vielleicht haben wir Glück und es gibt doch mehr Beweise für seine Unschuld, als bisher angenommen.«

»Das freut mich. Für euch beide. Ich drücke euch fest die Daumen.«

»Danke.«

»Wie läuft es an der Tankstelle?«, wechselte sie das Thema, was mich erleichterte, denn ich wollte nur ungern meine Probleme vor ihr ausbreiten.

»Gut so weit. Es ist ziemlich anstrengend, den ganzen Tag zu stehen, und ich habe ständig den Geruch von Benzin und Schmieröl in der Nase, obwohl ich damit nicht viel zu tun habe. Und mein Boss Wren … na ja, er ist etwas gewöhnungsbedürftig. Falls wir uns heute zum letzten Mal sehen – es hat mich gefreut, dich kennenzulernen.«

Cecile hielt vor ihrer Wohnungstür. »Wieso? Ziehst du weg?«

Schmunzelnd schüttelte ich den Kopf. »Nein, aber es könnte sein, dass er mich einen Kopf kürzer macht, weil ich morgen wieder pünktlich gehen will, um Liam zu besuchen.«

»Okay, sollten wir uns morgen Abend nicht sehen, werde ich die Polizei verständigen«, ging sie auf meinen kleinen Scherz ein und lehnte sich dabei lässig gegen den Türrahmen.

Unglaublich, wie sie mich immer wieder in ihren Bann zog. Sie schaffte es, mich auf ihre ganz eigene Art und Weise von meinen Problemen abzulenken – ohne von den Problemen abzulenken.

»Was, wenn wir uns morgen nicht zufällig vor dem Haus oder im Flur begegnen? Ich brauche meinen Job und kann nicht verantworten, dass Wren unschuldig verhaftet wird.«

»Hmmm.« Mit dem Zeigefinger tippte sie an ihr Kinn. »Dann musst du dich morgen bei mir melden, sobald du zu Hause bist.«

Verdammt, flirtete sie etwa mit mir?

»Ich soll einfach so bei dir klingeln und sagen, dass ich da bin? Wirkt das nicht irgendwie … seltsam?«

»Nicht, wenn ich dich zu mir zum Abendessen einlade.«

Überrascht schaute ich sie an.

Weil ich nicht gleich reagierte, ruderte Cecile zurück. »Also … falls du überhaupt willst. Du kannst auch einfach so anklopfen und Hallo …«

»Nein, schon gut, ich komme wirklich gern vorbei, aber … dann stehe ich noch tiefer in deiner Schuld.« Verlegen rieb ich mir über die Brust.

Cecile richtete den Blick auf meine Hand, dann sah sie mir in die Augen. »Tust du nicht. Betrachte es als … Dankeschön für die gewaschene Wäsche. Und als nachbarschaftliches Willkommensessen.«

Mein Mund klappte auf, um noch einen Einwand abzufeuern. Aber mir waren die Argumente ausgegangen. Davon abgesehen *wollte* ich mit ihr Abendessen. Ich freute mich jedes Mal, wenn ich sie sah, und fühlte immer eine Leere in mir, sobald sich unsere Wege trennten. Da war irgendeine Verbindung zwischen uns, die mir Kraft gab und mich tief durchatmen ließ. Und langsam wurde ich süchtig danach.

»Dann komme ich sehr gern vorbei«, antwortete ich und ihr Lächeln wärmte mich von innen.

Kapitel 13

Cecile

Zu sagen, ich wäre nervös, war eine leichte Untertreibung, als ich am nächsten Abend zur Abwechslung selbst kochte und nicht nur ein Fertiggericht aufwärmte, auf der Arbeit aß oder mir etwas zu essen bestellte. Auch wenn es nur Spaghetti mit Fleischbällchen waren, nach einem Rezept, das ich auf TikTok entdeckt und schon einmal für Nicola und mich zubereitet hatte. Beim ersten Mal war es sehr lecker gewesen und ich hoffte, dass mir das Gericht auch heute wieder gelingen würde.

Trevor hatte mir vor einer guten halben Stunde geschrieben, dass er gleich in den Bus steigen und knapp zwanzig Minuten bis hierher brauchen würde. Dann wollte er nur noch kurz in Jeffs Wohnung duschen und nun stand ich förmlich unter Strom. Abwechselnd sah ich auf die Eieruhr, die mir anzeigte, dass das Essen im Backofen in gut zehn Minuten fertig war, und auf meine Armbanduhr, die mir Trevors baldige Ankunft versprach.

Dass ich nach meiner Schicht im Restaurant sofort in die Dusche gestiegen war, mir meinen schönsten Pullover mit dem raffinierten Ausschnitt angezogen und mich sogar noch einmal geschminkt hatte, sagte vermutlich alles.

Seit Sonntag hatte ich nicht mehr aus dem Kopf bekommen, wie gut es sich angefühlt hatte, in seinen Armen zu liegen und mich von ihm trösten zu lassen. Keine Ahnung, was das über mich aussagte. Auf jeden Fall hatten sein herber Duft, seine tiefe beruhigende Stimme und seine Nähe eine besondere Wirkung auf mich. Nach den Gesprächen mit ihm fühlte ich mich verstanden wie von kaum jemandem sonst. Als könnte er in die Tiefen meiner Seele blicken und mich wirklich verstehen.

Dieses Gefühl hatte ich bisher nur selten erlebt. Zwischen Nicola und mir war es vergleichbar, nur dass ich mich nicht nach ihrem Duft, ihrer Stimme und ihrer Nähe sehnte. Also schon, aber auf … na ja, andere Art und Weise.

Als hätte sie gespürt, dass ich gerade an sie dachte, rief sie mich an.

»Hi! Ist es dringend? Ich habe nämlich nicht viel Zeit, weil ich gleich Besuch bekomme.«

»Oh, von wem denn?«, wollte sie wissen, ohne auf meine Frage einzugehen.

»Ähm … Trevor. Ich habe ihn zum Essen eingeladen.«

Ihr »Uhhh!« sorgte dafür, dass ich rot anlief. Super. Als wäre ich nicht bereits nervös genug.

»Ja, also … was soll ich sagen?« Verlegen lachte ich auf.

»Er sieht aber auch wirklich gut aus. Ich hab ihn zwar nur kurz gesehen, aber ich gebe zu, ich habe mich nach ihm umgedreht. Und jetzt habt ihr ein Date?«

»Nein, o Gott, nein, es ist *kein* Date. Es ist ein … ein Willkommensessen. Wir verstehen uns gut, das ist alles. Es kommt mir vor, als würden wir uns bereits ewig kennen.«

Sie seufzte wie eine verliebte Elfe.

»Mach nicht dieses Geräusch, Nicola!«

Natürlich wiederholte sie es. »Na gut, dann will ich dich nicht länger aufhalten. Ich wollte eigentlich nur wissen, wie es dir geht und wie du mit der Mitbewohnersuche vorankommst.«

Angestrengt stöhnte ich ins Telefon. »Gefühlt gar nicht. Es gab noch ein paar Besichtigungen, aber es hat nicht gepasst, und die Anfragen, die noch bei mir eingehen, sind ebenfalls äußerst fragwürdig. Vielleicht bin ich zu empfindlich, aber ich will weder fünf Hunde noch eine Vogelspinne oder eine Ratte in meiner Wohnung haben.«

Nicola lachte, doch mir war ehrlich gesagt nicht danach zumute. Womöglich würde ich mich in einigen Wochen darüber amüsieren können.

»Und wie geht es dir in Chicago?« Bei der Erwähnung der Stadt musste ich sofort an Trevor denken.

»Gut, aber du fehlst mir. Ich habe ein paar schöne Wohnungen besichtigt, konnte mich aber noch nicht für eine entscheiden.«

»Das klingt gut. Also dann …«

Ich wünsche dir einen schönen Abend.« Sie sagte das in einem Singsang, der mir verriet, dass sie garantiert unanständige Gedanken hatte, wie das Abendessen verlaufen würde. »Was gibt es denn zu essen?«

»Oh, ähm … Spaghetti mit Fleischbällchen.«

»Awww, wie in Susi und Strolch.« Sie schmatzte mir einen Kuss ins Ohr.

Lachend schüttelte ich den Kopf. »Du bist doof – und trotzdem vermisse ich dich. Bis bald!«

Nachdem ich auflegt hatte, zeigte die Eieruhr noch drei Minuten und ich öffnete den Backofen, um einmal kurz die Soße umzurühren, als es an der Tür klopfte.

Augenblicklich machte mein Herz einen Sprung, um gleich darauf wie irre zu schlagen. »Moment, ich komme!« Sofort verdrehte ich die Augen über mich selbst. So etwas hatte ich noch nie gerufen, wenn jemand vor der Tür stand.

Ich legte den Kochlöffel auf den mit Soße bekleckerten Teller neben dem Backofen und eilte durchs Wohnzimmer, um Trevor zu öffnen.

Er sah wieder unglaublich gut aus. Heute trug er ein weinrotes Poloshirt zu einer mittelgrauen Chino und beige Lederboots. Sein Lächeln löste ein Flattern in meinem Bauch aus, und als er sich lässig die Haare aus dem Gesicht strich, wiederholte sich Nicolas Elfenseufzer in meinem Kopf.

»Komm rein, ich hoffe, du hast Hunger.«

»Und wie!«

Als er an mir vorbei ins Wohnzimmer ging, nahm ich den Duft seines Duschgels wahr. Für einen Moment erlaubte ich mir, die Augen zu schließen und tief einzuatmen.

»Hier riecht es ja schon lecker«, meinte er und sorgte mit seinen Worten dafür, dass ich mich ertappt fühlte.

»Ja, ähm … ich habe ein Rezept aus dem Internet ausprobiert. Es ist das zweite Mal, dass ich es nachkoche, und ich hoffe, dass es diesmal genauso gut schmeckt wie beim ersten Mal.«

Trevor folgte mir in die Küche und linste neugierig in den Backofen, als auch schon die Eieruhr klingelte.

»Oh, perfektes Timing.« Ich griff nach den Topflappen, doch er nahm sie mir ab.

»Warte, ich mach das.« Ohne zu zögern, holte er die Auflaufform aus dem heißen Ofen und stellte sie auf die Korkuntersetzer, während ich den Backofen ausschaltete und zwei Teller aus dem Schrank nahm.

»Das ist ein Blitzrezept. Man wirft quasi alle Zutaten in die Form – bis auf die Hackbällchen natürlich, die vorher geformt werden – und wartet, bis das Gericht fertig ist.« Ich griff nach dem Löffel und rührte die Nudeln und Bällchen in der Tomatensoße um. »Fertig!«

»Ah, das habe ich auch schon gesehen, aber noch nie ausprobiert oder gegessen. Vielleicht suche ich mir beim nächsten Mal eins dieser

Rezepte aus, denn ich koche wirklich gern. Keine Ahnung, wann ich wieder eine eigene Küche habe, aber CJ hat hoffentlich nichts dagegen, wenn ich seine entweihe.« Er lachte. »Und nach dem Essen kümmere ich mich um dein Badezimmerfenster.« Mit diesen Worten holte er einen Riegel aus seiner Hosentasche und hielt ihn hoch.

»Oh, das ist …«

»Keine Widerrede, okay? Ich ärgere mich, dass ich mir nicht schon früher die Zeit genommen habe, ihn zu montieren. Also bitte lass mich das erledigen. Ich will nicht, dass du auch nur eine weitere Nacht hier schläfst, solange das Badfenster nicht gesichert ist.«

Dass der bestehende Riegel mit viel Kraftaufwand schloss, erwähnte ich nicht. Es war mühsam, ihn zum Lüften zu öffnen – und genauso schwer, ihn danach wieder zu schließen. Beim letzten Mal hatte ich einen Hammer verwendet und gebetet, nicht aus Versehen die Scheibe zu treffen.

»Danke«, sagte ich deshalb, was Trevor ein zufriedenes Lächeln auf die Lippen zauberte.

Nachdem ich beide Teller beladen hatte, setzten wir uns auf die Couch. Dass es in der Wohnung keinen Platz für einen Esstisch gab, war ihr einziges Manko. Andererseits saß ich jetzt nur deshalb neben Trevor auf der Couch, und das störte mich nicht im Geringsten. Auch nicht, dass wir lachend die Pasta mit der Gabel eindrehten und bereits nach kurzer Zeit am Kinn mit Soße bekleckert waren.

»Du hast also deinen Bruder besucht?«

Augenblicklich schoben sich seine Augenbrauen zusammen und ich bereute meine Frage. »Ja, hab ich«, begann er und ließ das letzte Wort im Raum schweben, als wollte er noch etwas dazu sagen. Also schwieg ich und wartete ab, was er mir erzählen würde. »Es ist … echt hart, ihn dort drin zu sehen. Nie hätte ich gedacht, dass ich …« Er stockte und schluckte.

»Du musst nicht darüber reden, wenn du nicht willst.« Mein schlechtes Gewissen wurde größer, als ich ihn so niedergeschlagen sah.

O Mann, ich war echt ein Profi darin, vom lockeren Flirten die Laune dermaßen in den Keller zu fahren.

»Nein, schon gut.« Er atmete tief durch. »Es ist nur … Er kann sich nicht an alles erinnern, was in jener Nacht passiert ist. Er hat seinen einundzwanzigsten Geburtstag mit zu viel Alkohol gefeiert und deswegen ein paar Gedächtnislücken, was für die Beweislage ungünstig ist. Zumindest hat er sich nun doch dazu überreden lassen, mehr über seinen Spaziergang im Wald zu erzählen. Anscheinend war er aufgrund eines geheimen Aufnahmerituals der *Gamma Delta My* dort. Bereits an der Highschool hat er vor allem von dieser Studentenverbindung geredet und dass er unbedingt dort aufgenommen werden will, weil die ganze Elite dort ist. Wer ein *Gamma Delta My* ist, hat es angeblich geschafft. Dem stehen auch danach alle Türen offen und die Kontakte, die man dadurch knüpfen kann, sind angeblich der Schlüssel zu noch mehr Erfolg und Ansehen. Jedenfalls hat ihm auf der Party jemand einen Zettel auf der Toilette hinterlassen, auf der sein Name stand. Anscheinend beinhaltete die Nachricht, dass er um halb elf Uhr noch in derselben Nacht ins angrenzende Waldstück gehen soll, um sich dort einem Teil des Aufnahmerituals der *Gamma Delta My* zu stellen.«

»Aber dann gibt es doch ein Beweisstück, oder? Diesen Zettel?«, fragte ich verwirrt und biss in ein Fleischbällchen.

Trevor schüttelte den Kopf. »Er sollte die Nachricht mit dem beiliegenden Streichholz anzünden, und sobald der Text nicht mehr lesbar ist, in die Toilette werfen. Somit haben sich alle Beweise in Rauch beziehungsweise in der Kanalisation aufgelöst. Er hat auch kein Foto davon gemacht und mit niemandem auf der Party darüber gesprochen.«

»Und die Verbindungsmitglieder?«

»Die wurden jetzt auch endlich von der Polizei befragt. Die beiden

Typen, die mit im Wagen saßen, als der Unfall passiert ist, gehören übrigens auch zu *Gamma Delta My.* Sie haben jedoch beteuert, dass das Aufnahmeritual erst zwei Wochen später stattfinden sollte – was der Tatsache entspricht, wie inzwischen von mehreren Mitgliedern bestätigt wurde.«

»Also steht dein Bruder nach wie vor als Lügner da«, schlussfolgerte ich aus den wenigen Informationen, die ich bisher hatte.

»Genau.«

Betreten schob ich etwas Pasta auf meinem Teller von einer Seite auf die andere. »Und jetzt?«

Trevor zuckte mit den Schultern und ließ sich Zeit mit dem Kauen. »Ich setze nach wie vor darauf, dass es einen oder mehrere Augenzeugen gibt, die beobachtet haben, wie Liam die Party verlassen hat. Vielleicht haben sie gesehen, dass er allein war oder sich mit jemandem unterhalten hat. Ich meine … ein großes Haus voller Partygäste, und *niemand* hat irgendetwas mitbekommen? Keiner weiß, wer ihm den Zettel auf der Toilette hinterlassen hat? Und warum hat man ihm die Nachricht zugesteckt und ihn in den Wald gelockt, wenn dort keine Menschenseele war und es gar kein Aufnahmeritual gab? Das alles klingt nach einem abgekarteten Spiel.«

Trevor hatte sich in Rage geredet und ich konnte seinen Schmerz und seine Verzweiflung in jedem Wort spüren. Zu gern hätte ich ihm diese Last abgenommen, aber ich wusste nicht, wie.

»Bestimmt findet sich noch jemand, der hilfreiche Hinweise hat, die deinen Bruder entlasten können.«

»Danke.«

»Was …« Ich räusperte mich, aber jetzt hatte ich bereits damit angefangen, also würde ich es auch ansprechen, denn darüber zerbrach ich mir schon die ganze Zeit den Kopf. »Was wird deinem Bruder denn genau vorgeworfen?«

Trevor biss sich auf die Wangeninnenseite und ich spürte, wie er sich versteifte.

Bitte zieh jetzt keine Mauer zwischen uns hoch, flehte ich in Gedanken und fügte hinzu: »Du musst es mir nicht sagen, wenn du nicht willst. Tut mir leid, ich hätte nicht fragen sollen.«

»Nein, schon gut. Hast du von dem schlimmen Unfall gehört, bei dem ein Auto mit drei Studentinnen von einem anderen Wagen von der Straße gedrängt wurde? Eine der Frauen ist dabei ums Leben gekommen.«

Mein Herz stockte. »Eine Arbeitskollegin hat mir davon erzählt, ja.«

Trevor senkte kurz den Blick. »Es war sein Wagen und … angeblich war er der Fahrer.«

»O nein«, flüsterte ich und gefühlt alles Blut kam in mir zum Stillstand.

»Aber er war es nicht! Er würde nie Fahrerflucht begehen, er würde nicht …«

Beruhigend legte ich meine Hand auf seinen Unterarm. »Schon gut, ich glaube dir, wenn du ihm vertraust. Und es tut mir so unfassbar leid für dich und vor allem für deinen Bruder. Es muss schrecklich sein, so etwas durchzumachen.«

Trevor nickte und aß schweigend weiter. Keine Ahnung, ob ich jetzt endgültig die Stimmung zwischen uns zerstört hatte.

Er stellte seinen leeren Teller auf den Tisch und rieb sich mit einer Serviette über den Mund.

»Warte, du hast da noch was.« Ich nahm ihm die Papierserviette aus der Hand und wischte über sein Kinn.

»Du auch.« Er schmunzelte. »Du siehst ziemlich besprenkelt aus.«

»Bei mir sind es Sommersprossen«, erklärte ich zwinkernd und spießte das letzte Fleischbällchen auf.

Sein lautes Lachen wärmte mich von innen und ich war sehr erleichtert, dass er mir meine Fragerei nicht übel nahm.

Als ich fertig war, brachte ich unsere Teller in die Küche und wusch mir den Mund und das Kinn. Dann holte ich meinen Lipgloss aus der Hosentasche und trug schnell etwas davon auf.

»Oh, sorry, ich habe dich gar nicht gefragt, was du trinken möchtest«, rief ich über meine Schulter, den Blick auf den geöffneten Kühlschrank gerichtet. Doch als ich mich umdrehte, stand Trevor direkt hinter mir.

Seine Nähe überraschte mich, noch mehr, als er sich vorbeugte, um sich die Getränkeauswahl anzuschauen. Erneut hüllte mich sein Duft ein, von dem ich auf der Couch so viel eingeatmet hatte, dass ich dachte, meine Nase hätte sich für heute daran gewöhnt. Aber ich nahm ihn immer noch deutlich wahr.

»Also wenn ich darf, hätte ich gern eine Cola.« Er zeigte auf die zuckerfreien Dosen in der Tür.

Es dauerte einen Augenblick, bis ich mich gesammelt hatte. »Klar, natürlich. Ich schließe mich dir an.« Ich konnte kaum die Augen von seinem hübschen Gesicht abwenden, das meinem viel zu nahe war. Und ich wusste nicht, ob ich erleichtert oder enttäuscht darüber sein sollte, dass er den Blick nach wie vor auf den Inhalt meines Kühlschranks gerichtet hatte und mich nicht ansah. Vielleicht wich er meinem bewusst aus, damit die Situation nicht seltsam wurde. Denn wir waren nur Freunde, oder?

Ich nahm zwei Dosen heraus, schloss die Kühlschranktür und wandte mich ihm ganz zu. Endlich schaute er mich an, lächelte und nahm mir die Getränke aus der Hand, die ich ihm hinhielt.

»Danke. Auch für das Essen, es hat wirklich unglaublich lecker geschmeckt.«

Bestimmt liefen meine Wangen rot an, als ich mich bei ihm für das Kompliment bedankte. Aber nicht, weil er die Spaghetti gelobt hatte, sondern weil er meinen Blick nun so intensiv erwiderte, dass mir heiß wurde.

Nur Freunde, hm?

»Wie wäre es, wenn ich jetzt den neuen Riegel montiere? Hast du Werkzeug hier oder soll ich das von CJ holen?«

»Nein, ich habe was hier.«

Er ging voraus, doch ich brauchte noch einen Atemzug, um mich zu sammeln, ehe ich ihm folgte.

Der Riegel war schneller getauscht, als ich erwartet hatte. Fasziniert beobachtete ich Trevor dabei. Innerhalb weniger Minuten hatte ich eine neue Absperrvorrichtung am Fenster, die leichter zu bedienen war und endlich wieder richtig schloss. Ab sofort war es unmöglich, das Fenster von außen aufzudrücken – zumindest nicht, ohne den Rahmen zu zerstören.

»Wie war deine Woche?«, wollte er wissen, als ich mich kurz darauf – und nachdem ich mich begeistert bedankt hatte – eine Handbreit von ihm entfernt auf die Couch setzte. Nahe genug und dennoch mit ausreichend Abstand, um klarzumachen, dass wir wirklich nur Freunde waren. Oder um zu signalisieren, dass ich nicht wusste, was das zwischen uns war. Denn insgeheim sehnte ich mich nach seiner Nähe, traute mich aber nicht, den letzten Schritt zu machen und ihn zu berühren – und sei es nur mit meinem Oberschenkel an seinem. Dabei konnte ich das Gefühl, an seiner Brust zu lehnen, noch immer nicht aus meinem Kopf verdrängen.

»Oh, ähm … ganz gut so weit. Also auf der Arbeit ist es anstrengend, aber solange die Gäste nicht ausfallend werden …«

Trevors Blick veränderte sich seltsam.

»Ach so, ich habe dir noch gar nicht gesagt, was ich mache, oder?«, fiel mir ein.

»Stimmt«, murmelte er verlegen und wandte den Kopf für eine Sekunde ab.

»Ich bin Empfangsdame im *Eleven Madison Park*, einem Gourmetrestaurant am Madison Square Park. Meistens sind die Gäste nett und ausgesprochen höflich, aber ein paar schwarze Schafe gibt es immer wieder.«

Trevor reagierte mit einem Stirnrunzeln darauf: »Reichtum ist eben kein Garant für gute Manieren, Respekt oder Höflichkeit.«

»Das stimmt allerdings.«

»Apropos Manieren …«, begann er und schaute mich an. »Ich möchte dich gern zu einem Fernsehabend inklusive Abendessen einladen, um mich zu revanchieren. Wie sieht es morgen aus? Da will CJ nach der Arbeit Liam besuchen und im Anschluss mit einer Freundin ins Kino.«

»Oh …«, war im ersten Moment das Einzige, was ich über die Lippen brachte.

»Wenn nicht, ist das auch okay, dann … lasse ich mir etwas anderes einfallen.«

»Sorry, so meinte ich das nicht. Das klingt wirklich gut, aber morgen habe ich Spätdienst, da bin ich erst gegen halb elf zurück.« Entschuldigend verzog ich das Gesicht und war zugleich traurig, weil ich viel lieber zugesagt hätte.

»Puh, wie wäre es dann am Samstagabend? CJ geht mit Kumpels feiern. Er hat mich zwar wieder gefragt, ob ich mitkomme, aber erstens kenne ich niemanden von ihnen und zweitens bin ich im Moment nicht gerade in Partylaune.«

»Ich will dich aber nicht um einen lustigen Abend bringen, an dem du neue Leute kennenlernen kannst.«

»Keine Sorge, ich bin nicht unbedingt der gesellige Typ. Abgesehen davon habe ich nicht viel zu erzählen, weil ich weder über den Grund meines Aufenthalts hier noch über meinen Bruder mit irgendwelchen Fremden reden will. Und andere Dinge beschäftigen mich zur Zeit nicht.«

Aber mir vertraute er sich an. Unnötig zu erwähnen, dass mein Herz sofort ein paar Takte schneller schlug. »Wenn das so ist … komme ich gern und freue mich darauf. Soll ich etwas mitbringen?«

Trevor runzelte die Stirn und lächelte in James-Dean-Manier. »Nur dich.«

Nach dem gestrigen großartigen Abend mit Trevor schwebte ich wie auf Wolken. Nicht einmal der Regen und dass mich jemand an der Straßenecke anpöbelte, weil es angeblich von meinem Schirm auf seine Jacke getropft hatte, konnten meine gute Laune trüben. Das änderte sich jedoch schlagartig, als mein Telefon klingelte und eine mir unbekannte Nummer angezeigt wurde.

Eigentlich ging ich in solchen Fällen nicht ans Telefon, aber nachdem ich nach wie vor jemanden für Nicolas Zimmer suchte, ihre neue Rufnummer von der Arbeit noch nicht hatte und jederzeit etwas mit meiner Mutter sein konnte, änderte ich meine Meinung. Auch wenn ich damit das Risiko einging, meinen Vater am anderen Ende zu haben, der mir nur wieder Geld abschwatzen wollte.

Doch ich lag mit allen Vermutungen daneben.

»Spreche ich mit Cecile Perry?«, hörte ich eine raue Frauenstimme fragen.

»Ja?«

Ein Bus fuhr an mir vorbei und ich hatte Mühe, die Anruferin zu verstehen. »Gut. Wann kann ich endlich einziehen?«

»Einziehen?«

»Ja, einziehen. In das Zimmer. Ich war vor knapp zwei Wochen zur Besichtigung da.«

»Wer spricht da noch mal, bitte?«

»Ria, ich habe es mir anders überlegt, ich will das Zimmer doch.«

Ria …? Ria! Die erste Interessentin, die sich so unmöglich aufgeführt hatte, dass ich ihr gleich eine Absage erteilt hatte.

»Tut mir leid, aber das Zimmer ist bereits vermietet«, presste ich gehetzt hervor und legte auf.

Was für eine Irre! Hoffentlich tauchte sie nicht plötzlich vor meiner Tür auf. Ihr traute ich wirklich alles zu.

Zum Glück verlief meine Schicht im Restaurant ohne Zwischenfälle. Trotzdem war ich auf dem Heimweg nervös. Rias Anruf ging mir nach wie vor nicht aus dem Kopf. Auch Elaines Kommentar dazu war nicht gerade hilfreich gewesen, denn sie hatte gemeint, es wäre durchaus möglich, dass diese Ria einfach mit all ihrem Krempel vor meiner Wohnung campiert, bis ich sie einziehen ließe.

Ein unangenehmes Kribbeln breitete sich in mir aus, als ich aus der Ferne sah, wie sich jemand dem Wohnhaus näherte. Die Nacht schluckte die Details, die Straßenlaterne war zu schwach und die Sicht wurde durch den anhaltenden Regen verschleiert. Erst als ich näher kam, bemerkte ich, dass die Person schlanker und eindeutig männlich war.

Mein Herz machte einen Satz, weil ich dachte, Trevor und ich hätten schon wieder das perfekte Timing, als ich Jeff erkannte, der gerade die Tür aufschloss. Ich legte an Tempo zu und lief die letzten Meter.

»Warte, ich will auch mit rein!« Noch im Laufen machte ich den Schirm zu und schüttelte die Tropfen ab, soweit es bei diesem Wetter möglich war.

»Hey, Cecile, kommst du von der Arbeit?«

Ich nickte. »Und du aus dem Kino?«

»Jep. Hat Trevor das erzählt?«

»Genau.«

»Ach, stimmt ja, er wollte dich heute auf ein Date einladen.« Er wackelte mit den Augenbrauen.

Mein Herz machte einen Satz, während wir nebeneinander die Treppe nach oben gingen. »Kein Date, aber ja, er wollte mich einladen.«

Jeff lachte. »Rede dir ein, was du willst. Aber falls ihr übereinander herfallt, haltet euch bitte von meinem Bett fern.«

Entrüstet schlug ich ihm gegen den Oberarm. »So weit wird es bestimmt nicht kommen, wir sind nur Freunde.«

»Mhm.« In diesem Geräusch steckte eine gewaltige Portion Sarkasmus.

»Warum heißt du hier eigentlich nicht CJ?«, wechselte ich das Thema, weil es mich brennend interessierte.

»Was?«

»Deine Freunde in Chicago nennen dich CJ, aber hier bist du Jeff.«

Wir hielten vor meiner Wohnungstür und mit einem Mal wirkte er verlegen.

»Ich hasse meinen Namen. Camillo Jefferson … das klingt einfach nur peinlich. Keine Ahnung, was sich meine Eltern dabei gedacht haben. Bei CJ werde ich immer wieder gefragt, wofür der Name steht … Das passiert mir nicht, wenn ich mich mit Jeff vorstelle. Der Umzug nach New York hat sich also gleich doppelt für mich gelohnt.« Er zwinkerte mir zu und tippte sich zum Abschied grüßend gegen die Schläfe. »Gute Nacht, Cecile. Und morgen Abend viel Spaß.«

»Gute Nacht«, murmelte ich und kämpfte gleichzeitig damit, mein aufgeregtes Herz wieder zu beruhigen, weil mich Jeff erneut an Trevors Einladung erinnert hatte.

Kapitel 14

Trevor

Verrückt, dass ich so nervös war. Aber es war schon eine Weile her, dass ich für jemanden gekocht hatte. Dates hatte ich in Chicago immer wieder mal gehabt, aber den Kochlöffel schwang ich dabei nicht sofort.

Dass ich es für Cecile tat, machte mir bewusst, wie wichtig sie mir war. Sie war neben CJ meine einzige Verbündete hier in New York und sie vertraute mir. Ja, sie glaubte mir. Sie glaubte Liams Geschichte. Abgesehen davon genoss ich die Zeit mit ihr und freute mich jedes Mal darauf, sie wiederzusehen.

Gestern musste ich den ganzen Tag arbeiten und war extra länger in der Tankstelle geblieben, um heute früher gehen zu dürfen. Deshalb hatte ich es noch nicht geschafft, etwas einzukaufen, geschweige denn, CJs Wohnung aufzuräumen. Es herrschte zwar kein großes Chaos, aber ich lebte nach wie vor aus dem Koffer und der Sporttasche, mit denen ich bei ihm eingezogen war. Und meine Sachen lagen rund um die Couch verteilt, weil sonst nirgendwo Platz dafür war.

Kurz entschlossen warf ich all meine Habseligkeiten in den Koffer und schob ihn in CJs Schlafzimmer. Eigentlich hatte er mir strengstens verboten, in seiner Abwesenheit sein Reich zu betreten, aber damit hatte er *in Begleitung* gemeint. Mal abgesehen davon, dass ich mit

Cecile sowieso nicht in seinem Bett landen würde, hätte er bestimmt nichts dagegen, wenn ich sein Zimmer heute vorübergehend als Abstellraum nutzte.

Ich schrieb noch schnell eine Einkaufsliste – ich wollte Gnocchi mit Gemüse und Hähnchenfilet kochen – und checkte nebenbei meine E-Mails.

Meine Mutter hatte mir geschrieben.

In den ganzen zwei Wochen, die ich bereits in New York lebte, hatte sie nicht ein einziges Mal angerufen oder sich dafür interessiert, wo ich war und wie es mir ging. Dass sie mir jetzt schrieb, machte mich nervös. Keine Ahnung, was mich erwarten würde. Mit eiskalten Fingern öffnete ich die E-Mail.

Von: Evelyn Collins
An: Trevor Collins
Betreff: New York

Lieber Trevor,

ich verstehe, dass du denkst, dein Platz sei momentan in New York. Als deine Mutter und die Person, die dir deine Wohnung in Chicago bezahlt hat, die für deinen BMW, der in der Garage steht, und dein Studium aufkommt, sage ich dir jedoch, dass du dich irrst. Pack bitte unverzüglich deine Sachen und komm zurück, um weiterzustudieren. Du hast bereits zwei wichtige Prüfungen verpasst. Solltest du noch mehr versäumen, wirst du dieses Semester nicht erfolgreich abschließen können.

Falls du dich meiner Bitte widersetzt, sehe ich mich gezwungen, die dir zugedachte Stelle in der Produktforschung an meiner Seite bei Collins Cosmetics zu streichen.

Ein Flugticket, ausgestellt auf deinen Namen für den Rückflug am Sonntagvormittag, findest du im Anhang.

Beste Grüße
deine Mutter

Kraftlos sank ich auf die Couch zurück und las den Text ein weiteres Mal. Ich wusste, ich sollte mir ihre Nachricht nicht zu sehr zu Herzen nehmen, aber das war so gut wie unmöglich. Sie hatte kein einziges herzliches Wort an mich gerichtet oder gefragt, wie es Liam ging. Er war für sie nach wie vor gestorben, genauso wie sie die Tatsache ignorierte, dass ich nicht zum Spaß hier war. Ich machte keinen Städteurlaub in New York und vernachlässigte dafür mein Studium, ich war damit beschäftigt, meinen Bruder – ihren Sohn – vor einer Verurteilung zu bewahren. Auch wenn sich alles irgendwie endlos hinzuziehen schien und ich mir langsam Sorgen machte, weil sich Detective Grant noch nicht wieder gemeldet hatte.

Wut brodelte in mir hoch und ich sprang von der Couch auf. Ohne zu zögern, löschte ich die E-Mail, weil ich auf gar keinen Fall morgen zurückfliegen würde.

Doch dann überlegte ich es mir anders und holte die Nachricht zurück in den Posteingang. Von dort aus verschob ich sie in einen separaten Ordner, um sie für Momente aufzuheben, in denen ich an der Kaltherzigkeit meiner Mutter zweifeln sollte. Falls das überhaupt noch möglich war, aber sicher war sicher.

Anschließend zog ich mich an und ging zum Supermarkt. Den Einkauf erledigte ich wie in Trance und vergewisserte mich erst kurz vor der Kasse, ob ich alles hatte, was ich brauchte. Ich legte noch Popcorn in den Wagen sowie eine Packung Baked Goldfish mit Cheddargeschmack. Und weil ich nicht wusste, was Cecile gern mochte, entschied ich mich noch für eine Packung Oreos und Butterfinger Peanut Butter Cups.

Nachdem ich bezahlt hatte – Wren hatte mir gestern den ersten Gehaltsscheck ausgestellt –, beeilte ich mich auf dem Rückweg. Doch die Vorfreude auf Cecile konnte meine miese Laune wegen Moms E-Mail nicht vollständig vertreiben. Das bekamen die Zwiebeln zu spüren, auf die ich fest einhackte, genau wie auf den Brokkoli und die Tomaten. Selbst das Fleisch legte ich nicht so behutsam wie sonst in die Pfanne. Zudem hatte ich die Musik laut aufgedreht, um meinen Frust und die Stimmen in meinem Kopf zu übertönen, die sich über meine Eltern aufregten.

Das war vermutlich auch der Grund, weshalb ich das Klingeln meines Handys nicht gleich hörte. Erst als das vibrierende Smartphone sich auf das Schneidbrett zubewegte, drehte ich die Musik leiser und nahm ab.

»Hi!« Ceciles Lachen begrüßte mich und ich warf schnell einen Blick auf die Uhr.

»Mist! Äh, sorry, ich meine … ich habe gar nicht gemerkt, dass es so spät ist. Bist du schon zu Hause?«

»Ja, ich stehe vor der Wohnungstür und habe mehrfach geklopft. Aber gegen deine Partymusik komme ich wohl nicht an.«

»Aaah, nein, tut mir leid.« Mit der flachen Hand schlug ich mir gegen die Stirn und eilte sofort zur Tür, wo mich eine belustigte Cecile erwartete. »Entschuldige, ich war … zu sehr vertieft. Und die Musik …«

»Ja, die hab ich gehört. Darf ich reinkommen?«

»Natürlich!« O Mann, ich führte mich auf wie ein Anfänger.

Cecile trat ein und überreichte mir eine kleine Tüte. »Ich wusste nicht, was du magst, deshalb hab ich dir eingepackt, was ich gern nasche.«

Ich warf einen Blick auf ihre Mitbringsel: Reeses, Twinkies und Knabberzeug.

»So viele gute Sachen! Dabei habe ich dir doch gesagt, du brauchst nichts mitzubringen.«

Sie zuckte nur mit den Schultern. »War nicht ganz uneigennützig.«

Schmunzelnd deutete ich auf die Einkaufstüte, die noch neben dem kleinen Esstisch stand. »Schau mal dort hinein.«

Während ich in der Pfanne rührte, beobachtete ich, wie sie den Inhalt der Tüte inspizierte.

»Oh, wie ich sehe, hast du einen verdammt guten Geschmack«, meinte sie und kam auf mich zu. »Und das duftet auch so gut! Kann ich noch irgendwie helfen?«

»Nein, es ist alles fertig. Du kannst schon Platz nehmen, wenn du möchtest.« Ich deutete auf den gedeckten Esstisch für zwei Personen.

»Soll ich gleich etwas zu trinken mitnehmen?«

»Gerne.« Ich zeigte auf den Kühlschrank. »Such dir aus, worauf du Lust hast. Ich habe Wasser und zuckerfreie Cola gekauft, aber CJ hat auch noch Eistee und Bier da.«

Sie nahm zwei Dosen Cola heraus und stellte sie neben den Gläsern ab, während ich das Essen servierte.

»Kochst du immer mit so lauter Musik?«, wollte sie wissen, nachdem wir die ersten Bissen schweigend genossen hatten.

»Nein, aber …« Kurz zögerte ich, doch ich wusste nicht, weshalb ich den Grund dafür hätte verheimlichen sollen. »Meine Mutter hat mir heute eine E-Mail geschrieben und verlangt, dass ich morgen zurück nach Chicago komme. Sie hat mir sogar ein Flugticket besorgt.«

»Oh.« Dass sie enttäuscht klang, löste ein kleines Erdbeben in mir aus.

»Ich werde garantiert *nicht* abreisen, wenn du das denkst. Ich bleibe hier. Also … falls CJ mich weiterhin hier wohnen lässt, bis ich etwas Eigenes finde – wobei ich da auch endlich mal mit der Suche anfangen sollte.« Verlegen lachte ich auf. »Ich bin nicht in New York, um Sightseeing zu machen oder so. Und schon gar nicht lasse ich mir von ihr vorschreiben, was ich zu tun habe, nachdem sie sich kein bisschen für Liam interessiert. Sie hat nicht ein einziges Mal angerufen und gefragt, wie es ihm oder mir geht. Meine Eltern sind nicht einmal bereit, seine Kaution zu bezahlen oder ihm einen guten Anwalt zu besorgen.«

Betrübt schaute sie mich an und legte ihre Hand auf meine. »Das habt ihr echt nicht verdient.« Als sie bemerkte, dass wir uns berührten, zog sie ihren Arm schnell wieder zurück. Am liebsten hätte ich sie davon abgehalten.

»Eltern kann man sich eben nicht aussuchen, das hatten wir ja schon. Aber ich habe hier einen Schlafplatz und einen Job, und wenn sie denkt, dass ich Liam im Stich lasse und zurück nach Chicago komme, hat sie sich geschnitten.« Ich schob mir zwei Gnocchi in den Mund, um nicht weiter zu schimpfen. »Entschuldige, das ist nicht gerade ein Thema für ein gemeinsames Abendessen. Lass uns lieber über andere Dinge sprechen.«

Cecile lächelte verständnisvoll. »Wie du möchtest. Aber du weißt, dass du immer mit mir reden kannst. Falls du Dampf ablassen musst, bin ich jederzeit für dich da.«

Ich nickte dankbar. »Wohin würdest du reisen, wenn Zeit und Geld keine Rolle spielen würden?«

Nachdenklich legte sie den Kopf schräg. »Hmm, ich bin bisher nicht aus New York herausgekommen, also vermutlich überallhin.«

»Du warst noch nie außerhalb der Stadt?«

Sie schüttelte den Kopf. »Klingt traurig, oder? Aber ich würde wahnsinnig gern mal quer durchs Land reisen. Oder nach Europa.

Asien. Am liebsten würde ich die ganze Welt sehen. Also wie gesagt, wenn Zeit und Geld keine Rolle spielen würden. Und du?«

Ihre Antwort gefiel mir. »Also bei einem Roadtrip quer durchs Land wäre ich sofort dabei. Den Grand Canyon, die Rocky Mountains, San Francisco, Disneyworld … Wir könnten uns alles anschauen, trinken Cocktails in Miami Beach und wandern durch die Nationalparks. Und ich würde dir, wenn du willst, auch Chicago zeigen.«

Cecile schaute mich einen Augenblick lang schweigend an. Waren das etwa Tränen in ihren Augen? Sie blinzelte und senkte kurz den Blick, deshalb war ich mir nicht sicher, ob ich es mir nur eingebildet hatte.

»Das klingt schön. Falls es irgendwann einmal passt, würde ich gern mitkommen. Und ich glaube fest daran, dass dein Bruder freikommt.«

Ihr Optimismus gefiel mir. »Auf die Freiheit und das Reisen«, sagte ich und hob mein Glas, um darauf anzustoßen.

Cecile wiederholte meine Worte und prostete mir zu, ehe sie einen Schluck trank, ohne mich dabei aus den Augen zu lassen.

Wenig später saßen wir satt und mit dem Knabbergebäck und den Süßigkeiten vor dem Fernseher und suchten auf Netflix nach einem Film. Cecile hielt ihr Glas in der einen Hand und schob sich mit der anderen ein Kissen zurecht. »Diese Couch ist wirklich unglaublich unbequem. Und hier schläfst du?«

»Ähm, ja. Ich weiß, das ist nicht besonders komfortabel, aber …«

»Nicht komfortabel?« Cecile lachte. »Ich glaube, ich muss ein ernstes Wörtchen mit Jeff reden, weil er dir diesen Schlafplatz zumutet.«

Schmunzelnd nippte ich an meiner Cola. »Mir ist die Couch definitiv lieber, als mit CJ in einem Bett zu schlafen, glaub mir.«

Mit einem Mal schaute mich Cecile mit weit aufgerissenen Augen an und schlug sich mit einer Hand an die Stirn. »Ich bin so blöd. Wieso habe ich nicht schon eher daran gedacht?«

Irritiert schaute ich sie an und rechnete mit einem abrupten Themenwechsel.

Sie stellte das Glas ab und wandte sich mir im Schneidersitz zu. »Trevor, in meiner Wohnung ist ein Zimmer frei. Ich suche händeringend nach jemandem, der dort einzieht – also jemand, der kein Kettenraucher ist, einen ganzen Zoo mitbringen will oder mich zum Gruppensex einlädt.«

»Was?« Ich konnte mein Lachen nicht zurückhalten.

»Okay, ich verstehe natürlich, wenn du das nicht willst. Ich dachte nur, du brauchst ein Zimmer und ich jemanden, der sich die Miete mit mir teilt. Es ist auch nicht *so* teuer, du solltest dir den Anteil von deinem Lohn in der Tankstelle leisten können. Falls doch nicht, finden wir sicher eine Lösung. Und ich bringe ab und zu Essen von der Arbeit mit, also …«

Immer noch fassungslos über ihren unerwarteten Vorschlag schüttelte ich den Kopf und atmete tief durch. »Also ich würde dein Angebot sehr gern annehmen.«

Stirnrunzelnd schaute sie mich an. »Aber?«

»Nichts *aber*. Auch wenn CJ vielleicht enttäuscht sein wird, dass ich seine Couch verlasse …«

»Denkst du wirklich?« Zweifelnd betrachtete Cecile das unbequeme Möbelstück.

Ich lachte auf. »Ich glaube eher, er wird eine Party schmeißen, sobald ich ihm seine Couch wieder überlasse.«

Schmunzelnd stupste sie mich an. »Also, dann steht es fest? Du ziehst in das freie Zimmer?« Ihre Wangen waren gerötet und ihre Stimme klang etwas höher als sonst.

Auch ich war aufgeregt. Cecile war wirklich … einmalig. Mit ihr in einer Wohnung zu leben, ein Badezimmer und eine Küche zu teilen und ihr jeden Tag über den Weg zu laufen, würde mich herausfordern. Besonders wenn sie wie beim letzten Mal im Pyjama in ihrem – unserem – Wohnzimmer saß. Doch ich genoss ihre Gesellschaft. Und insbesondere mein Rücken würde sich über diese Wendung freuen.

»Ja, abgemacht. Aber … ich werde wohl erst morgen einziehen. Zuerst möchte ich mit CJ reden und mich für seine Hilfe und Gastfreundschaft bedanken.«

»Du willst ernsthaft freiwillig noch eine Nacht auf dem Teil verbringen?« Cecile schaute mich mit großen Augen an.

»Ähm …«

»Komm schon, das wäre doch verrückt. Wir gehen später rüber und ich beziehe dir das Bett. Sobald Jeff morgen von der Party zurück ist, kannst du mit ihm reden. Ich bin mir sicher, er wird kein Problem damit haben, dass du diese Nacht nicht hier schläfst. Mal abgesehen davon, dass er es gar nicht wüsste, wenn du es ihm nicht erzählst.«

»Okay, du hast recht«, sagte ich amüsiert. Nebenbei brachte mich die Vorstellung zum Schmunzeln, dass er tatsächlich erleichtert wäre, seine Wohnung wieder für sich zu haben.

»Dann … schläfst du heute wo?«

Ich schaute ihr tief in die Augen – und ahnte schon jetzt, dass sie für mich keine normale WG-Mitbewohnerin sein würden. Nicht so wie CJ … Zwischen Cecile und mir knisterte es gewaltig und ich musste mich zusammenreißen, nicht ständig Körperkontakt zu suchen. Doch ich wollte sie damit nicht überrumpeln. Schon gar nicht jetzt, nachdem sie mir dieses Angebot gemacht hatte.

Dass ich mir meinen Anteil leisten konnte, zweifelte ich nicht an. Zwar würde ein beachtlicher Teil meines Lohns für die Miete draufgehen, aber ich zahlte auch CJ etwas dazu und in Ceciles Apartment hatte ich ein Zimmer für mich.

»Ich schlafe bei dir«, sagte ich mit rauer Stimme, blinzelte und räusperte mich. »Ich meine … in dem freien Bett. In meinem neuen Zimmer. Du weißt, was ich sagen will …« Verlegen rieb ich mir über die Brust und badete mich in Ceciles leisem Lachen.

»Okay, das klingt gut. Dann sollten wir uns jetzt erst mal für einen Film entscheiden. Alles andere können wir später noch genauer besprechen.« Wie selbstverständlich lehnte sie ihren Kopf an meine Schulter und sah zu, wie ich eine Actionkomödie aussuchte. Sie kommentierte meine Wahl mit einem vorfreudigen Zappeln.

Und ich war gerade zum ersten Mal, seit ich Chicago verlassen hatte, richtig glücklich.

Der Film war nicht schlecht, aber ich bekam kaum etwas davon mit, weil ich nur darauf achtete, wie sich ihr Körper bewegte, wenn sie atmete oder lachte. Wie gut sie duftete und wie warm sie sich anfühlte. Ich dachte darüber nach, was ihr Angebot für uns beide bedeutete, für unsere Freundschaft. Und mir wurde bewusst, dass ich ihre Nähe mehr brauchte, als ich es bisher wahrhaben wollte. Sie war mein Anker in dieser Großstadt, mein sicherer Hafen, der mich von allen negativen Gedanken ablenkte. Immerhin hatte ich seit ihrem Auftauchen kaum noch über Moms E-Mail nachgedacht.

Ohne groß zu überlegen, legte ich meinen Arm um ihre Schulter, um sie näher an mich zu ziehen.

Überrascht schaute Cecile zu mir auf.

»Sorry«, sagte ich schnell und wollte den Arm wieder lösen, doch sie schüttelte nur den Kopf und hielt mich am Handgelenk fest. Kurz blieb diese Verbindung bestehen, dann legte sie ihre Hände erneut in den Schoß und kuschelte sich an mich.

Irgendwann begann ich, mit dem Zeigefinger langsam über ihren Unterarm zu streicheln. Ich hatte das nicht vorgehabt, es passierte einfach. Weil ich ihre Nähe suchte, sie brauchte, denn sie gab mir Kraft.

Als mir die Berührung bewusst wurde, hielt ich kurz inne, doch da Cecile nicht darauf reagierte, machte ich weiter.

Dass diese Nähe über eine platonische Freundschaft hinausging, war mir klar. Aber ich konnte nicht anders, und Cecile fühlte sich damit offensichtlich ebenfalls wohl.

»Der Film war echt gut«, meinte sie irgendwann, während ich keine Ahnung hatte, worum es darin gegangen war. Ich hatte wirklich die meiste Zeit meinen Gedanken nachgehangen, die sich ausnahmsweise nicht um meine egozentrischen, erfolgsverwöhnten Eltern gedreht hatten. Auch nicht um Liam, den ich über alles liebte und der sich jede Stunde mindestens einmal in meinen Kopf geschlichen hatte, seit ich in New York war.

»Hm, ja«, murmelte ich und streckte mich gegen meinen Willen, weil ich Cecile am liebsten noch viel länger gehalten und gespürt hätte. Aber jetzt war definitiv der Moment erreicht, an dem ich wieder Abstand zwischen uns bringen sollte.

»Willst du noch einen Film schauen oder sollen wir rübergehen?«

Genau genommen wollte ich ihrem ersten Vorschlag zustimmen, aber mein Mund klappte auf und ich musste gähnen.

Cecile kicherte. »Okay, das ist dann wohl Antwort genug. Nimmst du deine Sachen mit, die du für heute Nacht brauchst? Ich geh schon mal vor und lass die Tür offen.«

»Alles klar, ich komme gleich.«

Sie warf sich eine letzte Handvoll Baked Goldfish in den Mund, bevor sie CJs Wohnung verließ und mich mit wild umherwirbelnden Gedanken zurückließ.

Mehrmals atmete ich tief durch, bevor ich aufstand, den Tisch abräumte, den Müll wegwarf und meine Pyjamahose und ein T-Shirt aus meinem Koffer nahm. Ich holte noch das Zahnputzzeug aus dem Bad, den Rest würde ich morgen mitnehmen.

Den Schlüssel zu CJs Apartment steckte ich ein, genau wie mein Ladekabel und mein Smartphone. Dann löschte ich das Licht und schloss die Tür – es fühlte sich an wie ein richtig guter Neuanfang.

Mein Herz raste, als ich Ceciles Wohnung betrat. Meine Wohnung, mein neues Zuhause. Noch war der Gedanke seltsam, doch ich mochte ihn jetzt schon.

»Hi, das ging ja schnell.« Sie trug gerade Kissen und Decke vom Wohnzimmer in meine neuen vier Wände.

»Ja, ich hab wirklich nur die Sachen für eine Nacht mitgenommen.« Zum Beweis hielt ich das kleine Bündel in die Höhe und schenkte Cecile ein verlegenes Lächeln.

»Super. Na komm, du kannst mir helfen, wenn du willst.« Mit diesen Worten verschwand sie in meinem Zimmer und ich folgte ihr.

Sie kniete bereits auf dem Bett und steckte das Laken unter der Matratze fest. Kurz glitt mein Blick über sie hinweg, ehe ich mir dessen bewusst wurde und schnell woanders hinsah.

»Du musst das nicht machen«, sagte ich und griff nach dem Kissen und dem Überzug. »Immerhin ist es mein Zimmer.«

»Nicola und ich haben uns auch immer gegenseitig geholfen. Aber falls dich das stört, kann ich es natürlich lassen. Ich würde mich nur reichlich seltsam fühlen, dir bei der Arbeit zuzuschauen.«

Langsam schüttelte ich den Kopf. »Schon gut. Ich muss mich erst daran gewöhnen, dass mir jemand unter die Arme greift.« In meiner Wohnung war ich immer für mich selbst verantwortlich gewesen, und als ich noch bei meinen Eltern gewohnt hatte, hatte Nellie das alles übernommen, ohne dass ich mir Gedanken darüber gemacht hätte. Auf keinen Fall wollte ich, dass Celine in meinem Kopf zu meiner Haushälterin mutierte, nur weil sie mir behilflich sein wollte. Wobei die Situation gerade Ähnlichkeit mit einer Beziehung hatte, da wir gemeinsam ein Bett bezogen …

Als wir fertig waren, stemmte Cecile zufrieden die Hände in die Hüfte. »Herzlich willkommen in deinem neuen Zuhause.« Sie strahlte mich begeistert an.

»Danke.« Einen Moment zu lange – zu intensiv – versank ich in ihren warmen, braunen Augen.

Irgendwie fühlte es sich an, als würde die Luft zwischen uns zu schwingen beginnen, als würde sie mich ganz automatisch zu sich hinziehen.

»Also … du kannst dich heute natürlich gern an meinen Sachen im Kühlschrank bedienen. Nicola und ich hatten die Fächer untereinander aufgeteilt. Wir können aber auch unsere Namen auf die Verpackungen schreiben, falls dir das lieber ist. Und wegen der Miete und der Nebenkosten können wir morgen in Ruhe reden.«

»Alles klar«, meinte ich schmunzelnd.

»Gut, dann … gehe ich mal und lösche die Anzeige. Du kannst inzwischen gern ins Bad.«

Ein letztes Mal schaute sie mich an, ließ den Blick von meinem Gesicht über meine Brust wandern, ehe sich ihre Wangen röteten und sie sich abwandte und mein Zimmer verließ.

Ich war mir sicher, sie spürte die Anziehung zwischen uns ebenfalls. Und bestimmt standen uns einige sehr interessante Wochen bevor.

Kapitel 15

Cecile

Nervös tippte ich mit dem Fuß auf den Boden, als ich mich in das Wohnungsportal einloggte und die Anzeige deaktivierte. Den Text und die Bilder speicherte ich, denn mir war bewusst, dass Trevor nicht für immer hierbleiben würde. Sobald sein Bruder aus der Untersuchungshaft entlassen war, würde er zurück nach Chicago ziehen, und das konnte im Grunde jederzeit passieren. Dennoch fühlte es sich befreiend an, das Inserat von der Internetseite zu nehmen. Auch weil ich wusste, dass die Leute, die bereits mit mir in Kontakt gewesen waren, automatisch die Information erhielten, dass das Zimmer nun vermietet war. Damit würde Ria die schriftliche Bestätigung meiner Behauptung erhalten, was mich ehrlich gesagt erleichterte. Denn schon der Gedanke an sie bereitete mir eine unangenehme Gänsehaut.

Dass Trevor nur wenige Schritte von mir entfernt im Badezimmer war und gleich in seinen Schlafklamotten an mir vorbeilaufen würde, sorgte nicht unbedingt dafür, dass ich mich beruhigte. Wobei diese Art von Aufregung ein gutes Gefühl war.

Schnell schlüpfte ich in meinen Pyjama und pinselte Lipgloss auf meine Lippen, die sich mit einem Mal viel zu trocken anfühlten. Anschließend ging ich in die Küche, um mir etwas zu trinken zu holen. Keine Ahnung, ob Trevor gleich ins Bett gehen würde. Ich jedenfalls war viel zu aufgedreht, um jetzt zu schlafen. Mein Puls raste, als hätte ich eine ganze Kanne Kaffee getrunken.

Tatsächlich entdeckte ich im Tiefkühlfach noch einen Rest der leckeren Eiscreme mit Erdnussbutterstückchen und Kekskrümeln. Kurzerhand beschloss ich, den Becher mit ins Wohnzimmer zu nehmen und mich vom Trash-TV ablenken zu lassen, bis ich endlich müde genug war.

Doch als ich mich mit dem Eis in der Hand umdrehte, wäre ich fast in Trevor gerannt. Mein Herz machte einen Satz und ich hätte beinahe den Becher fallen lassen.

»Hey, nicht so stürmisch«, meinte er mit sanfter Stimme und schenkte mir ein Lächeln, das meine Knie weich werden ließ.

»Tut mir leid, ich habe dich nicht gehört. Du schleichst hier viel zu leise herum.«

»Sorry, das wollte ich nicht. Soll ich mir ein Glöckchen um den Hals binden, damit du dich nicht mehr erschreckst?«

Ich verdrehte die Augen und grinste. »Wäre sicher lustig.«

Weil er mir immer noch so nah war und mich das – auf gute Art – nervös machte, stellte ich den Becher ab und schob einen Löffel in das Eis. Es war noch ziemlich fest, was auch Trevor auffiel.

»Warte, ich helfe dir.« Mit diesen Worten nahm er mir den Löffel aus der Hand und drückte ihn kraftvoll in das harte Eis. Anschließend hielt er ihn mir vor den Mund, als wäre es das Selbstverständlichste auf der Welt. Spielerisch öffnete ich die Lippen und seufzte genüsslich, als das leckere Eis auf meine Zunge traf.

Trevor konnte den Blick offenbar nicht von meinem Mund abwenden. Ganz automatisch schaute ich nun ebenfalls auf seine Lippen. Wie gern hätte ich sie jetzt auf meinen gespürt …

Räuspernd nahm ich den Becher wieder in die Hand. »Möchtest du mitessen?«

Trevor blickte vom Eis zurück in mein Gesicht und ich war mir nicht sicher, ob ich Enttäuschung darin wahrnahm. »Danke, aber ich hab mir schon die Zähne geputzt. Gehst du noch nicht ins Bett?«

Verlegen schüttelte ich den Kopf. »Nein, ich bin irgendwie nicht mehr müde.«

»Geht mir genauso«, sagte er leise und wieder war da dieses Kribbeln in meinem Bauch, das sich über meinen ganzen Körper wie ein wohlig warmes Tuch ausbreitete.

»Ich wollte mich noch mal kurz vor den Fernseher setzen. Du kannst mir gern Gesellschaft leisten.«

»Gerne«, meinte er.

Den Eisbecher in der einen, den Löffel in der anderen Hand ging ich voraus und machte es mir auf der Couch bequem. Trevor setzte sich neben mich und ich schaltete den Sender ein, auf dem gerade eine Realityshow lief.

»Konntest du die Anzeige deaktivieren?«

»Ja, war kein Problem.« Ich schielte zu ihm und sah, dass er nickte. »Es könnte trotzdem sein, dass hier noch mal eine der Bewerberinnen auftaucht.« Ich erzählte ihm von Ria und ihrem Anruf.

»Klingt ganz schön penetrant. Wo bewahrst du deinen Baseballschläger auf?«

Ich lachte, war mir jedoch nicht sicher, ob es ihm damit vielleicht ernster war als gedacht. »Okay, du wirst Ria nicht mit dem Schläger bedrohen.«

Trevor schaute mich zweifelnd an. »Das ist und bleibt wohl dein Spezialgebiet, wie?«

»Ganz genau.« Schnell schob ich mir Eis in den Mund, um nicht loszuprusten.

»Wie geht es eigentlich deiner Freundin in meiner alten Heimat?«, wechselte er das Thema.

»Ganz gut. Zu gut, fürchte ich, denn sie wird wohl vorläufig dort bleiben. Eine Weile hatte ich gehofft, dass sich alles als schrecklich entpuppen könnte und sie wieder zurückkommt. Vielleicht war das mit ein Grund, weshalb ich niemanden für ihr Zimmer gefunden habe. Etwas hat mich davon abgehalten, mich endgültig zu entscheiden.«

»Und jetzt ist es für dich okay?« Er klang, als hätte er ein schlechtes Gewissen, weil er eingezogen war.

»Selbstverständlich! Sonst hätte ich es dir nicht angeboten. Und wie gesagt, ich fürchte, sie bleibt in Chicago.«

Nachdenklich runzelte er die Stirn. »Sobald die Sache mit Liam überstanden ist, begleite ich dich gern, wenn du sie besuchen willst.«

Dankbar lächelte ich ihn an und legte meine Hand auf seinen Oberschenkel. »Das ist wirklich lieb von dir, danke.«

An seinem Hals sah ich, wie er schluckte, doch er sagte nichts. Stattdessen wanderte sein Blick zu der Stelle, wo ich ihn berührte. Da ich nicht wusste, ob ich eine Grenze überschritten hatte, zog ich meinen Arm zurück und konzentrierte mich mit geröteten Wangen auf meine Eiscreme und das Fernsehprogramm.

Es war kurz nach Mitternacht, als ich endlich müde wurde. Der Eiscremebecher war leer und die Sendung zu Ende.

»Ich gehe jetzt ins Bett«, erklärte ich und stand auf, ohne auf eine Reaktion von Trevor zu warten. Diesmal hatte er nicht seinen Arm um mich gelegt wie in Jeffs Wohnung, was mich verunsichert hatte. Zuerst hatte ich überlegt, ob ich etwas Falsches getan oder gesagt hatte. Doch dann hatte ich mich damit abgefunden und nicht weiter darüber nachgegrübelt. Immerhin waren wir kein Paar.

Während ich den leeren Becher in die Küche trug, blieb Trevor noch auf der Couch sitzen. Er sah müde aus oder nachdenklich. So genau wusste ich es nicht.

Gähnend ging ich ins Badezimmer, um mir die Zähne zu putzen.

Nachdem ich fertig war, öffnete ich die Tür, um ins Bett zu gehen, und wäre erneut fast mit Trevor zusammengeprallt.

»Das müssen wir echt noch in den Griff kriegen«, sagte ich mit rasendem Herzen.

Er stand vor mir, ganz nah. Ich bildete mir ein, die Wärme zu spüren, die von seinem Körper ausging. Und ich sog seinen Duft ein, der einfach herrlich war. So berauschend …

Ich hob den Blick und bemerkte, dass Trevor mich ebenfalls musterte. Spürte er wie ich die Schwingungen?

»Was ist das zwischen uns?«, flüsterte ich.

»Etwas Besonderes«, raunte er, dann kam er noch näher und beugte sich zu mir herab.

O Gott, er wollte mich küssen. Oder?

Mein Herz raste jetzt wie verrückt, aber egal. Schlafen wurde sowieso überbewertet. Ich hob mein Kinn, kam ihm ein kleines Stück entgegen, weil ich mir nicht sicher war, was er vorhatte.

Mit einem Mal legte er einen Arm um meine Taille und zog mich an sich. Ähnlich wie damals, als er mich getröstet hatte, aber … doch irgendwie anders. Meine Hände landeten an seiner Brust und ich atmete überrascht aus. Spürte, dass sein Herz genauso schnell schlug wie meines.

Sein Atem strich über mein Gesicht, sein Duft war überall.

Ich schien in Flammen zu stehen, sehnte mich danach, dass er endlich den letzten Abstand überwand. Ich wollte nicht länger warten, konnte es nicht.

Ohne auf die vielen verunsicherten, fragenden Stimmen in meinem Kopf zu hören, stellte ich mich auf die Zehenspitzen und überbrückte die wenigen Zentimeter zwischen uns.

Als unsere Lippen aufeinandertrafen, drückte mich Trevor fest an sich. Er hob seine zweite Hand und legte sie an meine Wange.

Und er erwiderte meinen Kuss!

Erleichtert seufzte ich auf. Ich öffnete meine Lippen und dachte zu schweben, als seine Zunge auf meine traf. Ich war völlig im Rausch gefangen, all meine Sinne waren auf Trevor fokussiert. Und es fühlte sich unglaublich gut an! Ich wollte am liebsten gar nicht aufhören, genoss es, wie seine starken Arme mich hielten.

Ich legte meine Hände in seinen Nacken, zog mich an ihm hoch und spürte, wie auch er mich an sich presste.

Keine Ahnung, wie wir hier gelandet waren, aber es war großartig und wunderschön.

Heftig atmend löste ich mich von ihm, noch ganz überwältigt von dem Kuss, der so nicht geplant und doch unabwendbar gewesen war.

Trevor sah mir tief in die Augen und ich konnte nicht anders, als in seinem Blick zu versinken. Er räusperte sich und schmunzelte schließlich.

»Sorry, falls ich dich überrumpelt habe.« Verlegen schaute ich auf seine Lippen, die ich am liebsten sofort wieder auf meinen spüren wollte.

»Du mich? Ich war doch derjenige, der mehrfach deine Nähe gesucht hat. Weil ich nicht wusste, wie ich am geschicktesten einen Kuss einfädeln könnte. Ich war mir nicht sicher, ob es so eine gute Idee ist, wenn ich …«

Ich unterbrach ihn mit einem weiteren Kuss. Weil er sich viel zu viele Gedanken über Dinge machte, die nicht wichtig waren. Erneut rieb meine Zunge über seine, wand sich um sie. Wir küssten uns langsam, als wäre die Zeit für diesen Moment und nur für uns zwei einfach stehen geblieben.

Sein Kuss prickelte durch mich hindurch, und auch wenn ich noch nicht wusste, wohin uns das alles führen würde, war mir das im Moment egal. Ich genoss es, wie sich dieser Abend entwickelt hatte.

»Du solltest jetzt ins Bett gehen, dir ist kalt.« Liebevoll rieb er über meine nackten Oberarme, auf denen sich eine Gänsehaut gebildet hatte.

»Du auch. Es ist schon spät.«

Er nickte und beugte sich ein letztes Mal zu mir, um mich zärtlich auf die Lippen zu küssen. Sanft biss er auf meine Unterlippe und sorgte dafür, dass mir heiß wurde, bevor er sich von mir löste, mir eine gute Nacht wünschte und in sein Zimmer ging.

Leckerer Kaffeeduft stieg mir am nächsten Morgen in die Nase, als ich meine Zimmertür öffnete. Müde blinzelte ich in Richtung Küche, wo Trevor am Tresen lehnte, eine dampfende Tasse in seiner Hand.

»Sorry, ich wollte dich nicht wecken. Ich habe uns Kaffee gekocht und mache gleich auch noch Toast. Ich hoffe, das ist okay?«

»Das klingt unglaublich gut. Gib mir zwei Minuten, dann bin ich da.«

Mit einem süßen Lächeln auf den Lippen nickte er und drehte sich zum Toaster um.

Während ich wieder in meinem Zimmer verschwand und mir Kuschelsocken und meinen Oversize-Hoodie überzog, breitete sich nun auch der Duft nach geröstetem Brot in der Wohnung aus.

Im Wohnzimmer erwartete mich Trevor, der ein mindestens genauso leckeres Frühstück für uns zubereitet hatte wie ich beim letzten Mal, als er hier übernachtet hatte.

»Kaffee?«, fragte er, als ich mich neben ihn auf die Couch setzte.

»Bitte. Und danke!«

Er lächelte und reichte mir meine Tasse. »Ich habe zu danken, dass du mich all den hoch qualifizierten Bewerbern vorgezogen hast.« Er zwinkerte mir zu.

Ich musste lachen, griff nach einer Toastscheibe und biss einfach hinein. »Wie hast du geschlafen?«, fragte ich und strich Butter auf das Brot.

»Wie ein Baby. Bis mich irgendetwas geweckt hat und ich danach nicht mehr einschlafen konnte. Also hab ich Frühstück gemacht. Aber aufwecken wollte ich dich natürlich nicht.«

»Schon gut, ich schlafe meistens sowieso nicht sehr lange«, erklärte ich und spürte, wie meine Wangen heiß wurden.

Trevor lächelte und nippte an seinem Kaffee. »Sobald wir mit dem Essen fertig sind, ziehe ich mich an und gehe rüber. CJ hat mir um drei Uhr morgens geschrieben und gefragt, ob alles in Ordnung sei, weil ich nicht auf der Couch geschlafen habe. Er ist wohl noch in der Nacht nach Hause gekommen.«

»Was sollen wir Jeff sagen?«, fragte ich verunsichert.

»Inwiefern?«

»Also ich weiß nicht, wie gut dein Pokerface ist. Ich wüsste jedenfalls nicht, ob ich so tun könnte, als ob nichts zwischen uns ist, wenn er erfährt, dass du bei mir einziehst.« Verlegen biss ich mir auf die Unterlippe.

Trevor sah mich an. »Würde es dich stören, wenn er davon erfährt?«

»Nein, dich?«

Er schüttelte den Kopf. »Überhaupt nicht.«

Schmunzelnd nippte ich am Kaffee. »Dann … viel Spaß, wenn du ihm erzählst, dass du jetzt hier wohnst und …« Den Rest des Satzes ließ ich in der Luft schweben.

Trevor hob seinen Arm und legte ihn wie gestern über meine Schulter. »Er wird es bestimmt verkraften, dass ich das freie Zimmer dem Schlafplatz bei ihm vorziehe.« Er zwinkerte mir zu und ich war mir nicht sicher, ob er wirklich nur das freie Zimmer meinte oder auch von uns sprach.

Nach dem Frühstück räumte ich die Teller und Tassen weg, während Trevor im Bad verschwand und gewaschen und angezogen wieder herauskam.

»Also, ich geh dann mal und hole meine Sachen.« Er deutete über die Schulter und wandte sich zum Gehen.

»Warte, ich gebe dir gleich den Wohnungsschlüssel mit.«

»Wieso? Bist du später nicht mehr da, wenn ich zurückkomme?«

»Doch, aber du brauchst einen Schlüssel, oder etwa nicht? Oh, oder möchtest du, dass ich dir mit deinen Sachen helfe? Das ist kein Problem, ich dachte nur, du willst dich allein mit Jeff über deinen Umzug unterhalten.«

Trevor winkte ab. »Kein Problem, es sind nur eine Tasche und ein Koffer, aber danke. Das ist schnell erledigt. Bis du im Bad fertig bist, habe ich mit CJ alles geklärt.«

Kapitel 16

Trevor

CJ jeden Moment von meinem Auszug zu berichten, machte mich doch etwas nervös, obwohl es keinen Grund dazu gab. So oder so war seine Couch nur eine Übergangslösung gewesen – das wussten wir beide. Dass es nun ausgerechnet Ceciles Wohnung geworden war, hatte ich nicht auf dem Schirm gehabt. CJ vermutlich ebenfalls nicht, sonst hätte er das Thema bestimmt angesprochen.

Vom Coffeeshop unten an der Straße hatte ich zwei große Becher Kaffee mitgebracht. Nicht nur, weil ich wusste, dass CJ diesen Muntermacher liebte, sondern auch als kleines Dankeschön und Abschiedsgeschenk.

Mit gemischten Gefühlen schloss ich seine Wohnung auf. Alles war still und ich vermutete, dass er noch schlief. Was nicht gut für den Kaffee war, genauso wenig wie für meine Nerven. Dennoch beschloss ich zu warten.

Während ich meine Sachen in den Koffer packte, den ich noch am Abend wieder aus seinem Schlafzimmer geholt hatte, drehte ich Musik auf. *Dead Man Walking* von WAR*HALL drang leise aus den Boxen und ich musste lachen. Hoffentlich war das kein schlechtes Omen.

»Scheiße, wie spät ist es?«, raunte CJ verschlafen zwischen Tür und Angel.

»Kurz vor neun – sorry, dass ich dich geweckt habe, das war nicht meine Absicht. Aber wenn du schon mal wach bist … wir müssen reden.«

Ein seltsam kratziges Geräusch, das sich als Lachen entpuppte, drang aus seiner Richtung zu mir. Er rieb sich über die Augen. »Also ich hoffe für dich, dass es das wert ist. Ich hatte nur sechs Stunden Schlaf, das ist für einen Sonntag definitiv zu wenig.«

»Ich habe Kaffee mitgebracht.«

Grunzend reckte er seinen Daumen nach oben. »Gut, das bringt dir schon mal Pluspunkte ein. Warte, ich komme gleich«, sagte er und verschwand wieder im Schlafzimmer.

Grinsend machte ich es mir mit dem Kaffee auf seinem Schreibtischsessel bequem. Kurz darauf kam CJ zu mir. Seine roten Locken standen wild vom Kopf ab und er hatte einen Kissenabdruck auf der Wange über dem Dreitagebart. Er hatte sich eine Jogginghose und einen Hoodie angezogen und schlurfte wie ein Zombie aus *The Walking Dead* mit ausgestrecktem Arm auf mich zu – oder eher auf den Kaffee. Dazu passte der Song auch, stellte ich belustigt fest.

Mit dem Becher in der Hand ließ er sich schließlich auf die Couch fallen. »Also … ich bin ganz Ohr.« Dass er dabei wie ein Idiot grinste, ging mir mächtig auf den Senkel. »Du und Cecile, hm?«

War ja klar, dass er *das* dachte.

»Ich ziehe heute aus«, sagte ich und amüsierte mich köstlich über sein plötzlich stutziges Gesicht, da das Gespräch in eine völlig andere Richtung verlief, als er vermutlich gedacht hatte.

»Was? Heute? So kurzfristig? Und wohin?« Mit seinen letzten Worten verschwand die Verwirrung. Erkenntnis tauchte in seinen Augen auf, bevor ich die Sachlage erklären konnte.

»Cecile hat ein freies Zimmer und sucht händeringend jemanden dafür. Und ich suche eine Bleibe, also …«

Mit einem zufriedenen Gesichtsausdruck trank CJ einen Schluck Kaffee. »Ha, ich hätte alles verwettet, dass du in ihrem Bett landest. Und das ist ja schon mal ein Schritt in diese Richtung.«

Gespielt genervt über den Kommentar verdrehte ich die Augen. Dennoch schob sich für einen Bruchteil unser Wahnsinnskuss vor mein inneres Auge. Zu gern hätte ich mich letzte Nacht zu ihr ins Bett gelegt, aber nicht, um gleich mit ihr zu schlafen. Also … natürlich wollte ich das, aber im Moment sehnte ich mich vor allem nach ihrer Nähe. Was verrückt war, da alles noch so neu war und ich keine Ahnung hatte, in welche Richtung sich das mit uns entwickeln würde.

»Ich will nicht bestreiten, dass es zwischen Cecile und mir gefunkt hat. Da ist eine gewisse Spannung, eine … Anziehung. Wir haben uns geküsst, aber für mehr wäre es definitiv noch zu früh. Sie ist etwas Besonderes.«

CJ lächelte und nickte. »Gut, dass du das so siehst. Gib auf sie acht, Mann.«

»Das werde ich.« Irgendwie erleichterte es mich, dass CJ so dachte – besonders nach seinem vorherigen Kommentar. »Jedenfalls bin ich hier, um meine Sachen zu holen und dir für den Schlafplatz auf deiner Couch zu danken. Du hast mir echt geholfen.«

»Kein Ding. Dann habe ich ab heute also wieder meine heilige Ruhe zurück?«, meinte er und zog eine Grimasse, die ich mit einem breiten Grinsen und einem ausgestreckten Mittelfinger beantwortete.

»Wie war es denn bei dir gestern?«, erkundigte ich mich schließlich, weil alles geklärt war, was den Umzug betraf.

»Du hättest dabei sein sollen! Calvin war ebenfalls auf Rosies Party und ich schwöre dir, der Typ ist unglaublich. Er arbeitet als Model und hat die schrägsten Geschichten erzählt. Wir lagen am Boden vor Lachen.«

»Klingt cool.« Trotzdem war ich froh, hiergeblieben zu sein. Die letzte Nacht war in so vielen Dingen lebensverändernd, dass es bestimmt ein Fehler gewesen wäre, mit CJ die Party zu besuchen.

Zurück in meinem neuen Zuhause packte ich gleich meine Sachen aus. Es waren nicht viele und ich hätte gern noch einiges aus Chicago hiergehabt, wie zum Beispiel einen Anzug – wer wusste schon, was noch alles auf mich zukommen würde – oder meinen Computer. Ein paar mehr Klamotten und Schuhe wären auch ganz gut gewesen. Im besten Fall würde ich die Sachen jedoch gar nicht brauchen, wenn Liam in Kürze freigelassen wurde. Aber das stand nach wie vor in den Sternen, und jetzt war ich nur froh, endlich in einem richtigen Bett schlafen zu können.

Ein Klopfen an der Tür holte mich aus meinen Gedanken. Ich hob den Kopf und sah Cecile, die am Türrahmen lehnte. »Alles okay?«, fragte sie vorsichtig.

»Sicher.«

»Ich meine nur, weil gerade das Flugticket verfällt.«

Mein Magen krampfte sich zusammen. »Gut so.«

Meine Mutter hatte sich kein weiteres Mal bei mir gemeldet. Vermutlich ging sie davon aus, dass ihre E-Mail ausgereicht hatte, um mich nach Hause zu holen.

Langsam kam Cecile zu mir und setzte sich neben mich aufs Bett. Sie legte eine Hand an meinen Rücken und streichelte sanft darüber. »Tut mir leid, dass deine Eltern so etwas von dir verlangen. Vor allem auch, dass sie deinen Bruder einfach so im Stich lassen und dir diese ganze Last aufbürden.«

Ich stieß einen schweren Seufzer aus. »Danke. Das alles hat mich hart getroffen, aber ich komme darüber weg.«

»Falls ich etwas für dich tun kann, lass es mich wissen.«

»Danke«, wiederholte ich, während der Knoten in meinem Magen größer wurde. »Du hilfst mir schon, weil ich hier wohnen darf. Auch wenn ich nicht sagen kann, wie lange ich bleiben werde.«

Sie schwieg und ich hatte das Gefühl, einen Fehler begangen zu haben. Also redete ich schnell weiter: »Ich muss erst mal nach Chicago zurück, wenn sich die Sache mit Liam geklärt hat. Ich habe dort eine Wohnung und mein Studium. Aber ich denke ehrlich gesagt nicht, dass ich mein altes Leben einfach so weiterführen werde. Zumindest will ich nichts mehr mit meinen Eltern zu tun haben.«

Nach wie vor schwieg sie, bis ich aus dem Augenwinkel sah, wie sie mir den Kopf zuwandte. »Schau erst mal, dass du deinem Bruder hilfst. Über alles andere kannst du dir dann immer noch Gedanken machen.«

Dankbar nickte ich, auch wenn ich mich nach wie vor nicht besonders gut dabei fühlte.

»Ich bin jetzt mal im Waschsalon. Du kommst doch allein hier klar, oder?«

Dass sie nicht das Ausräumen meiner Sachen meinte, war mir bewusst. Sie machte sich Sorgen um mich.

»Klar, ich halte die Stellung.«

»Gut. Ich bin in ungefähr zwei Stunden zurück.« Sie lächelte mich an, bevor sie aufstand und aus meinem Zimmer ging. Wie gern hätte ich ihr einen Kuss gegeben, aber so weit waren wir noch nicht, oder? Kurz darauf hörte ich, wie sie die Tür hinter sich zuzog.

Ich beschloss, weiter die Liste durchzuarbeiten, die ich von Stacey bekommen hatte. In den letzten Tagen hatte ich bereits ein paar der Gäste angerufen, doch es war wirklich schwierig, mit den Leuten ins Gespräch zu kommen. Davon abgesehen konnte mir niemand etwas Neues berichten. Nichts, was Liam irgendwie hätte entlasten können. Die meisten, mit denen ich bisher gesprochen hatte, waren entweder nur kurz dort gewesen und vor zehn Uhr schon wieder weg – was in meinem Fall nicht hilfreich war –, oder sie waren zum Zeitpunkt des Unfalls bereits so betrunken gewesen, dass sie sich an keine Details erinnern konnten. Wobei ich auch nicht wusste, ob das immer die Wahrheit war. Ich hatte das Gefühl, als hätte ich es mit einer eingeschworenen Gemeinschaft zu tun, die besonders zusammenhielt. Und ich war der Feind, der an keine wichtigen Informationen herankommen durfte. Doch ich würde nicht aufgeben.

Die Nächste auf der Liste war eine gewisse Kara Hopkins. Eine Telefonnummer stand neben ihrem Namen, also rief ich sie an.

Es klingelte zweimal.

»Hallo?«, meldete sich eine Stimme.

»Hi, spreche ich mit Kara?«

»Ja? Wer ist da?«

»Ich bin Trevor. Wir kennen uns nicht, aber ich hoffe sehr, dass du dir kurz Zeit nimmst, um …«

»Kein Interesse, danke.«

»Nein, warte! Ich will dir nichts verkaufen!« Sie war nicht die Erste, die dachte, ich würde ihr etwas andrehen oder eine Meinungsumfrage machen wollen. »Es geht um die Party bei Stacey Todd vor einigen Wochen, nach der es zu einem tödlichen Unfall gekommen ist.«

Kurz lauschte ich dem Schweigen am anderen Ende und hoffte, dass sie nicht auflegen würde.

»Okay?«, drang es schließlich unsicher zu mir durch.

»Ich bitte dich nur darum, dich an alles zu erinnern, was du auf der Party mitbekommen hast, und es mir zu sagen. Jedes noch so kleine Detail könnte mir helfen, die Sache aufzuklären.«

Wieder zögerte sie. »Sind Sie von der Polizei?«

»Hör zu, ich verstehe, dass du nicht irgendeinem Anrufer vertraust. Was hältst du davon, wenn wir uns treffen? Vielleicht morgen am späten Nachmittag auf dem Campus? Gern in einem Café oder wo immer du möchtest.«

Wieder dauerte es ein paar Augenblicke, bevor sie mir antwortete. »Am Dienstag im *sweetgreen* gegenüber des Columbia University Bookstores. Dort arbeite ich bis fünf Uhr, danach hätte ich Zeit.«

»Okay, ich werde da sein.« Es würde zwar knapp werden, wenn Wren mich nicht etwas früher gehen ließ, aber ich hatte bereits so viele Überstunden, dass er vielleicht ein Auge zudrückte. Abgesehen davon hatte ich den Eindruck, dass seine Meinung über mich inzwischen besser geworden war.

Ich bedankte mich bei ihr und konnte nur hoffen, dass sie auch wirklich bereit war, mit mir zu reden.

Gerade als ich die nächste Nummer auf der Liste wählen wollte, klopfte es an der Wohnungstür.

Cecile konnte es noch nicht sein und sie hatte auch keinen Besuch erwähnt, also linste ich zunächst durch den Türspion. Ein Kerl stand davor. Er war vielleicht Anfang fünfzig, hatte etwas längere Haare, einen Dreitagebart und trug eine abgewetzte Jacke über einem Karohemd. Kurz überlegte ich, nicht zu öffnen, da ich ihn nicht kannte, doch dann fiel mir ein, dass ich keine Ahnung hatte, wie der Vermieter aussah. Eventuell wäre es nicht so schlau, gar nicht mit ihm zu reden, weshalb ich die Tür entriegelte und einen Spalt öffnete.

»Ja, bitte?«

Irritiert schaute mich der Typ an, reckte schließlich den Hals und wollte einen Blick an mir vorbei in die Wohnung werfen. Vielleicht war er auch einer der Wohnungsbewerber, fiel mir ein, als er sich räusperte.

»Wer zur Hölle bist du denn?«

»Und wer sind Sie?«, drehte ich den Spieß einfach um.

»Ist Cecile hier?«, fragte er stattdessen.

»Nein. Was wollen Sie von ihr?« Nicht die beste Taktik, sollte es tatsächlich der Vermieter sein, aber bei dem Kerl hatte ich ein ungutes Gefühl.

Der Mann machte einen Schritt auf mich zu und drückte gegen die Tür, doch ich würde nicht vor ihm zurückweichen. Schon gar nicht würde ich ihn in die Wohnung lassen, weshalb ich fest dagegenhielt.

»Ich bin ihr Vater. Wo ist sie?«

Heilige Scheiße … Wenn ihr Vater nur im Ansatz so war wie ihre Mutter, konnte es kein gutes Zeichen sein, dass er hier auftauchte.

»Wie gesagt, sie ist nicht hier. Ich werde ihr ausrichten, dass Sie da waren, dann kann sie sich bei Ihnen melden.« Mit diesen Worten wollte ich die Tür wieder zumachen, doch der Kerl stellte einfach seinen Fuß in den Rahmen.

»Auf gar keinen Fall werde ich wieder gehen. Ich werde in der Wohnung auf sie warten. Sie freut sich bestimmt, dass ihr Daddy hier ist.«

Nun wurde ich sauer. »Das halte ich für keine gute Idee.« Mit aller Kraft hielt ich die Tür fest, unschlüssig, was ich tun sollte, um den Kerl loszuwerden.

»Ich glaube nicht, dass dich jemand um deine Meinung gefragt hat.« Wieder drückte er gegen die Tür und eine üble Schweißwolke kam mir entgegen. Er wollte sich in die Wohnung schieben, aber nun war es vorbei mit Höflichkeiten.

Kurz öffnete ich sie ein Stück weiter, bevor ich fest mit beiden Händen gegen seine Brust stieß, sodass er völlig überrumpelt zurücktaumelte. »Ich denke, Sie gehen jetzt besser!«

»Verdammt, wer bist du eigentlich? Was hast du in der Wohnung meiner Tochter zu suchen?«

Die letzten Worte hörte ich nur gedämpft durch die Tür, die ich zum Glück endlich schließen konnte. Mein Puls raste, als ich sie von innen verriegelte, was ihn nicht davon abhielt, wild gegen das Holz zu trommeln.

»Verschwinden Sie, bevor ich die Polizei rufe!«

Hoffentlich half die Drohung, denn ich hatte keine Lust, die Aufmerksamkeit des ganzen Hauses auf uns zu locken und negativ aufzufallen – auch wenn es Ceciles Vater war und nicht meiner.

Ein paar Minuten tobte der Kerl noch vor der Tür, dann wurde es ruhig.

Ein Blick durch den Türspion verriet mir, dass er es sich einfach an der gegenüberliegenden Wand auf dem Boden bequem gemacht hatte.

Verdammt, Cecile durfte nicht nach Hause kommen, solange er vor der Tür saß. Ich musste sofort mit ihr reden und sie vorwarnen.

Mit immer noch rasendem Herzen ging ich ins Badezimmer, von wo aus ich die Straße gut im Blick hatte. Falls er das Gebäude verlassen würde, könnte ich es von hier aus sehen. Gleichzeitig wählte ich Ceciles Nummer.

»Hey, vermisst du mich schon?«, fragte sie mit einem Lächeln in der Stimme, als sie ranging.

»Wie lange bist du noch weg?«, wollte ich leise und angespannt wissen.

»Bestimmt noch eine Stunde. Was ist passiert?«

»Da steht ein Kerl vor der Tür, der sagt, er wäre dein Vater.«

»Schulterlange Haare, Dreitagebart und sieht etwas heruntergekommen aus?«

Ich machte ein zustimmendes Geräusch.

»Verdammt …«

»Ich vermute, er will auf dich warten, er sitzt vor der Tür.«

Sie stöhnte gequält auf. »Mist, er bleibt sicher so lange, bis ich nach

Hause komme. Er will bestimmt wieder nur Geld, das ich ihm nicht geben kann, oder er verlangt irgendetwas aus der Wohnung, was er im Pfandhaus versetzen kann.«

»Soll ich die Polizei rufen?«

»Nein! Bitte nicht. Dann wird er nur sauer und ist beim nächsten Mal noch nerviger.«

Erneut stieg Wut in mir hoch, dann fiel mir etwas ein. »Okay, wir machen Folgendes …« In wenigen Worten erzählte ich ihr von meiner Idee, der sie nach kurzem Zögern zustimmte.

Die Zeit allein in der Wohnung zog sich. Ich verhielt mich still, tigerte angespannt im Wohnzimmer hin und her und warf alle paar Minuten einen Blick durch den Spion in den Flur, wo der Kerl nach wie vor herumlungerte. Er verhielt sich zwar die ganze Zeit ruhig, doch Cecile hatte recht. Er würde warten, bis sie zurück war und sie schließlich vor der Tür abfangen.

Im Hintergrund lief der Fernseher, aber mehr als Ablenkung für Ceciles Vater und weniger für mich.

Als endlich das Telefon in meiner Hand vibrierte, atmete ich erleichtert auf.

»Cecile, wo bist du?« Wieder hielt ich meine Stimme gedämpft, weil ich nicht wollte, dass er mich reden hörte. Der Ton des Films, der gerade lief, würde meine Worte hoffentlich zusätzlich verdecken.

»Gleich in der Straße. Ist er noch vor der Tür?«

Erneut schaute ich durch den Spion. »Ja, unverändert.«

»Okay, dann behalte ihn im Auge und bleib am Telefon. Sobald ich vor dem Haus bin, sag ich dir Bescheid.«

Ich murmelte leise, dass ich verstanden hatte, und beobachtete währenddessen den Mann vor der Tür.

»Bin unten«, sagte Cecile endlich.

»Ich komme.« Ich legte auf und eilte ins Badezimmer, wo ich den Riegel aufschob und das Fenster öffnete. Dann kletterte ich auf die Feuerleiter hinaus.

Cecile stand unten, den großen Rucksack mit ihrer frischen Wäsche auf dem Rücken, und schaute zu, wie ich die Feuerleiter hinabstieg. Das untere Stück senkte sich durch mein Gewicht und hielt kurz über dem Gehsteig.

»Hi.« Verwegen grinste ich Cecile an und hatte das Gefühl, etwas Verbotenes zu tun – schon wieder.

»Hey.« Sie erwiderte mein Lächeln.

Sofort nahm ich ihr den schweren Rucksack ab und schob mich auf der Leiter so weit wie möglich zur Seite. Geschickt kletterte sie an mir vorbei und stieg hinauf. Ich folgte ihr, bis wir beide im Badezimmer standen.

»O Gott, wie verrückt!« Cecile flüsterte zwar, doch ich konnte ihre Aufregung förmlich greifen.

»Aber es hat funktioniert«, raunte ich und zog sie in meine Arme.

»Ja! Danke, dass du so geistesgegenwärtig reagiert und ihn nicht in die Wohnung gelassen hast.«

»Jederzeit.« Ich sah ihr tief in die Augen, während von dem Abenteuer noch Adrenalin durch meinen Körper pumpte.

Ohne Vorwarnung landeten Ceciles Lippen auf meinen. Erleichtert seufzte sie auf, als ich ihren Kuss erwiderte, gierig und aufgewühlt von dem gerade Erlebten.

Schwer atmend löste sie sich von mir. »Wir müssen leise sein«, erinnerte sie mich.

Auf gar keinen Fall wollte ich, dass ihr Vater etwas mitbekam, also nickte ich.

Während ich das Fenster schloss und wieder fest verriegelte, ging Cecile in ihr Zimmer. Als ich ihr den Rucksack brachte und neben die

Kommode stellte, hatte sie wieder die flauschigen Socken von heute Morgen an.

»Ich schaue mal nach, ob er noch da ist«, flüsterte sie und eilte auf Zehenspitzen zur Tür.

Von ihrem Zimmer aus konnte ich sehen, wie sie nach draußen linste. Als sie sich zu mir umwandte, war ihre Stirn gefurcht. Langsam kam sie zu mir zurück. »Ich räume erst mal meine Sachen aus.«

Knapp nickte ich und ließ sie allein. Die Liste der Partygäste weiter durchzugehen, hielt ich für keine gute Idee, denn ich hatte das Gefühl, dass Cecile mich brauchte. Sie sah ziemlich mitgenommen aus, und wenn ihr Vater da draußen vor der Tür selbst mich nervös machte, wollte ich nicht wissen, wie es ihr damit ging.

Also setzte ich mich auf die Couch und tat so, als würde ich fernsehen, obwohl ich von dem Programm nach wie vor nichts mitbekam. Wenig später sank Cecile neben mich. Ihr Blick war gedankenverloren in die Ferne gerichtet.

»Die Polizei ist immer noch keine Option?« Ich deutete mit dem Daumen in Richtung Tür. »Ich meine … könnte nicht einer der Nachbarn melden, dass da ein fremder Kerl im Flur herumlungert? CJ vielleicht?« Wobei ich mich fragte, wo er war, denn den Lärm vor der Tür hätte er bestimmt mitbekommen.

Ratlos zuckte sie mit den Schultern. »Ich weiß es nicht.«

»Wir können auch weiter warten. Und sollte er noch da sein, wenn es draußen dunkel wird, können wir die Polizei rufen. Völlig anonym, falls du das willst.«

Zögernd nickte sie. »Vielleicht hast du recht.«

»Ich muss morgen vor dir los und hätte kein ruhiges Gewissen, wenn ich wüsste, dass er noch hier ist und darauf wartet, dass du ihm in die Hände läufst.« Dass ich auch kein gutes Gefühl hatte, wenn er weg war, verschwieg ich. »Hat er … also, ist er gewalttätig? Würde er dir etwas tun?«, fragte ich schließlich, weil mich das beschäftigte, seit er sich unerlaubt Zutritt zur Wohnung verschaffen wollte.

»Nicht mir gegenüber, aber ich weiß, dass er schon in die eine oder andere Schlägereien verwickelt war. Meistens, wenn er Geld verloren hat. Er ist ein Spieler.«

Sie schämte sich für ihren Vater, das war ihr anzusehen.

Tröstend legte ich einen Arm um ihre Schulter. »Ich werde nicht zulassen, dass er dir etwas wegnimmt oder dich um Geld anpumpt.«

Schweigend lehnte sie sich an mich, eine Hand an meiner Brust. Im Fernsehen lief eine Kochshow, die zum Glück ein wenig ablenkte, als es plötzlich erneut wie wild an der Tür pochte.

Cecile zuckte zusammen und schaute mich mit großen Augen an. »Ich rede jetzt mit ihm«, sagte sie entschlossen und stand auf.

Verdammt, wenn sie ihm öffnete, würde er sofort in die Wohnung stürmen und … keine Ahnung, was dann passieren würde.

Doch bevor ich sie aufhalten konnte, hatte sie die Tür erreicht.

Ein letztes Mal schaute sie zu mir, dann legte sie die Hand auf den Türknauf.

Kapitel 17

Cecile

»Mach endlich die verdammte Tür auf, du Drecksack! Was hast du mit meiner Tochter gemacht?«

Mein Herz pochte wie wild in meiner Brust. Ich spürte die Vibrationen der Schläge gegen die Tür in der Hand, die auf dem Türknauf lag. Trevor sah mich eindringlich an, als würde er mich bitten, meinem Vater nicht zu öffnen. Und das hatte ich auch nicht vor. Nicht mehr.

Ich wollte nicht länger seine Marionette sein. Schlimm genug, dass Mom mit ihrem Leben nicht zurechtkam. Aber ich konnte mich nicht um beide kümmern. Und obwohl Mom nicht gerade die Auszeichnung zur Mutter des Jahrhunderts verdient hatte, war sie mehr für mich da gewesen als mein Vater. Er hatte nur versucht, durch das Sorgerecht Geld vom Staat und seiner Ex-Frau zu kassieren. Was ihm zum Glück nicht gewährt worden war, weil Mom zu dem Zeitpunkt trocken gewesen war und regelmäßige Besuche bei den Anonymen Alkoholikern hatte vorweisen können.

»Dad, es ist Zeit, dass du gehst!«, rief ich mit fester Stimme.

Das Poltern verstummte, genau wie sein Geschrei, das jedoch gleich darauf wieder einsetzte. »Cecile, lass mich rein! Verdammt, denkst du, ich lasse mich verarschen? Mir erst weismachen, dass du nicht zu Hause bist, und mich dann einfach wegschicken? Öffne jetzt auf der Stelle die Tür, verflucht!«

»Nein, das werde ich nicht, Dad. Und wenn du nicht endlich verschwindest, werde ich die Polizei rufen.«

»Das wirst du nicht wagen, Cecile!« Zur Unterstreichung seiner Worte schlug er erneut gegen die Tür.

»Ich habe kein Geld und auch sonst nichts, was du dir holen kannst. Und ich bitte dich, geh nach Hause!«

Da tauchte Trevor neben mir auf und legte seine Hand auf meine. Sanft zog er sie vom Türknauf, den ich fest umklammert hielt.

»Was tust du?«, fragte ich aufgewühlt, als er die Tür entriegelte.

Doch er antwortete nicht, sondern schüttelte nur beschwichtigend den Kopf. In seinem Blick konnte ich erkennen, dass er einen Plan hatte, also vertraute ich ihm. Ich nickte ihm zu, dann öffnete er die Tür und ich stand meinem Vater gegenüber, der mich mit siegessicherem Blick angrinste, bevor seine Miene verrutschte und er wütend erst Trevor und dann mich anfunkelte.

»Du …!« Er wollte hereinstürmen, doch Trevor streckte seine Hand abwehrend vor uns aus.

»Mister Perry, Sie sollten jetzt wirklich gehen.«

Tatsächlich blieb Dad stehen. Ich hatte seine Faust bereits in Trevors Gesicht gesehen.

»Das hast du mir nicht zu sagen.«

»Doch. Ihre Tochter will Sie gerade nicht empfangen, und das sollten Sie respektieren. Rufen Sie sie an und vereinbaren Sie ein Treffen mit ihr. Aber ihr einfach so aufzulauern, stundenlang vor ihrer Tür zu warten und es nicht zu akzeptieren, wenn sie keine Zeit für Sie hat oder der Zeitpunkt gerade ungünstig ist, ist nicht in Ordnung.«

Mein Herz klopfte aufgeregt bei seinen Worten. Angespannt verfolgte ich jede Regung meines Vaters, weil ich mir nicht sicher war, ob er nicht vielleicht doch in die Wohnung stürmen und sich auf Trevor stürzen würde.

»Er hat recht, Mister Perry«, ertönte mit einem Mal Jeffs Stimme vom Treppenaufgang, die meinen Dad überrascht herumwirbeln ließ.

»Und wer bist du, dass du denkst, dich hier einmischen zu können?«

»Ich bin Ceciles und Trevors guter Freund. Und ich bin ihr Nachbar und finde, dass Sie hier unnötigen Lärm veranstalten. Also bitte, gehen Sie nach Hause.«

»Cecile?« Mein Vater sprach meinen Namen halb fragend, halb drohend aus. Als erwarte er, dass ich meine Meinung ändere und ihn doch in die Wohnung ließ.

»Bitte geh jetzt«, sagte ich mit leichtem Beben in der Stimme. Mein Herz pochte so wild in meiner Brust, dass ich Angst hatte, es könnte jederzeit den Geist aufgeben, aber Trevors Hand, die meine hielt, beruhigte und erdete mich gleichzeitig.

Wütend schaute mein Vater zwischen mir, Trevor und Jeff hin und her. »Ach, fickt euch doch!« Aufgebracht riss er die Arme in die Höhe.

Seine Worte sollten mich nicht überraschen. Dass er sich unmöglich benahm, war nichts Neues für mich. Trotzdem zuckte ich zusammen. Zumindest drehte er sich um und ging die Treppe hinunter, nicht ohne Jeff mit der Schulter zu streifen.

»Wir telefonieren!«, rief ich ihm hinterher.

»Ja, ja«, brummte er nur, dann war er verschwunden.

Kurz darauf hörte ich, wie unten die Tür ins Schloss fiel. Gleichzeitig löste sich sämtliche Anspannung in mir und ein erleichtertes Schluchzen drang aus meiner Kehle.

Trevor legte seine Arme um mich und hielt mich fest. »Alles gut, er ist weg, Cecile. Danke, CJ.«

»Kein Problem, das war sowieso längst überfällig«, hörte ich ihn sagen. »Der Kerl nervt – sorry, Cecile. Aber du solltest dich lieber von ihm fernhalten und dich nur in der Öffentlichkeit mit ihm treffen, wenn überhaupt. Und am besten in Begleitung von Trevor oder mir.«

Ich löste mich von Trevor, der mir beruhigend über den Rücken streichelte. »Das mache ich … das heißt, falls ich ihn so schnell wiedersehen will. Er hat sich noch nie für mein Leben interessiert und wollte immer nur Geld.«

»Das musst du ja nicht heute entscheiden. Wichtig ist nur, dass er jetzt weg ist. Also dann, Leute … Noch einen schönen Abend.« Jeff winkte uns zu und ging in seine Wohnung.

Auch Trevor und ich schlossen die Tür hinter uns.

Mit wackeligen Beinen ließ ich mich auf die Couch fallen, während Trevor sämtliche Riegel an der Tür vorschob. Als er sich im Anschluss zu mir setzte, hielt er mich fest. Den ganzen Abend. Wir redeten kaum, ließen den Fernseher laufen, von dessen Programm ich nicht viel mitbekam. Stattdessen genoss ich es, in seinen Armen zu lehnen und mich geborgen zu fühlen.

Sanft streichelten seine Finger über die Haut an meinen Armen, sorgten für ein warmes Kribbeln in mir. Das lenkte mich vom Besuch meines Vaters ab und konnte mich zumindest ein wenig beruhigen. Als es für Trevor Zeit war, ins Bett zu gehen, da er morgen früh aufstehen musste, ließ ich ihn dennoch ungern los.

»Alles okay?«, fragte er, vermutlich, weil ich ihn für einen Moment festhielt, und lehnte sich noch einmal zurück.

Verlegen knetete ich den Saum meines Pullis. »Kannst du … denkst du, du kannst heute Nacht bei mir schlafen?« Ich spürte, wie mir Hitze in die Wangen schoss, aber ich fühlte mich einfach wohler und entspannter in seinen Armen. In Trevors Nähe konnte ich die bedrückenden Gedanken weitestgehend vergessen.

Einige Sekunden lang schwieg Trevor und ich stellte mich bereits darauf ein, dass er mir gleich erklären würde, wieso er das für keine gute Idee hielt. Doch dann antwortete er: »Sicher, kein Problem.«

»Ja? Du musst nicht, wenn du nicht …«

»Ich lege mich zu dir und passe auf dich auf, Cecile«, erklärte er mit sanfter Stimme.

Vielleicht hätten mich seine Worte nervös machen sollen – und ich war mir sicher, dass es unter anderen Umständen auch so gewesen wäre. Aber nach dem heutigen Tag spürte ich einfach nur Erleichterung.

Ein letztes Mal drückte Trevor meine Hand, bevor er aufstand und zuerst in seinem Zimmer und im Anschluss im Bad verschwand.

Als ich wenig später ebenfalls mit frisch geputzten Zähnen und in meinem Pyjama aus dem Badezimmer kam, wartete Trevor bereits vor meiner Zimmertür, seine Bettsachen in den Händen.

Schweigend ging ich an ihm vorbei und schaute zu, wie er seine Sachen auf mein Bett legte. Dass er von sich aus seine Decke mitnahm, überraschte mich auf positive Weise, weil er damit eine gewisse Distanz wahren oder mir signalisieren wollte, dass ich mich nicht bedrängt fühlen sollte. Wie süß war das denn, bitte?

Trotzdem klopfte mein Herz aufgeregt, als ich mich hinlegte.

»Hast du einen Wecker gestellt?« Er streckte sich und legte sein Handy zum Laden auf den Nachttisch.

»Ja. Wann genau musst du aufstehen?«

»Um fünf. Ich hoffe, du wirst davon nicht wach.«

»Schon okay, mach dir meinetwegen keine Gedanken.«

Trevor legte seine Bettdecke und das Kissen aufs Bett und machte es sich neben mir gemütlich. Kurz hatte er den Blick zur Decke gerichtet, ehe er sich mir zuwandte, eine Hand unter seiner Wange.

Er schaute mich an und sofort versank ich wieder in seinen schönen blauen Augen, die augenblicklich meinen Herzschlag antrieben.

Sein Mund verzog sich zu einem verlegenen Lächeln. »Gute Nacht, Cecile. Schlaf gut.«

»Du auch.« Ich löschte das Deckenlicht mit dem Schalter neben dem Bett und machte es mir bequem. Das Gesicht hatte ich ihm zugewandt und konnte ihn schemenhaft im Dunkeln erkennen.

Eine Weile konzentrierte ich mich darauf, an *nichts* zu denken, um einzuschlafen. Doch es wollte mir nicht gelingen. Nicht nur dass mich die Erlebnisse der letzten Stunden zu sehr aufwühlten, auch das Wissen, dass Trevor kaum eine Armlänge von mir entfernt lag, brachte mein Herz zum Rasen. Sein Duft war mit einem Mal überall. Ich bildete mir sogar ein, seinen Atem zu spüren, und nahm instinktiv jede kleinste Bewegung von ihm wahr. Ein verhaltenes Seufzen drang über meine Lippen, während ich mein Kissen richtete.

»Kannst du nicht schlafen?«

»Nein. Irgendwie bin ich wegen des Vorfalls mit meinem Dad noch zu durcheinander.« Dass auch Trevors Nähe dafür verantwortlich war – im positiven Sinne –, verschwieg ich.

»Na komm her, du musst dir keine Sorgen machen«, sagte er leise und ich spürte ein Kribbeln im Bauch.

»Meinst du wirklich?«

»Sicher.« Ich hörte das Schmunzeln in diesem einen Wort, dann hob er seine Decke an.

Zögernd rutschte ich näher und kuschelte mich an ihn. In der Dunkelheit konnte ich ihn nur schemenhaft erkennen. Dafür stieg mir sein herrlicher Duft noch intensiver in die Nase. Ich lag in seiner Armbeuge, den Kopf auf seiner Brust, sodass ich den kräftigen Herzschlag hörte, der mich augenblicklich wieder beruhigte.

Sanft hielt mich Trevor fest, streichelte über meinen Arm und küsste mich auf die Stirn. »Träum etwas Schönes, Cecile.«

»Gute Nacht, Trevor«, sagte ich leise und mit einem Lächeln auf den Lippen. Und tatsächlich dauerte es nicht lange, bis ich eingeschlafen war.

Trevors Weckton drang zu mir durch und holte mich aus dem Schlaf. Ich spürte, wie er sich hinter mir regte und seinen Arm vorsichtig unter mir hervorzog, um den Wecker auszustellen. Doch anstatt aufzustehen und das Zimmer zu verlassen, legte er sich noch einmal zu mir und küsste mich in den Nacken. Ein wohliger Schauer fuhr meinen Rücken hinab.

»Wir sehen uns heute Abend«, raunte er mir in die Haare, dann gab die Matratze nach und er stand auf.

Es dauerte keine dreißig Sekunden, bis ich noch einmal in den Schlaf gesunken war.

Als Stunden später mein eigener Wecker klingelte, musste ich zuerst an Trevor denken. Wie vertraut es sich angefühlt hatte, neben ihm einzuschlafen, wie er aufgestanden war, sich noch einmal an mich geschmiegt und mich geküsst hatte. All die negativen Erinnerungen an gestern Abend belasteten mich nicht mehr so stark, wurden leichter zu ertragen durch die schönen Stunden mit Trevor.

Für die Arbeit angezogen und mit einem Kaffee in der Hand saß ich wenig später auf der Couch und wählte Dads Nummer. Es würde nichts bringen, die Sache hinauszuzögern, weil ich genau wusste, dass er über kurz oder lang wieder hier aufkreuzen und Ärger machen würde. Und da ich es ihm versprochen hatte, meldete ich mich bei ihm – damit wenigstens einer von uns beiden seine Versprechen hielt.

»Cecile?«

»Hey, Dad. Wie geht es dir?«

Ich hörte ihn schnauben, dann schlug eine Tür zu. »Was zur Hölle sollte das Theater gestern?«

Ich verdrehte die Augen und setzte mich aufrecht hin. »Das frage ich mich auch. Du hast dich unmöglich aufgeführt und mich vor meinen Freunden blamiert.«

»*Du* warst diejenige, die mich nicht in die Wohnung gelassen hat!«

»Ja, Dad, weil es *meine* Wohnung ist. Ich stehe auch nicht unangemeldet bei meinen Freunden vor der Tür. Und wenn ich es doch mal mache, weil ich spontan sein will und sie beschäftigt sind, muss ich das akzeptieren. Genau, wie du es bei mir akzeptieren musst.«

»Womit warst du denn gestern beschäftigt, hä? Lässt dich von diesem Kerl verleugnen … Wer ist das überhaupt? Redet wie ein totaler Spießer! Läuft da was mit dem?«

Völlig entrüstet stand ich auf. »Dad! Was soll das? Du willst mich sehen? Dann arbeite erst mal an deinem Verhalten mir und meinen Freunden gegenüber!«

»Wirst du jetzt zickig?«

»Melde dich, wenn du weißt, wie man respektvoll mit anderen Menschen umgeht, vor allem mit der eigenen Tochter!« Mit diesen Worten legte ich auf. Mein Herz raste wie irre und ich kippte den restlichen Kaffee in die Spüle. Auf einen zusätzlichen Kick konnte ich nach diesem Gespräch verzichten.

Völlig durch den Wind zog ich Schuhe und Mantel an und verließ die Wohnung, um zur Arbeit zu gehen. Das Telefonat hatte mich erneut aufgewühlt, von der Ruhe und guten Laune nach dem Aufstehen war nichts mehr zu spüren. Ich ärgerte mich und musste unbedingt mit jemandem reden. Da ich nicht wusste, wen ich sonst anrufen sollte, wählte ich die Nummer der Person, bei der ich mir sicher war, dass sie mich verstand, mir zuhörte und Ratschläge gab – *und* die meinen Vater kannte.

»Hey, Tante Julia, wie geht es dir?«

»Cecile! Schön, von dir zu hören.« Sie seufzte schwer. »Bei uns ist die Lage leider unverändert. Was gibt es bei dir Neues?«

»Oje, das tut mir leid. Wenn ich noch irgendetwas tun kann, wenn ich erneut mit ihr reden soll …«

»Danke, das ist lieb von dir, Cecile.« Sie holte geräuschvoll Luft. »Aber erzähl erst mal, was tut sich bei dir?«

Einen Moment zögerte ich, doch dann platzte ich mit der Neuigkeit heraus. »Ich habe endlich jemanden für Nicolas Zimmer gefunden.«

»Das freut mich für dich!« Sie klang erleichtert.

»Ja! Aber mein Vater hat gestern gleich einen besonderen ersten Eindruck bei ihm hinterlassen.«

»Bei *ihm*?«

In knappen Worten erzählte ich meiner Tante die Geschichte von Trevor, bis ich bei dem Vorfall mit meinem Vater angekommen war.

»Ach, Liebes, es ist immer dasselbe mit Artur und seiner ignoranten Art – was sein Verhalten dir gegenüber natürlich nicht entschuldigt.«

Tief seufzend blieb ich an einer Ampel stehen. »Ich weiß. Jetzt warte ich mal ab, ob er sich zumindest für kurze Zeit zusammenreißen kann.«

»Lass dir bloß kein schlechtes Gewissen von ihm einreden und gib auf keinen Fall nach. Du weißt, wie er ist.«

»Ja, ich weiß. Und ich habe mir fest vorgenommen, konsequent zu bleiben. In den letzten Jahren habe ich mir viel zu viel von ihm gefallen lassen müssen.«

»Da hast du recht.«

»Und wie geht es nun mit Marylin weiter?«, wechselte ich schließlich das Thema. »Du meintest zu Beginn, es hätte sich nichts verändert?«

»Nein, leider nicht. Die Schule hat sich gemeldet. Sollte sie bis zum Ende der Woche nicht zurück sein und die verpassten Prüfungen nachholen, würde sie das Jahr wiederholen müssen.«

Ich runzelte die Stirn. »Das sind aber schon sehr drastische Maßnahmen, bei ihren so guten Noten …«

»Ja, wem sagst du das. Ich glaube fast, sie wollen Marylin auf diese Weise unter Druck setzen, um sie dazu zu bewegen, wieder zur Schule zu gehen. Aber damit erreichen sie rein gar nichts, auch wenn ihr ihre Leistungen bisher sehr wichtig waren. Ich weiß wirklich nicht mehr weiter. Könntest du doch noch einmal mit ihr reden? Zu dir hat sie immer aufgesehen. Vielleicht lässt sie sich zumindest dazu bewegen, sich von uns zur Schule fahren und wieder abholen zu lassen.«

»Das kann ich gern machen«, versprach ich. »Mal sehen, wann ich diese Woche Zeit habe, aber ich versuche, so bald wie möglich zu euch zu kommen. Auf jeden Fall rufe ich vorher an.«

»Ich danke dir«, sagte sie und klang dabei unglaublich müde.

Die Sorgen, die meine Tante im Moment durchstehen musste, weil sie den Auslöser für Marylins zurückgezogenes und abweisendes Verhalten nicht kannte, konnte ich vermutlich nicht einmal ansatzweise nachvollziehen.

Wie eine dunkle Wolke hingen den ganzen Tag die beiden Telefonate über mir und dämpften meine Laune. Selbstverständlich ließ ich mir nach außen hin nichts anmerken, war freundlich zu den Gästen und lachte mit den Leuten aus dem Serviceteam im Pausenraum. Aber ich hatte schon als Kind gelernt, eine Fassade aufrechtzuerhalten, um zu verbergen, wie es wirklich in mir aussah.

Dementsprechend froh war ich, als ich endlich nach Hause kam. Einen Moment lang fürchtete ich, dass mein Vater mir erneut auflauern würde. Doch der Flur zu meiner Wohnungstür war leer.

Ich wollte gerade aufschließen, da öffnete sich Jeffs Apartment und mein Lieblingsnachbar kam heraus.

»Hey, so schick heute? Hast du ein Date?«, fragte ich ihn. Unter seinem eleganten Wollmantel konnte ich einen Hemdkragen erkennen – und Hemden trug er nicht jeden Tag.

»Ja, ich bin zum Essen verabredet. Ich habe doch nicht übertrieben, oder?« Verunsichert fuhr er sich durch seine lockigen roten Haare, während ich sein Parfüm mit leichter Zitrusnote einatmete.

»Nein, gar nicht. Du siehst toll aus. Wo geht's denn hin?«

»Ins *Eleven Madison.*«

»Was? Wenn ich nicht arbeite? Willst du mir deine Begleiterin etwa vorenthalten?« Lachend und überrascht stemmte ich die Fäuste in die Seiten.

»Sollte es zwischen uns funken, stelle ich sie dir natürlich vor.« Er zwinkerte mir zu. »Übrigens freue ich mich für dich und Trevor. Er ist für mich schon lange ein guter Freund und ein toller Mensch. Ganz anders als seine versnobten Eltern, die denken, dass man mit Geld alles regeln kann. Nur weil sie sich mit diesem Kosmetikkonzern einen Namen gemacht haben, glauben sie echt, sie dürfen sich alles erlauben. Verlangen von ihren Söhnen, in ihre Fußstapfen zu treten, ohne sie zu fragen, ob sie sich diese Zukunft überhaupt vorstellen können. Dann verleugnen sie auch noch ihr Kind, sobald es in Schwierigkeiten steckt. Dabei hätten sie genug Kohle, um Liam heil aus dieser Sache herauszuholen. Und wie können sie von Trevor verlangen, so zu tun, als hätte er keinen älteren Bruder mehr? Unfassbar!« Er schnaubte wütend und schüttelte den Kopf. Anschließend warf er einen Blick auf die Uhr. »Sorry, das musste mal raus. Jetzt sollte ich aber los, sonst komme ich zu spät. Hab einen schönen Abend!«

Sprachlos und mit chaotischen Gedanken im Kopf schaute ich ihm hinterher. »Viel Spaß«, war das Einzige, was ich über die Lippen brachte.

Jeffs Worte warfen ein völlig neues Licht auf Trevor – und sorgten dafür, dass erst Enttäuschung und schließlich Wut in mir hochstiegen.

Kapitel 18

Trevor

Gemütlich lag ich auf meinem Bett und hakte wieder einen Namen auf der Liste ab. Der Typ am Telefon hatte mir weitere Gäste nennen können, die auf der Party gewesen waren. Er hatte mir zudem zugesichert, mir die Telefonnummern zukommen zu lassen, wollte sich aber zuerst die entsprechende Zustimmung einholen. Was zwar grundsätzlich der richtige Weg war, mich dennoch nervte, weil es eine zusätzliche Verzögerung bedeutete.

Gerade als ich die nächste Nummer wählte und bereits das Freizeichen ertönte, hörte ich, wie die Wohnungstür mit einem Rums ins Schloss fiel. Schnell drückte ich auf den Auflegebutton und lauschte.

»Trevor?« Cecile klang nicht gerade gut gelaunt, sondern ziemlich wütend. Vor allem beunruhigte mich jedoch, dass es sich so anhörte, als sei sie auf *mich* sauer. Doch ich war mir keiner Schuld bewusst.

Schon tauchte sie im Türrahmen auf. In ihren Augen schimmerten Enttäuschung und Unglauben.

Alarmiert setzte ich mich auf. »Was ist passiert?«

Entrüstet schnaubte sie. »Das solltest du mir erklären, Trevor Collins, Erbe eines Kosmetikimperiums.«

Mein Mund klappte auf, doch Cecile ließ mich nicht zu Wort kommen. »Ich dachte, ich hätte endlich jemanden kennengelernt, der mich nicht belügt, mir kein Leben vorspielt, das nicht der Realität entspricht. Wieso hast du mir das alles verschwiegen? Hast du geglaubt, ich wäre dann nur hinter deinem Geld her?«

Ohne mir die Möglichkeit zu geben, auf ihren Vorwurf zu reagieren, machte sie auf dem Absatz kehrt, öffnete währenddessen den Mantel und eilte davon.

Niedergeschlagen stand ich auf und folgte ihr.

Den Mantel hatte sie auf die Couch gepfeffert, die Schuhe flogen in hohem Bogen in ihr Zimmer und prallten an der Kommode ab. Und schon fuhr sie fort. »Hast du überhaupt eine Ahnung, wie ich mich fühle? Mein ganzes Leben lang musste ich mir Lügen anhören. ›Ich trinke nicht mehr‹ und ›Du kriegst das Geld zurück‹ sind nur der Anfang. ›Sie hören von uns‹ bei der Jobsuche, ›Na klar liebe ich dich‹ von meinem Ex-Freund. Oh, dicht gefolgt von ›Nein, Schatz, es ist ganz anders, als es aussieht‹ oder ›Ich würde dich doch nie betrügen‹. Lügen über Lügen, die ich schlucken musste. Dann tauchst du auf und ich dachte, du bist anders. Du hast mich … glücklich gemacht, Trevor! Du hast mir vorgegaukelt, genau wie ich um deinen Lebensunterhalt zu kämpfen. Und jetzt erfahre ich, dass du von Beruf Sohn bist und auf einem Berg von Geld sitzt.« Sie schlug die Hände vor ihr Gesicht und schluchzte auf. »Und ich habe dir das Zimmer unter Wert vermietet, weil ich dachte, du bist noch schlechter dran als ich.« Hektisch wischte sie sich eine Träne von der Wange.

Langsam ging ich auf sie zu. »Geht es dir jetzt besser? Bist du alles losgeworden?«, fragte ich mit ruhiger Stimme und ohne mich über ihren Wutausbruch lustig zu machen.

»Nein, ich … keine Ahnung. Ich habe das Gefühl, dich überhaupt nicht mehr zu kennen.«

»Ich erzähle dir alles, was du wissen willst. Meine Eltern sind … egoistisch, überheblich und behandeln andere Leute, die nicht in ihrer Liga spielen, wie Dreck. Liam gehört seit dem Unfall dazu. Glaub mir, ich will nichts mehr mit ihnen zu tun haben.« Ich breitete die Arme aus und hoffte, sie würde zu mir kommen und sich von mir umarmen lassen. Doch sie kniff die Augen zusammen und wich einen Schritt zurück.

»Nein … warte …« Kopfschüttelnd streckte sie einen Arm aus und bedeutete mir auf diese Weise, Abstand zu halten. »Du bist … Wir sind uns schon einmal begegnet, bevor du in meine Wohnung eingestiegen bist …«

Ich atmete tief durch. »Lass uns bitte hinsetzen, dann erkläre ich es dir, Cecile. Ohne Filter, ohne Geheimnisse.«

»Du warst mit deinen Eltern und deinem Bruder bei mir im Restaurant, habe ich recht?«

Zögernd nickte ich. »Ja, da sind wir uns zum ersten Mal begegnet. Und glaube mir, ich schäme mich bis heute für das unmögliche Verhalten meiner Eltern.«

»Du hast damals anders ausgesehen. Du hattest einen Bart und deine Haare waren … länger?«

»Auch das stimmt. Mir wurde schon öfter gesagt, dass ich meinem Vater unglaublich ähnlich sehe. Nach der Sache mit Liam hat mich das noch mehr gestört. Ich bin weder charakterlich wie er noch wollte ich so aussehen. Also mussten die Haare und der Bart ab.«

»Und dann stellst du mir nach und steigst in meine Wohnung ein?«

Mit geschlossenen Augen schüttelte ich den Kopf. »Nein, so ist es nicht Cecile. Nach Liams Verhaftung habe ich meine Sachen gepackt und bin nach New York gekommen. Unsere Eltern lehnen jegliche Unterstützung ab, also war für mich die einzige Schlussfolgerung, auf eigene Faust für meinen Bruder zu kämpfen. *Ich weiß*, dass er unschuldig ist. Mom und Dad geht es jedoch nur um ihren Ruf und sie haben Liam kurzerhand aus der Familie gestrichen. Sie haben die

Polizei gebeten, seinen Namen nicht öffentlich zu machen, sodass der Unfall nicht mit *Collins Cosmetics* in Verbindung gebracht werden kann. Inzwischen weiß ich, dass Liam an der Uni auch nur als *normaler* Student gesehen wird. Niemand weiß, dass er der Erbe eines großen Kosmetikkonzerns ist, weil er nicht bevorzugt behandelt werden wollte. Keine Ahnung, wie er das über die Zeit geschafft hat. Sicher hat ihm das Geheimnis die Aufnahme in die Studentenverbindung erschwert. Ich wette mit dir, dass unsere Eltern auch die Journalisten mit beträchtlichen Summen zum Schweigen gebracht haben. Ihre eigenen Probleme mit Geld zu lösen war noch nie ein Problem für sie gewesen. Jemandem zu helfen und für das Gute einzustehen, selbst wenn es dabei um ihren eigenen Sohn geht, ist ihnen dagegen völlig fremd.« Verbittert verzog ich das Gesicht.

Endlich kam Cecile wieder auf mich zu. »Sie haben nicht nur Liams Kaution abgelehnt, sondern verleugnen ihn auch noch, um Negativschlagzeilen zu vermeiden?« Entsetzt sah sie mich an.

»Dabei kann Liam nicht am Steuer gesessen haben. Es fehlen nur Zeugen oder Beweise. Und die finde ich nur hier in New York. CJ hat mir dankenswerterweise seine Couch angeboten, nachdem meine Eltern mir sämtliche finanzielle Unterstützung gestrichen hatten. Um mich zusätzlich unter Druck zu setzen, haben sie mir den Zugriff auf mein Geld verwehrt, das derzeit noch von ihnen verwaltet wird.«

Cecile schüttelte den Kopf und ließ sich endlich auf die Couch fallen. Ich setzte mich neben sie und hoffte, sie durch dieses Geständnis nicht endgültig verloren zu haben.

»Du … bist ein völlig anderer Mensch, als ich gedacht habe. Du bist … reich! Oder zumindest deine Eltern. Ich habe geglaubt, du kommst aus ähnlichen Verhältnissen wie ich und dass wir deshalb eine Verbindung zueinander hätten. Aber du studierst! Und der Job an der Tankstelle …«

»… dient dazu, um mich über Wasser zu halten, Cecile. Ich bin immer noch derselbe und ich habe dich nie angelogen. Ich habe dir nur den Teil meines Lebens nicht erzählt, auf den ich nicht stolz bin. Ich möchte nicht in das Unternehmen meiner Eltern einsteigen, selbst wenn die beiden das nicht einsehen wollen. Und ich will auch nicht weiter Chemie studieren.«

»Sondern?«

Schulterzuckend griff ich nach ihrer Hand, doch sie entzog sie mir zögernd.

»Keine Ahnung, jedenfalls will ich kein Chemiker werden. Nicht für *Collins Cosmetics.* Schon gar nicht, wenn mir dabei meine Mom im Nacken sitzt. Ich weiß nicht einmal, ob ich weiter aufs College gehen möchte … Gut, der Job an der Tankstelle ist nicht der Beste, aber dabei muss es ja nicht bleiben. Und ich glaube nicht, dass ich einen Collegeabschluss brauche, um glücklich zu sein.«

»Und was willst du sonst machen?«

»Früher wollte ich immer Polizist werden, doch meine Eltern waren nicht damit einverstanden. Liam war dagegen schon immer Feuer und Flamme für das Unternehmen gewesen. Ich glaube, er wollte wirklich die Leitung des Konzerns übernehmen.«

Sprachlos schaute mich Cecile an, dann schüttelte sie langsam den Kopf. »Tut mir leid, das muss ich erst mal alles sacken lassen.«

»Sicher. Nimm dir so viel Zeit, wie du brauchst. Wie gesagt, ich bin immer ehrlich zu dir gewesen. Ich wollte nur diesen miesen Teil meiner Familie hinter mir lassen, verstehst du?«

Sie nickte knapp und hielt den Blick auf einen fernen Punkt gerichtet, ohne mich anzusehen. »Wieso willst du nicht zumindest dein Studium fortsetzen? Es muss ja nicht Chemie sein. Ich würde wirklich *alles* dafür tun, studieren zu können.«

»Warum machst du es dann nicht?« Erneut tastete ich nach ihren

Fingern, und diesmal wies sie mich nicht ab, sondern verschränkte sie mit meinen.

»Aufs College gehen? Soll das ein Witz sein? Du kennst meinen Dad und von meiner Mutter habe ich dir ebenfalls erzählt. Die Schule war verdammt hart für mich, denn ich war meistens damit beschäftigt, mich irgendwie über Wasser zu halten.«

»Indem du dir einen Job gesucht hast?«

Sie schnaubte auf. »Du hast wirklich keine Ahnung vom Leben außerhalb deines bisherigen Luxusdaseins, oder? Weißt du, wie es auf meiner Schule zuging? Welche Leute dort waren? Ich bin eine der wenigen, die den Sprung in eine halbwegs bessere Zukunft geschafft haben. Viele aus meinem Jahrgang wurden entweder schwanger und haben die Highschool abgebrochen oder sitzen bereits im Gefängnis. Drogen, Alkohol, Waffen, Schlägereien ... Das alles stand und steht auf der Tagesordnung, wo ich herkomme. Es grenzt also eher an ein Wunder, dass ich es aus diesem Sumpf herausgeschafft habe. Von einem Studium war ich nach dem Abschluss meilenweit entfernt.«

»Und jetzt?«

»Wie, und jetzt? Denkst du, ich kann einfach so meinen Job hinschmeißen und studieren? Wovon soll ich dann leben oder mir die Studiengebühren leisten? Meine Noten waren nie gut genug für ein Stipendium und ich habe auch sonst keine besonderen Begabungen, mit denen ich mich dafür bewerben könnte.«

»Weißt du, wie viel du mit einem Collegeabschluss in der Tasche verdienen kannst? Du könntest einen Kredit aufnehmen, den du nach zehn, spätestens fünfzehn Jahren abbezahlt hättest.«

Sie schnaubte. »Komm schon, das ist doch lächerlich. Der Zug ist für mich abgefahren.«

»Du würdest dich wundern, wie viele Studierende es gibt, die erst

Jahre nach ihrem Highschoolabschluss mit dem Studium beginnen. Aber das ist natürlich ganz allein deine Entscheidung.«

Unschlüssig schaute sie mich an und ich merkte, wie die Rädchen in ihrem Kopf ratterten.

»Und du hast mich wirklich nicht angelogen?«, kam sie schließlich auf das ursprüngliche Thema zurück.

»Nein, Cecile, das hab ich nicht. Ich würde nie etwas absichtlich tun, was dich verletzt.«

Mit großen schimmernden Augen sah sie mich an und aus einem Impuls heraus schlang ich meine Arme um sie. Sie lehnte sich an meine Brust, klammerte sich an mein T-Shirt. Ich merkte, wie sie die Luft tief einsog, und streichelte ihr über den Rücken.

»Du bist immer noch du«, stellte sie fest.

»Und ich bin nach wie vor verrückt nach dir, Cecile.«

Überrascht hob sie den Blick. »Ja?«

»Was dachtest du denn?« Schmunzelnd zog ich sie auf meinen Schoß, bis sie rittlings auf mir saß.

Sie keuchte kurz auf und vergrub ihre Hände in meinen Haaren. Nachdenklich wanderte sie mit den Fingern zu meinem Kinn und rieb über die Haut, an der sie bestimmt die Bartstoppel spüren konnte.

»Küss mich!«, sagte sie leise, während sie mir bereits entgegenkam.

Sanft berührten sich unsere Lippen, bevor sie ihren Mund leicht öffnete. Ich genoss es, wie sie sich anfühlte. Ich hielt sie fest, verzweifelt und voller Sorge, sie könnte sich erneut von mir zurückziehen. Ich wollte sie nicht verlieren. Bei ihr fühlte ich mich endlich frei. Ich konnte ich selbst sein, ohne in eine Rolle passen zu müssen.

Voller Hingabe erwiderte sie meinen Kuss, als würde sie ihn dringend brauchen. Als hätte sie Angst, ich könnte mich doch noch als ein anderer Mensch entpuppen – aber da sorgte sie sich umsonst. Ich hatte sie nicht angelogen, hatte ihr nichts vorgemacht. Ich war nach wie vor derselbe, nur dass ich endlich frei und glücklich war.

Sie klammerte sich an mir fest, der Kuss wurde immer intensiver. Hitze stieg in mir auf und meine Hände schoben sich wie von selbst ihre Oberschenkel hinauf.

Mit einem Seufzen tastete sie über meine Brust bis zum Saum meines T-Shirts und schob es nach oben. Ohne zu überlegen half ich ihr und zog es mir über den Kopf. Es landete auf dem Boden, während Cecile Küsse auf meinem Hals verteilte und gleichzeitig meinen Oberkörper streichelte.

Ihre Zunge neckte meine Haut, sorgte dafür, dass ich mich stöhnend am Rand der Couch festhalten musste, um nicht die Kontrolle zu verlieren.

Ihre Lippen landeten erneut auf meinen und nun gab es für mich ebenfalls kein Halten mehr. Mit den Fingern tastete ich nach den Knöpfen ihrer Bluse und öffnete einen nach dem anderen. Cecile half mit, indem sie die unteren aufknöpfte, und kurz darauf lag auch ihr Oberteil irgendwo neben uns.

Mit den Händen streichelte ich über ihre nackte Haut, zeichnete die Form ihres Spitzen-BHs nach und beugte mich vor, um Küsse auf ihrem Dekolleté zu verteilen.

In diesem Moment drang der Klingelton meines Handys aus meinem Zimmer und ich fluchte verhalten auf.

»Geh nicht ran«, murmelte Cecile an meinem Ohr.

»Was, wenn es um Liam geht?«

Gequält stöhnte sie auf und rutschte von meinem Schoß. »Stimmt, da hast du natürlich recht.«

Widerwillig stand ich auf und lief in mein Zimmer, wo das Handy auf dem Bett lag. Detective Grants Name leuchtete auf dem Display.

»Hallo?«

»Halten Sie sich gefälligst aus der Polizeiarbeit raus, Mister Collins, haben wir uns verstanden? Ich sage es nicht noch einmal.«

»Sir?« Mich unwissend zu stellen war für den Anfang sicher nicht verkehrt.

»Sie geben mir diese Namensliste und kontaktieren die Personen dann auf eigene Faust? Denken Sie, meine Leute sind dumm? Oder ich? Noch ein letztes Mal zum Mitschreiben: Mischen sie sich nicht in unsere Ermittlungen ein! Sie machen es uns dadurch nur schwerer. Wenn Ihnen Ihr Bruder am Herzen liegt, suchen Sie sich eine andere Beschäftigung und lassen Sie uns unseren Job erledigen.«

»Detective Grant, ich will Ihnen auf keinen Fall im Weg stehen. Ich werde niemanden mehr von der Liste anrufen«, beteuerte ich, ohne zu erwähnen, dass ich mich morgen mit dieser Kara traf. Erst wollte ich herausfinden, welche Informationen sie hatte.

»Gut, ich verlasse mich darauf«, knurrte er und legte einfach auf.

»Wer war das?« Cecile lehnte an der Zimmertür. Sie hatte ihre Bluse wieder angezogen und knöpfte sie langsam zu. Ich folgte ihrer Bewegung mit den Augen und hätte sie zu gern an mich gezogen, um dort weiterzumachen, wo wir aufgehört hatten – aber die Stimmung war durch den Anruf verflogen.

»Detective Grant. Er ist sauer, weil ich auf eigene Faust Partygäste kontaktiert habe, um herauszufinden, ob jemand etwas beobachtet hat, was Liam eventuell entlasten könnte.«

Sie kam zu mir und setzte sich neben mich. »Und wieso überlässt du das nicht der Polizei?«

»Weil ich fürchte, dass sie etwas übersehen könnten … Niemand kennt meinen Bruder so gut wie ich.«

Sanft streichelte sie über meinen nackten Rücken. »Das kann ich verstehen. Ich würde es vermutlich genauso machen, zum Beispiel für meine Cousine Marylin. Sie ist wie eine Schwester für mich. Sie ist lebensfroh, lustig und intelligent. Sie wohnt mit ihren Eltern nicht weit von der Wohnung meiner Mom entfernt und geht auf dieselbe Schule, auf der ich war. Auch sie hebt sich von den Leuten dort ab und will aufs College gehen – oder wollte es zumindest. Ich war fest davon überzeugt, dass sie es auch schafft. Doch seit einiger Zeit ist sie völlig in sich gekehrt und geht nicht mehr zur Schule. Sie will überhaupt nicht mehr aus dem Haus.«

»Was ist passiert?«

»Wir wissen es nicht. Vielleicht Mobbing … Schlimmstenfalls hat ihr jemand etwas angetan.«

»Scheiße.«

Cecile nickte. »Deshalb stehe ich auch voll und ganz hinter deiner Einstellung, einen geliebten Menschen auf jede erdenkliche Art zu unterstützen. Aber im Moment dringe ich einfach nicht zu ihr durch. Sie lässt niemanden an sich heran. Womöglich sollte ich in Marylins Freundeskreis herumfragen, ob jemand etwas weiß …«

»Mach das. Aber rede vorher mit deiner Cousine, ob sie das auch möchte. Liam weiß Bescheid, dass ich nach jemandem suche, der ihn entlasten kann.«

»Du hast recht, hinter ihrem Rücken würde ich das auch nicht tun.«

Bevor ich etwas erwidern konnte, knurrte ihr Magen. »Okay, ich war vorhin im Supermarkt, was hältst du von Mac and Cheese?«, fragte ich und stand auf, um mein T-Shirt wieder anzuziehen und für uns zu kochen.

»Das klingt perfekt.« Mit einem Lächeln auf den Lippen folgte sie mir in die Küche und half mir bei der Zubereitung. Dass sie dabei immer wieder meine Nähe suchte, zeigte mir, dass zwischen uns nach wie vor alles in Ordnung war. Auch das anschließende Essen verlief ungezwungen, wir neckten uns gegenseitig, und die Art, wie sie mich dabei ansah, sorgte für ein angenehmes Kribbeln in meinem Bauch.

Als ich am nächsten Tag auf dem Weg zum *sweetgreen*, dem Treffpunkt mit Kara, war, fühlte ich mich unwohl. Vielleicht, weil ich mich nicht an das Versprechen hielt, das ich gestern Detective Grant gegeben hatte.

Als ich die Tür aufdrückte, fand ich mich in einem Laden wieder, in dem es vor Studierenden nur so wimmelte – wenig verwunderlich, da gegenüber der Campus lag. Ich sah mich um, bis mein Blick auf eine junge Frau mit schwarzen Haaren fiel. Sie trug eine runde silberne Brille auf der Nase, vor ihr stand ein Getränkebecher. Sie saß allein an einem Tisch und musterte mich eindringlich. Schließlich stand sie auf und kam auf mich zu. »Bist du Trevor?«

»Ja. Kara?«

Sie nickte und zeigte zu dem Tisch, an dem sie gesessen hatte. »Nimm Platz – oder willst du etwas essen? Hier ist Selbstbedienung.«

»Ja, klingt gut. Kannst du etwas empfehlen?«

»Alles. Du kannst hier nichts falsch machen.«

Also bestellte ich eine Schüssel mit warmem Quinoa, Spinat und anderem Gemüse, Croûtons und gegrilltem Hühnchen, sowie eine hausgemachte Limo. Kurz darauf saß ich Kara gegenüber, die sich eine vegane Bowl geholt hatte.

»Woher weißt du, dass ich auf der Party war?«, begann sie das Gespräch und pickte sich eine Tomate aus ihrer Schale.

»Ich habe ein paar Namen der Partygäste bekommen und deiner war darunter. Ich muss wissen, was an dem Abend passiert ist, was du gesehen hast. Wenn es etwas ist, was … nun ja … nicht unbedingt jeder herumerzählt, hilft mir das eventuell weiter. Ich bin mir nämlich sicher, dass sich der Unfall nicht so ereignet hat, wie die Polizei denkt. Und ich will Beweise dafür finden.«

»Du denkst also, ich könnte Informationen haben, die sonst niemand kennt?«

Ich zuckte mit den Schultern. »Vielleicht. Ich weiß es nicht. Woran kannst du dich denn erinnern?«

Kara seufzte. »Vermutlich bin ich keine große Hilfe. Ich kenne weder die vier Studentinnen, die in dem Auto saßen, noch die Typen, die sie von der Straße gedrängt haben. An dem Abend hatte ich andere Sorgen, da der Freund meiner besten Freundin mit ihr Schluss gemacht hat.«

Wieder eine Sackgasse.

Ich nickte betreten und stocherte in meiner Bowl herum, ehe mein Kopf zu ihr hochschnellte. »Was sagst du? *Vier* Studentinnen?«

»Ja, ich stand in der Nähe ihres Wagens, als sie eingestiegen sind. Mehr habe ich aber nicht gesehen, weil es an der Ecke dunkel war. Und weil meine Freundin mit ihrem Freund gestritten hat und ich ihr natürlich beistehen wollte.«

»Waren noch andere Leute dabei? Also bei dem Streit, meine ich.«

Nachdenklich runzelte sie die Stirn. »Ja, ein paar. Zwischen Lucy und Tim ging es ziemlich heftig zu. Das hat ein paar Neugierige angelockt. Es war auch nur Zufall, dass ich für einen Moment von den beiden weggesehen habe.«

»Und du bist dir sicher, dass vier Studentinnen eingestiegen sind?«, bohrte ich noch einmal nach.

Kara verdrehte die Augen. »Drei sind vorn eingestiegen, eine ist hinten auf den Pick-up geklettert. Ich habe mich noch gewundert, dass niemand etwas dazu sagt.«

»Vier …« Ich schüttelte den Kopf. »Ich danke dir, Kara! Und tust du mir noch einen Gefallen? Bitte erzähl das auch der Polizei. Aber erwähne nicht, dass du bereits mit mir drüber gesprochen hast, okay?«

Nun verdunkelte sich ihr Blick. »Okay, aber … Wieso sollte ich unser Gespräch verheimlichen? Wer bist du?«

Ich atmete tief durch. Wenn ich ihr Vertrauen gewinnen wollte, musste ich wohl ganz offen zu ihr sein. »Mein Bruder soll angeblich das Auto der Verfolger gefahren haben. Doch zum Unfallzeitpunkt war er ganz woanders. Genau wie die Polizei will ich herausfinden, was in der Nacht passiert ist und wer den Wagen wirklich gelenkt hat. Dass ich nicht stillsitzen und abwarten kann, bis sich bei den Ermittlungen etwas tut, gefällt dem leitenden Detective nicht, also … bitte verpfeif mich nicht.« Ich lächelte verlegen.

Unschlüssig schaute sie mich an. »Na gut, ich sag niemandem, dass wir uns unterhalten haben. Aber ich soll das mit den vier Studentinnen erzählen? Wieso? Wissen die das nicht längst?«

Langsam schüttelte ich den Kopf. »Nein, Kara. Bisher ging die Polizei von drei Frauen aus. Eine ist bei dem Unfall gestorben, zwei sind verletzt ins Krankenhaus gekommen. Von einer vierten war nie die Rede gewesen.«

Kapitel 19

Trevor

Genau wie Cecile war ich in den nächsten Tagen mit Arbeit eingedeckt gewesen, sodass wir uns nur wenig gesehen hatten und ich dadurch keine Gelegenheit fand, ihr von meinen neuesten Erkenntnissen zu erzählen. Immerhin wollte ich die so wichtige Sache nicht zwischen Tür und Angel ansprechen. Dafür hatten wir wieder in einem Zimmer geschlafen, uns geküsst und gekuschelt, was mir in dieser so verwirrenden Zeit echt guttat.

Liam wollte und konnte ich vorerst nicht besuchen. Solange ich mir nicht hundertprozentig sicher war, wie sich der Unfall zugetragen hatte, wollte ich ihm nicht gegenübertreten. Er würde merken, dass ich ihm etwas verheimlichte, und das würde mich in eine Zwickmühle bringen. Ihm zu erzählen, was ich wusste, wollte ich vorerst auch noch nicht. Es wäre nicht fair, ihm Hoffnungen zu machen, die ich womöglich wieder zerstören musste. Mal davon abgesehen, dass es nicht ganz einfach war, einen Besuchstermin zu bekommen. Kurz nach der Verhaftung hatte ich Glück gehabt, ihn zweimal hintereinander sehen zu dürfen, doch seitdem war es bedeutend schwieriger geworden.

Die Tatsache, dass eine weitere Person in dem Unfallwagen gesessen hatte, beschäftigte mich jedoch nach wie vor. So sehr, dass ich am Freitag, meinem freien Tag, kurz entschlossen ein Auto mietete, um zur Unfallstelle zu fahren. Durch Berichte im Internet kannte ich die Straße. Auf der Facebook-Seite der verstorbenen Carol Lynch hatte ich außerdem Fotos vom Unglücksort entdeckt, an dem Freunde und Familienangehörige Blumen für sie ablegt hatten. Sie waren inzwischen verwelkt oder man hatte sie entsorgt, aber die Aufnahmen hatten mir weitergeholfen.

Die Gegend sah sehr idyllisch aus, was traurig und schockierend zugleich war. Die Straße führte hier durch ein kleines Waldstück. Zu beiden Seiten standen Bäume und es blinzelte sogar kurz die Sonne zwischen den dichten Wolken hindurch. Das Licht zauberte eine traumhafte rot-braun-gelbe Herbststimmung.

Ich hielt etwas abseits auf einem Parkplatz und ging zu Fuß bis zu der Stelle, an der Carol mit ihren Freundinnen verunglückt und gestorben war.

Vielleicht lag es daran, dass ich *wusste*, was hier kürzlich passiert war, aber als ich am Unfallort ankam, lief mir ein kalter Schauder über den Rücken. Nur wenige Autos fuhren an mir vorbei. Wie ruhig es hier in der Nacht sein musste, wollte ich mir gar nicht erst vorstellen. Für die jungen Frauen war es vermutlich der schlimmste Moment ihres Lebens gewesen, im Wrack eingeklemmt auszuharren und zu hoffen, dass jemand kommt und ihnen hilft.

Das Laub raschelte unter meinen Füßen, als ich mich dem Baum näherte, dessen Rinde deutliche Spuren jener Nacht zeigte. Nachdenklich blieb ich davor stehen und überlegte, wie sich das Unglück ereignet hatte. Da ich jedoch nicht wusste, wo genau der Wagen von der Straße abgekommen und wie er schließlich gegen den Stamm geprallt war, beschloss ich, mich etwas umzusehen. Vielleicht würde mir noch etwas ein- oder auffallen, was bisher übersehen wurde und mir helfen könnte, alles besser zu verstehen.

Gedankenverloren umrundete ich den Baum. Ich entdeckte

Bremsspuren am Straßenrand, fast auf Höhe des Baums. Vermutlich hatten die Verfolger scharf abgebremst, sodass die Gummireste auf dem Asphalt noch davon erzählten – oder sie waren durch ein völlig unabhängiges Szenario entstanden.

Ich versuchte, mir Liam in dieser Nacht vorzustellen und dabei möglichst neutral zu bleiben. Aber selbst wenn Liam doch am Steuer gesessen und aus Scham alle belogen hatte, wusste ich eines ganz genau: Nach einem Unfall hätte er sofort den Notruf gewählt und Erste Hilfe geleistet. Er würde nie jemanden verletzt sich selbst überlassen.

Um meine Gedanken zu sortieren, ging ich ein Stück weiter in den Wald hinein. Wer wollte den Unfall unbedingt Liam in die Schuhe schieben? Und warum? Im Grunde waren genug Leute involviert gewesen, die das Gegenteil bezeugen könnten. Die zwei überlebenden Frauen hatten die beiden Beifahrer erkannt. Fragte sich niemand, warum sie nicht auch den Fahrer identifizieren konnten? Und was war mit der vierten Studentin passiert? War sie von der Ladefläche heruntergeschleudert worden oder ist sie vorher abgesprungen? Und wenn ja, was war danach passiert? War sie diejenige gewesen, die Hilfe geholt hatte? Hatte sie womöglich den Fahrer des Verfolgerautos gesehen?

Je länger ich darüber nachdachte, umso sicherer war ich mir mit dieser Annahme. Es klang einfach logisch.

Wäre sie beim Unfall von der Ladefläche gefallen und hätte sie sich dabei verletzt, hätten die Rettungskräfte sie gefunden. Sie hatte also definitiv überlebt und war abgehauen. Oder sie … hatte verschwinden müssen. Stellte sich nur die Frage, ob freiwillig oder unfreiwillig. Da ich jedoch keine Anhaltspunkte hatte, an welcher Stelle sie vom Auto gestürzt oder gesprungen war, kam ich hier nicht weiter.

Inzwischen hatte ich mich ein gutes Stück von der Unfallstelle entfernt. Ich hatte keine Ahnung, ob Kara ihr Wissen bereits Detective

Grant mitgeteilt hatte. Seit unserem Treffen vor drei Tagen hatte sie sich nicht bei mir gemeldet. Auch von der Polizei hatte ich nichts gehört. Diese Ungewissheit, wie es mit Liam weiterging, machte mich völlig verrückt. Ich wusste nicht, in welcher Intensität die Polizei der Sache nachging oder ob Detective Grant und sein Team noch die Liste abarbeiteten, die ich ihm gegeben hatte. Und nicht zum ersten Mal war ich unfassbar genervt, abwarten zu müssen, bis sich irgendetwas tat.

Uns lief die Zeit davon. Und das machte mich noch nervöser. Potenzielle Augenzeugen könnten wichtige Informationen vergessen. Übersehene Spuren könnten verwischt werden, während Liams Uhr unaufhaltsam weitertickte.

Frustriert kickte ich etwas Laub in die Luft – und beförderte damit etwas ans Licht, das definitiv nicht in den Wald gehörte. Ich spürte es am Fuß, hörte das leise Geräusch, als es vom nächsten Baumstamm abprallte, und sah gleich darauf etwas Metallenes auf dem Boden landen.

Neugierig bückte ich mich, hob das Ding auf und stellte fest, dass es ein silberner Armreif war. Er hatte ein verspieltes Blumenmuster an der Außenseite und sah nicht so aus, als würde er schon ewig hier liegen. Das Silber glänzte, war glatt und relativ sauber.

Mein Puls beschleunigte sich noch mehr, als ich eine Gravur an der Innenseite entdeckte. Mit dem Saum meines Longsleeves wischte ich darüber und drehte den Armreif so, dass ich den Text lesen konnte.

Aus zwei Herzen wurden drei stand darauf. Daneben entdeckte ich ein Datum: 17. Februar 2006.

Meine Aufregung flaute sofort wieder ab. Der Reif konnte nicht zum Unfall gehören. Wenn er vom Handgelenk gerutscht war, konnte er nicht der vierten Studentin gehören. Das Alter passte nur zu einer Teenagerin.

Nachdenklich betrachtete ich das Schmuckstück und überlegte, was ich damit tun sollte. Es wieder dahin zurücklegen, wo ich es gefunden hatte? Womöglich suchte jemand danach. Obwohl man meistens nicht genau wusste, an welcher Stelle man einen Gegenstand verloren hatte.

Und was würde Detective Grant dazu sagen, wenn er herausfand, dass ich am Unfallort war und erneut meine Nase in seine Arbeit steckte?

Das Klingeln meines Telefons brachte meine Überlegungen zum Stillstand. Sofort dachte ich an den Detective und fragte mich gleichzeitig, woher er wissen sollte, was ich gerade machte – bis ich die Nummer auf dem Display sah. Das konnte nur die Haftanstalt sein, in der Liam saß.

»Hallo?«

»Hey, Trev.«

»Liam. Wie geht es dir?«

Geräuschvoll atmete er ein und aus und mein Herz zog sich schmerzhaft zusammen. Ich lehnte mich gegen den nächstbesten Stamm und lauschte angestrengt ins Telefon.

»Hör zu, ich habe gerade den Termin für die Verhandlung erfahren«, begann er und ich konnte aus den wenigen Silben heraushören, wie viel Kraft es ihn kostete, Stärke zu zeigen.

»Wann ist er?« Meine Stimme krächzte und klang unwirklich in meinen Ohren.

»Heute in einer Woche.«

»Fuck!« Das war das Einzige, was ich dazu herausbrachte.

Alles schien stillzustehen. Sogar der Wald wirkte mit einem Mal, als hätte er den Atem angehalten.

»Ich wollte nur, dass du Bescheid weißt.«

»Liam, ich … ich weiß nicht, was ich sagen soll.«

»Gar nichts. Man hat mich ins offene Messer laufen lassen. Mit Erfolg. Irgendwo lacht sich jetzt jemand ins Fäustchen.« Er seufzte schwer. »Du kommst doch zur Verhandlung, oder?«

Mit Daumen und Zeigefinger wischte ich über meine feuchten Augenlider. »Klar, was ist denn das für eine Frage.« Diese Floskel fühlte sich wie eine Lüge an – immerhin hatte ich ihm auch versprochen, ihn vor der Verhandlung aus dem Gefängnis zu holen. Doch wie es aussah, hatte ich versagt. »Abgesehen davon haben wir ja noch eine Woche, also …« Irgendwie klangen selbst diese aufbauenden Worte mutlos.

Genau wie sein »Sicher«.

Wie gern wäre ich jetzt bei ihm. Um ihm Trost zu spenden und Hoffnung. Hoffnung, die inzwischen verschwindend gering war …

»Ich … hab übrigens eine Freundin. Glaube ich«, sagte ich, da ich das Telefonat nicht mit dieser miesen Stimmung enden lassen wollte.

Liam lachte kurz auf. »Glaubst du?«

»Ja. Sie heißt Cecile und du kennst sie sogar.« In wenigen Worten erzählte ich von ihr, unserer ersten überraschenden Begegnung und wie wir uns nähergekommen waren.

»Das freut mich für dich, wirklich. Vielleicht lerne ich sie ja mal kennen.«

»Das wirst du. Sie ist großartig.«

Obwohl ich wirklich darauf hoffen wollte, dass ich ihm Cecile bald in Freiheit vorstellen konnte, war da eine leise zweifelnde Stimme in mir, der mir zuflüsterte, dass die Chancen verdammt schlecht dafür standen.

Die miese Laune und Machtlosigkeit, die seit dem Telefonat mit Liam Besitz von mir ergriffen hatten, verschwanden auch nicht, als ich wieder zu Hause war. Cecile hatte heute Spätschicht, was mich ausnahmsweise aufatmen ließ. Ich brauchte etwas Zeit für mich, bevor ich die schlechte Neuigkeit mit jemandem teilen konnte, weil mir nach wie vor zu viel durch den Kopf ging und ich erst meine Gedanken sortieren musste.

Nachdenklich setzte ich mich auf mein Bett und ließ den Tag Revue passieren. Ich dachte zurück an die Unglücksstelle und daran, dass ich viel zu wenig über den Unfallhergang wusste, um mir ein richtiges Bild von den Ereignissen jener Nacht machen zu können.

Aber ich hatte den Armreif mitgenommen. Womöglich hatte er nur zufällig dort gelegen, doch falls nicht, hätte ich zumindest ein weiteres kleines Puzzleteil gefunden. Selbst wenn ich noch keine Ahnung hatte, wie mir das weiterhelfen sollte. Vor Gericht als Beweisstück jedenfalls nicht, weil ich den Armreif vom Unfallort entfernt hatte. Zudem waren nun bestimmt meine Fingerabdrücke darauf und ich hatte andere verwischt. Außerdem gab es sicher unzählige junge Mädchen, die an diesem Datum geboren worden waren. Das Schmuckstück sah auch nicht besonders teuer oder wie eine Sonderanfertigung aus. Abgesehen von der Gravur gab es nur wenig Aufschluss über seine Besitzerin.

Erneut schaute ich ihn mir an, fuhr mit den Fingern über die blassrosa Farbtupfen, die ein paar der Blüten hervorheben sollten. Dabei fiel mir auf, dass die beiden äußeren Blüten komplett fehlten. Vermutlich, weil der Reif oft getragen worden war und sich an diesen Stellen abgenutzt hatte.

Das Klicken des Türschlosses riss mich aus meinen Gedanken und ich ließ den Armreif schnell in meiner Nachttischschublade verschwinden.

»Trevor?«

»Ich bin hier!«, rief ich Cecile zu und trat aus meinem Zimmer.

»Wie geht es dir, was … ist passiert?« Ihre anfängliche gute Laune änderte sich schlagartig, als sie mir ins Gesicht sah.

»Liam hat mich angerufen«, erklärte ich, noch bevor mein Hirn einschreiten und mich davon abhalten konnte. Eigentlich wollte ich Cecile nicht sofort mit diesem Thema belasten und meine Sorgen auf sie übertragen.

Sie legte ihre Tasche auf die Couch und öffnete die Knöpfe ihres Mantels.

»Und, gibt es etwas Neues?« In ihrer Stimme schwang noch ein Funken Hoffnung mit, doch in ihren Augen konnte ich lesen, dass sie sich bereits für das Schlimmste wappnete.

»Die Verhandlung findet schon in einer Woche statt.«

Schweigend schaute Cecile mich an. Diese Neuigkeit traf sie genauso wie mich und ich sah, wie sehr sie mit mir fühlte. »Das tut mir so leid, Trevor.«

Ohne zu zögern, kam sie zu mir und schlang ihre Arme um mich. Sie hielt mich und strich mir tröstend über den Rücken. Wir beide wussten, dass nicht alles verloren war. Uns blieben immerhin sechs weitere Tage. Auch wenn es äußerst unwahrscheinlich war, in dieser kurzen Zeit etwas aus dem Nichts zu zaubern, um Liams Unschuld zu beweisen.

Ein unkontrolliertes Beben durchzuckte mich und meine Augen brannten.

»Ach, Trevor.« Cecile klang so gequält, wie ich mich fühlte.

Verdammt, ich heulte in ihren Armen, als wäre ich ein hilfloses kleines Kind. Doch in dem Moment war es mir egal, dass ich mich nicht länger unter Kontrolle hatte. Der Schmerz in meiner Brust war einfach zu groß, genau wie die Angst um Liam und der Hass auf diejenigen, die für Liams Schicksal verantwortlich waren. Die Machtlosigkeit hatte mich so sehr im Griff, dass ich nicht mehr die Kraft hatte, stark zu sein.

Aber Cecile war wie immer großartig. Sie setzte sich mit mir auf die Couch und blieb bei mir, bis ich mich wieder gefangen hatte. Sie streichelte über meinen Rücken und murmelte tröstende Worte. Wie stark Liam sei und dass er stolz sein konnte, einen Bruder wie mich zu haben. Dass sie für mich da war, egal was kommen würde, und dass die Gerechtigkeit irgendwann siegen würde.

Als der Schmerz in mir etwas erträglich wurde, fragte sie: »Wie geht es deinem Bruder dabei?«

Tief seufzend rang ich um Fassung. »Nicht gut, aber er versucht, es nicht zu zeigen.« Ich legte den Kopf in den Nacken und blinzelte erneut.

»Er steht das durch, Trevor. Da bin ich mir sicher. Schon allein, weil er weiß, dass du für ihn da bist. Dass du ihm glaubst und alles tust, um den Rest der Welt von seiner Unschuld zu überzeugen.«

Ich nickte träge. Es war das Einzige, an das ich mich gerade klammern konnte. Und ich war unendlich froh, Cecile zu haben, die mir in den Momenten Kraft gab, in denen ich keine mehr hatte.

Kapitel 20

Cecile

Die Neuigkeit von Liam beschäftigte mich auch am nächsten Tag. Ich wollte mir gar nicht vorstellen, wie es in Trevor aussah, aber er ließ sich nichts anmerken.

»Danke für das leckere Essen.« Trevor strich über seinen Bauch und lächelte mich zufrieden an.

»Danke nicht mir, sondern den Gästen, die kurzfristig ihre Meinung geändert haben und doch keine Lust auf Schweinemedaillons in Pilzsoße hatten.«

Manchmal kam es vor, dass Speisen unberührt in die Küche zurückgingen. Natürlich kam es nicht infrage, sie anderen Gästen zu servieren, aber zum Wegwerfen war das Essen auch zu schade. Deshalb durften wir es einpacken und mit nach Hause nehmen, und heute hatte ich Glück gehabt, zwei Portionen zu ergattern.

»Die wissen nicht, was ihnen entgangen ist.« Trevor wischte mir mit dem Daumen über die Oberlippe, wo ich wohl noch etwas Soße hatte. Anschließend stand er auf und trug unsere beiden leeren Teller in die Küche.

Ich streckte mich währenddessen auf der Couch aus und sah ihm zu, wie er alles in die Spülmaschine räumte.

Meine anfänglichen Sorgen, Trevor könne vom Haushalt keine Ahnung haben, hatten sich schnell verflüchtigt. Er kochte gern für uns, räumte seine Sachen weg und verließ auch das Badezimmer ordentlich.

»Was hältst du von einem kleinen Verdauungsspaziergang?« Er stützte sich mit den Händen an der Arbeitsfläche hinter ihm ab. Die Ärmel seines Pullovers hatte er hochgeschoben und ich ertappte mich dabei, wie ich den Blick nicht von seinen Unterarmen lenken konnte, auf denen sich die Adern abzeichneten.

Als ich dann doch nach draußen sah, runzelte ich die Stirn. »Es sieht nach Regen aus.«

Trevor zuckte mit den Schultern. »Wir sind ja nicht aus Zucker. Und ich will auch nicht bis nach Downtown gehen, sondern nur ein Stück am Hudson River entlang. Außerdem hängen die Wolken seit Tagen so tief und es hat trotzdem nicht geregnet.«

Das stimmte, es hatte bisher nur ein bisschen genieselt, mehr hatte der Himmel nicht hergegeben. Der starke Wind hatte das Wetter weitergetrieben.

»Okay, lass uns gehen.« Ich stand auf, holte Mantel und Schuhe und freute mich auf den Herbstspaziergang. Als ich meine Mütze aufsetzte, stand Trevor fertig angezogen neben der Wohnungstür und hielt sie mir auf.

Gut zehn Minuten später hatten wir die Promenade am Hudson erreicht. Blätter wirbelten wild durcheinander, nur wenige Leute waren unterwegs. Das Wetter war vielen bestimmt zu ungemütlich.

Wir gingen schweigend nebeneinanderher, während ich überlegte, wie ich ihn auf Liam ansprechen konnte. Ich riss ungern Wunden auf, aber Trevor wirkte so in sich gekehrt und ich wollte ihm zeigen, dass er nicht alles mit sich selbst ausmachen musste. Dass ich immer ein offenes Ohr für ihn haben und ihm helfen würde, wo es ging.

Doch bevor ich meine erste Frage dazu formulieren konnte, wandte sich Trevor an mich. »Wie geht es eigentlich deiner Cousine?«

Ich pustete in meine Hände und schob sie in die Manteltaschen, um sie warm zu halten. Ich hätte Handschuhe mitnehmen sollen. Dass es so kalt sein würde, hatte ich nicht erwartet. »Leider unverändert. Ich bin gespannt, wie lange sie noch vom Unterricht fernbleiben kann, ohne das Jahr wiederholen zu müssen. Die Schule hat bereits Druck gemacht, aber meine Tante hat sich um einen Aufschub bemüht.«

»Lernt sie denn von zu Hause aus?«

Ich nickte. »Sie bekommt den durchgenommenen Lernstoff alle paar Tage per E-Mail mitgeteilt, aber die Prüfungen verpasst sie natürlich trotzdem.«

»Hast du mit ihr gesprochen? Also … dass du mit ihren Freunden reden willst, um mehr in Erfahrung zu bringen?«

»Ja, aber sie war leider gar nicht begeistert. Als gäbe es ein Geheimnis, von dem sie nicht will, dass es ans Tageslicht kommt. Keine Ahnung, ich bin wirklich planlos, was ihr Verhalten betrifft.«

»Gib nicht auf. Oft ist es mehr als einen Versuch wert.« Trevor legte während des Gehens seinen Arm um mich. Es war ein beruhigendes Gefühl, dass er auf diese Weise für mich da war und mich tröstete.

Dankbar schmiegte ich mich an ihn. Sollte ich ihn jetzt auf seinen Bruder ansprechen?

Wir bogen auf den Pier 45 ein, an dem sich bei schönem Wetter viele Leute herumtrieben. Heute hatten wir ihn fast für uns allein, was sicher an dem zunehmend stärkeren Wind lag.

Ich räusperte mich. »Du hast heute noch kein Wort über Liam verloren. Wolltest du nicht diesen Detective anrufen?«

»Das habe ich. Aber angeblich darf er mir nichts Neues sagen. Vielleicht will er das auch nur nicht.«

»Weil du nicht auf eigene Faust nach Antworten suchen sollst?«

»Vermutlich. Aber wenn ich höre, was Liam über seinen Pflichtverteidiger erzählt, könnte ich …« Trevor brach den Satz ab und schnaubte. »Er drängt Liam ständig dazu, sich schuldig zu bekennen, was er natürlich nicht will.«

Ich blieb stehen und schlang tröstend die Arme um ihn. Versuchte, ihm Halt zu geben, wie er es bei mir tat, wenn mich die Sorgen um und wegen meiner Familie erdrückten. Und doch hatte ich das Gefühl, dass es nicht genug war.

Trevor wischte sich mit Daumen und Zeigefinger über die Augen. »Mist, jetzt fängt es auch noch an zu regnen.«

Ich löste mich von ihm und schaute zum Himmel, an dem die dichten Wolken wie eine graue Decke über uns schwebten. Tatsächlich traf mich ein Tropfen an der Stirn und innerhalb weniger Sekunden steigerte sich das zögernde Tröpfeln zu einem heftigen Regenschauer.

»Ich glaube, wir sollten dann mal umkehren.« Ich lachte auf. Natürlich hatten wir keinen Regenschirm mitgenommen.

Trevor grinste. »Ja, schnell …«

Immer noch lachend ergriff ich Trevors Hand und im Laufschritt verließen wir den Pier. Es war, als hätten sich sämtliche Schleusen geöffnet, die während der letzten Tage nur verhalten Nieselregen durchgelassen hatten. Das Wasser spritzte unter unseren Füßen auf, wenn wir in die Pfützen traten, die sich innerhalb kürzester Zeit überall zu kleinen Seen auf den Straßen und Gehwegen zusammenfanden.

Völlig außer Atem kamen wir endlich zu Hause an. Als Trevor uns ins Haus ließ, war ich bis auf die Unterwäsche durchnässt, so sehr hatte es geschüttet. Meine Zähne schlugen klappernd aufeinander, obwohl mir heiß vom Laufen war. Doch es war Oktober und das konnte ich deutlich fühlen.

»Was für ein Sauwetter!« Trevor schüttelte den Kopf und die Wassertropfen flogen in alle Richtungen.

»Der Hausmeister wird sich freuen.« Ich zeigte auf die schmutzigen Wasserspuren, die wir hinterließen.

»Nicht nur über uns.« Trevor deutete auf den Regenschirm, der in einer Ecke stand, und auf die Spuren, die vor uns die Treppe hinaufführten. »Aber jetzt lass uns erst mal hochgehen, bevor wir uns erkälten.«

Dagegen hatte ich nichts einzuwenden.

Wir eilten nach oben und bei jedem Schritt klebte die nasse Kleidung an meinen Beinen und lag schwer auf meinen Schultern. Trotzdem fühlte ich mich belebt und berauscht von unserem Dauerlauf durch den Regen.

Vor der Wohnung sah Trevor mich breit grinsend an, während er den Schlüssel aus der Tasche holte. »Das hat Spaß gemacht.«

Ich nickte und fühlte ein angenehmes Kribbeln, das sich über meine Wirbelsäule ausbreitete. Erneut schaute ich zu Trevor, in dessen Augen ein Funkeln lag, bevor er aufschloss.

Kaum war die Wohnungstür hinter uns zugefallen, landeten seine Lippen auf meinen. Der Kuss sorgte dafür, dass ich alle Sorgen und die Aufregung der letzten Woche vergaß. Seine Hände lagen an meinen Wangen, mit den Daumen wischte er über mein feuchtes Gesicht und sandte tausend kleine Blitze durch meinen Körper, die ein heiseres Seufzen auslösten.

»Wir sollten aus den nassen Klamotten raus«, raunte er mir zwischen den Küssen zu.

Ich nickte, schob seine Jacke über die Schultern, bis sie zu Boden fiel, ohne meinen Mund von ihm zu lösen. Kurz darauf landete auch mein Mantel dort und ich an Trevors Brust.

Seit uns vor ein paar Tagen der Anruf auf Trevors Handy auf der Couch unterbrochen hatte, waren wir uns bis auf ein paar zärtliche Küsse und das abendliche Kuscheln im Bett nicht mehr näher gekommen. Doch heute schwang eine Energie zwischen uns, die viel intensiver war als beim letzten Mal.

Rückwärts bewegte ich mich auf das Badezimmer zu, meine Hand in seiner. Die ganze Zeit über sah er mir tief in die Augen und ich liebte diesen Blick. Als wäre ich seine Sonne an diesem regnerischen Tag. Und obwohl ich innerlich erhitzt war, begann ich noch mehr zu zittern.

Vor der Dusche schob er meinen weitmaschigen Pullover nach oben. Ich streckte die Arme hoch und er streifte ihn mir über den Kopf. Er legte ihn auf den Rand des Waschbeckens, bevor er mir das feuchte Trägertop auszog.

Ich griff nach dem Saum seines Pullovers und zog ihn über seinen Kopf. Der Pulli war genauso durchnässt wie meine Sachen und blieb an Trevors Nase hängen, was uns zum Lachen brachte. Als ich ihn endlich davon befreit hatte, strich ich über seine Brust. Ich spürte seine Gänsehaut und mir wurde klar, dass er ebenfalls fror.

»Dir ist kalt«, sagte ich leise und küsste ihn auf das Brustbein.

»Lass dich nicht täuschen.« Seine Stimme war rau und sein Blick verhangen.

Erneut landeten seine Lippen auf meinen. Wir kosteten uns, schmeckten die Sehnsucht des anderen und hielten uns aneinander fest, streichelten uns gegenseitig über die nackte Haut, was das Feuer in uns nur noch mehr anfachte.

Ich spürte, wie seine Hände über meinen Rücken fuhren, mich an ihn pressten. Fühlte, wie sehr er mich wollte.

Langsam glitt ich mit den Fingern über seinen festen Bauch. Mit dem Zeigefinger fuhr ich am Bund seiner Hose entlang, neckte ihn und genoss seine Reaktionen auf mich.

»Cecile?«, raunte er heiser und es klang wie eine Frage.

Es gab nur eine Antwort darauf. »Ja!«

Ohne zu zögern, öffnete ich die Knöpfe seiner Jeans. Trevor half mir, den schweren Stoff nach unten zu schieben. Er zog seine Chucks und die Socken aus, bevor er aus der Hose stieg. Dann ging er vor mir in die Knie, umfasste meine Wade, hob mein Bein und zog mir ebenfalls Schuhe und Socken aus.

Als er wieder aufstand, öffnete er meine Stoffhose, ohne den Blick von mir zu wenden. Die ganze Zeit über schaute er mir tief in die Augen und ich wusste, würde er auch nur einen Funken Zweifel darin erahnen, würde er aufhören.

Aber ich hatte keine Zweifel, es gab nichts, was ich bereuen würde. In seiner Nähe fühlte ich mich sicher und geborgen. Nirgendwo wollte ich lieber sein als bei ihm, in seinen Armen.

Gemeinsam schoben wir meine Hose nach unten und Trevor half mir, herauszusteigen. Dann richtete er sich wieder auf.

Ich konnte mich nicht länger zurückhalten, ich musste ihn erneut küssen. Seine kühle Haut auf meiner zu spüren, fühlte sich wie ein kleines Feuerwerk an, das die Stellen, an denen wir uns berührten, von innen nach außen aufglühen ließ.

Trevors Hände glitten über meine Schultern, meine Arme und über den Rücken wieder hinauf. Seine Lippen tanzten über meinen Hals und weiter hinab, brachten mich zum Keuchen, und ich seufzte auf, als ich seine Zunge am Rand meines BHs spürte.

Und doch wollte ich noch mehr von ihm.

Als hätte Trevor diesen Gedanken gehört, griff er an meinen Rücken und öffnete den Verschluss. Der Spitzen-BH löste sich und landete auf dem Boden.

»Wir sollten uns unter der Dusche aufwärmen«, erklärte er entschlossen und stellte das Wasser an, damit es warm wurde.

Ich nickte und spürte gleichzeitig mein Herz wie irre in meiner Brust rasen. Mir war bewusst, dass dieser Tag, dieser Moment hier im

Badezimmer alles zwischen Trevor und mir verändern würde. Doch ich wollte es, ich war mir selten zuvor einer Sache so sicher gewesen.

Meine Hände zitterten – nicht nur vor Kälte –, als ich meinen Slip hinunterschob und Trevor dabei zusah, wie er sich ebenfalls aus seiner Boxershorts schälte. Mein Blick wanderte über seine breiten Schultern, den flachen, festen Bauch, und noch tiefer, bis ich mir vollkommen sicher war, dass Trevor mich genauso wollte wie ich ihn.

Auch Trevor betrachtete mich genau. Vielleicht hätte mich das verunsichern sollen, aber er jagte damit nur einen heißen Schauer durch mich hindurch. Sein Lächeln verriet mir, dass ihm gefiel, was er sah.

Er stieg in die Dusche, ich folgte ihm und seufzte auf, als das warme Wasser auf uns herabprasselte. Genüsslich schloss ich die Lider und reckte das Gesicht in den Strahl.

»Alles okay?«

»Ja.« Ich schaute Trevor wieder an und der Ausdruck in seinen Augen war so zärtlich und liebevoll, dass ich mich an ihn schmiegte. Eine Weile standen wir nur so da und hielten uns, bis unsere Haut nicht mehr kalt, sondern heiß war. Und das lag nicht ausschließlich am Wasser. Ich spürte seine Erregung, fühlte das wachsende Ziehen, als wir ganz zart begannen, uns zu streicheln. Meine Lippen lagen an seiner Brust und ich konnte nicht anders, als dort Küsse zu verteilen.

Nur halb bekam ich mit, dass Trevor nach meinem Duschgel griff und etwas davon auf seine Hand gab. Er rieb die Handflächen aneinander und begann, meinen Rücken einzuseifen. In kreisenden Bewegungen verteilte er den Schaum, von den Schulterblättern hoch bis zum Nacken und wieder zurück nach unten bis zu meinem Po. Ich liebte das Gefühl so sehr, dass ich schließlich sein Duschgel zwischen den Fingern aufschäumte und auf seiner Brust verrieb. Meine Hände glitten wie von selbst über seine Haut, während auch er nicht von mir abließ. Und ich war jetzt schon verrückt danach, wie sich seine Hände auf mir anfühlten.

Als er begann, Kreise um meine Brüste zu ziehen, seufzte ich genüsslich auf und schloss die Augen. Fühlte seine Finger, die meine Brustwarzen streiften, und wünschte mir sie an noch ganz anderen Stellen.

Ich streichelte weiter über seinen Oberkörper und wurde mutiger … glitt mit den Händen über seinen Bauch und tiefer.

Trevor keuchte auf und seine Muskeln zuckten, als ich sanft über seine Leiste strich. Als ich mich noch weiter vortastete, löste sich ein heiseres Stöhnen von seinen Lippen.

Er legte eine Hand in meinen Nacken und lehnte seine Stirn an meine. Ich bemerkte die Wassertropfen, die an seinen dichten Wimpern hingen. Sein Mund war leicht geöffnet und sein Atem kam stoßweise, als er mit den Fingern meinen Bauch entlang nach unten glitt.

Ich konnte den lustvollen Laut nicht zurückhalten, der aus meiner Kehle drängte.

»Raus aus der Dusche?«, raunte er mir zu.

Ich brachte nur ein heftiges Nicken zustande.

Wir wuschen die restliche Seife von uns und stiegen aus der Dusche. Trevor legte mir ein großes Handtuch über die Schultern und schlang es um mich, bevor er sich selbst abtrocknete und sich sein Handtuch um die Hüfte wickelte. Mit einem weiteren Tuch rubbelte er zuerst über meine Haare, dann über seine, bis sie uns in allen Richtungen vom Kopf abstanden.

Wir lachten und rannten in mein Zimmer. Ich hatte das Gefühl, förmlich überzusprudeln vor Glück.

Vor meinem Bett veränderte sich die Stimmung schlagartig wieder. Ich erwiderte Trevors zärtlichen Blick, dann ließ ich das Handtuch fallen. In der nächsten Sekunde stand auch er wieder nackt vor mir.

Augenblicklich landete ich in seinen Armen und meine Lippen auf seinen. Heiser stöhnend küssten wir uns, schickten unsere Hände erneut auf Wanderschaft und sanken auf mein Bett.

Er breitete die Decke über uns aus und als er sich hochstemmte und über mich schob, jagte sofort eine neue Hitze durch mich hindurch. Mit beiden Armen stützte er sich neben meinem Kopf ab und ließ mich seinen Körper auf meinem spüren.

Seine Lippen landeten an meinem Hals. Mit der Zunge neckte er mich am Schlüsselbein, umspielte die Brustwarzen. Seine Hände wanderten tiefer, glitten über meinen Bauch, meine Oberschenkel, und jeder Griff, jede Bewegung verrieten mir, dass er wusste, was er tat.

Seufzend wand ich mich unter ihm, hielt mich an seinem Rücken fest, drückte ihn gegen mich. Ich schlang meine Beine um seine und küsste ihn drängend, streichelte über seine Brust und weiter hinunter.

»Trevor …« Mein Becken zuckte und ich sehnte mich nach mehr.

Er legte die Lippen um meine Brustwarzen und sog daran, umspielte sie mit dem Mund. Anschließend wanderte er weiter hinunter, neckte die sensible Haut um meinen Bauchnabel und platzierte sich zwischen meinen Beinen.

Ich stöhnte heiser auf, drückte den Rücken durch und vergrub die Finger in seinen feuchten Haaren. Trevor ließ sich davon nicht beirren und sorgte wieder und wieder dafür, dass das Feuer in mir aufloderte.

Ich stemmte die Fersen in die Matratze, eine gewaltige Energie sammelte sich in mir, bauschte sich auf. Es war alles zu gut. Ein weiterer Moment und ich explodierte. Welle um Welle spülte mich hinfort, sorgte dafür, dass ich wegdriftete und Trevor dabei noch näher kam.

Als er sich langsam wieder nach oben küsste, spürte ich seinen kühlen Atem auf meiner heißen Haut. Ich zog ihn in meine Arme, atemlos, während sich meine Muskeln immer noch sanft zusammenzogen.

»Ich brauche dich«, raunte ich in sein Ohr, dann küsste ich ihn.

Trevor stöhnte verhalten. »Ich will es auch, aber ich hab keine Kondome.«

»In meiner Nachttischschublade«, murmelte ich.

Trevor küsste mich drängend, dann stemmte er sich hoch und öffnete die Schublade.

Ich schlug beide Hände vor mein strahlendes Gesicht, weil es einfach unglaublich mit ihm war.

Trevor nahm ein Päckchen heraus und riss es auf.

»Lass mich das machen!« Ich setzte mich auf, spürte seinen Blick auf mir und konnte es kaum erwarten, ihm das Gleiche zu schenken, was ich eben von ihm bekommen hatte.

Entschlossen rollte ich es ab und drückte meine Hände gegen seine Brust, bis er sich zurücksinken ließ. Seine Lider waren halb geschlossen, seine Wangen gerötet, seine Lippen geschwollen.

Ich beugte mich zu ihm hinab, drückte seine Handgelenke in die Matratze und nahm seinen Mund in Besitz. Küsste mich weiter nach unten, bis ich seine Brustwarzen erreichte.

Trevor stöhnte, schob mir sein Becken entgegen. Wie groß seine Sehnsucht war, mich endlich ganz zu spüren, konnte ich mir vermutlich nur im Ansatz vorstellen. Und ich wollte uns beide nicht länger auf die Folter spannen. Ein letztes Mal küsste ich ihn, bevor ich mich sinken ließ.

Dieses Gefühl, ihm so nah zu sein, war unbeschreiblich.

Einen Augenblick lang hielt ich inne. Wir schauten uns an, heftig atmend. Ich stützte mich auf seiner Brust ab und spürte gleichzeitig, wie er seine Hände an meine Hüfte legte. Dann begann ich, mich langsam zu bewegen.

Ein tiefes Seufzen drang über meine Lippen. Es fühlte sich so unfassbar gut an, dass ich für einen Moment die Augen schließen musste.

Als ich Trevor wieder ansah, hatte er seine Zähne in der Unterlippe vergraben und mit meiner Zurückhaltung war es vorbei.

Es dauerte nicht lange, bis ich spürte, wie sich die Muskeln in mir erneut anspannten, bereit für eine weitere Explosion.

Trevor schien es genauso zu gehen, denn er atmete heftiger, lauter.

Dieses Geräusch prickelte meine Wirbelsäule hinab und sorgte dafür, dass ich mich aufrichtete.

Der Druck in mir wuchs innerhalb von Sekunden. Heftig bebte ich, ließ mich von dem Gefühl der Schwerelosigkeit treiben, bis wir beide die Kontrolle verloren und uns von der Welle mitreißen ließen.

Kraftlos sackte ich auf ihn. Ich hielt mich an ihm fest, küsste ihn. Spürte den Schweiß auf unserer Haut, der sich vermischte wie unsere Herzschläge, die langsam ruhiger wurden.

»Dich getroffen zu haben, ist mein größtes Glück, Cecile«, murmelte Trevor an meinem Hals.

In meiner Brust wurde es eng und weit zugleich, doch die Flut an Emotionen war so überwältigend, dass ich kein Wort herausbrachte. Weil ich so vieles sagen wollte und mich nicht entscheiden konnte, was in dem Moment das Richtige, was das Wichtigste war.

Trevor hatte sich heimlich in mein Herz gestohlen und ich wollte ihn nicht mehr gehen lassen.

Kapitel 21

Trevor

»Ich habe unglaublich große Lust auf Kekse.« Cecile lag in meinen Armen und reckte sich, um mir ins Gesicht zu schauen. Ihre Finger streichelten über meine Brust, ihr Bein hatte sie um meine geschlungen. Wir waren immer noch nackt und ich vermutete, dass das heute auch so bleiben würde.

Inzwischen war es dunkel, nur die Nachttischlampe tauchte den Raum in ein sanftes Licht und aus meinem Handy drang *1121* von Halsey.

Wir hatten noch ein zweites Mal miteinander geschlafen. Langsamer, länger, nicht so stürmisch. Wir hatten unsere Körper erkundet, uns geliebt und auch das war wahnsinnig intensiv und schön gewesen.

»Ich kann dir Kekse holen«, bot ich ihr an, doch sofort wurde ihr Griff um mich fester.

»Nein, bleib bei mir. Von dir gehalten zu werden, ist doch tausendmal besser als Kekse.«

Ein Schmunzeln schob sich auf meine Lippen und ich konnte unmöglich den Blick von ihren warmen braunen Augen lassen oder von den unzähligen Sommersprossen auf ihren Wangen und der Nase.

Sie küsste mich und ich spürte, wie sich erneut das Blut in meinen unteren Regionen sammelte.

In diesem Moment drang das Klingeln meines Handys zu uns durch. Genervt stöhnte ich auf und versuchte, den Ton auszublenden. Tatsächlich verstummte es nach dem fünften Mal – bis es kurz darauf erneut anfing.

»Du solltest rangehen.«

Ich vergrub meinen Kopf an ihrer Schulter. Noch war ich nicht bereit, mich wieder der Realität zu stellen. Wer rief mich überhaupt um diese Uhrzeit an einem Samstagabend an? Liam konnte es nicht sein. Vielleicht war es Wren, der mich doch für morgen einteilen wollte? Aber ich hatte einen freien Tag verdient und den würde ich auch in Anspruch nehmen. Konnte es Detective Grant sein?

Bevor der Klingelton erneut verstummen konnte, war ich aus dem Bett und ins Wohnzimmer gelaufen, wo das Handy auf dem Couchtisch lag. Ohne auf den Namen oder die Nummer zu achten, nahm ich den Anruf entgegen.

»Hallo?«

»Trevor.« Die Stimme meines Vaters jagte einen kalten Schauer durch mich hindurch.

»Dad.«

»Deine Mutter hat dir ein Flugticket geschickt und du bist nicht zurück nach Hause gekommen.«

Bei seinen strengen Worten versteifte ich mich. Dass er diese Tatsache erst eine Woche später bemerkt hatte, sagte eigentlich alles – doch diese Bemerkung verkniff ich mir.

»Stimmt, und daran wird sich auch nichts ändern.« Weil ich nach wie vor nackt war, fühlte ich mich verletzlicher, als ich es sollte. Doch das würde ich meinen Vater nicht spüren lassen.

Er schnaubte. »Ich wusste schon immer, dass du der Unvernünftigere von euch beiden bist. Aber dass du deine Zukunft einfach so hinwirfst und deinem Bruder in die Gosse folgst, hätte ich nicht erwartet.

Eher hätte ich gedacht, du würdest diese Chance nutzen. Jetzt, wo du der alleinige Erbe von *Collins Cosmetics* sein könntest.«

Jedes seiner Worte ließ mehr Wut in mir aufsteigen. Im Grunde sollte ich einfach auflegen. Mit ihm oder überhaupt mit meinen Eltern zu diskutieren, war noch nie eine gute Idee gewesen. Doch ich konnte nicht einfach *nichts* sagen, deshalb erwiderte ich: »Danke, aber ich bin nicht eure Marionette. Ich stehe hinter Liam und bleibe in New York.«

»Ich hoffe, du weißt, dass deine kleine Freundin, bei der du jetzt wohnst, aus der untersten Gesellschaftsschicht kommt. Und mit dem Job an der Tankstelle hast du dich auf ihre Stufe gestellt. Du hast dich selbst degradiert, Trevor Collins. Willst du wirklich, dass das deine Zukunft ist? Ohne all die Privilegien, die du bisher als unser Sohn genossen hast?«

Er war einfach unglaublich … Dass er offenbar einen Detektiv auf mich angesetzt hatte, sollte mich im Grunde schockieren. Doch das tat es nicht – was eine Menge über meine Eltern aussagte. »Geld allein macht nicht glücklich, Dad. Auch wenn du das vergessen hast.«

Mein Vater stieß ein verächtliches Geräusch aus. »Deinen Bruder würde eine ordentliche Summe gerade bestimmt glücklich machen. Überleg es dir gut, Trevor. Das ist deine letzte Chance.« Mit diesen Worten legte er auf.

Voller Hass auf ihn und meine Mutter schleuderte ich das Handy auf die Couch, von wo es auf den Teppich fiel, während ein wütender Schrei aus meiner Kehle brach. Weil ich nie wieder etwas mit ihnen zu tun haben wollte; weil ich unfassbar enttäuscht war, dass sie einfach nicht verstehen wollten, dass ich mich längst entschieden hatte; weil sie mir nach wie vor das Gefühl gaben, auf der falschen Seite zu stehen; weil sie Liam im Stich ließen. Dabei hatten sie keine Ahnung!

Eine Berührung am Oberarm ließ mich herumwirbeln.

Cecile stand hinter mir und schaute mich besorgt und eingeschüchtert an. »Alles okay?«

»Nein. Mein Vater … Er hat …« Meine Stimme versagte aus Wut und Verzweiflung. Es machte mich immer noch sprachlos, wie meine Eltern sich verhielten.

»Schon gut, du musst jetzt nicht darüber reden.« Cecile schmiegte sich an mich und hielt mich fest. Sie streichelte mir tröstend über den Rücken, während ich um Fassung kämpfte – vergebens. Meine Sicht verschleierte und ich hasste es, dass meine Eltern mich immer noch so in der Hand hatten, dass mich ihre kalten Worte nach wie vor dermaßen aus dem Konzept brachten.

»Komm mit ins Bett. Lass uns das Ganze für eine Weile ausblenden. Oder darüber reden, wie du möchtest.«

Am liebsten wollte ich raus und einfach nur rennen, so schnell mich meine Beine trugen. Auch wenn ich vor nichts davonlaufen konnte, aber noch weniger wollte ich uns die Laune verderben oder Cecile allein lassen. Wie in Trance ging ich in mein Zimmer, wo ich meine graue Jogginghose aus der Kommode nahm, sie anzog und mich an den Rand des Bettes setzte. Cecile kniete sich neben mich auf die Matratze, und als ich mich kurz zu ihr umdrehte, bemerkte ich erst, dass sie eines meiner T-Shirts trug, das vorhin noch auf dem Kissen gelegen haben musste. Es war ihr viel zu groß, aber ich mochte, wie sie darin aussah.

»Mein Vater weiß von dir«, sagte ich und schluckte, weil ich diese Neuigkeit erst verdauen musste.

»Wie meinst du das? Hast du ihm von mir erzählt?«

Ich schüttelte den Kopf. »Nein. Er weiß, dass ich bei dir wohne. Dass ich an der Tankstelle arbeite … Wahrscheinlich lässt er mich beschatten, keine Ahnung.« Ich ballte meine Hände zu Fäusten und hätte am liebsten erneut irgendwie meinem Zorn Luft gemacht. Aber ich wollte Cecile nicht noch mehr einschüchtern. Dass ich das Telefon auf die Couch gepfeffert hatte, war schon zu viel des Guten gewesen.

Cecile saß schweigend neben mir. Vermutlich waren diese Neuigkeiten auch für sie ein Schock. »Was hat er noch gesagt?«, fragte sie leise.

»Er ist so ein …« Aufgebracht sprang ich auf und tigerte zwischen Bett und Kommode hin und her. »Er hat mich darauf hingewiesen, wie *schlecht* es sich ohne Millionen auf dem Konto lebt.« Ich malte Gänsefüßchen in die Luft, um ihr klarzumachen, dass ich ganz eindeutig anderer Ansicht war. »Und dass Liam froh wäre über dieses Geld. Dass ich mich durch den Abbruch meines Studiums auf … eine niedrigere Stufe stelle, meine Zukunft wegwerfe und nie mehr das Leben führen könnte, dass ich einmal hatte.« Dass er damit auf Ceciles Herkunft angespielt hatte, verschwieg ich ihr. Seine Worte und seine Einstellung waren so schon schlimm genug.

Sie warf mir einen traurigen und mitfühlenden Blick zu, zog die Knie an und stülpte das T-Shirt darüber. Bestimmt war ihr kalt, doch sie machte keine Anstalten, sich eine Hose aus ihrem Zimmer zu holen oder sich in die Decke zu wickeln. Sie wollte bei mir bleiben, so nah wie möglich.

»Du hast es nicht verdient, auf diese Weise unter Druck gesetzt zu werden. Du bist ein guter Mensch, Trevor. Lass dir bloß nichts anderes einreden.«

»Es ist einfach verrückt, weißt du? Als würden alle gegen mich, gegen Liam arbeiten. Mom und Dad, der Pflichtverteidiger, die beiden Zeugen, die gelogen haben. Die Partygäste, von denen angeblich kaum jemand etwas gesehen hatte. Ich hatte gedacht, Detective Grant würde schneller vorankommen und Beweise finden, die Liam entlasten könnten.«

Inzwischen hatte ich das starke Gefühl, dass ich etwas übersehen hatte … Dass ich vor dem fehlenden Puzzlestück stand und den Wald vor lauter Bäumen nicht sah.

Doch ich wollte Cecile nichts davon sagen. Ich fühlte mich selbst schon wie ein Irrer, der einem Schatten nachjagte. Womöglich tat ich das sogar. Manchmal fragte ich mich, was wäre, wenn Liam doch gelogen hatte. Wenn er doch am Steuer gesessen und diese Frau auf dem Gewissen hatte? Vielleicht war ich der Einzige, der aus Liebe zu seinem Bruder die Wahrheit nicht sehen konnte?

Aber es würde mich umbringen, wenn Cecile irgendwann auch so schlecht über Liam oder mich denken würde. Denn in den letzten Tagen war mir klar geworden, dass ich viel mehr für sie empfand, als ich mir zuerst eingestehen wollte. Ich war nicht nur verrückt nach ihr, ich hatte mich in sie verliebt.

»Trevor? Hast du gehört, was ich gesagt habe?«

Blinzelnd schüttelte ich den Kopf und verjagte meine Gedanken, die noch zu verwirrend und zu neu waren. »Nein, tut mir leid.«

Sie lächelte und streckte eine Hand nach mir aus, die ich ergriff. Ich ließ mich von ihr zu sich ziehen. »Ich bin mir sicher, dass sich die Sache bald auflösen wird. Ich meine, dein Bruder ist unschuldig und es waren so viele Leute auf dieser Party. Irgendjemand muss etwas gesehen haben und hat es vielleicht nur vergessen. Manchmal muss man erst eine Weile nachdenken, bevor einem alles wieder einfällt.«

»Es waren *vier* Studentinnen, die am neunten September verunglückt sind.«

»Bitte?«

»Vier! Nicht drei, wie bisher angenommen.«

»Was? Woher weißt du das? Hat dir das dieser Detective …«

»Findest du es nicht eigenartig, dass *niemand* etwas darüber weiß? Sie muss sich in Luft aufgelöst haben, als der Unfall passiert ist. Hätten die beiden Studentinnen sie nicht erwähnen müssen? Ich meine … wieso haben sie verschwiegen, dass sie auf der Ladefläche des Pick-ups saß? Oder wussten sie nichts von ihr?« Vielleicht hatten die anderen wirklich nicht mitbekommen, dass sie auf der Ladefläche mitgefahren ist.

Cecile riss die Augen weit auf. »Gott, Trevor! Wie lange weißt du das denn schon? Was, wenn sie noch irgendwo im Wald liegt? Vielleicht wurde sie von der Ladefläche geschleudert und ist ein Stück entfernt verletzt liegen geblieben? Oder sie war sofort …«

»Nein.« Entschlossen schüttelte ich den Kopf. »Daran habe ich zuerst auch gedacht, doch die Unfallstelle wurde gesichert und abgesucht. Die Polizei hätte sie garantiert gefunden.«

»Und wenn sie verängstigt und verletzt in den Wald gelaufen ist? Wenn sie durch den Aufprall ihr Gedächtnis verloren hat und sich jetzt nicht mehr erinnern kann, wer sie ist und was passiert ist?«

»Okay, da ist was dran. Ich könnte morgen in den umliegenden Krankenhäusern anrufen und nach einer jungen Frau fragen, die in der Nacht vom neunten auf den zehnten September mit einer Kopfverletzung oder Amnesie eingeliefert wurde. Vielleicht auch in den darauffolgenden Tagen, eventuell ist sie wirklich durch den Wald geirrt, bevor sie jemand aufgesammelt hat.«

Was dennoch nicht erklärte, warum sie von den beiden jungen Frauen, die den Unfall überlebt hatten, nicht erwähnt worden war. Irgendwie wurde alles immer verworrener.

»Einen Versuch ist auf jeden Fall wert. Und du musst mit Detective Grant darüber reden.« Cecile zupfte an meinem Arm und endlich ließ ich mich von ihr aufs Bett ziehen.

Ich wusste nicht, ob mich diese Überlegung weitergebracht hatte, aber mit der Befragung der anderen Partygäste hatte ich ansonsten keinen Erfolg gehabt. In den Tagen seit dem Treffen mit Kara hatte ich noch die restlichen Personen kontaktiert, von denen ich die Nummern hatte. Ausnahmslos alle hatten von *drei* Frauen in dem Pick-up erzählt und wahrscheinlich hatten einige diese Info nur aus den Medien oder vom Hörensagen. Nur ein paar wenige hatten gesehen, wie sie zu dritt das Haus verlassen hatten. Also musste die Vierte erst draußen auf dem Parkplatz dazugestoßen sein. Vielleicht war sie doch der fehlende Schlüssel.

Ich legte mich neben Cecile, die sich an mich kuschelte. Sie zog die Decke über uns und kurz darauf war sie eingeschlafen. Ich hingegen lag noch lange wach. Denn zum ersten Mal seit ein paar Tagen hatte ich das Gefühl, dass noch nicht alls verloren war.

Kapitel 22

Cecile

Es war mitten in der Nacht, als ich aus einem Traum hochschreckte. Keine Ahnung, was mich geweckt hatte, aber mein Herz raste und ich war durchgeschwitzt und aufgewühlt. Trevor schlief neben mir und hatte einen Arm um mich gelegt. Langsam schob ich ihn von mir und stand auf, um in der Küche einen Schluck Wasser zu trinken. Doch die innere Unruhe blieb auch, nachdem ich auf der Toilette und erneut zurück ins Bett gegangen war.

Hellwach lag ich da und starrte in die Dunkelheit. Ich versuchte, die wirren Gedanken zu greifen, die wie kurze Fetzen immer wieder auftauchten, ohne dass sie einen Sinn ergaben. Angestrengt dachte ich nach, wovon ich geträumt hatte. Vielleicht würde ich auf diese Weise entschlüsseln, was mir mein Unterbewusstsein mitteilen wollte. Doch ich konnte mich nicht an meinen Traum erinnern.

Ich drehte mich zu Trevor um, dessen Gesicht sich schemenhaft im spärlichen Licht abzeichnete, das sich seinen Weg an den Vorhängen vorbei ins Schlafzimmer suchte. Seine Stirn war gerunzelt und seine Lippen bewegten sich, als würde er träumen.

Zärtlich strich ich über seine Wange, ohne ihn zu wecken, und dachte an gestern. Wie wir spazieren gewesen und in den Regen gekommen waren. Wie unsere Anziehung so groß geworden war, dass wir nicht länger die Finger voneinander lassen konnten, ohne dass danach eine verklemmte Stimmung zwischen uns geherrscht hätte – im Gegenteil. Es war, als hätten wir die Verbindung zueinander noch gestärkt.

Mir war klar geworden, wie viel ich inzwischen für ihn empfand und wie sehr ich mit ihm litt, wenn er über seine Eltern und seinen Bruder redete. Wie hilflos er war und wie groß mein Wunsch, ihm zu helfen.

Ruckartig setzte ich mich auf.

Der neunte September!

Er hatte gesagt, dass *vier* junge Frauen am *neunten September* in diesen Unfall verwickelt gewesen waren. Das genaue Datum hatte ich nicht auf dem Schirm gehabt. Vielleicht hatte er es erwähnt und ich hatte es nur vergessen oder als nicht wichtig erachtet. Doch nun stieg Übelkeit in mir auf und trieb meinen Herzschlag an.

Schnell stand ich auf und eilte ins Wohnzimmer, wo mein Handy auf dem Couchtisch lag. Ich öffnete den Kalender und blätterte zurück zu dem Datum, an dem ich mit Marylin verabredet gewesen war, um mit ihr die Colleges durchzugehen.

Ich hatte unser Treffen für Sonntag, den siebzehnten September eingetragen. Wenn ich mich richtig erinnerte, hatte ich kurz davor mit Tante Julia telefoniert und von ihr erfahren, dass sich meine Cousine seit dem vergangenen Wochenende seltsam verhielt.

Als ich durch die Anrufliste scrollte, entdeckte ich tatsächlich ihren Namen neben dem dreizehnten September. Vier Tage nach dem Unfall …

Vermutlich war es nur eine verrückte Aneinanderreihung von Zufällen, dass Liams Verhaftung und Marylins verändertes Verhalten so dicht beieinanderlagen. Immerhin war sie in jener Nacht bei ihrer Freundin gewesen. Und doch ließ mich der Gedanke nicht los, dass es irgendeine Verbindung gab.

Aufgewühlt ging ich zurück in Trevors Zimmer und schlüpfte zitternd wieder unter die Decke. Mir war kalt, ich war durcheinander und die Alarmglocken in mir schrillten so laut, dass ich nicht wieder in den Schlaf fand. Rastlos drehte ich mich von einer Seite auf die andere und war froh, dass Trevor davon nicht wach wurde. Doch selbst als mir wieder warm war, wurde ich nicht müde.

Kaum dass es dämmerte, stand ich auf. Ich duschte, zog mich an und schrieb Marylin, dass ich vorbeikommen würde, weil ich unbedingt mit ihr reden müsse. Sie antwortete mir mit einem kurzen Okay, als ich bereits auf dem Weg in die Bronx war.

Trevor hatte ich eine Nachricht auf einem Zettel hinterlassen, dass ich nicht mehr schlafen konnte und meine Tante besuchen würde. Die Details verschwieg ich ihm noch, weil ich erst Gewissheit haben wollte. Falls ich mich irrte und alles doch nur ein Zufall war, wollte ich nicht, dass Trevor sich Hoffnungen machte, die ich gleich wieder zerschlagen musste.

Mit zwei Bechern Kaffee in den Händen stand ich kurz darauf vor Tante Julia und Onkel Craigs Wohnung und wählte Marylins Nummer. Ich wollte nicht klingeln und alle aufwecken, falls noch jemand schlief. Zwar war es bereits halb neun, aber immerhin war es Sonntag.

»Ja?«

»Ich bin's, Cecile. Machst du mir auf?«

»Bist du allein?«, fragte meine Cousine.

Irritiert schaute ich mich um. »Ja.«

»Keiner mit dir im Treppenhaus?«

»Nein?!«

Endlich öffnete sie mir und warf einen schnellen Blick in den Flur, bevor sie die Tür hinter uns wieder schloss und mehrfach verriegelte.

»Komm mit«, sagte sie leise und bedeutete mir, ihr durch die noch ruhige Wohnung in ihr Zimmer zu folgen.

Ihr seltsames Verhalten ließ ich unkommentiert, setzte mich zu ihr aufs Bett und reichte ihr den Kaffee.

»Wie geht es dir?«, fragte ich, konnte meine Sorge aber nicht verstecken.

Marylin zuckte mit den Schultern und verzog ihr Gesicht zu einem misslungenen Lächeln. »Gut.«

Dass sie mir und sich selbst etwas vormachte, stand außer Frage. Sie hatte abgenommen, ihre Wangen waren eingefallen und die dunklen Augenringe verrieten mir, dass sie nicht viel schlief.

Mit einem Mal fühlte ich mich mit der Situation überfordert. Was, wenn ich auch nur im Ansatz recht hatte mit meiner Vermutung? Wie würde sie reagieren? Könnte ich ihr den nötigen Halt bieten und sie endlich zum Reden bringen oder würde es alles nur noch schlimmer machen? Aber was blieb mir für eine Wahl?

Ich stellte meinen Kaffee auf den Boden neben dem Bett und tat das Gleiche mit ihrem Becher. Dann rutschte ich zu ihr auf und nahm ihre Hände in meine. Noch einmal holte ich tief Luft und hoffte, dass alles gut gehen würde.

»Hör zu, Marylin, es gibt eine Sache, über die ich mit dir reden muss. Beziehungsweise möchte ich dir etwas erzählen. Falls ich an irgendeiner Stelle aufhören soll, sag einfach Bescheid, okay?«

Sie nickte knapp.

»Ich habe seit Kurzem einen Freund.«

»Oh!« Sie sah mich überrascht an und lächelte. Trotzdem stand in ihren Augen Verwirrung. »Das freut mich für dich. Wie hast du ihn kennengelernt?«

»Trevor ist … er wohnt bei mir. In Nicolas Zimmer. Er kommt aus Chicago und ist hergekommen, weil sein Bruder Liam hier verhaftet wurde und momentan auf seine Verhandlung wartet.«

»O nein, wie schlimm! Was hat er getan?«

Ich schluckte. Zögerte. Mein Herz klopfte in meiner Brust, denn jetzt wäre der letzte Moment, das Ruder noch herumzureißen. Aber ich brauchte Gewissheit.

»Am neunten September hat es eine Studentenparty in Connecticut gegeben.«

Marylins Gesichtsausdruck wurde von einer Sekunde auf die andere ernst.

»Einige Studentinnen sind gegen halb elf Uhr nachts von dort zurück in die Stadt gefahren. Ein Auto ist ihnen gefolgt. Die Insassen waren ebenfalls Studenten und sie haben … einen Verkehrsunfall provoziert, bei dem der Wagen der jungen Frauen von der Straße abgekommen ist.«

Ich stoppte, weil ich sah, wie Tränen über Marylins Wangen kullerten.

Mir brach das Herz. Ich spürte das Brennen in den Augen, bevor mein Blick verschwamm.

»Eine der jungen Frauen ist dabei ums Leben gekommen.« Meine Stimme klang belegt. »Was ist in dieser Nacht passiert, Marylin?«

»Ich weiß nicht, was du meinst.« Mir entging weder das Beben in ihren Worten noch das Zittern ihrer Hände, als sie sich mit den Fingern durch die Haare fuhr und die Strähnen hinter dem Ohr hervorholte, um sie wie einen schützenden Vorhang vor ihr Gesicht fallen zu lassen. Dann wandte sie den Blick ab.

»Wo warst du an dem Abend, als … seitdem du das Haus nicht mehr verlassen willst, Marylin?«

Sie schlang die Arme um ihre Knie und wiegte leicht vor und zurück.

»Bitte, sag es mir! Es ist so wichtig! Trevors Bruder wurde verhaftet, weil er angeblich am Steuer saß. Dabei war er zum Zeitpunkt des Unfalls woanders und eine fremde Person ist gefahren. Wenn du *irgendetwas* über diesen Abend weißt, was helfen könnte, Liam zu entlasten, dann …«

»Ich war bei Vicky, einer Freundin. Das habe ich dir doch erzählt.«

Abwartend schaute ich sie an. »Ja, und ihr wolltet euch Horrorfilme ansehen. Aber was habt ihr wirklich gemacht?«

Marylin hielt den Blick auf einen fernen Punkt gerichtet. Sie wippte schneller vor und zurück und eine einsame Träne lief über ihre Wange.

»Ich bitte dich, sag es mir«, flehte ich flüsternd.

»Vicky hat von dieser Party gehört«, begann sie und sofort stand ich unter Strom. Ich traute mich kaum zu atmen, aus Angst, auch nur eine Kleinigkeit zu verpassen. »Sie wollte unbedingt dorthin, wegen der süßen Collegejungs, meinte sie. Erst war ich dagegen, hab mich dann aber von ihr überreden lassen. Sie kann da sehr … überzeugend sein.«

Angespannt biss ich mir auf die Wangeninnenseite und hielt mich zurück, sie zu unterbrechen oder nachzuhaken. Dass sie jetzt ihr Schweigen brach, war *der* Beweis, dass ich mit meiner Vermutung nicht falschgelegen hatte. Und ich hoffte, sie würde mir alles anvertrauen, was sie wusste. Dinge, die vielleicht sogar Trevors Bruder helfen könnten.

»Auf der Party hat sie gemeint, dass ich für sie einen der Studenten ansprechen soll. Er war süß und wir haben uns gut unterhalten. Er wollte dann meine Nummer haben und sich mit mir verabreden. Doch noch bevor ich das Missverständnis hätte richtigstellen können, ist Vicky dazwischengegangen und ausgeflippt …« Sie stockte und das Zittern in ihrer Stimme verriet mir, dass es wirklich übel gewesen sein muss. »Sie war davon überzeugt, dass ich das absichtlich getan habe, dass ich ihr ihren Schwarm ausspannen wollte. Dabei war das gar nicht so.« Sie wischte sich schnell über die Wangen, die mehr und mehr von Tränen benetzt wurden. »Jedenfalls hat sie sich in ihr Auto gesetzt und ist ohne mich gefahren.«

»Das tut mir so leid für dich«, sagte ich und streichelte ihr tröstend über den Rücken. »Wie bist du dann nach Hause gekommen?« Erneut machte mein Herz einen Satz. Etwas sagte mir, dass ich der Wahrheit gerade unfassbar nah war.

Marylin schwieg. Weinte nur noch. »Vielleicht solltest du jetzt besser gehen, Cecile. Ich hab dir verraten, wo ich war, und ich bitte dich, Mom und Dad nichts davon zu sagen, okay? Sie würden ausrasten, sich einmischen … und sie würden es nicht verstehen.«

»Weil der Streit mit deiner Freundin nicht der Grund für dein verändertes Verhalten ist«, sagte ich und hielt angespannt den Atem an.

Statt darauf zu antworten, schüttelte Marylin den Kopf. »Ich … kann nicht. Bitte …«

Ich beugte mich zu ihr und legte eine Hand auf ihre Schulter. »Was kannst du nicht?«

»Ich …« Sie senkte den Kopf.

Nun konnte auch ich die Tränen nicht länger zurückhalten. Ich wünschte einfach nur, ich könnte Marylin von ihren Qualen befreien. Es war das erste Mal, dass sie darüber sprach, was vorgefallen war. Und das war grundsätzlich gut. Aber während ich sie so am Boden zerstört sah, zweifelte ich stark daran, dass sie es auch als gut empfand.

»Er hat gesagt, er würde mich umbringen, wenn ich jemandem erzähle, was passiert ist«, presste Marylin erstickt hervor.

Ihre Worte ließen das Blut in meinen Adern gefrieren. »Wer?«

Sie schüttelte den Kopf, wieder und wieder. Immer heftiger, bis ich fürchtete, gleich die Kontrolle über die Situation zu verlieren.

Ich schaute zur Tür, überlegte, Tante Julia zu holen. Wenn Marylin hier zusammenbrach, wüsste ich nicht, was ich tun sollte.

Verdammt, ich hätte sie nicht drängen sollen! Doch nun war es zu spät.

Als ich sie in den Arm nehmen und beruhigen wollte, ihr sagen wollte, dass sie es mir nicht sofort verraten musste, schluchzte Marylin laut auf.

»Zayn! Er nennt sich Zayn und … keine Ahnung, ob er wirklich so heißt, aber er weiß, wo ich wohne. Er hat meine Nummer und ruft mich jeden Tag an, manchmal zweimal. Er sagt, dass auf mich das gleiche Schicksal wartet wie das der Studentin, die bei dem Unfall ums Leben gekommen ist, sollte ich irgendjemandem erzählen, was in dieser Nacht vorgefallen ist.« Sofort schlug sie die Hände vor ihren Mund, als könnte sie die Worte dadurch zurücknehmen. »Also bitte … *bitte*! Behalte das alles für dich. Sonst … passiert bestimmt etwas Schreckliches.«

Tröstend streichelte ich über ihren Rücken, hielt sie fest und hoffte, ihr auf diese Weise zumindest ein bisschen Halt zu geben.

Sie so zu erleben, tat unheimlich weh, und ich bereute es, sie in diese Situation gedrängt zu haben. Ich wusste immer noch nicht, *was genau* ihr in jener Nacht zugestoßen war, aber ich hatte beschlossen, dass es für heute genug war. Ich hatte einen Namen von ihr erhalten und es war auch eine Erleichterung gewesen, einen Blick hinter ihre festen Mauern werfen zu können. Endlich verstand ich, warum sie nicht mehr zur Schule gehen wollte – sie hatte Angst um ihr Leben!

Marylins Geständnis hallte laut und unnachgiebig in mir nach. Ich war völlig durch den Wind, seit ich mich auf dem Nachhauseweg befand, und versuchte, die neuen Informationen zu einem Bild zusammenzusetzen.

Ich wusste nun, dass sie auf der Party gewesen und allein zurückgeblieben war, nachdem sie sich mit Vicky gestritten hatte. Dabei musste sie etwas gesehen haben, was mit dem Unfall zusammenhing. Zumindest reimte ich mir das so zusammen, denn sie hatte nichts direkt erwähnt, sondern nur kurz von diesem Zayn gesprochen. Er rief sie täglich mit unterdrückter Nummer an und mehrmals am Tag parkte sogar ein Wagen vor dem Haus, der nach einer Weile wieder fuhr. Wobei das noch lange kein Beweis war, dass ihr jemand auflauerte.

Fakt war jedoch, dass sie Angst hatte. So große Angst, dass sie mit niemandem über die Nacht redete und seitdem das Haus nicht mehr verlassen wollte, weil sie fürchtete, dieser Kerl könnte sie überfallen und umbringen.

Sie hatte mich gebeten, niemandem von Zayn zu erzählen. Aber vielleicht war genau dieser Name das fehlende Puzzlestück bei Trevors Suche nach dem wahren Schuldigen? Was also, wenn sein Bruder freigelassen werden könnte, falls ich ihm verraten würde, was mir Marylin eben anvertraut hatte? Brachte ich meine Cousine dadurch in Gefahr? Ich steckte in der Zwickmühle.

Aufgewühlt und innerlich zerrissen kam ich nach Hause. Ich ging die Treppe hinauf und … stockte kurz vor der Wohnung. Ein Mann stand davor, den ich nicht kannte. Oder doch?

»Mister Collins?«

Die Art, wie er sein Gesicht verzog und mich abschätzig von oben bis unten musterte, bestätigte mich in meiner Annahme, dass er Trevors Vater sein musste.

»Tatsächlich, die junge Frau aus dem Restaurant.« Er schnalzte mit der Zunge und reckte das Kinn.

Bei genauerem Hinsehen hatte er wirklich in gewissen Zügen Ähnlichkeit mit Trevor. Sie hatten dieselbe Augenfarbe und markante Wangenknochen. Nur diesen herablassenden Blick hatte ich bei Trevor noch nie gesehen. Auch der Kleidungsstil war anders. Mister Collins trug einen edlen Anzug, bestimmt maßgeschneidert, und darüber einen feinen Mantel, der offen stand. Auf dem Kaschmirschal um seinen Hals entdeckte ich das Logo eines bekannten Modelabels. Alles an ihm strahlte Reichtum und Macht aus, genau wie ich ihn von unserem ersten Aufeinandertreffen in Erinnerung hatte.

»Wie kann ich Ihnen helfen? Trevor schläft vermutlich noch.«

»Ich bin nicht wegen ihm hier. Ich möchte mit Ihnen sprechen.«

Mein Herzschlag beschleunigte sich und mit einem Mal wusste ich nicht, wo ich meine Hände lassen sollte. Also verschränkte ich die Arme vor der Brust.

»Ach ja?«

»Als Trevors Vater betrachte ich es als meine Pflicht, Sie darauf hinzuweisen, dass die Liaison mit ihm nur von beschränkter Dauer sein wird. Jetzt mag er Sie vielleicht noch glücklich machen, aber Ihnen sollte bewusst sein, dass Sie nur ein Mittel zum Zweck sind.« Er lachte kurz auf. »Trevor ist und bleibt ein Collins. Wir sind erfolgsorientiert und zielstrebig und scheuen uns nicht, den direkten Weg zu gehen, ohne Rücksicht auf Verluste. Ja, er ist hier, um seinen Bruder zu unterstützen. Er schwänzt seine Collegekurse und vernachlässigt seine Pflichten im Familienunternehmen – was mir und meiner Frau natürlich missfällt. Aber wenn Liams Verhandlung vorbei ist, wird Trevor zurückkommen. Sein Bruder wird hinter Gittern landen, das ist leider ein Fakt. Spätestens bei der Urteilsverkündung wird auch Trevor es einsehen. Ihm wird bewusst werden, dass er dadurch zum Alleinerbe eines Milliardenunternehmens wird. Er wird keinen weiteren Tag im Schatten seines großen Bruders verbringen müssen, sondern endlich im Mittelpunkt stehen und die Aufmerksamkeit aller genießen.«

»Trevor ist nicht so wie Sie!«

Er schmunzelte überheblich. »Ja? Denken Sie das wirklich? Wie lange kennen Sie ihn? Ein paar Wochen?« Mister Collins wurde ernst und seine Augenbrauen schoben sich entschlossen zusammen. »Glauben Sie mir, ich kenne meinen Sohn besser als Sie. Ich *weiß*, wie sehr er von klein auf darunter gelitten hat, immer an zweiter Stelle zu stehen. Liam ist nun mal unser Erstgeborener und durfte viele Privilegien genießen, von denen Trevor bisher nur träumen konnte. Doch jetzt gehört das der Vergangenheit an. Sie werden sehen, dass er nach der Verhandlung nach Chicago zurückkehren wird. Er wird Sie sitzen lassen, weil Sie ihm nichts bedeuten. Weil Sie, wie schon gesagt, nur ein Mittel zum Zweck sind – und Sie bieten ihm nicht nur einen Schlafplatz, sondern gleich ein warmes Bett. Wer würde dazu Nein sagen?«

Er machte eine kurze Pause, in der ich Trevor verteidigen wollte, doch langsam wuchsen Zweifel in mir.

»Und wer würde auf eine sichere Zukunft verzichten? Auf Macht, Ansehen, Reichtum? Wenn Trevor erst einmal zurück in Chicago ist und sich seiner neuen einflussreichen Rolle bewusst wird, wird er jemanden wie Sie schnell vergessen haben.«

»Das wird er nicht«, flüsterte ich bebend vor Wut und Angst, er könnte mit seinen Worten vielleicht doch recht haben.

»Spätestens in ein paar Wochen, wenn Trevor sich nicht mehr bei Ihnen meldet, werden Sie an unser Gespräch zurückdenken.« Siegessicher tippte er sich gegen einen imaginären Hut, nickte mir zum Abschied zu und ging gemächlich die Treppe hinab.

Mein Herz raste und schmerzte zugleich so sehr, dass ich mich erst einmal kraftlos an die Wand lehnen musste, um mich zu beruhigen. Meine Hände zitterten und der Schlüsselbund darin klimperte viel zu laut in meinen Ohren.

In letzter Zeit hatte mir Trevor einiges über seine Eltern erzählt. Mir war klar, dass sie manipulativ waren. Aber ganz ehrlich? Aus der finanziellen Mittellosigkeit in ein Leben ohne Geldsorgen zurückzukehren, mit einer großartigen Zukunft in Aussicht – würde er das tatsächlich leichtfertig ablehnen? Er hatte zwar seine Differenzen mit seinen Eltern, aber sein Vater hatte recht: Diese Chance würde sich niemand entgehen lassen.

Als mir bewusst wurde, dass Mister Collins' Worte vermutlich mehr Wahrheit beinhalteten, als ich mir gerade eingestehen wollte, wurde mir übel. Schnell schloss ich die Tür auf und stolperte in die Wohnung.

»Trevor?« Meine Stimme zitterte.

Angestrengt lauschte in die Stille. Da waren nur das Pochen meines Herzens und das laute Rauschen in meinen Ohren.

Ich ließ die Wohnungstür hinter mir ins Schloss fallen und verriegelte sie zur Sicherheit. Die ganze Sache mit Marylin hatte mich bereits in Panik versetzt, das Gespräch mit Trevors Vater hatte mir den Rest gegeben.

»Trevor!« Wieder blieb es ruhig und ich ging an der offenen Badezimmertür vorbei, um an seine geschlossene Tür zu klopfen. »Trevor, bist du da?«

Als ich sie öffnete, war sein Bett leer.

Er war nicht zu Hause.

Aber ich brauchte ihn jetzt. Ich *musste* mit ihm reden, wollte hören, dass sein Vater mich nur verunsichern wollte und er mich nicht für die Aussicht auf ein Luxusleben verlassen würde. Und vielleicht würde ich ihm sogar von Zayn erzählen – aber dazu musste ich erst wissen, ob ich ihm noch vertrauen konnte.

Ich holte mein Handy aus der Tasche und stellte fluchend fest, dass der Akku leer war. Kurz entschlossen lief ich in mein Zimmer und steckte es an mein Kabel. Doch es lud nicht. Genervt rieb ich über die Kontakte, pustete in die Anschlussbuchse, aber es änderte sich nichts.

Wahrscheinlich war es einfach zu alt und zu abgenutzt. Aber warum musste es mich ausgerechnet jetzt im Stich lassen?

Verärgert warf ich das Ladekabel auf das Kopfkissen und eilte in Trevors Zimmer. Ich würde mir einfach seines leihen.

Es lag auf dem Nachttisch neben seinem Bett, und als ich es ansteckte, ertönte der typische Ton und das Display leuchtete auf.

Erleichtert setzte ich mich und wartete, bis ich telefonieren konnte. Dabei fiel mein Blick zufällig auf die leicht offen stehende Nachttischschublade, in der ein Stück Silber aufblitzte.

Ich wusste, dass ich nicht in seinen Sachen herumschnüffeln sollte, aber ich konnte mich nicht zurückhalten und öffnete die Schublade ein kleines bisschen mehr, um meine Neugier zu stillen.

Sofort machte mein Herz einen Satz und ich hörte, wie ein überraschter Laut aus meiner Kehle drang. Ohne mich weiter um irgendwelche Verhaltensregeln zu kümmern, zog ich die Schublade auf. Meine Augen hatten mich nicht getäuscht. Es war ein silberner Armreif.

Mit zitternden Fingern nahm ich ihn heraus und drehte und wendete ihn. Er war ungefähr fünf Millimeter breit und hatte an der Außenseite ein Muster aus Blumen eingearbeitet, die an manchen Stellen blassrosa Farbtupfen hatten. Sie fehlten nur an den beiden äußersten Blüten, was bestimmt an der natürlichen Abnutzung lag. Er kam mir erschreckend bekannt vor, aber wie sollte Trevor daran gekommen sein? Doch als ich den Reif umdrehte, schnappte ich nach Luft. *Aus zwei Herzen wurden drei* stand darauf, und danach ein Datum: 17. Februar 2006. Nicht nur dieses Datum war mir sehr vertraut. Ich kannte diesen Armreif!

»Was zur Hölle …«

Woher hatte Trevor ausgerechnet dieses Schmuckstück? Und seit wann lag es bereits bei ihm?

Ein Gedanke nach dem anderen raste durch meinen Kopf, verwirrte mich noch mehr und verschob das Bild, das ich von ihm hatte.

Und dann dämmerte es mir … Dieser Armreif war die Antwort auf so viele Fragen in meinem Kopf. Er sorgte dafür, dass ich alles, was ich über Trevor zu wissen glaubte, mit einem Mal aus einem anderen Blickwinkel sah. Und diese neue Erkenntnis ließ mein Herz stocken.

Kapitel 23

Trevor

»Verdammt!« Fast wäre mir die Tüte mit den Einkäufen auf den Boden gefallen, als ich versuchte, die Wohnungstür aufzuschließen. Gerade rechtzeitig hatte ich mich gegen die Wand gelehnt, um das Schlimmste zu verhindern. Nur eine Dose Bohnen war herausgefallen.

Als ich die Tür aufdrückte, ging ich auf direktem Weg in die Küche, wo ich die Tüte abstellte und mich sofort auf den Rückweg machte, um die Dose einzusammeln. Doch eine Regung in meinem Zimmer ließ mich innehalten.

»Cecile?«

Sie wirbelte herum und schob schuldbewusst beide Hände hinter ihren Rücken.

Misstrauisch legte ich den Kopf schräg. »Brauchst du etwas aus meinem Zimmer?«

»Mein Handy lädt nicht.« Ihre Stimme war seltsam monoton und leise.

»Okay, also … du kannst gern mein Ladekabel nehmen«, sagte ich zögernd, weil ich spürte, dass da noch etwas anderes in der Luft lag.

Ich holte die Dose Bohnen und schloss die Tür hinter mir. Ohne mich weiter um den Einkauf zu kümmern, stellte ich sie auf dem Couchtisch ab und ging direkt zu Cecile.

»Wie war es bei deiner Tante? Hast du auch mit Marylin gesprochen? Wie geht es ihr?«

Ich breitete meine Arme aus, wollte sie an mich ziehen, doch sie wich vor mir zurück. Alarmiert blieb ich stehen.

Ohne meine Frage zu beantworten, warf sie mir einen Gegenstand zu, den ich überrascht auffing.

»Kannst du mir erklären, was das ist?«

»Ein Armreif. Ich habe ihn im Wald in der Nähe der Unfallstelle gefunden«, sagte ich sofort, weil ich nicht wollte, dass sie irgendwelche falschen Schlüsse zog, so seltsam, wie sie sich gerade verhielt. »Keine Ahnung, ob er nur zufällig an der Stelle lag. Aber ich konnte ihn nicht dort lassen.«

Bisher hatte ich dem Armreif keine große Beachtung geschenkt – vor allem, weil das eingravierte Geburtsdatum nur siebzehn Jahre zurücklag. Das passte nicht zum Alter der Studentinnen, die zwischen neunzehn und zwanzig Jahre alt waren.

»Weiß Detective Grant davon?«

Die unerklärliche Feindseligkeit in ihrer Stimme machte mich stutzig.

»Nein, noch nicht, weil ich mir nicht sicher bin, ob er wirklich etwas mit dem Unfall zu tun hat.«

Cecile schnaubte auf. »Weißt du, was ich mich inzwischen frage? Was der wahre Grund ist, warum du nicht mit der Polizei zusammenarbeitest. Du schnüffelst auf eigene Faust herum und erklärst mir, dass du dir nichts sehnlicher wünschst, als Beweise für die Unschuld deines Bruders zu finden. Wieso hältst du dann mögliches Beweismaterial zurück?«

»Hey, ich halte überhaupt nichts zurück. Der Armreif kann nichts mit dem Unfall zu tun haben, das Datum passt nicht. Dass eine vierte Frau darin verwickelt ist, hätte ich vielleicht melden sollen, da hast du recht. Aber ich habe mich darauf verlassen, dass Kara das übernimmt. Sie hat es mir zumindest versprochen. Womöglich war das ein Fehler, aber ich wollte mir unnötigen Ärger mit der Polizei ersparen. Detective Grant ist so schon nicht gut auf mich zu sprechen, und wenn er erfährt, dass ich mich nicht rausgehalten habe, obwohl er mich mehrmals darauf hingewiesen hat, dann …«

»*Aus zwei Herzen wurden drei – 17. Februar 2006*«, fiel sie mir fauchend ins Wort.

Irritiert blinzelte ich. »Ja, ich kenne den Spruch und das Datum, ich habe beides immerhin oft genug gelesen.« Wieso machte sie aus diesem Armreif so ein Drama?

Sie schloss die Augen, schüttelte kurz den Kopf, dann sah sie mich wieder an. »Ich habe heute Morgen tatsächlich mit Marylin gesprochen«, wechselte sie plötzlich das Thema. »Sie hat mir gesagt, dass jemand sie bedroht. Wenn sie ausplaudert, wo sie war und was sie gesehen hat, würde derjenige sie umbringen.«

Jetzt war ich völlig verwirrt und gleichzeitig erschüttert darüber, was ihre Cousine offenbar durchmachte. Aber gerade war Cecile noch wegen des Armreifs schlecht gelaunt gewesen und nun platzte sie einfach so mit dieser Geschichte heraus? Hatte sie deswegen so übertrieben auf das Schmuckstück reagiert?

Völlig durcheinander raufte ich mir mit einer Hand die Haare. »Das klingt wirklich übel! Wissen ihre Eltern davon?« Ich hoffte, mein Ton war versöhnlich genug, das war immerhin kein leichtes Thema.

Cecile kniff die Augen zusammen. »Woher weiß ich, dass nicht *du* der Mann bist, der sie bedroht … Zayn?«

»Hä? Wer zur Hölle ist Zayn und warum sollte ich deine Cousine bedrohen? Ich kenne sie ja nicht einmal.« Nun verstand ich überhaupt nichts mehr. Ich warf die Arme in die Luft und ließ sie wieder sinken. Das hier war nicht mehr die Cecile, die ich kannte.

»Ich weiß es nicht, sag du es mir! Immerhin bist du *ganz zufällig* nebenan eingezogen. Dabei hat Jeff dich mir gegenüber vorher nie erwähnt und ich habe dich auch nie zuvor hier zu Besuch gesehen, also kann er nicht gerade dein bester Freund sein.«

»Was …?« Ich verstand die Welt nicht mehr. »Kannst du mir erklären, was das alles soll und worauf du hinauswillst?«

Aufgebracht stapfte sie vor mir auf und ab. »Vielleicht darauf, dass du dich bei mir eingeschlichen hast, um auch von dieser Seite aus ein Auge auf Marylin zu haben, damit sie nichts ausplaudert.«

»Was hat denn deine Cousine mit dem Ganzen zu tun?«

»Dieser Armreif«, sagte sie mit Tränen in den Augen, den Finger auf das Schmuckstück in meiner Hand gerichtet, »gehört Marylin!«

Überrumpelt von dieser Neuigkeit stolperte ich einen Schritt zurück. »Dann ist sie …«

»… die vierte junge Frau, aber das wusstest du ja schon, also tu nicht so überrascht.« Mit dem Handrücken wischte sie sich über die feuchten Wangen. »Ich kann einfach nicht glauben, dass ich mich so in dir getäuscht habe. Dass ich dir vertraut, dich in meine Wohnung, in mein Leben gelassen habe. Jetzt wird mir endlich alles klar. Dass du in mein Badezimmer eingestiegen bist, auf Jeffs Couch geschlafen hast, mir ständig ganz *zufällig* über den Weg gelaufen bist – das war alles geplant.«

»Okay, keine Ahnung, was vorgefallen ist oder wieso du mir diese Dinge unterstellst, aber das kannst du nicht ernst meinen. Dass du alles infrage stellst, was wir beide haben. Die gemeinsamen Nächte, das Bangen um Liams und Marylins Zukunft. All unsere Küsse und das Vertrauen zwischen uns … Komm schon, rede mit mir!«

Doch statt etwas darauf zu erwidern, presste Cecile ihre Lippen zusammen, als würde sie auf keinen Fall ihre Meinung ändern.

Okay, das musste ich mir nicht antun. Und ihr auch nicht. Sie war schlecht gelaunt? Gut, dann brauchte sie vielleicht einfach Zeit für sich, um sich wieder zu beruhigen. Auch wenn es mir gegenüber unfair war. Leicht verärgert drehte ich mich um und war schon an der Tür, als …

»Dein Vater war hier.«

Fassungslos klappte mein Mund auf. »Wie, hier? In der Wohnung?« Dass er offenbar mit ihr geredet hatte, erklärte zumindest einen Teil ihres Sinneswandels.

»Stimmt es, dass du im Falle von Liams Verurteilung zum Alleinerben des Familienkonzerns wirst?«, ignorierte sie erneut meine Frage.

»Grundsätzlich schon, aber …«

»Du würdest unter diesen Umständen also ein Milliardenunternehmen erben, bei dem du der Geschäftsführer wärst? Du hättest Macht, Einfluss und Geld?«

»Ja, doch das ist für mich kein Thema, Cecile. Weil ich das alles nicht will.«

Sie lachte voller Hohn auf. »Klar. Soll ich dir sagen, wie die Sache auf mich wirkt? Dein großer Bruder, neben dem du immer die Nummer zwei warst, sitzt hinter Gittern – womöglich sogar, weil du es so eingefädelt hast.«

Ich wollte widersprechen, doch sie redete einfach weiter.

»Nun hast du endlich die Chance, im Rampenlicht zu stehen, Alleinerbe zu sein, dich nicht mehr unterordnen zu müssen. Du versteckst Beweismaterial und sabotierst die Polizeiarbeit. Du machst die einzige Zeugin mundtot, indem du sie erpresst und auch von außen – also über mich – darauf achtest, dass sie schweigt. Und wenn Liam endlich schuldig gesprochen wird, gehst du zurück nach Chicago. Du nimmst dort dein Studium wieder auf und setzt dich in ein gemachtes Nest, wo dir all das zusteht, von dem du bisher nur träumen durftest, weil du nicht mehr mit Liam teilen musst. Und an mich wirst du dann keinen Gedanken mehr verschwenden, weil ich nur Mittel zum Zweck war und niemals gut genug für dich sein würde.«

Sprachlos schüttelte ich den Kopf. In so vielen Worten hörte ich meinen Vater heraus. »Das hat er dir erzählt? Glaubst du, was du da sagst? Denkst du wirklich so über mich?«

Sie schluchzte auf. »Ich weiß es nicht! Ich weiß überhaupt nicht mehr, was ich glauben soll.«

Unfassbar, dass sie das dachte, nach allem, was sie über mich wusste, was ich ihr von mir erzählt hatte und was sie von meiner Familie mitbekommen hatte. »Ich habe dir von meinen Eltern erzählt. Wie kaltherzig und egoistisch sie sind. Dass sie vor nichts zurückschrecken. Cecile, mein Vater hat dir die Situation so geschildert, wie *er* sie sieht. Damit hat er aber nur erneut bewiesen, dass er mich kein bisschen kennt. Du hingegen weißt alles von mir. Ich war immer ehrlich, habe dir nichts vorgemacht. Du vertraust mir doch, oder?«

Ihre Lippen bebten, während erneut Tränen ihre Wangen fluteten. Sie öffnete ihren Mund, bereit, etwas zu sagen, doch … sie schwieg.

Und mein Herz brach.

»Cecile …!«

»Tut mir leid, Trevor.« Ihre Stimme zitterte.

Keinen Moment länger konnte ich hierbleiben. Ich musste weg, brauchte frische Luft, um einen klaren Kopf zu bekommen. Um meine Gedanken zu sortieren und herauszufinden, ob sie wirklich so dachte oder ob sie einfach nur Zweifel hegte, weil mein Vater sie mit seinen Worten beeinflusst hatte.

»Ich muss hier raus«, murmelte ich, drehte mich um und eilte aus der Wohnung.

Ich spürte das Blut in meinem Hals pochen, als ich die Straße entlanglief, ohne zu wissen, wohin ich gehen sollte. Jeff wollte ich nicht in diesen Streit hineinziehen, weshalb er keine Option war. Abgesehen davon war ich zu geladen.

Vor Cecile hatte ich mich zusammengerissen, jetzt wollte ich nur noch Dampf ablassen, aber ich wusste nicht, wie. In mir brodelte es wie in einem Vulkan, der kurz vor dem Ausbruch stand, und ich traute mir selbst gerade nicht.

Zayn …

Der Name hallte in meinem Kopf wider.

Ohne zu zögern, holte ich mein Handy aus der Hosentasche und durchforstete Staceys Liste. Und wirklich, da stand der Name: Zayn, jedoch ohne Nachname oder weitere Informationen. Also googelte ich den Vornamen in Verbindung mit der Columbia und hatte gleich mehrere Treffer. Einer davon fiel mir sofort ins Auge: ein gewisser Zayn Atkinson, Mitglied der Studentenverbindung *Gamma Delta My*, bei der Liam aufgenommen werden wollte. Kurz darauf entdeckte ich sogar ein Foto von ihm auf Facebook. Er war der Sohn des ehemaligen Footballstars und Quarterbacks Ken Atkinson und spielte wohl auch selbst erfolgreich Football. Auf dem Profilbild grinste er wie einer dieser Typen, die sich für Götter hielten und glaubten, alle Frauen lägen ihnen zu Füßen. Seine halblangen blonden Haare hatte er nach hinten gekämmt, den Bizeps extra für die Aufnahme angespannt.

Weil ich über die anderen Zayns nicht mehr herausfand, ohne tiefer an der Columbia graben zu müssen, hielt ich mich vorerst an diesen. Und weil die Adresse des Verbindungshauses kein Geheimnis war, beschloss ich, dort vorbeizuschauen.

Ohne zu überlegen, was mich das kosten würde, nahm ich ein Taxi. Mit dem Bus würde ich zu lange brauchen und ich war zu geladen und zu ungeduldig.

Ich brauchte endlich Antworten.

Liams Verhandlung war in wenigen Tagen und ich musste herausfinden, was an jenem Abend wirklich passiert war. Und vermutlich war ich meinem Ziel noch nie so nah wie jetzt. Schon auf der Fahrt überlegte ich, wie ich am besten an brauchbare Informationen gelangen würde, ohne mich verdächtig zu verhalten.

Ceciles Worte hatten mich wachgerüttelt – denn in gewisser Weise hatte sie recht. Es war dumm und unverantwortlich zu denken, ich könnte den Fall auf eigene Faust lösen. Aber ich war die ganze Zeit davon ausgegangen, dass ich die einzige Person war, die an Liams Unschuld glaubte. Doch inzwischen fragte ich mich, ob ich damit falschlag. Den Armreif einfach einzustecken und für mich zu behalten, war genauso fahrlässig gewesen, das war mir inzwischen klar geworden.

Und dann kam mir ein Gedanke, der mich alles anzweifeln ließ, was ich bisher getan hatte: Vielleicht wäre Liam bereits aus der Haft entlassen worden, wenn ich gleich mit Detective Grant geredet hätte?

Dieses Gefühl der Ungewissheit nagte zusammen mit dem schlechten Gewissen an mir und sorgte dafür, dass meine Laune noch schlechter wurde. Am meisten ärgerte es mich jedoch, dass mein Vater es geschafft hatte, Cecile dazu zu bringen, alles infrage zu stellen, was wir beide hatten.

Ich hasste es, dass er sich sogar hier in New York dermaßen in mein Leben einmischte und dachte, über mich bestimmen zu können, als wäre ich sein Eigentum. Dass er wie selbstverständlich davon ausging, mich dorthin zu lenken, wo er mich haben wollte.

Als das Taxi vor dem Verbindungshaus hielt, war ich kein bisschen ruhiger. Sollte ich herausfinden, dass dieser Zayn für Liams Verhaftung verantwortlich war – oder auch nur, dass er Marylin wirklich erpresste und damit dermaßen verängstigte und einschüchterte –, könnte ich für nichts garantieren.

Nachdem ich den Fahrer bezahlt hatte, stieg ich aus. Entschlossen ging ich zur Tür und klopfte. Es dauerte nicht lange, da öffnete mir ein dunkelhaariger Kerl gut gelaunt die Tür.

»Hi, ich will zu Zayn Atkinson, ist er da?«

»Und wer bist du?«

»Ich bin Trevor und schreibe an einem Artikel für die *Football Explosive.* Wir haben uns neulich schon mal über die kommende Saison unterhalten und er meinte, ich soll vorbeischauen, er würde mir noch ein paar Fragen beantworten. Wenn alles gut geht, erscheint der Beitrag in der nächsten Ausgabe.«

Der Typ nickte. »Ah, okay. Also er hat vor wenigen Minuten das Haus verlassen.«

»Mit dem Auto?«

Er lachte. »Nee, Autofahren geht heute noch nicht … wenn du verstehst, was ich meine.«

Ich nickte knapp. »Weißt du, wohin er wollte?«

»Puh, ähm … keine Ahnung. Vielleicht ins Gym?« Er zeigte links die Straße hinauf.

Ich bedankte mich und wandte mich schon zum Gehen, da änderte er seine Meinung. »Nee, doch da lang. Er sagte was von Betty.« Er lachte.

Ich unterdrückte ein genervtes Schnauben und schlug die andere Richtung ein. Hoffentlich hatte mich der Typ nicht gerade verarscht.

Keine Ahnung, ob Zayn joggte oder spazieren ging. Jedenfalls irrte ich durch die Gegend, ohne ihn zu finden.

Ein Stück weiter die Straße hinauf entdeckte ich schließlich ein Haus mit griechischen Buchstaben über der Eingangstür. Eine blaugelbe Fahne wehte an einem der Fenster und auch hier waren die Lettern aufgedruckt.

Ich verlangsamte mein Tempo und sah, wie eine junge Frau das Gebäude verließ. Sie trug ein Kleid unter einem Mantel, den sie eng an sich presste. Der Herbstwind wirbelte ihre langen brünetten Haare wild durcheinander und färbte ihre Wangen rosig.

Ohne zu zögern, ging ich auf sie zu. »Entschuldige, ist zufällig gerade Zayn Atkinson hier reingegangen?«

Vielleicht hatte ich Glück und diese Betty wohnte in dem Verbindungshaus.

Interessiert musterte sie mich von oben bis unten. »Zayn? Ja, der wollte zu Betty. Soll ich ihn holen?«

Sofort stieg mein Puls an. »Äh, ja, das wäre toll.«

Sie lächelte, hielt meinen Blick länger als nötig, machte schließlich kehrt und verschwand wieder im Haus.

Angespannt stellte ich den Kragen meiner Jacke auf und vergrub die Fäuste in den Taschen. Nach einer gefühlten Ewigkeit öffnete sich endlich die Tür und Zayn kam heraus. Hinter ihm folgte die Studentin, die ihn für mich geholt hatte, winkte mir noch einmal zu und ging in Richtung Straße.

»Ja, bitte?«

»Zayn Atkinson?«, fragte ich, obwohl ich schon wusste, dass er es war. Er sah genauso aus wie auf den Fotos im Internet. Er war etwas größer als ich und um seine Oberarme spannte sich der Stoff seiner für diese Temperaturen viel zu dünnen Jacke.

»Wer will das wissen?«

»Trevor. Wir haben einen gemeinsamen Freund.«

»Ach ja?« Argwöhnisch kam er einen Schritt näher. »Wer soll das sein?«

»Ihr wart auf einer Party.«

Nachdenklich runzelte er die Stirn.

»Am neunten September.«

Sofort stand Misstrauen in seinem Gesicht.

»Was willst du von mir?« Wieder verringerte er den Abstand zwischen uns und baute sich angriffslustig vor mir auf. Dass ich nicht hier war, um Nettigkeiten auszutauschen, hatte er wohl inzwischen verstanden.

»Ich weiß, was du getan hast«, sagte ich leise drohend.

Für einen Moment merkte ich, wie seine Gesichtszüge entgleisten. Doch er fing sich schnell wieder. »Du meinst, dass ich gefeiert und mit Betty rumgemacht habe?« Er deutete mit dem Daumen über seine Schulter und lachte.

»Die andere Sache.«

Verärgert und mit zusammengeschobenen Augenbrauen kam er noch einen halben Schritt näher. Nun berührten sich fast unsere Oberkörper. »Ich habe keine Ahnung, wovon du sprichst.«

»Dann streng dein Hirn mal ein bisschen an. Es hat mit einem Verkehrsunfall zu tun, bei dem es Verletzte und ein Todesopfer gab.«

Wut blitzte in seinen Augen auf. »Willst du mir etwa drohen?«

»Nein.« Ich lachte verächtlich auf. »Ich will Antworten.«

»Tja, Pech, dass ich dir keine geben kann, weil ich damit nichts zu tun habe.«

»Das sehe ich anders. Ich *weiß*, dass es anders ist.«

Er grinste überheblich. »Aber du hast keine Beweise …«

Dieser Kommentar genügte mir. Mal davon abgesehen, dass ich *wusste*, dass er dahintersteckte. Jeder, der unschuldig war, hätte anders reagiert. Bestürzt, betroffen, hätte sofort die Schuld von sich gewiesen, versucht, zu erklären, dass alles ganz anders war.

Meine Geduld war am Ende, meine Wut hatte ihren Höhepunkt erreicht.

Ich hasste diesen Kerl dafür, dass er Liam in die Scheiße geritten hatte. Dass mein Bruder seinetwegen im Gefängnis saß und – wenn er Pech hatte und Zayn nicht aussagte – sein ganzes Leben verpfuscht war.

»O doch, die habe ich. Und ich werde sie an die Polizei weitergeben und ihnen deinen Namen nennen. Mehrere Zeugen werden ebenfalls bestätigen, dass du den Wagen gefahren und den Unfall provoziert hast«, schob ich noch eine Lüge hinterher, aber ich konnte mich nicht länger zurückhalten.

»Das wirst du nicht tun«, knurrte er und holte aus.

Seine Faust traf mich am Kinn und Genugtuung flutete mich. Ich taumelte zurück, spuckte Blut. Aber jetzt konnte mich nichts mehr halten. Er hatte zuerst zugeschlagen und mir damit einen Gefallen getan.

»Falsch. *Du* wirst bereuen, dass mein Bruder deinetwegen sitzt.« Noch während des letzten Wortes donnerte diesmal meine Faust in sein Gesicht. Ich ließ all meine Wut aus mir raus, all meinen Hass auf diesen Kerl, der Liams Leben zerstört hatte.

Kapitel 24

Cecile

Mist, Mist, Mist!

Ich hätte das alles nicht so sagen dürfen. Also schon, denn ich hatte ein Recht auf die Wahrheit, und dass Trevor Marylins Armband in seiner Schublade hatte, war ein gewaltiger Schock gewesen. Sein Vater hatte zusätzlich dazu beigetragen, dass ich die Sache zwischen ihm und mir aus einem anderen Blickwinkel sah – und nun wusste ich nicht mehr, wem ich glauben konnte. Mir selbst auf jeden Fall nicht, denn in mir herrschte Chaos. Der Einzige, der jetzt für Klarheit sorgen konnte, war Trevor. Aber inzwischen war es draußen dunkel geworden und er war bisher nicht zurückgekommen.

Zuerst dachte ich, ich sollte ihm Zeit und Raum lassen – genau wie mir. Ich musste mich beruhigen und über alles nachdenken, bis sich die erste Aufregung gelegt hatte. Doch nun begann ich, mir Sorgen um ihn zu machen. Ich hoffte nur, dass er sich zu keiner Dummheit hinreißen ließ.

Weil ich die Ungewissheit nicht länger aushielt, griff ich zum Handy. Doch als ich bei ihm anrief, landete ich sofort auf der Mailbox. Entweder war sein Akku leer oder er hatte das Telefon ausgeschaltet. Vielleicht sogar meinetwegen? Oder war ihm womöglich etwas zugestoßen?

Nervös tigerte ich im Wohnzimmer auf und ab und trug neuen

Lipgloss auf, bis ich von nebenan Musik hörte. Jeff war zu Hause. Vielleicht saß Trevor längst bei ihm, um dort Dampf abzulassen?

Nur kurz zögerte ich, bevor ich die Wohnung verließ und an Jeffs Tür klopfte.

Die Musik wurde leiser gedreht, dann öffnete er mir. »Hey, Cecile. Wie geht's?«

Ich beugte mich leicht zur Seite, um an ihm vorbeisehen zu können. »Ist er bei dir?«

Jeff runzelte die Stirn. »Du meinst Trevor? Nee, den habe ich seit Tagen nicht gesehen.« Mitleidig schaute er mich an. »Habt ihr gestritten?«

Ohne es steuern zu können, stiegen mir Tränen in die Augen. Ich nickte.

»Shit! Komm rein.« Er machte die Tür weiter auf und ließ mich in seine Wohnung. »Was ist passiert?«

Wir setzten uns auf seine Couch und er reichte mir die Taschentuchbox. In wenigen Worten erzählte ich ihm von Mr Collins Besuch, von Marylins Armband und was ich Trevor alles an den Kopf geworfen hatte – inklusive der Tatsache, dass ich ihm unterstellt hatte, wie verdächtig ich es fand, dass er – Jeff – nie von Trevor erzählt hatte, obwohl die beiden angeblich so gut befreundet waren.

Schmunzelnd lehnte sich Jeff zurück. »Also da kann ich dich beruhigen. Trevor, Liam und ich kennen uns schon ewig. In Chicago haben wir viel gemeinsam unternommen. Erst seit ich hier bin, ist der Kontakt abgeflaut. Das heißt jedoch nicht, dass ich meinen Freund im Stich gelassen hätte. Er brauchte Hilfe, ich habe sie ihm angeboten. Und was seine Eltern betrifft: Die sind echt das Letzte. Nur weil sie Trevor und Liam ein Leben im Luxus bieten können, bedeutet das nicht, dass sie zu der Sorte gehören, die Kinder sich als Eltern wünschen. Also vergiss, was sein Vater dir über Trevor erzählt hat.«

»Meinst du, er geht wieder zurück nach Chicago, wenn das alles hier vorbei ist? Ich meine … endgültig, obwohl wir beide jetzt zusammen sind?«

Jeff wiegte den Kopf. »Er wird zumindest nichts mehr mit seinen Eltern zu tun haben wollen. Trevor war noch nie wirklich scharf darauf, in das Familienunternehmen einzusteigen. Seine Eltern verlangen das von ihm, er selbst wollte immer etwas anderes machen. Ob er zurück nach Chicago geht, kann ich dir nicht sagen. Aber ich kann dir versichern, dass Trevor keiner dieser Typen ist, die Frauen ausnutzen und danach nicht einmal ihren Namen kennen. Sollte er gehen, dann nicht ohne Absprache und keinesfalls, ohne mit dir in Kontakt zu bleiben oder dich vielleicht sogar zu überreden, mitzukommen. Also … außer ihr habt euch getrennt?«

Mein Herz wurde schwer und sofort liefen wieder die Tränen, die ich mit dem Taschentuch trocknete. »Ich … nein … ich denke nicht. Also wir haben uns gestritten, dann ist Trevor gegangen. Aber das war am Vormittag. Und jetzt erreiche ich ihn nicht.«

Jeff rieb mir tröstend über den Rücken. »Lass ihm Zeit. Ihm wird schon nichts passiert sein. Für ihn ist das auch alles gerade eine riesige Belastung. Seine bornierten Eltern, Liam, der unschuldig sitzt und dass Trevor denkt, die Polizei würde nichts unternehmen.«

»Aber deshalb Beweismaterial zurückhalten? Wieso macht er das? Das ergibt doch keinen Sinn, oder?«

Jeff zuckte mit den Schultern. »Trevor hat vermutlich nicht gelernt, sich auf andere zu verlassen. Zumindest seine Eltern waren ihm da kein gutes Vorbild. Sie haben ihm dauernd vorgelebt, dass nur ihre Wahrheit die einzig Richtige ist. Vielleicht geht er davon aus, dass die Polizei nur das glaubt, was sie sehen will. Dass sie ihm oder Liam nicht zuhört, dass er wie immer auf sich allein gestellt ist.«

Ein dumpfer Druck breitete sich in meiner Brust aus, der mich traurig stimmte. Denn Jeffs Erklärung klang schlüssig und mir wurde klar, wie falsch ich die Situation interpretiert hatte.

»Wenn es so ist, dann … sag ihm einfach, dass es mir leidtut, falls er bei dir auftauchen sollte. Ich weiß nicht, ob er heute freiwillig nach Hause kommt. Ich war wirklich nicht nett zu ihm.«

Mit einem aufmunternden Lächeln stieß mir Jeff in die Seite. »So schlimm wird es nicht gewesen sein. Lass ihm Zeit, und sobald er wieder da ist, rede mit ihm. Sollte er wider Erwarten doch bei mir anklopfen, richte ich es ihm natürlich aus.«

»Ich danke dir.« Ein Zittern ging durch mich hindurch, als ich schwer ausatmete. Die ganze Sache hatte mich ziemlich mitgenommen und ich fühlte mich immer noch durcheinander. »Wie geht es dir eigentlich? Wir hatten schon lange keinen Treppenhauskaffee mehr.«

Jeff schmunzelte und lehnte sich wieder gemütlich zurück. »Gut. Es ist gerade etwas stressig auf der Arbeit, aber das geht vorbei. Und eventuell habe ich eine Frau kennengelernt, die … mir sehr wichtig ist.«

Ein Lächeln hob zum ersten Mal an diesem Tag meine Mundwinkel. »Oh, das freut mich für dich. Hattest du mit ihr dieses Date neulich?«

»Genau. Sabrina ist toll. Sie arbeitet im Museum of Modern Art und wir verstehen uns unglaublich gut. Zum ersten Mal sind wir uns auf einer Party begegnet. Wir wollten beide nach dem letzten Stück Pizza greifen.« Er lacht.

»Ich hoffe, du hast es ihr überlassen.«

»Was denkst du denn! Und sie hat mich dafür abbeißen lassen.«

Ich seufzte theatralisch. »Der Stoff, aus dem Liebesgeschichten gemacht sind.«

»Komm mir jetzt bloß nicht damit, dass wir das irgendwann unseren Enkelkindern erzählen werden.« Neckend hob er den Zeigefinger.

»Keine Sorge, ich werde es mir verkneifen. Nach dieser Vorwarnung.«

Wir sahen uns kurz an und mir wurde erneut klar, wie dumm es gewesen war, Trevor zu misstrauen. Jeff hätte ihn nie bei mir einziehen lassen, wenn er ihm nicht vertrauen würde.

»Sobald Liam entlassen wird, müssen wir das feiern. Dann stelle ich euch Sabrina vor.«

»Du glaubst auch fest daran, dass Liam unschuldig ist, oder?«

Jeff nickte. »Er ist nicht der Typ, der anderen absichtlich schadet oder jemanden in Gefahr bringen würde. Vielleicht hat er zu viel getrunken, aber dann hätte er sich nicht hinters Steuer gesetzt.« Er zog sein Handy aus der Hosentasche und navigierte zu den Fotos. Dort scrollte er ein Stück, bevor er eine der Aufnahmen anklickte und mir zeigte.

»Das ist das letzte Foto von uns. Es ist an seinem Geburtstag entstanden. Einen Tag vor dem Unfall …«

Ich sah Jeff mit roten Wangen und wild abstehenden Locken in die Kamera grinsen. Neben ihm erkannte ich Trevor an den blauen Augen. Auf dem Foto trug er noch längere Haare und einen Bart – so hatte ich ihn auch im Restaurant gesehen. Das musste der Tag gewesen sein, als wir uns das erste Mal begegnet waren.

Die beiden hatten Liam in ihre Mitte genommen. Er sah Trevor sehr ähnlich – doch seine Augen waren braun und seine Haare gewellter. Auch seine Gesichtszüge waren anders. Er sah freundlich aus und wirkte überaus sympathisch.

»Ich hab ihn im Gefängnis besucht. Sollte er verurteilt werden, würde ihn das völlig zerstören. Das Leuchten in seinen Augen ist weg und er ist viel stiller geworden. Nachdenklicher. Vielleicht auch vorsichtiger, ich weiß es nicht. Er macht eine schlimme Zeit durch und das ungerechtfertigterweise. Dass Trevor womöglich nicht immer rational denkt, kann ich unter diesen Umständen gut verstehen. Er hat Angst um seinen Bruder, genau wie ich.«

Ich schluckte den Kloß hinunter, der durch die neu angefachten Schuldgefühle wieder in mir wuchs. »Darf ich das Foto haben?«

»Sicher.« Er schickte es mir.

Gleich darauf vibrierte das Handy in meiner Hand, das die ganze Zeit stumm geblieben war – was mich daran erinnerte, dass Trevor sich noch nicht zurückgemeldet hatte.

Ich bedankte mich bei ihm und machte Anstalten zu gehen.

»Schon gut. Und sag Bescheid, wenn er wieder da ist.« Er stand auf und begleitete mich zur Tür.

»Das mache ich auf jeden Fall.«

Trevor war nach wie vor nicht zu Hause. Also setzte ich mich auf die Couch, die Tür im Blickfeld, das Handy in der Hand, und betrachtete das Foto von Jeff, Trevor und Liam. Gerade bereute ich es, dass Trevor und ich noch keine Aufnahmen von uns gemacht hatten. Irgendwie hatte es sich noch nicht ergeben.

Erneut versuchte ich, ihn zu erreichen, landete jedoch nur wieder direkt auf der Mailbox.

Weil das Warten unglaublich ermüdend und nervenaufreibend war, rief ich Marylin an.

»Hallo?«

»Hey, Süße, wie geht es dir nach heute Morgen?«

»Geht schon«, murmelte sie leise. »Unverändert.«

Ich nickte, obwohl sie das nicht sehen konnte. »Hör mal, ich würde dir gern ein Foto weiterleiten, wenn das für dich in Ordnung ist?«

»Was ist darauf?«

»Freunde von mir.«

»Okay.«

Ich stellte auf Lautsprecher, navigierte mich zu den Fotos, wählte das von Trevor, Liam und Jeff aus und schickte es an meine Cousine. »Sollte schon angekommen sein.«

»Mhm.«

Ich lauschte ihrem Schweigen. »Der ganz links ist dein Nachbar, richtig?«

»Genau.«

»Ist einer von den beiden dein Freund?« Sie fragte das ruhig und neugierig und nicht so, als hätte sie gerade einen Geist gesehen.

»Der Rechte. Aber er hat inzwischen kürzere Haare und trägt keinen Bart mehr.«

»Er sieht gut aus.«

»Ja, und das in der Mitte ist sein Bruder Liam.«

Schweigen.

»Marylin?«

»Das soll der Typ sein, der den Wagen gefahren hat?«

Ich machte ein zustimmendes Geräusch und versuchte, mich zu beruhigen. Dieses Gespräch würde gleich über alles oder nichts entscheiden.

»Das kann nicht sein. Ich habe ihn noch nie gesehen. Der mich bedroht, dieser Zayn … er hat helle Haare. Zwar auch ähnlich lang wie die beiden, aber er sieht ganz anders aus.«

Mein Herz pochte bis in meinen Hals hinauf. »Bist du dir sicher, Marylin?«

»Ja, absolut. Glaub mir, er verfolgt mich seitdem jede Nacht in meinen Träumen. Ich weiß, wie er aussieht.«

Nun war ich diejenige, die kein Wort über die Lippen brachte. »Wo warst du zum Zeitpunkt des Unfalls, weil du dir so sicher bist?«

»Ich …«

Verdammt, es war nicht gut, dieses Gespräch am Telefon zu führen, vor allem, nachdem sie heute Morgen zusammengebrochen war. »Weißt du was, du musst es mir nicht jetzt gleich sagen. Du musst mir überhaupt nichts erzählen, falls du nicht so weit bist. Ich … habe ein total schlechtes Gewissen, weil ich dich dazu gedrängt habe. Wenn du möchtest, komme ich noch einmal zu dir, aber selbst dann …«

»Ich war bei dem Unfall dabei«, unterbrach sie meinen panischen Redeschwall und erstickte damit jedes weitere Wort im Keim. »Nachdem Vicky abgehauen war, musste ich irgendwie nach Hause kommen. Durch Zufall habe ich ein Gespräch dieser drei Studentinnen mitbekommen, die in die Stadt fahren wollten. Als sie zu ihrem Pick-up sind, bin ich ihnen gefolgt und heimlich auf die Ladefläche geklettert. Erst war alles normal, dann fuhr der Pick-up immer schneller. Ich wurde hin und her geschleudert und hab den Kopf gehoben. Da habe ich den Wagen hinter uns bemerkt und dann … war es auch schon zu spät. Der Pick-up ist von der Straße abgekommen und ich wurde rausgeschleudert. Zum Glück bin ich in einem Blätterhaufen gelandet und habe mich nicht verletzt. Nur meine Schulter tat weh, aber das war in dem Moment nicht wichtig. Ich hatte einfach nur Angst und bin in den Wald gelaufen.«

»Und dieser Zayn ist dir hinterher«, schlussfolgerte ich.

»Genau.«

»Gott, Marylin … ich weiß nicht, was ich sagen soll.« Mir stiegen erneut Tränen in die Augen.

Ein Schluchzen am anderen Ende der Leitung verriet mir, dass auch meine Cousine wieder um Fassung kämpfte.

»Würdest du eine Aussage machen? Damit könntest du Trevors Bruder entlasten, sodass er freigelassen wird. Vor allem jedoch könnte die Polizei dich beschützen und diesen Zayn verhaften. Du müsstest keine Angst mehr vor ihm haben.«

Abermals lauschte ich ihrem Schweigen, das wie verrückt an meinen Nerven zerrte. Als sie mir endlich antwortete, flossen bei mir die Tränen.

Kapitel 25

Trevor

»Collins!«

Der Officer, der meinen Namen knurrte, war schon auf den ersten Blick ein unangenehmer Typ. Sein mürrischer Gesichtsausdruck verriet sofort, dass mit ihm nicht zu spaßen war. Und ich war mir sicher, dass sein massiger Körper über seine Schnelligkeit und Wendigkeit hinwegtäuschte. Genau die Sorte Polizist brauchte man, um frisch Verhaftete in Schach zu halten.

Dass ich selbst einmal auf dieser Seite sitzen würde, hätte ich nicht gedacht. Zayn eine Abreibung zu verpassen, war es jedoch wert gewesen.

Als wir aufeinander losgegangen waren, hatte es natürlich nicht lange gedauert, bis die Tür des Verbindungshauses erneut aufgegangen war und einige Studentinnen herauskamen. Sie hatten geschrien und versucht, uns zu trennen, doch ohne Erfolg. Sie mussten die Polizei verständigen, um uns endlich zur Vernunft zu bringen.

Zayn hatte einen verdammt fiesen linken Haken, aber auch er hatte einiges eingesteckt. Er hatte in der Zelle nebenan gesessen und war schon vor einer Weile abgeholt worden. Vermutlich, um befragt zu werden.

Dass nun ich an der Reihe war, sollte mich nervös machen. Allerdings hatte ich nichts zu verbergen. Im Gegenteil. Trotzdem beunruhigten mich die Handschellen, die der Officer mir anlegte, bevor ich die Zelle verlassen durfte, und bei dem Gedanken an Liams Schicksal bekam ich doch einen etwas flauen Magen.

»Hier entlang.« Der brummige Kerl zeigte in den Flur rechts, dann hielt er vor einer Tür und öffnete sie für mich. Ich setzte mich und er nahm mir die Handschellen wieder ab.

Ohne ein weiteres Wort ging er aus dem Raum und überließ einem Kollegen das Feld. Einem Kollegen, den ich kannte …

»Detective Grant«, murmelte ich, als er sich mir gegenüber setzte.

»Trevor Collins.« Er zog die Augenbrauen zusammen. »Was zur Hölle machen Sie hier?«

»Ich habe Ihnen den wahren Schuldigen gebracht.« Das Grinsen, das sich auf meine geschwollenen und aufgeplatzten Lippen schob, konnte ich nicht zurückhalten. »Sie behalten ihn doch hier, oder? Sie haben ihn verhaftet und er bleibt hinter Gittern.«

»Bitte?«

»Zayn Atkinson, der Kerl, mit dem ich mich geprügelt habe … Er saß in jener Nacht am Steuer. Er hat das Leben der Studentin auf dem Gewissen.«

»Hören Sie, ich hab Ihnen gesagt, Sie sollen sich nicht in unsere Arbeit einmischen. Herumzuschnüffeln und irgendwelche Leute zu beschuldigen …«

»Sie haben ihn gehen lassen?« Meine Überraschung war unschwer zu überhören und Detective Grants Schweigen war Antwort genug.

»Er war es, verdammt! Er hat den Wagen gefahren, der die verunglückten Studentinnen verfolgt hat«, presste ich verzweifelt hervor.

»Haben Sie Beweise?«

Mir lag auf der Zunge, dass *er* doch die ganze Zeit verlangt hatte, ich sollte mich nicht einmischen, verkniff mir den Kommentar jedoch.

»Die bekommen Sie.« Im Moment belegte nur der Armreif, der in meiner Hosentasche gesteckt hatte und mir bei meiner Verhaftung abgenommen wurde, dass noch eine Person in den Unfall verwickelt war. Aber selbst das müsste ich erst einmal beweisen. Denn wie sollte ich erklären, dass ich den Reif an der Unfallstelle gefunden und einfach mitgenommen hatte? Noch dazu, da er Ceciles Cousine gehörte. Und *ob* Marylin gestehen würde, dass er ihr gehörte und auf welche Weise sie ihn verloren hatte, wusste ich nicht. Das musste ich definitiv zuerst abklären.

Als seine Faust auf den Tisch donnerte, zuckte ich zusammen.

»Verdammt noch mal, Collins, muss ich Sie etwa unter Arrest stellen? Wenn Sie etwas wissen, das für die Ermittlungen von Belang sein könnte, kommen Sie zu mir. Aber hören Sie endlich auf, sich auf eigene Faust darum zu kümmern. Und schon gar nicht sollten Sie den Richter spielen und sich vermeintliche Täter vorknöpfen.«

Bebend presste ich die Lippen aufeinander. Der Detective bluffte nicht, er meinte es ernst.

»Verstanden?«, bellte er.

Ich nickte.

»Gut. Sie haben Glück, dass es eine Zeugin gibt, die angegeben hat, dass Ihr Kontrahent die Schlägerei angefangen hat. Sonst würden Sie tiefer in der Klemme stecken, als Ihnen lieb ist.«

Wieder nickte ich nur, dabei hätte ich zu gern gewusst, wer gegen Zayn ausgesagt hatte.

»Gut. Sie können jetzt gehen und bei meiner Kollegin Anzeige gegen Zayn Atkinson wegen Körperverletzung erstatten.« Er nickte zur Tür, wo eine Frau in Uniform stand. »Und vergessen Sie nicht, was ich Ihnen gesagt habe. Halten Sie sich …«

»… aus Ihrer Arbeit raus. Ja, ich habe verstanden«, gab ich mich geschlagen.

Ich hatte sowieso keinen Plan, wie ich beweisen sollte, dass Zayn den Wagen gefahren hatte. Und ob Cecile ihre Cousine zu einer Aussage überreden konnte, wusste ich nicht. Ich war mir nicht einmal sicher, ob sie nach unserem Streit noch mit mir reden würde. Denn offensichtlich vertraute sie mir nicht mehr.

Als ich aus der Polizeistation trat, begrüßte mich New York erneut mit starkem Regen. Ich zog den Kragen der Jacke hoch und den Kopf ein – was im Grunde kein bisschen half, um mich vor dem Niederschlag zu schützen.

Die nächste Busstation lag gut zehn Minuten entfernt, und als ich dort ankam, fuhr gerade der Bus davon. Der nächste kam in siebzehn Minuten, aber in derselben Zeit wäre ich zurück in der Wohnung. Und da ich viel zu aufgewühlt war, um ruhig zu warten, beschloss ich, zu Fuß zu gehen.

Als ich an der Haustür ankam, war ich bis auf die Knochen durchgefroren. Dass Detective Grant mich erneut sehr deutlich darauf hingewiesen hatte, mich aus den Ermittlungen herauszuhalten, war übel. Ein weiteres Mal würde ich nicht so glimpflich davonkommen. Und wenn ich mir mit Liam eine Zelle teilen würde, wären wir zwar wieder vereint – aber auf der falschen Seite der Gitterstäbe.

Es wäre nur interessant zu wissen, ob unsere Eltern bereit wären, uns *beide* zu verleugnen. Überhaupt fragte ich mich, was sie im Konzern erzählten. Immerhin war Liam dort immer wieder mit in die Arbeit eingebunden gewesen und auch ich hatte den ein oder anderen Tag im Labor verbracht. Welche Ausrede hatten sie sich wohl zurechtgelegt? Dass Liam sich auf sein Studium konzentrieren wollte? Nach Europa oder Asien gegangen war? Und würden sie bei mir eine ähnliche Lüge erfinden? Oder würden sie in meinem Fall einfach zugeben, dass ich – das schwarze Schaf der Familie – verhaftet worden war?

Müde stapfte ich die Treppe hinauf und schob den Schlüssel ins Schloss. Doch noch bevor ich aufschließen konnte, riss jemand von innen die Tür auf.

»Trevor!« Cecile klang besorgt und völlig aufgelöst. Mit großen Augen musterte sie mich von oben bis unten und schlug sich dann eine Hand vor den Mund, während sie mich mit der anderen in die Wohnung lotste. »Mein Gott, was ist denn mit dir passiert?«

Mein Gesicht schmerzte immer noch, und obwohl ich nach meiner Festnahme medizinisch versorgt worden war, sah ich bestimmt ziemlich lädiert aus. »Ich war bei Zayn«, sagte ich leise und wartete angespannt auf eine Reaktion von ihr.

Schockiert schüttelte sie den Kopf. »Du sollst das doch der Polizei überlassen, Trevor.«

Schnaubend verdrehte ich die Augen. »Ja, ich weiß. Detective Grant hat es mir erneut klargemacht. Und glaub mir, ich versuche wirklich, mich daran zu halten. Wenn er mich ein weiteres Mal erwischt, will er mich verhaften.« Erschöpft ging ich an ihr vorbei ins Badezimmer, doch als ich die Tür hinter mir schließen wollte, bemerkte ich, dass sie mir gefolgt war.

Besorgt schaute sie mich an und hob eine Hand an mein Gesicht, traute sich jedoch nicht, mich zu berühren. »Tut es sehr weh?«

Ich zuckte mit den Schultern. »Vermutlich nicht so sehr wie Zayn.«

»Wie ist das überhaupt passiert? Wie hast du ihn gefunden?«, fragte Cecile.

Kurz fasste ich zusammen, wie ich ihn aufgespürt und zur Rede gestellt hatte.

»Und wieso hat die Polizei dich nicht dabehalten?«, fragte sie, während ich endlich die nasse Jacke auszog und über den Rand des Waschbeckens legte. Dabei vermied ich es nach wie vor, in den Spiegel zu schauen. Diesen Anblick wollte ich mir nicht antun. Schlimm genug, dass sie mich so sah …

»Eine Studentin hat wohl ausgesagt, dass Zayn zuerst zugeschlagen hat. Keine Ahnung, wer das war, aber sie hat mich damit vor echten Schwierigkeiten bewahrt.« Ich knöpfte meine Jeans auf, die nicht nur nass, sondern auch voller Dreck und Grasflecken war.

»Da scheint wohl jemand auf unserer Seite zu sein.« Ein leichtes Lächeln huschte über ihr Gesicht, bevor sie sich abwandte und einen Waschlappen aus dem Schrank holte. Damit ging sie zur Badewanne, drehte das heiße Wasser auf und hielt den Lappen unter den Strahl. Nachdem sie ihn ausgewrungen hatte, wandte sie sich wieder mir zu.

»Auf *unserer* Seite? Ich dachte, ich bin jetzt der Feind.« Den Kommentar konnte ich mir nicht verkneifen.

Cecile schaute betreten zu Boden. »Tut mir leid, dass ich so überreagiert habe. Was ich zu dir gesagt hab, war falsch. Ich schäme mich dafür und … hoffe, dass du mir meine Unterstellungen verzeihst. Natürlich glaube und vertraue ich dir, Trevor. Liam *ist* unschuldig. Ich war vorhin bei Jeff, weil ich mir wahnsinnige Sorgen um dich gemacht habe.« Sie seufzte. »Okay, auch, weil ich verunsichert war …« Verlegen hob sie erneut die Hand und begann, mit dem warmen Waschlappen über mein Gesicht zu tupfen und sanft den Schmutz zu entfernen.

Ich biss fest die Zähne aufeinander, aber sie war vorsichtig und vor allem schien sie ihre Worte ernst zu meinen. Es tat ihr wirklich leid und sie sorgte sich um mich.

»Jedenfalls hat Jeff mir noch einmal alles erklärt. Er hat über deine Eltern gesprochen und … na ja, irgendwie komme ich mir schon wieder dumm vor, weil ich auch nur einen Augenblick an deiner Ehrlichkeit gezweifelt habe. Jeff hat mir ein Foto von Liam, dir und ihm gezeigt und … ich habe es Marylin geschickt. Sie hat mir bestätigt, dass Liam nicht am Steuer saß. Sie hat ihn noch nie zuvor gesehen«

Mit einem Mal stand alles still um mich herum. Das Blut rauschte laut in meinen Ohren und in meiner Brust ging ein Presslufthammer los. »Also war sie bei dem Unfall dabei?«

Cecile nickte. »Ja, leider.«

»Ruf sie an!«

»Was?« Cecile schaute mich verwirrt an.

»Ruf sie an! Am besten per Videocall oder … egal, Hauptsache, du hast sie am Telefon.«

Sie holte ihr Handy aus der Gesäßtasche und navigierte sich zu den Kontakten, doch dann nahm sie es wieder herunter. »Nein, du solltest dich erst in der Badewanne aufwärmen. Du zitterst am ganzen Körper und … dein Gesicht sieht immer noch ziemlich schlimm aus. So würdest du sie nur verschrecken.«

»Ich will ihr aber ein Foto von Zayn zeigen. Und das sollten wir ihr nicht einfach so schicken und sie damit allein lassen, nach allem, was der Kerl ihr angetan hat. Sollte sie ihn als Täter identifizieren, gehe ich sofort wieder zu Detective Grant und …«

Cecile hob eine Augenbraue. »Ab in die Badewanne. Oder willst du so kurz vor dem Ziel krank werden? In der Zwischenzeit schreibe ich Marylin und frage sie, ob sie so spät noch mit uns reden will. Und ich überlege mir, ob ich nicht auch Tante Julia und Onkel Craig informiere. Wobei ich damit eventuell besser noch warte, Marylin zuliebe. Ich denke, dass ich sie damit auch nicht allein lassen sollte.«

Knapp nickte ich, denn sie hatte recht.

Dann wandte ich den Kopf doch zum Spiegel – und zuckte zurück. »Oh, Shit!« Vorsichtig tastete ich über mein geschwollenes Jochbein, über den Bluterguss über und unter meinem rechten Auge und über die dicke Lippe, die aufgeplatzt war. Unter meiner Nase war noch etwas Blut, und letzte Dreckspuren zogen sich über mein Gesicht, die in kleinen Bächen über meine Wangen geflossen waren.

»Bist du sonst noch verletzt?«, fragte Cecile mitfühlend.

Ich schüttelte den Kopf. »Nur ein paar Prellungen. Die haben mich gleich nach der Verhaftung geröntgt, um Knochenbrüche auszuschließen. Zum Glück noch alles ganz«, sagte ich neckend, doch als ich Cecile ansah, standen Tränen in ihren Augen.

»Mach so etwas nie wieder, hörst du? Ich hatte unglaubliche Angst um dich – und nicht unbegründet, wie man sieht.«

»Mir geht es gut«, erklärte ich beschwichtigend, doch Cecile schien diese Aussage nicht zu genügen.

Sie kam auf mich zu und schlang ihre Arme um meinen Oberkörper. Vorsichtig schmiegte sie sich an mich und rieb über meinen Rücken. »Du bist wirklich kalt wie ein Eisklotz. Bade erst mal, ich warte draußen auf dich.«

Ich ließ sie gehen, auch wenn ich sie zu gern gebeten hätte, bei mir zu bleiben. Aber ich war mir nicht sicher, ob schon wieder alles zwischen uns in Ordnung war. Also sah ich ihr nur schweren Herzens hinterher, bis sie die Badezimmertür schloss.

Etwas später saß ich in Jogginghose und weißem Hoodie mit Cecile auf der Couch. Sie hatte mir eine Tasse Tee gekocht, um wirklich sicherzugehen, dass ich mich nicht erkältete. Und sie hatte mit Marylin telefoniert, die einem Videocall mit mir zugestimmt hatte.

Ihre Cousine war ein hübsches Mädchen. Sie hatte lange Haare, die sie wie eine Art Vorhang benutzte, um sich abzuschirmen. Hinter ihr brannte eine kleine Lampe, die sie zusätzlich in schummriges Licht hüllte. Die Sommersprossen in ihrem Gesicht hatte ich nur gesehen, als sie sich kurz umgedreht und ein Kissen genommen hatte, das sie nun fest umklammert hielt, als würde sie Halt brauchen.

»Marylin, das ist Trevor.«

Sie lächelte zurückhaltend und winkte kurz. »Ich hoffe, Zayn hat es mindestens genauso heftig erwischt wie dich.«

Überrascht sah ich zu Cecile. »Du hast es ihr erzählt?«

»Natürlich! Ich belüge meine Cousine nicht. Und wie hätte ich ihr sonst erklären sollen, warum du aussiehst, als wärst du gegen eine Mauer gerannt.«

»Gegen eine Mauer?« Kopfschüttelnd schaute ich sie an.

Marylins leises Kichern drang an mein Ohr.

»Wie würdest du es denn bezeichnen?«

Ich gab auf, denn im Grunde hatten wir viel Wichtigeres zu besprechen. »Meinetwegen. Also, Marylin, dann weißt du bereits, dass ich bei Zayn war.«

Sie nickte zögernd. »Cecile meinte, du willst mir ein Foto von ihm zeigen?«

»Ja, und ich bin dir sehr dankbar, dass du dich darauf einlässt. Nicht nur für meinen Bruder. Ich weiß, dass dieser Typ dir die letzten Wochen zur Hölle gemacht hat. Und deshalb wird es Zeit, ihn endlich zur Rechenschaft zu ziehen. Ich habe zur Sicherheit noch Aufnahmen von zwei anderen Typen neben ihn kopiert. So ähnlich wie bei einer Gegenüberstellung, verstehst du? Ich möchte wirklich sichergehen, dass du den Richtigen identifizierst. Okay?«

»Okay. Klingt, als wärst du ein Detective.«

»Stimmt, ich wollte früher wirklich mal Polizist werden«, sagte ich. »Also … bist du bereit?«

Marylin atmete geräuschvoll aus und nickte schließlich.

Ich entsperrte mein Handy und hielt das Trio in die Kamera, das ich vorhin zusammenkopiert hatte, als ich in der Badewanne war.

Ceciles Finger gruben sich in meinen Oberschenkel, als sie sah, wie Marylins Miene sich veränderte. Die Angst war ihr deutlich anzusehen, auch wenn ein Teil ihres Gesichts nach wie vor verborgen war.

»Der Typ in der Mitte«, sagte sie gepresst.

»Sicher?«, fragte ich.

»Absolut sicher.«

Mein Herz hämmerte in der Brust. »Würdest du das auch der Polizei sagen? Alles, was passiert ist, meine ich?«

»Ja.« Sie senkte den Blick.

»Ich bin so stolz auf dich, Marylin«, sagte Cecile neben mir und wischte sich eine Träne von der Wange. »Und vielleicht solltest du jetzt auch darüber nachdenken, deine Eltern einzuweihen. Sie machen sich große Sorgen um dich und ich bin mir sicher, dass es dir besser gehen wird, wenn du diese gewaltige Last nicht mehr mit dir allein herumtragen musst.«

Dem konnte ich nur zustimmen.

Aus meinem Plan, Detective Grant gleich am nächsten Morgen einen Besuch abzustatten, wurde nichts. Denn als ich vorher anrief, um mich zu vergewissern, dass er auch Zeit für mich hatte, erfuhr ich, dass er bis in die frühen Morgenstunden an einem Fall gearbeitet hatte und erst gegen Nachmittag im Büro zurückerwartet wurde. Also machte ich mich auf den Weg zur Arbeit, um Wren zu fragen, ob ich meine Nachmittagsschicht tauschen könnte.

Innerlich wappnete ich mich schon, dass er sich aufregen und meine Bitte einfach ablehnen würde. Und tatsächlich wirkte er, als hätte er schlechte Laune, als ich den Tankstellenshop betrat. Mit grimmigem Blick stand er hinter dem Verkaufstresen und musterte mich.

»Collins, was willst du so früh schon hier und was ist mit deinem Gesicht passiert? Steckst du in Schwierigkeiten?«

»Du solltest mal den anderen sehen«, erwiderte ich lässig, was ihm zumindest ein Grinsen entlockte. Als ich ihm anschließend erklärte, was ich vorhatte, überraschte er mich mit einem Kopfschütteln.

»Schwirr wieder ab und bring den Scheiß mit deinem Bruder endlich in Ordnung. Wir schaffen das heute auch ohne dich.«

»Echt? Danke, Boss.«

Er machte eine seltsame Bewegung mit den Augenbrauen, die mich sofort verstummen ließ. Vielleicht sollte ich mein Glück nicht überstrapazieren.

»Schon gut, du hast in den letzten Wochen genug Überstunden angehäuft. Aber … nach dieser Sache bleibst du, oder? Also hier in New York, auch wenn dein Bruder freikommt, meine ich.«

Ehrlicherweise musste ich mit den Schultern zucken. »Ich weiß es noch nicht. Ich müsste in Chicago zumindest einiges regeln. Meine Wohnung verkaufen, meine Sachen holen … Du weißt schon.«

Er schob den Zahnstocher, der halb aus seinem Mund herausragte, von einer Seite auf die andere und brummte. »Wehe, du haust ab, ohne ein Wort zu sagen.«

Nun musste auch ich grinsen. »Das würde ich mich nie trauen.«

Er antwortete mit einem halben Lächeln.

Im Anschluss machte ich mich auf den Weg zu Liam. Ich wollte die Zeit, bis ich mit Detective Grant reden konnte, nicht sinnlos in der Wohnung herumsitzen. Stattdessen wollte ich ihm persönlich sagen, dass seine Zeit in der Untersuchungshaft voraussichtlich bald zu Ende war. Außerdem wollte ich wissen, wie Zayn an Liams Autoschlüssel gekommen war und wieso er ihm die Schuld in die Schuhe geschoben hatte. War er einfach nur ein abscheulicher Mensch und ein feiges Papasöhnchen oder steckte womöglich doch mehr dahinter? Ich hatte das Gefühl, dass Liam trotz allem immer noch etwas für sich behielt. Vielleicht brachten ihn die neuen Entwicklungen zum Reden.

Auch wenn ich froh sein konnte, dass ich überhaupt eine Besuchserlaubnis hatte, war das Prozedere jedes Mal nervig und zeitraubend. Das Ausfüllen der Personalien, die Kontrolle meines Ausweises, die Unterschriften, der Bodyscan, das Abtasten. Anschließend das Warten, bis Liam aus seiner Zelle geführt wurde …

Heute zog sich die Wartezeit ganz besonders, denn ich konnte es kaum erwarten, endlich mit ihm zu reden.

Als Liam mir gegenüber Platz nahm und nach dem alten Telefonhörer griff, sah er mich sofort überrascht und fragend an. »Was ist mit deinem Gesicht passiert?«

»Nur eine kleine Unstimmigkeit bei … na ja, es gab da etwas, das ich klären musste«, erwiderte ich vage.

Liam schüttelte den Kopf, bohrte aber nicht weiter nach. Vielleicht ahnte er auch, dass es einen wichtigeren Grund für meinen Besuch gab. Und weil die Zeit wie immer knapp war, kam ich sofort auf den Punkt.

»Wer ist Zayn Atkinson?«

Liam hob angestrengt die Augenbrauen. »Woher kennst du ihn?«

»Komm schon, Liam, ich brauche Details, und zwar so viele wie möglich. Du willst hier raus? Dann hilf mir und sag mir endlich, was ich wissen muss. Mir fehlen noch wenige Puzzleteile und nur du kannst mir helfen, sie zusammenzusetzen.«

Einen Wimpernschlag lang schaute er mich an, bevor er mit den Schultern zuckte. »Keine Ahnung, wie dich das in dem Fall weiterbringen soll, aber … Zayn hat bei *Gamma Delta My* eine der einflussreichsten Stimmen. Schon im letzten Jahr wollte ich Verbindungsmitglied werden, doch Zayn …« Er wandte den Blick ab. »Ich weiß nicht, wieso, aber ich glaube, irgendetwas stört ihn an mir. Jedenfalls haben wir bisher keinen sehr guten Draht zueinander gehabt – bis zu jenem Abend auf der Party. Er war ebenfalls dort und irgendwie hat es sich ergeben, dass wir im Beer-Pong gemeinsam gegen ein paar andere Jungs antreten mussten.«

»Und seitdem versteht ihr euch besser?«

Liam schüttelte den Kopf. »Nein, nach dem Spiel habe ich ihn auf der Party nicht mehr gesehen. Glaube ich. Jedenfalls bin ich zurück zu meinen Kumpels, die mit mir auf meinen Geburtstag anstoßen wollten. Ich war schon ziemlich angetrunken, trotzdem sind wir auf Schnaps umgestiegen. Es war lustig und … keine Ahnung, ich habe nach wie vor ein paar Gedächtnislücken. Jemand hat vorgeschlagen, die Location zu wechseln. Ich war dafür und habe auch gleich mein Auto angeboten. Daniel hatte zu diesem Zeitpunkt schon meinen Schlüssel, aber ich wäre auch so nie auf die Idee gekommen, mich tatsächlich hinters Steuer zu setzen. Die haben mich völlig missverstanden.«

Ich nickte, weil ich ihm glaubte. Nicht eine Sekunde zweifelte ich an seinen Worten, selbst jetzt nicht.

Liam atmete tief durch. »Wir konnten uns jedoch nicht einig werden, ob wir wirklich fahren oder bleiben sollten, und irgendwann wurde es mir zu blöd. Ich wollte in ein Badezimmer, um mir etwas Wasser ins Gesicht zu spritzen und wieder klarer im Kopf zu werden. In diesem Bad lag dann der Umschlag mit meinem Namen …«

»Mit dem Hinweis von *Gamma Delta My*, dass du in den Wald gehen sollst«, vervollständigte ich Liams Bericht.

»Genau. Aber wie soll dir das weiterhelfen? Das wusstest du doch alles schon.«

»Nicht ganz … Wenn dieser Zayn Mitglied in der Studentenverbindung ist, weiß er auch über die internen Abläufe Bescheid, richtig?«

Liam machte ein zustimmendes Geräusch.

»Ihm ist also bewusst, dass du nicht zum ersten Mal Anwärter bist. Und angenommen, du *glaubst* nicht nur, dass der Kerl etwas gegen dich hat …«

»… sondern es ist tatsächlich so.« Liam war nun voll bei der Sache. »Denkst du, *er* hat mich in den Wald gelockt? Aber ergibt das überhaupt Sinn? Ich meine … willst du damit sagen, dass Zayn meinen Autoschlüssel hatte? Aber ich habe ihn Daniel gegeben …« Er blinzelte und schien für einen Moment in der Vergangenheit zu versinken. »… der ebenfalls dabei war, als wir darüber diskutiert haben, noch woanders hinzufahren. Vielleicht hat Zayn ihn danach abgefangen und ihm meinen Schlüssel abgenommen?«

»Ich bin sogar ziemlich fest davon überzeugt. Und dass er dich nicht ausstehen kann, ist nur ein weiterer Hinweis. Das Einzige, was ich noch nicht verstehe: Was genau ist sein Problem mit dir?«

Er runzelte die Stirn, bevor Erkenntnis in seinem Gesicht aufblitzte. »Betty! Gleich nach meinem Einzug ins Wohnheim bin ich ihr im Flur begegnet. Zayn war wohl schon seit der Highschool scharf auf sie. Es hat ihm garantiert nicht gefallen, dass sie lieber mit mir geflirtet und sich dann auch noch auf ein Date eingelassen hat.«

Betty … Der Name sagte mir etwas. Das war doch die Studentin, zu der Zayn wollte, bevor wir uns geprügelt hatten.

Überrascht schaute ich Liam an. »Dann hast du ihm sozusagen die Frau vor der Nase weggeschnappt?«

»Sieht so aus, aber zu diesem Zeitpunkt wusste ich nichts davon. Und selbst wenn … Sie hat sich für mich interessiert und es ist nicht bei einem Date geblieben, auch wenn sich keine feste Beziehung daraus entwickelt hat.«

Ich verdrehte die Augen.

»Nein, es ging nicht nur um Sex«, sagte Liam sofort. »Wir verstehen uns wirklich gut, haben immer wieder stundenlang über alle möglichen Themen geredet. Sie ist wie ein Kumpel – und doch irgendwie mehr. Aber zu wenig, um sich zu verlieben. Eine eigenartige Kombination.« Für einen Moment hing er seinen Gedanken nach.

»Trotzdem oder vielleicht gerade deshalb warst du Zayn ein Dorn im Auge.«

Liam nickte. »Vermutlich, ja.«

Und plötzlich setzte sich alles zu einem großen Ganzen zusammen.

»Danke für deine Hilfe, Liam. Ich hol dich hier raus, versprochen.«

Kapitel 26

Cecile

Seit Trevor heute Morgen aufgebrochen war, stand ich unter Strom. Er hatte mich von unterwegs angerufen und mir gesagt, dass Wren ihm ganz freigegeben hatte und er die Zeit nutzen wollte, um mit Liam zu sprechen, bevor er zu Detective Grant konnte. Klar hätte ich zu Hause auf ihn warten können, aber das hätte sich wie Folter angefühlt, denn am liebsten hätte ich ihn begleitet.

Da das Restaurant montags geschlossen hatte, versuchte ich mich abzulenken und hatte zuerst Mom besucht. Zu Beginn war das Verhältnis zwischen uns noch angespannt. Nach wie vor lag der fahle Nachgeschmack ihrer Ohrfeige in der Luft und es dauerte ein paar Minuten, bis sie weinend zusammenbrach und sich dafür entschuldigte – etwas, was ich nicht erwartet hatte. Nachdem wir uns ausgesprochen hatten, ging es ihr ein bisschen besser, auch wenn sie wieder einmal in einem ihrer Tiefs steckte. Ich merkte, dass ihr bewusst war, was sie mir, sich selbst und ihrem Bruder Craig antat – der mit den Problemen um Marylin aber gerade anderes im Kopf hatte.

Ich hatte ihr wieder ein paar Lebensmittel mitgebracht und ein wenig bei ihr aufgeräumt. Sie war sogar dankbar dafür gewesen, immerhin hatte es auch schon Tage gegeben, an denen sie mich verflucht und aus der Wohnung gejagt hatte. Außerdem hatte der Inhaber des Supermarktes ihr eine zweite Chance gegeben, die sie nutzen wollte.

Und es klang, als würde sie es ernst meinen. Ich freute mich für sie, aber eine leise Stimme in mir warnte mich davor, zu viel zu hoffen. Sie war nun einmal krank und ein Rückfall konnte jederzeit passieren. Heute, nächsten Monat oder in vier Jahren. Solange sie jedoch ihr Leben ernsthaft in die Hand nahm und erwachsene Entscheidungen traf, die Finger vom Alkohol ließ und sich stattdessen um den Job bemühte, war alles gut. Zumindest für den Moment.

Nachdem ich mich von ihr verabschiedet hatte, warf ich einen Blick auf mein Handy. Doch bisher war keine weitere Nachricht von Trevor eingegangen.

Dennoch hatte ich viel bessere Laune, als ich am Nachmittag zurück nach Hause kam. Trevor war noch nicht da. Jedoch hatte er mir eine Nachricht geschickt mit der Bitte, um halb vier zur Polizeistation zu kommen. Davor noch zu Marylin zu fahren, würde ich zeitlich nicht schaffen. Also lenkte ich mich ab, indem ich das Bad putzte und den Boden wischte.

Nebenbei schrieb ich mit Nicola und erfuhr, dass sie eine Wohnung in Aussicht hatte, die sich richtig gut anhörte. Sie schickte mir den Link dazu und sie hatte recht. Das Apartment war zwar ein wenig kleiner, aber sie brauchte auch keine zwei Schlafräume. Und sie war in fünfzehn Minuten am Lake Michigan. Sie liebte das Wasser und war hier in New York ebenfalls gern am Strand gewesen – und wenn sie nur aufs Meer hinausgesehen hatte.

Als ich mich endlich auf den Weg machen konnte, war ich unglaublich aufgeregt. Noch mehr, als ich die Polizeistation betrat, wo Trevor auf mich wartete. Neben ihm stand ein Mann Anfang bis Mitte vierzig, der eine immense Autorität ausstrahlte.

»Cecile, darf ich dir Detective Grant vorstellen? Detective, das ist meine Freundin, Cecile Perry. Sie ist Marylins Cousine.«

Sofort stieg meine Nervosität noch weiter an. Die Ungewissheit bekam ein Gesicht und mir wurde klar, dass ich längst Teil dieser ganzen Sache rund um Liams Verhaftung und Zukunft war.

Detective Grant schüttelte mir mit festem Druck die Hand. »Miss Perry, Sie stehen in engem Kontakt mit Ihrer Cousine, die sich seit dem Unfall bei ihren Eltern verschanzt, ist das richtig?«

Mein Blick huschte zu Trevor, der mir aufmunternd zunickte. »Genau.«

»Um Liam Collins' Fall endgültig zu klären, brauche ich die Aussage Ihrer Cousine. Denken Sie, dass sie dazu bereit ist?«

»Ja, das hat sie gesagt. Aber … sie möchte dafür nicht das Haus verlassen. Wäre das denn möglich?«

Nun bekam das strenge Gesicht des Detectives einen weichen Ausdruck. »Selbstverständlich. Deshalb sind wir hier – um gemeinsam zu Ihrer Cousine zu fahren. Durch Mister Collins weiß ich über alles Bescheid. Und ich bin der Letzte, der jemanden dazu zwingt, das Gefühl der Sicherheit für eine Aussage aufzugeben.«

Als ich etwas später an Tante Julias und Onkel Craigs Wohnung klingelte, schob ich die schweißkalten Hände in die Taschen meines Mantels. Ich hatte uns zuvor zwar angekündigt, damit Marylin sich auf unseren Besuch einstellen konnte, doch ich wusste nicht, wie sie letztendlich reagieren würde. Würde sie dem Detective wirklich von der Nacht erzählen können, in der sich ihr Leben schlagartig geändert hatte?

Tante Julia öffnete uns die Tür. Auch ihr konnte ich die Nervosität ansehen.

»Detective Grant, schön, Sie kennenzulernen. Danke, dass Sie hergekommen sind, um Marylin den Weg nach draußen zu ersparen.«

Er nickte ihr freundlich zu, dann sah ich Marylin, die unsicher auf uns zukam.

»Hey, Marylin, Trevor kennst du ja bereits. Und das ist Detective Grant, von dem ich dir erzählt habe.«

Er zeigte seine Polizeimarke. »Freut mich, dich kennenzulernen. Du hast ja einiges durchgemacht, wie ich gehört habe. Wäre es dir lieber, wenn wir uns unter vier Augen unterhalten? Oder ist es für dich leichter, wenn …«

»Nein, schon gut. Ich habe lange genug geschwiegen. Es wird Zeit, meine Familie endlich in alles einzuweihen.« Sie lächelte tapfer. »Früher oder später werden sie sowieso alles erfahren, nehme ich an.«

Mein Blick huschte zu Tante Julia, die reichlich blass um die Nase aussah. Keine Ahnung, wie viel Marylin ihr inzwischen erzählt hatte. Ich jedenfalls hatte nichts ausgeplaudert, weil ich das Vertrauen meiner Cousine nicht verletzen wollte.

»Wie wäre es, wenn wir uns alle ins Wohnzimmer setzen?«, schlug ich vor und zeigte auf die große Couch und die zwei Sessel gegenüber.

»Eine gute Idee.« Tante Julia fuhr sich nervös durch die langen brünetten Haare, bevor sie einen Blick auf ihre Uhr warf. »Mein Mann Craig kommt auch gleich nach Hause.«

»Gut, möchte jemand Kaffee?«, fragte ich in die Runde, weil meine Tante nach wie vor überfordert wirkte.

Als ich zu Trevor sah, lächelte er sanft. Noch wusste ich nicht, ob Marylins Aussage Liam die Freiheit zurückbringen würde. Wir hatten auf der Fahrt hierher nicht darüber gesprochen. Aber auf jeden Fall konnte sich Marylin von einer großen Last befreien. Und das freute mich für sie.

Kapitel 27

Marylin

9. SEPTEMBER – VIER WOCHEN ZUVOR

Vicky und ich hatten uns heimlich aus dem Haus ihrer Eltern auf diese Studentenparty geschlichen, um Spaß zu haben. Zwar war ich zuerst nur widerwillig mitgegangen, hatte es dann aber nicht bereut. Das Anwesen war atemberaubend. Bisher hatte ich so etwas nur im Fernsehen gesehen. Die Leute hatten gute Laune, die Musik war super und es gab jede Menge zu essen und zu trinken. Es war alles toll – bis Vicky sauer auf mich wurde, weil ich mich mit einem Typen gut verstand, auf den sie ein Auge geworfen hatte. Und dann eskalierte die Situation …

»Nie hätte ich gedacht, dass du so falsch bist und dich an den Kerl ranmachst, von dem du wusstest, dass ich ihn süß finde. Aber jetzt weiß ich wenigstens, wie du tickst.«

Mein Mund klappte auf, ein Protest lag mir auf der Zunge, doch ich kam gar nicht dazu, Vickys Behauptung richtigzustellen.

»Aber weißt du, was? Ich verzichte auf deine heuchlerische Freundschaft. Du kannst mich mal!«

Mit diesen Worten drehte sie sich um und eilte davon. Und bis ich verstanden hatte, was hier gerade passierte, sah ich sie schon vom Grundstück rauschen.

Nun stand ich da und hatte keine Ahnung, wie ich von hier wegkommen sollte, ohne großen Ärger zu riskieren. Mom und Dad hatten mir immer vertraut und ich hatte auch noch nie gegen ihre Regeln verstoßen. Nicht in diesem Ausmaß. Und wäre es nach mir gegangen, hätten wir in Vickys Zimmer gelegen, uns Horrorfilme angesehen und dazu Chips und Schokopopcorn gegessen.

Eine Weile streunte ich planlos umher und ging alle Möglichkeiten durch. Über mein Smartphone fand ich raus, dass in der nächsten halben Stunde ganz in der Nähe ein Bus Richtung City fahren würde. Ich hätte dann aber einen Aufenthalt von drei Stunden am Stadtrand, den ich mir ohne Jacke und ohne Ahnung, ob ich mich dort irgendwo unterstellen konnte, nicht zumuten wollte. Bargeld für ein Taxi hatte ich natürlich auch nicht dabei. Woher hätte ich auch wissen sollen, dass ich Geld brauchen würde?

»… muss nach Hause. Migräne ist echt ätzend«, hörte ich eine Studentin zu zwei anderen sagen, die bestimmt ihre Freundinnen waren und bestätigend nickten. Eine bot ihr an, sie nach Hause in die Stadt zu fahren, woraufhin die andere beschloss, ebenfalls mitzukommen. Kurz darauf holten sie ihre Jacken. Und weil ich sonst keine Option hatte, ging ich ihnen nach.

Ohne groß an die Folgen zu denken, nahm ich die oberste Jacke vom Stapel, der sich in der Nähe des Eingangs türmte, und zog sie mir über. Die meisten hier hatten vermutlich reiche Eltern und bestimmt kein Problem, sich neue Klamotten zu kaufen.

Mit einigem Abstand folgte ich den Freundinnen über den Rasen. Kurz überlegte ich, ob ich sie fragen sollte, ob sie mich mitnehmen würden. Doch als ich den kleinen Pick-up sah, auf den sie zusteuerten, war mir klar, dass sie keinen Platz für mich hätten. Es war schon eine Herausforderung für die drei, sich vorn auf die Sitzbank zu quetschen.

Der Wagen stand etwas abseits, sodass nicht jeder sofort sah, dass ich ihnen folgte. Und sie waren so mit sich selbst beschäftigt, dass sie nicht bemerkten, wie ich kurz entschlossen auf die offene Ladefläche kletterte. Denn auch wenn ich jetzt eine Jacke hatte, wäre ich auf diese Weise viel schneller zu Hause. Und inzwischen wollte ich einfach nur noch in mein Bett. Egal ob ich Ärger mit meinen Eltern bekommen würde oder nicht.

Als die drei losfuhren, wurde mir sofort klar, *wie* kalt es wirklich war. Zwar war ich durch die Fahrerkabine weitestgehend geschützt, aber trotzdem pfiff mir der Fahrtwind um die Ohren. Die Jacke hatte keine Kapuze, also kauerte ich mich auf der Ladefläche zusammen und zog den Kopf so weit wie möglich ein, um mich vor der Kälte zu schützen.

Ich blickte hinauf zum Himmel, der zum Teil von Wolken bedeckt war. Nur hin und wieder blitzten Sterne hindurch. Hier draußen konnte man sie viel besser sehen als in der Stadt, wo die Sterne von den Lichtern fast vollständig verschluckt wurden.

Der Wagen beschleunigte. Noch bevor ich verstand, was los war, wurde ich auch schon kräftig gegen den Laderaum geschleudert. Eine Lichthupe blendete mich. War der Pick-up gerade gerammt worden?

Ich spürte meinen Herzschlag in der Kehle und hatte mit einem Mal panische Angst. Meine Schulter schmerzte, doch zum Glück hatte ich mir einen Schrei verkneifen können. Nach wie vor wollte ich nicht auf mich aufmerksam machen – jetzt noch weniger.

Keine Ahnung, wer da hinter uns war, aber inzwischen drückte der Fahrer auch auf die Hupe, die laut und gefährlich in meinen Ohren dröhnte. Immer wieder fuhr er knapp auf. Ich duckte mich so flach wie möglich und suchte verzweifelt nach Stellen, um mich festzuhalten, ohne mir dabei die Finger zu brechen, wenn ich hin und her geschleudert wurde.

Aus der Fahrerkabine hörte ich die Freundinnen schreien und ihre Angst übertrug sich zusätzlich auf mich.

Dann ging alles ganz schnell.

Ein kräftiger Stoß, der Pick-up kam ins Schlingern, fegte von der Straße und setzte mit einem heftigen Rumpeln irgendwo auf. Zweige rauschten über mir hinweg und mit einem Mal war alles schwerelos.

Ich flog von der Ladefläche, hatte keine Chance, mich irgendwo festzuhalten.

Es heißt immer, dass man kurz vor dem Tod sein Leben an sich vorbeiziehen sieht. Ich sah schwarze Nacht und Blätter. Mom und Dad, die mich anlächelten. Dann wieder Laub, begleitet von einem schmerzhaft dumpfen Aufprall, während sich die Motorengeräusche zunehmend entfernten.

Ein lauter Knall ließ mich zusammenzucken.

Plötzlich war alles still.

Nein, nicht alles … Das Dröhnen eines Motors war nach wie vor zu hören, schließlich Rufe.

Stöhnend richtete ich mich auf und griff instinktiv an mein Handgelenk, wo ich in Stresssituationen immer meinen Armreif drehte, weil mich das beruhigte. Doch er war nicht mehr da. Ich hatte ihn wohl bei meinem Sturz verloren. Kurz richtete ich meinen Blick auf das Blättermeer unter meinen Füßen, doch die Schreie wurden lauter und ich schaute in die Richtung, aus der sie kamen. Der Pick-up war bestimmt fünfzig Meter von mir entfernt gegen einen Baum geprallt. Ich konnte nicht erkennen, wie groß der Schaden war. Aber die Schreie gingen mir durch Mark und Bein.

Der zweite Wagen parkte dahinter am Straßenrand. Die Beifahrertür stand offen und drei junge Typen stiegen aus. Lichtkegel leuchteten auf, vermutlich von ihren Handytaschenlampen. Was sie sagten, konnte ich nicht genau verstehen, weil die Schreie sie übertönten, aber sie diskutierten heftig und gestikulierten wild mit den Händen.

»Die ist tot, verdammt!«, drang eine dunkle Stimme zu mir durch. »… zu viel Blut, zu viel …«

Weiter wollte ich nicht zuhören. Meine Ohren machten dicht und die Panik ließ mich den Atem anhalten.

Die anderen beiden schauten zum Wagen, der sich um den Baum gewickelt hatte, und in diesem Augenblick wurde mir klar, dass eine Studentin den Unfall nicht überlebt hatte.

Mein ganzer Körper begann, unkontrolliert zu zittern.

Wie paralysiert sah ich zu, wie die Typen wieder ins Auto stiegen. Sie würden hoffentlich Hilfe rufen …

Doch sie starteten den Motor und fuhren davon.

Fassungslos schaute ich ihnen hinterher.

Ich wollte, nein, ich *musste* zu den jungen Frauen und ihnen helfen. Vielleicht war es noch nicht zu spät, vielleicht konnte ich …

Ich stand auf und lief los, doch ich kam nicht weit, denn der Wagen der Männer wendete und kam zurückgerast.

Einen kurzen Schreckmoment lang starrte ich wie ein scheues Reh auf die zwei Lichtkreise der Scheinwerfer, bis mir bewusst wurde, dass sie mich entdeckt hatten. Der Fahrer stieg aus und hechtete den Hang hinab auf mich zu. Ohne zu zögern, drehte ich mich um und rannte los. Einfach in den Wald hinein. Vergessen waren das Zittern, die Kälte, die Schmerzen vom Aufprall in der Schulter, die leise pochend auf sich aufmerksam machen wollten. Ich spürte nur noch nackte Angst. Die drei Typen wollten mich garantiert nicht retten.

»Bleib stehen!«, brüllte der Kerl hinter mir.

Zu laut, zu nah. Zu Furcht einflößend und zu entschlossen, mich nicht davonkommen zu lassen.

Ich rannte, als wäre der Teufel höchstpersönlich hinter mir her.

Und vermutlich war es auch so. Denn kein normaler Mensch würde einen Unfall provozieren – einen tödlichen Unfall – und die Überlebenden sich selbst überlassen.

»Lauf, wenn du denkst, dass dich das rettet. Du kannst mir aber nicht entkommen.« Die Stimme war noch näher, kroch tief in mich hinein. Fast wie die Kälte, die mich zusätzlich zu lähmen schien.

Tränen stiegen mir in die Augen, als ich das laute Rascheln von Blättern dicht hinter mir wahrnahm – oder war es nur das Rauschen des Blutes in meinen Ohren? Die eiskalte Luft in meiner Lunge?

»Zayn, was tust du?!«, drang von den beiden anderen zu mir durch, doch das schien ihn nicht zu bremsen.

Viel zu fest packte mich eine Hand am Oberarm und wirbelte mich im Lauf herum. Fast wäre ich gestolpert, doch mein Verfolger reagierte geistesgegenwärtig und fing mich auf. Grob drückte er mich gegen den nächstgelegenen Baum, sodass mein Kopf hart gegen die Rinde schlug.

Er war groß und breitschultrig, ein Muskelberg. Ich musste den Kopf in den Nacken legen, obwohl meine Füße nicht einmal den Boden berührten.

Er war mir so nah, dass ich sein Gesicht sehen konnte. Seine Nase fiel mir sofort auf – sie sah krumm aus, als wäre sie schon mehrfach gebrochen gewesen. Aus seinen Augen funkelte das Böse und seine blonden Haare reichten ihm bis zum Kinn.

»Wer bist du?«, knurrte er mich an.

Geschockt starrte ich ihm ins Gesicht, unfähig, auch nur ein Wort über die Lippen zu bringen.

Was ihm nicht zu gefallen schien, er schüttelte mich wild. »Verdammt, sag mir deinen Namen, bevor ich …«

»Marylin«, antwortete ich schnell, weil ich gar nicht erst herausfinden wollte, was er sonst tun würde. »Ich … das war … ich war …«, stammelte ich verzweifelt, bevor ich in Tränen ausbrach und meine Sicht verschwamm. »Die drei Frauen wissen nicht … Niemand hat mitbekommen, dass ich …«

»Du warst nicht hier, haben wir uns verstanden? Du hast nichts gesehen. Keinen Unfall, keine Gesichter, gar nichts.« Für einen Moment schien er zu überlegen, dann nickte er entschlossen.

»N-nichts. Gar nichts habe ich gesehen. Weder dich noch … sonst irgendetwas. Ich war nicht einmal hier, ich bin … nach wie vor …« *Bei Vicky*, hätte ich fast gesagt. Aber selbst wenn ich gerade sauer auf sie war, weil sie mich einfach zurückgelassen hatte, wollte ich diesem Kerl nicht auch noch ihren Namen nennen. »… zu Hause. In meinem Bett. Ich war nicht einmal auf der Party. Niemand hat mich dort gesehen, ich … bin erst siebzehn.« Keine Ahnung, ob ich damit bezwecken wollte, dass der Typ Mitleid mit mir hatte oder mich wegen meines Alters verschonte. »Nicht mal meine Eltern wissen, dass ich hier bin.«

»Du bist also einfach so auf die Party spaziert? Und im Anschluss auf diesen Pick-up geklettert, um mitten in der Nacht eine kleine Spritztour zu machen?«

Sein Griff um meine Oberarme war unnachgiebig und tat unglaublich weh. »Ja, genau so war es. Ich schwöre. Ich wollte … unbedingt auf diese Party. Also bin ich abgehauen. Und um wieder nach Hause zu kommen, bin ich auf den Pick-up …«

»Gib mir deine Handynummer.«

»Was? W-wozu?«

Er stieß ein tiefes Knurren aus und kam meinem Gesicht drohend nahe. »Um dich jeden Tag daran zu erinnern, dass dich das gleiche Schicksal erwartet wie die da drüben, wenn du nicht deine Klappe hältst.« Endlich ließ er mich runter, packte mich stattdessen am Hals und holte mit der anderen Hand sein Smartphone hervor.

Erneut liefen Tränen über meine Wangen, was ihn jedoch nicht zu beeindrucken schien. Stockend stammelte ich meine Telefonnummer und musste mich sogar einmal korrigieren, weil ich vor Angst zwei Ziffern vertauscht hatte.

»Marylin wie?«

»Finnegan.«

»Adresse?«

Ein Schluchzen löste sich aus meiner Kehle und ich brauchte zwei Anläufe, um ihm zu sagen, wo ich wohnte.

Zufrieden lächelte er und noch während er alles einspeicherte, drang *Where Are You?* von Elvis Drew – der Song, den ich Vicky zugeteilt hatte – aus meiner Tasche durch den totenstillen Wald.

Welche Ironie …

Der Kerl schien das auch so zu sehen, denn er lachte laut auf. »Ein toller Song. Schade, dass ich dich immer mit unterdrückter Nummer anrufen werde. Sonst könntest du mir diesen Klingelton zuweisen.«

Kapitel 28

Trevor

Als Marylin uns erzählte, was in jener Nacht vorgefallen war, wirkte sie völlig weggetreten. Als wäre sie in der Zeit zurückgereist und würde das alles noch einmal erleben. Ich war nicht nur schockiert darüber, wie sie den Unfall schilderte, sondern auch von Zayns Kaltblütigkeit, wie er Marylin bedroht, unter Druck gesetzt und über Wochen hinweg eingeschüchtert hatte. Unvorstellbar, was sie durchmachen und wie sie um ihr Leben bangen musste. Unter diesen Umständen war es nachvollziehbar, dass sie sich nicht mehr aus der Wohnung getraut hatte.

Für ihre Eltern, Julia und Craig, musste es besonders schlimm sein, die Wahrheit zu erfahren. Schlimm und erleichternd zugleich, da sie nun endlich wussten, was ihrer Tochter in jener Nacht zugestoßen war.

Die beiden hielten sich an den Händen und weinten für und mit Marylin. Dass sie in psychologische Betreuung musste, stand außer Frage. Aber ihre Eltern würden für sie da sein und dabei unterstützen, das Erlebte zu verarbeiten, das war deutlich zu spüren.

Als ich heute Detective Grant im Polizeirevier aufgesucht hatte, war er anfangs noch ziemlich gereizt gewesen. Doch als ihm klar wurde, dass ich nicht nur mit leeren Behauptungen gekommen war, sondern Beweise hatte und sogar eine neue Zeugin nennen konnte, hatte er aufmerksam zugehört.

Dass sich durch Marylins Bericht nun alles zu einem großen Ganzen zusammensetzte, schien ihn zu beruhigen. Mit Marylins und der Zustimmung ihrer Eltern hatte er ihre Aussage auf Video aufgenommen, damit sie später dem Haftrichter vorgespielt werden konnte. Liams Freilassung war dann hoffentlich nur noch reine Formsache.

Cecile saß neben Marylin und streichelte ihr tröstend über den Rücken. Auch ihr perlten stumme Tränen über die Wangen, obwohl sie schon so viel über die Unfallnacht gewusst hatte. Am liebsten hätte ich sie in den Arm genommen, doch ich saß auf einem der beiden Sessel ihr gegenüber und war zu weit weg.

»Wie bist du dann heimgekommen?«, fragte Marylins Mom.

»Ich bin zu Fuß bis zur nächsten Bushaltestelle gelaufen. Von dort bin ich dann über mehrere Umwege nach Hause gefahren. Weil der Akku meines Handys leer war, habe ich von einer öffentlichen Telefonzelle aus den Notruf gewählt. Noch während Vickys Anruf im Wald, als Zayn mich bedroht hat, war meinem Telefon der Saft ausgegangen. Sie ist noch einmal zurückgefahren und wollte mich mit nach Hause nehmen. Davon habe ich aber erst am nächsten Tag erfahren, als ich mein Smartphone aufgeladen und meine Nachrichten gecheckt hatte.«

Ungläubig schüttelte ich den Kopf. Wenn Marylin also einfach noch etwas länger auf der Party geblieben wäre, wären ihr dieses schreckliche Erlebnis mit dem Unfall und die schlimme Zeit danach erspart geblieben.

»Danke für deinen Mut, uns diese Geschichte zu erzählen, Marylin. Das hast du gut gemacht und uns damit sehr geholfen.« Detective Grant nickte ihr zu. »Wärst du bereit, Zayn Atkinson bei einer Gegenüberstellung zu identifizieren?«, wollte er schließlich von ihr wissen.

Sie sah kurz zu mir und nickte dann. »Ja, das würde ich tun. Ich mache alles, damit er niemandem mehr gefährlich werden kann.«

»Was passiert mit Liam? Wird er jetzt endlich freigelassen?«, stellte Cecile die Frage, die mir auf der Zunge lag, die ich mich aber nicht getraut hatte auszusprechen. Ich wollte nicht den Eindruck erwecken, dass es mir nur um die Freilassung meines Bruders und nicht um Marylins Schicksal ging. Doch aus Cecils Mund wirkte es wie ein ehrlicher Wunsch, eine gerechte Tatsache, für die nun die Zeit gekommen war.

»Eines nach dem anderen«, antwortete der Detective. »Aber die Zeichen stehen gut, dass die Vorwürfe gegen ihn fallen gelassen werden.«

Das genügte mir bereits. Denn ich wüsste nicht, was dem Ganzen jetzt noch im Wege stand. Ich hatte Detective Grant heute *alles* erzählt. Auch von dem inszenierten Aufnahmeritual, das gar nicht stattgefunden hatte, sondern nur dazu diente, Liam in den Wald zu locken. Es sah ganz danach aus, als hätte Zayn bewusst die Dinge so gedreht, dass Liam am Ende als der Schuldige dastand. Er wollte offenbar nicht nur verhindern, dass Liam in die Studentenverbindung aufgenommen wurde, sondern ihn komplett aus dem Weg räumen. Dazu musste er nur Daniel den Schlüssel abluchsen, meinen Bruder in den Wald locken und abwarten, bis sich die nächsten Gäste auf den Heimweg machten, um sie mit Liams Wagen zu bedrängen. Die Leute der Studentenverbindung hatte er geschmiert, damit sie behaupteten, dass Liam am Steuer gesessen hatte – schon war er fein raus und meinen Bruder los. Bislang war das nicht bewiesen, doch so lange würde ich mich gedulden können. Selbst wenn ich innerlich unter Strom stand und am liebsten noch heute meinen Bruder in Freiheit umarmt hätte.

»Vielen Dank für deine Hilfe, Marylin.« Detective Grant schüttelte ihr zum Abschied die Hand und wandte sich schließlich an ihre Eltern. »Auch Ihnen danke ich für die Unterstützung. Ich … habe hier die Adresse einer sehr guten Therapeutin, die auf Fälle wie Marylins spezialisiert ist. Ich würde Ihnen empfehlen, ihre Hilfe anzunehmen.« Mit diesen Worten überreichte er Julia eine Visitenkarte, die sie dankbar annahm.

»Danke für alles, Detective.«

Er nickte und verabschiedete sich anschließend auch von uns.

Zwar hatte er angeboten, Cecile und mich ein Stück mitzunehmen, aber wir wollten lieber noch etwas bleiben.

Nachdem wir eine Weile zusammengesessen und geredet hatten, brachte Ceciles Tante Marylin in ihr Zimmer. Sie war sichtlich müde und aufgewühlt und brauchte Ruhe. Bestimmt hatten Mutter und Tochter sich auch noch einiges zu sagen, was uns alle nichts anging.

»Wenn ich gewusst hätte, was ihr zugestoßen ist …« Craig bebte am ganzen Körper.

»Niemand konnte es wissen«, beruhigte Cecile ihn. »Auch mir hat sie sich zuerst nicht anvertraut, obwohl sie sonst immer sämtliche Geheimnisse mit mir teilt, aber diesmal … Mach dir keine Vorwürfe. Sobald dieser Zayn verhaftet und verurteilt wurde, kann Marylin damit abschließen. Und mit der Therapie wird sie wieder zu ihrem alten Selbstbewusstsein zurückfinden.«

Craig lächelte zuversichtlich und nickte. »Du hast recht. Ab jetzt kann es nur noch bergauf gehen. Dieser Zayn erhält seine gerechte Strafe und dein Bruder wird bald wieder auf freiem Fuß sein und kann zurück in sein altes Leben.«

Dass ich Letzteres bezweifelte, behielt ich für mich.

Allein in den paar Wochen hatte sich Liam komplett verändert. Vielleicht würde er nach der Untersuchungshaft wieder wie früher werden, aber etwas in mir sagte mir, dass er ein anderer Mensch geworden war. Ruhiger, nachdenklicher, vorsichtiger. Er war zwar immer noch zielstrebig, aber seine Prioritäten hatten sich verschoben. Außerdem wusste ich, dass er unfassbar enttäuscht und wütend auf unsere Eltern war und nicht mehr im Familienkonzern arbeiten wollte. Unter den aktuellen Umständen konnte ich mir nicht einmal vorstellen, dass er mit den beiden überhaupt noch ein Wort wechseln wollte.

»Ich würde euch ja gern nach Hause fahren, aber … ich hoffe, ihr versteht, dass ich bei meiner Familie bleiben möchte«, meinte Craig schließlich.

»Mach dir keine Gedanken, wir nehmen den Bus«, sagte Cecile und schenkte ihm ein beruhigendes Lächeln.

Wir verabschiedeten uns noch von Craig und baten ihn, Marylin und Julia liebe Grüße von uns auszurichten, denn wir wollten die zwei nicht stören. Draußen blieben wir unter dem Vordach des Wohnblocks stehen, weil es schon wieder regnete.

»Verdammtes Wetter. Soll ich noch mal hochgehen und fragen, ob wir uns einen Schirm leihen können?«

Als ich den Kopf schüttelte, riss Cecile die Augen auf. »Du willst nicht schon wieder durch den Regen laufen, oder?«

»Eigentlich wollte ich gerade ein Uber vorschlagen, aber wenn du darauf bestehst …«

Cecile schlug mir belustigt gegen die Brust. »Ich tanze nur bei Tageslicht im Regen.«

Augenzwinkernd holte ich mein Handy hervor und bestellte uns über die App eine Fahrt nach Hause – auf die wir nur vier Minuten warten würden.

»Echt schlimm, was Marylin durchmachen musste«, meinte Cecile nachdenklich, nachdem ich das Display wieder gesperrt hatte.

Wortlos breitete ich meine Arme aus.

Sie ließ sich gegen mich sinken und hielt sich an mir fest.

Sanft streichelte ich ihr über den Rücken und küsste sie auf die

Stirn, um ihr Trost zu spenden. Denn im Moment gab es dafür keine Worte.

Die Fahrt verlief weitestgehend schweigend. Ich hielt die ganze Zeit ihre Hand und hoffte, ihr auf diese Weise zu zeigen, dass ich für sie da war.

Zurück in der Wohnung, zog Cecile ihren Mantel aus und hängte ihn neben meine Jacke. Als sie die Schuhe abstreifte, hörte ich ihren Magen knurren.

»Ich bestelle uns Pizza. Oder hast du Lust auf etwas anderes?«

Sie schüttelte den Kopf. »Ganz egal.«

Ich orderte eine Gemüse- und eine Schinkenpizza und machte Musik an. Außerdem zündete ich ein paar Kerzen an, um für eine gemütliche Stimmung zu sorgen, und legte eine weiche Decke bereit, falls ihr kalt war.

Cecile war in der Zwischenzeit im Badezimmer verschwunden. Als sie herauskam, trug sie ihren Pyjama.

»Wow, das sieht toll aus.« Sie wirkte erschöpft und noch immer war ihr anzusehen, dass sie die Sache mit Marylin beschäftigte.

»Komm her«, sagte ich und streckte ihr meine Arme entgegen.

Nach unserem Streit hatten wir uns zwar ausgesprochen, trotzdem lag noch eine Unsicherheit in der Luft, die ich unbedingt beseitigen wollte.

Cecile ließ sich erneut gegen mich sinken und ich bildete mir ein, ihren Herzschlag zu spüren. Oder war es mein eigener?

»Hör zu, da ist noch eine Sache, die ich dir sagen muss«, begann ich und schaute zu ihr hinunter, um ihr Gesicht sehen zu können.

Ihre Augen blitzten beunruhigt auf und schon bereute ich meinen ziemlich unsensiblen Einstieg.

»Die Sache mit meinem Vater … Ich wollte dir noch einmal ganz klar sagen, dass ich dir nicht böse bin, Cecile. Vermutlich hätte ich an deiner Stelle genauso reagiert. Ich möchte, dass du weißt, wie viel du mir bedeutest. Und ich bin unfassbar froh, dass du nach allem, was du über meine Eltern erfahren hast, unverändert zu mir hältst. Auch dass du Liams Unschuld kein einziges Mal angezweifelt hast, macht mich sprachlos und dankbar. Manchmal frage ich mich, ob ich dich überhaupt verdient habe.«

Langsam schüttelte sie den Kopf. »Ich hätte nicht gedacht, dass du so ein geringes Selbstbewusstsein hast, Trevor. Du bist großartig, loyal, ehrlich. Für deine Eltern kannst du nichts, genauso wenig wie ich für meine.«

Schmunzelnd musste ich ihr zustimmen.

»Übrigens scheint meine Mom gerade wieder etwas vernünftiger zu werden – und bleibt es hoffentlich auch.« Sie erzählte von ihrer Mutter, die erneut ihrer Arbeit im Supermarkt nachging und sich vorgenommen hatte, die Finger endgültig vom Alkohol zu lassen.

»Ich fürchte, von einer Besserung sind meine Eltern meilenweit entfernt. Wenn überhaupt, werden sie so tun, als wäre in den letzten Wochen nichts passiert.«

»Wirst du ihnen verzeihen?«, fragte sie leise.

»Keine Ahnung«, antwortete ich ehrlich. »Vielleicht … irgendwann … oder auch nicht.«

»Und Liam?«

»Kann ich mir nicht vorstellen. Ich meine, würdest du noch ein Wort mit deinen Eltern sprechen, nachdem sie dich als Lügnerin bezeichnet haben, als Verbrecherin oder sogar Mörderin? Nachdem sie dich einfach deinem Schicksal überlassen haben, ohne sich anzuhören, was du dazu zu sagen hast? Und das alles nur, weil sie fürchten, ihren Ruf zu verlieren?«

Cecile schüttelte den Kopf. »Vermutlich nicht.«

Ich nickte und drückte sie noch einmal an mich, hielt sie fest, um ihr zu zeigen, wie dankbar ich war, dass sie mir nach wie vor vertraute und hinter mir stand.

»Wirst du aus New York weggehen?« Sie klang ängstlich bei diesen Worten, als hätte sie viel zu lange überlegt, ob sie mir diese Frage wirklich stellen wollte, aus Sorge, ich könnte sie bejahen.

»Wie könnte ich aus New York weggehen, wenn du hier bist?«, antwortete ich.

Sprachlos sah sie mich an.

»Ich muss zuerst natürlich kurz nach Chicago zurück, weil ich dort einige Dinge regeln muss und meine Sachen holen will. Außerdem werde ich offiziell mein Studium abbrechen.«

Cecile schluckte und blinzelte die Tränen weg, während sie mich anlächelte. »Trevor, das ist …«

»Völlig selbstverständlich und nicht diskutabel«, beendete ich ihren Satz.

Sie zögerte, dann nickte sie, als würde sie diese Sache auf sich beruhen lassen. Zumindest vorerst. »Weißt du schon, was du dann machen möchtest? Oder bleibst du Wren treu?«

»Vielleicht verfolge ich meinen Kindheitstraum und werde doch noch Polizist.« Ich zwinkerte ihr zu. »Auf jeden Fall würde ich mir wünschen, dass du dich wegen eines Studiums erkundigst. Das ist schließlich dein Traum und den solltest du nicht aufgeben. Und vielleicht möchtest du mit mir nach Chicago kommen, damit ich dir zeigen kann, wo ich aufgewachsen bin. Wir könnten dann auch deine Freundin besuchen.«

»Du weißt, dass ich kein Geld dafür übrig habe. Ich muss arbeiten gehen, um mir die Miete leisten zu können und …«

Nichts lag mir ferner, als sie zu unterbrechen, aber in dem Fall konnte ich nicht anders. »Mach dir um die Reisekosten keine Gedanken. Außerdem habe ich eine Wohnung in Chicago, die ich verkaufen werde. Verkaufen, verstehst du? Sie ist in bester Lage, direkt am Lake Michigan, und sie ist groß. Ich werde also bestimmt eine gute Summe dafür bekommen. Ich könnte die ganze Miete übernehmen oder dir bei den Studiengebühren unter die Arme greifen.«

Cecile riss die Augen auf. »Ich dachte, deine Eltern verwalten das ganze Geld?«

»Trotzdem gehört die Wohnung in Chicago mir. Meine Eltern haben hier kein Mitspracherecht. Wir könnten gemeinsam unsere Träume verfolgen und ...«

»Trevor, ich kann das nicht annehmen. Auf keinen Fall!«

»Wieso nicht? Du hast mir so geholfen, jetzt bin ich dran, für dich da zu sein und dich zu unterstützen. Auf keinen Fall will ich, dass du das Gefühl hast, mir danach etwas schuldig zu sein. Aber ich will dir helfen, deinen Traum endlich zu verwirklichen. Auf welche Weise du es zulässt, ist deine Sache. Aber bitte sag nicht Nein, das wäre ...« Weiter kam ich nicht.

Cecile fiel mir um den Hals und küsste mich. »Danke, Trevor. Ich ... weiß gar nicht, was ich dazu sagen soll. Ich dachte, du gehst zurück nach Chicago, und jetzt ... Ja, lass uns gemeinsam unsere Träume verwirklichen!«

Lachend erwiderte ich ihren Kuss. »Du ahnst nicht, wie viel mir das bedeutet. Denn ich will dort sein, wo du bist, Cecile. Weil ich mich in dich verliebt habe.«

Kapitel 29

Cecile

Trevors Worte hallten wie Musik in mir nach. Doch als ich ihm antworten wollte, klingelte es an der Tür.

»Das muss unsere Pizza sein.« Ohne zu überlegen, zog er ein paar Geldscheine aus seiner Hosentasche und wartete an der geöffneten Wohnungstür auf den Lieferanten, dessen Kappe und Jacke nass vom Regen waren.

Aus den beiden Pizzakartons, die Trevor auf dem Couchtisch abstellte und öffnete, duftete es herrlich. »Greif zu. Dein Magen knurrt bis hierher, ich hab Angst, du könntest zuschnappen, wenn ich mir zuerst ein Stück nehme.«

Mit einem Lächeln auf den Lippen griff ich nach einem Stück Gemüsepizza. Als ich hineinbiss, drängte sich ein herzhaftes Stöhnen aus meiner Kehle, das Trevor amüsierte. Erst jetzt merkte ich, wie groß mein Hunger war. Viel schneller als sonst schlang ich Stück für Stück hinunter, während ich spürte, wie sich Müdigkeit in mir breitmachte. Die Wärme, verstärkt durch die Decke, die er über meinen Schultern ausgebreitet hatte, lullte mich ein. Es dauerte nicht lange, bis ich gegen zufallende Lider ankämpfte.

»Du kannst gern schlafen gehen.« Trevors Stimme drang sanft zu mir durch. Er nahm mir das letzte Stück Pizza aus der Hand, bevor es mir heruntergefallen wäre. »Ich komme auch gleich nach.«

Ich nickte und er küsste mich auf die Schläfe, bevor ich aufstand und in mein Zimmer schlurfte. Ich hörte, wie Trevor die Reste in die Küche räumte und die Musik ausmachte. Wenig später stieg der Duft von ausgeblasenen Kerzen in meine Nase.

Leicht fröstelnd kuschelte ich mich in mein Bett. Gleich darauf löschte Trevor im Wohnzimmer das Licht und kam zu mir. Er legte sich hinter mich und die Wärme seines Körpers kroch in mich hinein.

»Ich habe mich auch in dich verliebt«, murmelte ich noch, dann glitt ich ins Land der Träume.

Am nächsten Morgen wurde ich mit einem Lächeln auf den Lippen und Trevors Arm um mich wach. Mir war heiß, weil sein Körper so viel Wärme ausstrahlte, aber ich genoss seine Nähe.

Sofort musste ich an sein Geständnis von gestern denken und spürte ein wohliges Kribbeln in meinem Bauch. Außerdem fühlte ich mich erleichtert, weil Marylin endlich alles erzählt hatte und Zayn wahrscheinlich bereits verhaftet worden war.

Trevor sah süß aus, wenn er schlief. Völlig entspannt lag er neben mir, seine Lippen leicht geöffnet. Er atmete ruhig und gleichmäßig und ich hätte ihm bestimmt noch ewig beim Schlafen zusehen können, wenn nicht sein Handy angefangen hätte zu vibrieren.

Müde wischte er sich mit einer Hand über das Gesicht und blinzelte gegen das sanfte Licht an, das sich einen Weg ins Zimmer gesucht hatte.

»Dein Telefon«, sagte ich.

»Stimmt.« Er ließ es sich nicht nehmen, mich kurz zu küssen, bevor er sich von mir abwandte, um den Anruf entgegenzunehmen.

»Hallo? … Ja … Okay … Heute schon? … Wann? … Alles klar, ich komme. Vielen Dank, Detective.«

Nun war auch der letzte Rest Müdigkeit wie weggewischt. Trevor schien es ähnlich zu gehen, denn seine Stimme hatte während des Telefonats an Kraft zugelegt und die letzte Erinnerung an Schlaf war aus ihr gewichen.

»Was ist?« Mein Herz schlug schnell, während er mich aufgeregt anschaute.

»Liam kommt frei. Noch heute. Um halb zehn soll ich dort sein, dann kann ich ihn abholen.« Dass diese Nachricht Trevor aufwühlte, war ihm deutlich anzusehen. In seinen Augen schimmerte es. Blinzelnd legte er den Kopf in den Nacken. »Die Verhandlung wäre morgen gewesen. Morgen! Hätten wir nicht herausgefunden, dass Marylin die vierte Frau war oder dass Zayn am Steuer gesessen hat …«

Beruhigend streichelte ich über seinen Rücken. »Aber du hast es rechtzeitig geschafft, Trevor.«

Er wischte sich mit den Handballen über die Augen. »*Wir* haben es geschafft.«

Ein warmes Gefühl machte sich in mir breit, während ich ihm ein Lächeln schenkte und ihn schließlich fest umarmte. »Wie wäre es erst mal mit einem Kaffee?«

»Klingt gut.« Trevor stand auf und streckte mir die Hand entgegen.

Ich ließ mich von ihm aus dem Bett ziehen und landete direkt in seinen Armen. Von hinten schlang er sie um mich und wir gingen im Gleichschritt in die Küche, seinen Atem in meinem Haar.

»Wie spontan kannst du dir freinehmen?«

»Wieso fragst du?« Wir hielten vor der Kaffeemaschine und ich öffnete sie, um eine frische Filtertüte einzulegen.

»Weil ich … nein, schon gut. Vergiss es.« Trevor löffelte Kaffeepulver hinein.

»Nein, bitte sag«, drängte ich ihn. Jetzt war ich neugierig.

»Na ja, ich wollte dich fragen, ob du mitkommen möchtest, wenn ich Liam abhole.«

Überrascht drehte ich mich zu ihm um. »Ich könnte meinen Kollegen Marcus anrufen. Er schuldet mir noch einen Gefallen, weil ich vor einer Weile zweimal hintereinander für ihn eingesprungen bin. Aber ich dachte, du willst die Zeit mit Liam nutzen. Also … allein. Ihr habt euch bestimmt einiges zu erzählen.«

»Dafür haben wir noch genug Zeit. Aber ich bin mir sicher, dass er neugierig auf die wunderbare Frau in meinem Leben ist, die geholfen hat, ihn aus dem Gefängnis zu holen.«

Ich legte meine Hände an seine Brust. »Das ist … eine schöne Idee, aber ob Liam das auch …«

»Sag einfach ja, Cecile. Vorausgesetzt natürlich, du bekommst wirklich problemlos frei. Auf keinen Fall möchte ich, dass du meinetwegen Stress auf der Arbeit hast.«

»Ich rufe Marcus sofort an. Was ist mit deinem Job?«

»Ah, Shit … Wren wird mich lynchen. Am besten ich versuche, auch gleich die restliche Woche freizubekommen, dann kann ich alles in Chicago regeln und habe es hinter mir. Eventuell kannst du es auch einrichten? Es würde mir wirklich viel bedeuten, wenn du mich begleitest. Vielleicht kann ich Liam ebenfalls überreden, mitzukommen. Dann würde ich Flugtickets für uns drei kaufen, einen Makler für meine Wohnung und einen Umzugsservice beauftragen und den Rest mit meinem Wagen hierherfahren.«

Unschlüssig biss ich auf meine Wangeninnenseite.

»Oder etwa nicht?« Trevor schaute mich fragend an. Vermutlich konnte er mir anmerken, dass ich mit mir haderte. »Ich dachte, wir besuchen dort deine Freundin. Nicola heißt sie, richtig?«

Ich nickte. »Ich würde wirklich gern mit dir nach Chicago kommen und Nicola überraschen. Und ich bin natürlich neugierig, wie du bisher gelebt hast, aber … ich fürchte, so kurzfristig bekomme ich nicht mehrere Tage frei.«

»Hmm, okay, du hast recht. Das war wohl etwas überstürzt. Ich sollte vor allem erst mal heute freibekommen, damit ich für Liam da sein kann. Nach Chicago kann ich auch später fliegen. Und sowie ich weiß, wann Wren mich ein paar Tage entbehren kann, sage ich dir Bescheid. Vielleicht lässt sich das dann auch besser mit deinen Urlaubstagen im Restaurant vereinbaren.«

Er wirkte so süß durcheinander, was kein Wunder war. Schließlich hatte er seinen Bruder in den letzten Wochen nur hinter einer Scheibe gesehen.

»Das klingt nach einem guten Plan«, antwortete ich lächelnd.

Trevor umarmte mich noch einmal, bevor wir beide uns mit den Telefonen in unsere Zimmer zurückzogen, um für heute alles zu klären.

»Und? Was hat er gesagt? Musst du dich ab sofort fürchten, wenn du Wren über den Weg läufst?« Meine Tasse hielt ich vorsichtig mit beiden Händen umklammert und pustete über den Rand, während Trevor neben mir auf der Couch saß.

»Tja, es war schön, dich kennengelernt zu haben«, scherzte er mit einem Zwinkern.

Augen rollend schlug ich ihm sanft auf den Oberschenkel.

»Nein, er freut sich, dass sich mein Einsatz für Liam gelohnt hat. Er hat mir für heute freigegeben. Und weil seine Laune ganz gut war, habe ich auch gleich wegen Chicago mit ihm gesprochen. Er meinte, solange ich zwei Wochen im Voraus Bescheid sage, sollte das kein Problem sein. Und ich müsste mich auf ein paar Extraschichten einstellen. Aber das kenne ich ja schon.«

»Das hört sich doch gut an. Bei mir hat es auch geklappt. Marcus springt für mich ein. Mögliche Urlaubstermine bekomme ich per E-Mail geschickt. Ich konnte mich nicht zurückhalten und musste einfach gleich nachfragen. Damit können wir doch gut planen.«

»Super! Aber zuerst holen wir Liam ab.« Dass seine Stimme vor Aufregung bebte, entging mir nicht.

Das Gefängnis ragte groß und einschüchternd vor uns auf. Oft genug war ich hier in der Vergangenheit vorbeigekommen, doch seit ich wusste, dass Trevors Bruder hier einsaß, hatte der riesige Betonklotz eine völlig andere Wirkung auf mich. Die Vorstellung, dass dort Menschen eingeschlossen waren, die ihre Liebsten nicht mehr in die Arme nehmen konnten, löste ein zermürbendes Gefühl in mir aus. Heute fragte ich mich, von wie vielen Insassen sich das Leben durch eine einzige Tat oder nur durch die Tatsache, zur falschen Zeit am falschen Ort gewesen zu sein, völlig verändert hatte.

Trevor stand neben mir und atmete schon zum zweiten Mal geräuschvoll aus. Er war sichtlich angespannt.

»Liam kommt bestimmt gleich«, versuchte ich, ihn zu beruhigen, und schlang meine Arme um ihn.

»Da ist er.« Aufgeregt löste er sich von mir, verschränkte jedoch unsere Finger ineinander, während sein Bruder durch das Tor trat, bekleidet mit einem dünnen Mantel. Gemeinsam gingen wir ihm entgegen.

Er rieb die Handflächen aneinander, und als er näher kam, erkannte ich ihn auch von Jeffs Foto wieder. Sein Bart war etwas länger und er sah etwas müde aus, aber als er bei uns ankam, hoben sich seine Mundwinkel.

»Trevor, schön, dich zu sehen.« Er umarmte seinen Bruder und klopfte ihm auf die Schulter, dann wandte er sich mir zu. »Und du musst Cecile sein.«

»Ich freue mich so sehr, dich endlich kennenzulernen, Liam.«

Sein Händedruck war fest und kurz.

»Worauf hast du Lust, Liam? Wir haben beide den ganzen Tag frei und richten uns nach dir und deinen Wünschen.«

»Bringt mich einfach nur hier weg.« Mit dem Kopf deutete er hinter sich, ohne sich noch einmal zu dem Gebäude umzudrehen.

Trevor nickte knapp und schaute Liam fest in die Augen. Ich merkte, wie sehr es ihm zu schaffen machte, dass sein Bruder sich verändert hatte. »Komm, wir nehmen dich erst mal mit zu uns.«

»Schön habt ihr es hier.« Liam schaute sich im Wohnzimmer um. Er wirkte immer noch in sich gekehrt und … leer.

»Es tut mir so leid, was du durchgemacht hast«, platzte es aus mir heraus, weil ich das Gefühl hatte, etwas sagen zu müssen.

Liam seufzte und fuhr sich mit einer Hand durch die Haare. »Das sollte es nicht. Ihr könnt nichts dafür. Im Gegenteil, ihr habt dafür gesorgt, dass ich wieder auf freiem Fuß bin. Und zumindest ein Teil der Menschen, die mein Leben zerstört haben, werden ihre gerechte Strafe bekommen.«

Dass Liam mit dem anderen Teil auf seine Eltern anspielte, war uns allen klar.

»Hast du Hunger? Möchtest du etwas trinken oder …«, begann Trevor, doch Liam fiel ihm ins Wort.

»Am liebsten würde ich eine Dusche nehmen. Wäre das okay?«

»Sicher, kein Problem. Im Bad findest du, was du brauchst«, sagte ich.

Liam lächelte mir dankbar zu.

»Ich hole dir mal frische Klamotten.« Trevor verschwand in seinem Zimmer und ich hörte, wie er die Schublade seiner Kommode aufzog.

»Komm mit, ich zeige dir alles«, bot ich an und ging schon mal ins Badezimmer. Ich legte ein Frotteetuch aus dem Schrank auf den Waschbeckenrand. »Dort steht Trevors Duschgel und … wenn du sonst noch etwas brauchst, sag einfach Bescheid. Wir könnten in der Zwischenzeit etwas zu essen bestellen.«

Falls er mitbekam, wie nervös ich war, ließ er es sich nicht anmerken.

»Das klingt gut«, sagte er mit einem Lächeln, und diesmal hatte ich das Gefühl, dass es echt war.

Trevor betrat das Bad mit einem kleinen Stapel Klamotten in den Händen.

Ich schob mich aus dem Raum, damit es nicht zu eng wurde, und öffnete die Lieferservice-App. »Pizza, Burger, Thai, Sushi, indisch?«, zählte ich auf, während ich die Sparten durchblätterte.

»Ich hätte Lust auf einen richtig fettigen Burger mit Pommes. Bitte«, sagte Liam.

»Mit Käse und Speck und Zwiebeln?«, fragte ich zur Sicherheit.

»Unbedingt.«

»Weißt du schon, wo Liam heute übernachten wird? Also, hat er sich dazu schon geäußert?« Vor seiner Verhaftung hatte er im Studentenwohnheim gelebt, aber ich war mir nicht sicher, ob er dorthin zurückwollte.

Trevor saß neben mir auf der Couch, während Liam duschte, und schien dieselben Gedanken zu haben. »Nein, er hat noch nichts gesagt. Ich habe aber überlegt, ihm mein Zimmer anzubieten. Also vorausgesetzt, das ist für dich in Ordnung. Ich will nicht, dass er das Gefühl hat, gleich ins Wohnheim zu müssen – mal davon abgesehen, dass ich nicht weiß, ob er sein Studium hier überhaupt abschließen möchte. Über diese Themen haben wir bisher nicht geredet.«

Verständlicherweise, denn bis zu seiner Freilassung hatte es Wichtigeres gegeben.

»Natürlich kann Liam hierbleiben.«

»Bestimmt will er uns nicht ewig auf die Nerven fallen …«

»Das tut er ganz sicher nicht«, fiel ich ihm ins Wort.

»Das weiß ich. Liam ist … er war immer jemand, der gern auf eigenen Beinen stand und sich um alles selbst gekümmert hat. Aber im Moment …« Den Rest des Satzes ließ Trevor in der Luft hängen.

Diese ganze Sache stimmte mich traurig und ich lehnte meinen Kopf an Trevors Schulter.

Als wir schließlich alle beim Essen saßen – Trevor neben seinem Bruder auf der Couch, ich auf der anderen Seite des Couchtisches auf einem Kissen auf dem Boden –, hatte ich den Eindruck, dass es Liam etwas besser ging. Als hätte er einen Großteil der Erlebnisse der vergangenen Wochen unter der Dusche abgespülen können.

Wir hielten unsere Burger in den Händen und hatten die drei Portionen Pommes in einer großen Schüssel zusammengeworfen. Sie stand in der Mitte des Tisches, ein Teller mit Ketchup und Mayo daneben. Leise Musik drang aus den Boxen des Fernsehers, der hinter mir einen Radiosender abspielte. Ich hatte sogar ein paar Kerzen angezündet.

Wir wollten es Liam so angenehm wie möglich machen, damit er sich wohlfühlte und alles hinter sich lassen konnte.

»Cecile und ich haben uns unterhalten, als du im Bad warst. Wir wollten dir sagen, dass du hierbleiben kannst, wenn du möchtest. Für heute Nacht und … so lange, bis du … also …« Trevor stockte. »Das klingt jetzt irgendwie, als würden wir dich wieder loswerden wollen. Aber so ist es nicht.«

Liam runzelte die Stirn. »Das ist nett von euch, danke. Ich habe überlegt, ob ich nachher bei CJ klingele und ihn frage, ob ich bei ihm auf der Couch …«

»CJ solltest du unbedingt besuchen, sobald er von der Arbeit zurück ist. Aber vergiss seine Couch. Darauf schläft es sich echt übel. Du kannst mein Bett haben, ich schlafe sowieso die meiste Zeit bei Cecile.«

Liams Mundwinkel zuckte. »Danke. Wenn das so ist, nehme ich natürlich gern euer Angebot an. Wobei ich morgen oder zumindest in den nächsten Tagen zurück ins Wohnheim muss. Keine Ahnung, wie dort die Lage ist.«

»Hast du nichts von deinen Freunden gehört?« Neugierig schaute ich ihn an – und bekam erneut das Gefühl, in ein Fettnäpfchen getreten zu sein.

»Schon. Aber sie waren alle sehr zurückhaltend. Caleb, mein Zimmernachbar, hat mich einmal besucht und mir Grüße von den anderen ausgerichtet. Ich denke, sie waren sich auch nicht sicher, was sie glauben sollten. Immerhin hatten sie mich auf der Party aus den Augen verloren und wussten nicht, wo ich war.«

»Aber jetzt können sie sicher sein, denn du bist frei und deine Unschuld ist bewiesen.«

Liam brummte zustimmend.

Schweigend aßen wir weiter. Irgendwie war die Stimmung seltsam. Aber ich wusste auch nicht, was ich tun konnte, um etwas daran zu ändern. Jedes Wort, das ich sagte, fühlte sich falsch an. Zudem musste ich einfach ständig daran denken, dass sein Leben nicht mehr so sein würde, wie es war.

»Okay, hört auf damit.« Liam legte seinen Burger auf den Teller vor sich und schaute kurz zu mir, bevor er sich an Trevor wandte.

»Was? Womit denn?« Trevor war gerade fertig mit seinem Burger und wischte sich die Hände an der Serviette ab.

»Mich so mitleidig anzusehen. Behandelt mich einfach … normal. Wenn ihr wollt, fragt mich alles, was euch auf der Zunge liegt. Vielleicht trifft mich die eine oder andere Frage, aber glaubt mir, schlimmer als in den letzten Wochen werde ich mich dabei nicht fühlen. Also hört bitte endlich auf, mich mit Samthandschuhen anzufassen.«

Trevor und ich sahen uns schuldbewusst an, dann griff er in die

Schüssel und nahm sich eine Handvoll Pommes. Verlegen kaute er und schluckte.

»Sorry, ich bin ... gerade noch etwas überfordert mit der Situation. Ich freue mich riesig, dass du frei bist, und gleichzeitig macht mich der Gedanke ganz krank, dass du wegen Zayn so etwas erleben musstest. Also ... was weißt du alles? Wurde Zayn verhaftet?«, fragte ich.

Liam atmete geräuschvoll auf. Er war offenbar erleichtert, dass seine Botschaft angekommen war. »Ja. Detective Grant war bei mir, bevor ich entlassen wurde. Er hat mich über alles informiert und sich persönlich entschuldigt.«

Trevor und ich nickten.

»Was ich noch immer nicht ganz verstehe«, brachte sich nun Trevor ein, »wieso haben die anderen beiden Typen, die mit ihm im Wagen gesessen hatten, dich als Fahrer angegeben? Hat er sie auch unter Druck gesetzt? Und was war mit den beiden Studentinnen? Haben die ihn denn gar nicht gesehen?«

»Er hatte alle unter Kontrolle. Die beiden Studentinnen standen unter Schock. Zudem ist er Marylin hinterher. Und die zwei Beifahrer hat er erpresst. Also nicht nur die beiden, sondern auch die anderen Mitglieder der Studentenverbindung. Er hat sich als guter Kumpel ausgegeben, bei dem man seine Sorgen abladen kann, und das so erlangte Wissen gezielt gegen jeden eingesetzt, wenn es nötig war. In diesem Fall hat er jedoch gewaltig über die Stränge geschlagen.«

»Was hatte er denn gegen die beiden in der Hand?« Ich griff nach ein paar Pommes und zog sie durch den Ketchup.

»Das weiß ich nicht. Aber ich vermute mal, dass es wirklich schlimme Dinge sein müssen, die ihre eigene Zukunft oder die ihrer Familien gefährden. Denn weshalb sollte man sich sonst auf eine Straftat wie diese einlassen oder jemanden decken, der sie verübt hat?«

»Klingt logisch«, meinte Trevor. »Wäre die Sache mit Betty nicht gewesen und hätte er gewusst, wer unsere Eltern sind, hätte er dich bestimmt sofort in der Verbindung haben wollen.« Er verzog das Gesicht zu einer Grimasse.

»Inzwischen glaube ich sogar, dass er wusste, dass ich zu *Collins Cosmetics* gehöre. Egal, was seine Beweggründe waren, darüber wird er sich bis an sein Lebensende ärgern.« Liam grinste seinen Bruder schief an.

»Und … was ist mit deinen Eltern? Ich meine, wirst du das Gespräch mit ihnen suchen oder …«

»Es gibt *nichts*, was ich mit ihnen noch zu bereden hätte.« Die Entschlossenheit in seiner Stimme war nicht zu überhören und ich hatte vollstes Verständnis dafür.

Mein Blick wanderte zu Trevor, in dessen Blick Traurigkeit aber auch Liebe lag, als er den Kopf hob und mich anschaute.

Ich schenkte ihm ein betrübtes Lächeln, das er erwiderte. Zu gern wollte ich ihm sagen, dass *alles* wieder gut werden würde, doch so war das Leben leider nicht. Mit manchen Dingen musste man sich arrangieren. Wie Trevor und Liam mit ihren Eltern und ich mit meinen. Aber viel wichtiger war, sich mit Menschen zu umgeben, die einen glücklich machten und einem Halt gaben. Liam würde vermutlich Zeit brauchen, um wieder zu vertrauen und sich auf all die Abenteuer einzulassen, die das Leben zu bieten hatte. Doch er war dabei nicht allein.

Ich persönlich hatte mein Glück in Trevor gefunden und hoffte einfach, dass er dasselbe in mir sah.

Epilog

Trevor

»Ein Kuchen? Aber ich hab doch gar nicht Geburtstag …« Irritiert schaute ich Cecile an, die mit dem schönsten Lächeln auf mich zukam, einen Teller mit einem süßen kleinen Backwerk in der Hand.

»Braucht es denn einen Grund für Kuchen?«

Kurz lachte ich auf. »Ein gutes Argument.« Ich stand von der Couch auf, wo ich gerade für meine anstehende Prüfung an der Polizeischule gelernt hatte, und schlang einen Arm um ihre Taille.

»Lass mich mal kosten!«, raunte ich ihr zu.

Das brauchte ich ihr nicht zweimal zu sagen. Mit der freien Hand brach sie ein Kuchenstück ab und führte es an meine Lippen.

Mit einem genüsslichen Seufzen biss ich hinein.

Cecile grinste bis über beide Ohren und probierte anschließend selbst. »Mhmm, sehr lecker.«

»Ja, oder?«

Sie nickte und wischte mir einen Krümel aus dem Mundwinkel. »Den habe ich aus der Bäckerei um die Ecke. Als ich ihn gesehen habe, musste ich ihn einfach mitnehmen. Oh, und ich soll dir liebe Grüße von Jeff ausrichten. Er war auch zufällig in dem Laden. Ist wohl der neue Kuchen-Hotspot.« Frech streckte sie die Zungenspitze zwischen den Lippen hindurch.

Nach wie vor nannte Cecile ihn Jeff, während ich bei CJ geblieben war. Wir wussten, wen wir meinten, und ihn amüsierte es köstlich, wenn wir gemeinsam unterwegs waren und jeder von uns ihn mit einem anderen Namen ansprach.

»Ah, danke. Weißt du schon, ob er Thanksgiving mit uns feiern wird?«

»Ja, er hat seinen Eltern Bescheid gesagt, dass er sie erst an Weihnachten in Chicago besucht.«

Wie im letzten Jahr hatten wir beschlossen, mit allen zu feiern, die uns wichtig waren. Liam, Marylin, Julia und Craig. CJ, der letztes Jahr bei seinen Eltern gewesen war, wollte diesmal ebenfalls dabei sein und Sabrina mitbringen. Die beiden waren jetzt schon fast so lange zusammen wie Cecile und ich. Auch Nicola hatte vor, Thanksgiving mit uns zu verbringen. Wir hatten sie bereits zweimal in Chicago besucht und mir war klar geworden, dass sie eine ganz besondere Rolle in Ceciles Leben spielte – beinahe wie eine große Schwester.

Dieses Mal hatte Cecile sogar ihre Mutter eingeladen. Alkohol würde es natürlich nicht geben, um es ihr nicht unnötig schwer zu machen. Sie war inzwischen bis auf einen kleinen Ausrutscher trocken, arbeitete nach wie vor im Supermarkt und ging regelmäßig zu den Treffen der Anonymen Alkoholiker, was Cecile sehr stolz machte. Die Beziehung mit ihrem Vater war jedoch nach wie vor angespannt. Cecile hatte ihm zwar mehrfach signalisiert, bereit für ein klärendes Gespräch zu sein, doch er beharrte weiterhin darauf, keine Fehler begangen zu haben.

Den Kontakt zu meinen Eltern hatte ich ganz abgebrochen. Bis heute hatten sie sich weder bei mir noch bei Liam entschuldigt. Es gab auch nichts zu entschuldigen. Kein Wort konnte Liam und mich vergessen lassen, was sie uns angetan hatten. Zuletzt hatte ich mit ihnen zu tun gehabt, als ich vor drei Wochen an meinem einundzwanzigsten Geburtstag den Zugriff auf meinen Treuhandfonds zugesprochen bekam. Doch jetzt, wo auch mich gar nichts mehr mit ihnen verband, konnte ich ebenfalls endlich einen Strich darunter ziehen und mit ihnen abschließen.

Cecile schob mir erneut ein Kuchenstück in den Mund, doch ich driftete mit den Gedanken sofort wieder zurück in die Zeit vor einem Jahr, als sich alles aufgeklärt hatte.

Kurz nach der Freilassung von Liam hatte ich erfahren, wer gesehen hatte, dass Zayn zuerst zugeschlagen hatte. Es war Betty gewesen, die ihm mehrfach klargemacht hatte, dass sie nichts von ihm wollte. Als Zeugin gegen ihn auszusagen, war für sie eine willkommene Gelegenheit gewesen, ihn auf Abstand zu halten. Dass sie damit indirekt auch Liam geholfen hatte, war Glück für uns. Denn wenn jemand seine Behauptung untermauert hätte, dass angeblich ich zuerst angegriffen hatte – wer weiß, ob ich Liam dann vor der Verhandlung hätte aus dem Gefängnis holen können. Alles hätte sich unnötig in die Länge gezogen und es für uns noch schwerer gemacht.

Liam hatte sich erst einmal eine Auszeit genommen. Sein Studium hatte er abgebrochen und reiste seitdem mit seinem Wohnmobil durchs Land. Regelmäßig meldete er sich, schickte Fotos von traumhaften Orten aus dem Yukon, den Rocky Mountains, dem Flachland im mittleren Westen und verschiedenen Städten. CJ und mir war aufgefallen, dass langsam das alte Strahlen in Liams Gesicht zurückkehrte. Und das freute uns alle.

Zayn war übrigens, wie nicht anders erwartet, nach der erdrückenden Beweislage für schuldig erklärt und für viele Jahre verurteilt worden. Auch die beiden anderen Typen saßen für eine Weile im Gefängnis – auch wenn sie für Liams Geschmack zu glimpflich davongekommen waren. Würde es nach ihm gehen, sollten alle drei bis ans Ende ihres Lebens in der Hölle schmoren. Seine Worte, nicht meine.

»Ich habe überlegt, ob du …« Cecile zögerte.

Fragend runzelte ich die Stirn.

»Also nur, wenn du möchtest, natürlich …«

»Ja, was denn?« Lachend setzte ich mich hin und sie ließ sich neben mir auf die große Ledercouch nieder, durch die wir das alte abgenutzte Sofa ersetzt hatten.

»Also ich habe überlegt, ob du nicht vielleicht an Thanksgiving Ian einen kurzen Besuch abstatten willst. Ich meine nur, weil er an dem Tag arbeiten muss …« Sie biss vom Kuchen ab.

Ein lautes Lachen kam über meine Lippen. »Detective Grant? Klar, warum nicht. Ich könnte ihm was von unserem Truthahn, dem Kürbiskuchen und der Preiselbeersoße mitbringen.« Seit ich mit der Polizeischule angefangen hatte, war ich mit ihm immer wieder in Kontakt gewesen. Zwar hatte er mit der Ausbildung nichts zu tun, aber wir liefen uns ab und zu über den Weg. Es hatte ihn wohl doch beeindruckt, wie hartnäckig ich an der Lösung des Falls drangeblieben war. Dass ich nun auch beruflich diese Richtung einschlug, hatte ihn nicht überrascht, wie er mir anvertraut hatte. Mein Chemiestudium hatte ich dafür abgebrochen, aber das Wissen, das ich mir bis dahin hatte aneignen können, würde mir als Polizist sicher von Nutzen sein.

Dass ich nun nicht mehr an der Tankstelle arbeiten konnte, hatte mir Wren nur kurz übel genommen. Er hatte schon damit gerechnet, dass ich nicht lange bleiben würde.

»Das klingt sehr gut.« Cecile lächelte, wie nur sie es konnte. Das Strahlen, das bis in ihre Augen reichte, steckte mich jedes Mal sofort an. Es prickelte wie Brausepulver in mir und ich wusste, dass ich nie genug davon bekommen konnte.

Ich schob mir das letzte Stück Kuchen in den Mund und startete einen Kussüberfall auf Ceciles Gesicht.

»Trevor, aufhören!« Sie lachte und kicherte und versuchte, sich wegzudrehen, aber natürlich nur halbherzig. Abgesehen davon hatte sie gegen mich sowieso keine Chance. »Sonst bin ich voller Schokokrümel.«

»Ein paar Sommersprossen mehr oder weniger stören mich nicht. Außerdem liebe ich sie, genau wie dich.«

»Ich liebe dich auch, du Verrückter, aber ich muss gleich noch mal los. Also bitte …« Sie wandte sich unter mir hervor und strich sich über ihre kurzen Haare. »Wenn ich zu spät komme, werde ich Marylin erzählen, dass es deine Schuld ist. Dann kannst du dich auf etwas gefasst machen.«

Seit Zayns Verhaftung war Ceciles Cousine bei der von Detective Grant empfohlenen Therapeutin in Behandlung. Inzwischen hatte sie große Fortschritte gemacht. Sie verließ wieder das Haus, hatte das Jahr an der Highschool wiederholt und sich bereits an diversen Colleges beworben. Nur in der Dämmerung war sie ungern allein unterwegs. Heute hatte sich Cecile angeboten, sie von der Therapiesitzung abzuholen und nach Hause zu begleiten.

»Okay, das wollen wir natürlich alle nicht«, sagte ich ernst. Ich wusste, was Marylin durchgemacht hatte und wie sehr sie auch über ein Jahr später noch mit dieser Sache zu kämpfen hatte. Auch wenn sie eine starke junge Frau war, die endlich wieder eine Perspektive hatte.

Sanft legte Cecile ihre Hände an meine Wangen. »Du bist großartig.« Dann küsste sie mich zärtlich auf die Lippen.

»Das bin ich.«

Amüsiert schüttelte sie den Kopf. »Und eingebildet.«

»Das schadet immerhin nicht. Da fällt mir ein, hast du schon Pläne für heute Abend?«

»Ja, ich muss noch für die Prüfung lernen.«

Seit diesem Semester studierte sie Psychologie an der Columbia – von ihrem ursprünglichen Wunsch, Pharmakologie zu studieren, war sie inzwischen abgekommen. In Zukunft wollte sie lieber traumatisierten Menschen wie Marylin helfen und sie ging richtig auf in ihrem Studium. Mit ihrer Arbeit im Restaurant hatte sich alles gut vereinbaren lassen. Sie arbeitete am Wochenende und an zwei Abenden am Empfang. So blieb ihr genügend Zeit zum Lernen – und sie machte das großartig, soweit ich es beurteilen konnte.

Frustriert stöhnte ich auf. »Immer noch?«

»Ja, aber bis morgen Abend sollte ich mit allem durch sein.«

Ich zog sie noch einmal an mich. »Dann lasse ich mir für morgen Abend etwas Besonderes einfallen, damit ich dich nur für mich habe.«

»Ach ja? Du willst mich wohl verführen?«

»O ja, das will ich. Und ich werde nie damit aufhören.«

»Das kann ich nur zurückgeben«, raunte sie, bevor sie ihre Lippen auf meine legte und wir uns küssten, als hätten wir alle Zeit der Welt. Und im Grunde hatten wir das auch.

Danksagung

Eine der am meisten gestellten Fragen an mich ist die, woher ich die Inspiration zu meinen Büchern nehme. Oft ist es ein Song, eine Szene, die ich beobachte, ein Film oder einfach das Leben. In diesem Fall jedoch geht mein Dank an Anika Martin alias @miss.knuddelmuff. Wenn du mich nicht eines Morgens angeschrieben und mir von deinem Traum erzählt hättest, in dem ein fremder Mann in die Wohnung einsteigt, obwohl er nichts stehlen will, wäre dieses Buch nie entstanden.

Eine dicke Umarmung geht an meine Testleserinnen Andra Jaeckel, Franzi Schuster und Katrin Schreyer – vor allem dafür, dass ihr immer die Pom-Poms geschwungen und mich durch eure Liebe für die Story beim Schreiben motiviert habt.

Außerdem möchte ich meinen lieben Kolleginnen Jessica Winter und Mona Kasten danken. Jessy, danke, dass du dir die Zeit genommen hast, um die ersten Kapitel zu lesen und meine Zweifel und Sorgen zu zerstreuen. Und Mona, ich schätze unseren Austausch so sehr! Danke für deine immer wohlwollenden und aufbauenden Worte.

Ein »Hipp, hipp, hurra« an meine #bestbaumis-Kolleginnen Annika Bühnemann, Anya Omah, Emily Key, Kate Franklin, Michelle Schrenk und Rose Bloom – ihr seid mega!

Liebe Anya, danke, dass du die Geschichte von Cecile und Trevor bereits vorab gelesen und einen so treffenden Blurb dazu geschrieben hast. Ich feiere dich dafür.

Danke auch an Nadja Korthals und das wunderbare Team des Ravensburger Verlags. Ich bin so froh, dass diese Geschichte bei euch ein Verlagszuhause gefunden hat.

Liebe Franziska Jaekel, vielen Dank für deine Arbeit am Text und deine Geduld mit mir. Sorry, falls ich dir zwischenzeitlich ein paar graue Haare beschert habe. :'-D

Zudem möchte ich meinem großartigen Agenten Carsten Polzin danken – für dein Vertrauen in meine Ideen und in mich.

Ohne meine Familie würde es dieses Buch übrigens auch nicht geben. Ich liebe euch so sehr und bin unglaublich dankbar für euren Rückhalt. Danke, dass ihr nachsichtig mit mir seid, wenn ich – wie gerade eben – an einem Samstagvormittag um zehn noch im Pyjama vor dem Computer sitze, um meine Arbeit fertig zu machen. Später koche dafür endlich mal wieder ich für euch. Versprochen!

Der größte Dank geht jedoch an dich! Danke, dass du mein Buch gekauft hast. Danke fürs Lesen, Lieben und dafür, dass du die Geschichte von Cecile und Trevor weiterempfiehlst. Du machst meinen Traum lebendig.

TRIGGERWARNUNG

(Achtung: Spoiler!)

Dieses Buch enthält Themen, die triggern können.
Diese sind:
Autounfall, Tod,
Erpressung, Androhung körperlicher Gewalt,
Gewalttätigkeit, Rückblick auf häusliche Gewalt,
Einbruch, Inhaftierung.

LESEPROBE

»Snowflakes All Around Us«
von Sarah Saxx
ISBN 978-3-473-58628-8

Ah, verdammt!

Was zur Hölle war das? Gerade noch war ich mit meinen Kumpels Sven und Lars mit den Hundeschlitten durch den Wald gejagt – okay, ich hatte mich etwas zurückfallen lassen, weil die zwei heute wieder völlig irre unterwegs waren – und dann schoss mit einem Mal ein Auto auf dieser Waldstraße um die Kurve, die seit Jahren gesperrt war.

Dennoch hatte ich Glück im Unglück gehabt. Die Hunde hatte es nicht erwischt. Nur der Schlitten war gebrochen, aber dadurch hatten sich Algea und die anderen lösen können. Wenigstens wusste ich, dass sie den Weg allein zurück zum Palast fanden. Aber diese Verrückte hatte mich erfasst und nun lag ich halb unter dem kaputten Hundeschlitten meines Großvaters auf der Fahrbahn.

»O nein, das tut mir leid. Gib mir deine Hand, ich helfe dir hoch.«

Ich konnte den Kopf nicht weit genug drehen, um die Frau zu erkennen, aber entweder war sie etwas schwer von Begriff oder sie stand unter Schock. »Fahr deine Karre zurück, die hat sich mit meinem Schlitten verkeilt!«

»Oh! Sicher, Moment.«

Schnee knirschte, eine Autotür wurde geöffnet und wieder geschlossen, der Motor gestartet. Doch dann passierte erst mal gar nichts. Was tat sie denn? Musste sie überlegen, wie man den Rückwärtsgang einlegte?

Das typische Knacken des Getriebes war zu hören, als sie endlich den Ganghebel betätigte. Schließlich setzte das Auto langsam zurück und ich konnte den Schlitten von mir schieben.

Ächzend stand ich auf und fand mich einer hübschen Frau gegenüber, die etwa in meinem Alter sein musste. Ihre kinnlangen dunkelbraunen Haare lugten unter einer weißen Mütze hervor und sie musterte mich mit großen Augen von oben bis unten.

»Gott sei Dank, du kannst aufstehen. Bist du verletzt? Es tut mir so leid, aber du bist einfach aus dem Nichts aufgetaucht. Ich konnte nicht schneller reagieren.«

Sie ließ einen ganzen Wortschwall auf mich los. Kurz überlegte ich, woher sie kam, denn ich nahm einen schwachen Akzent bei ihr wahr, den ich noch nie gehört hatte.

»Es dürften nur leichte Prellungen sein, sonst ist mir nichts –«

»Mist, du blutest.« Sie zeigte erst auf ihre Wange, dann auf meine.

Ich zog einen Handschuh aus und griff mir ins Gesicht. Tatsächlich waren meine Fingerkuppen rot, als ich sie anschaute.

»Sekunde, ich werde dich verarzten. Dieser Mietwagen hat einen Verbandskasten im Kofferraum. Und im Anschluss bringe ich dich in ein Krankenhaus. Ist sicher besser, wenn du dich durchchecken lässt.«

Bevor ich widersprechen konnte, war sie bereits um den Volvo herumgegangen und hatte die Heckklappe geöffnet.

»Der ist da … unter dem … Koffer.« Sie zog am Griff und versuchte, das offensichtlich schwere Gepäckstück aus dem Wagen zu hieven.

»Lass mich dir helfen.« Ohne ihre Antwort abzuwarten, hatte ich das riesige Teil gepackt und hob es heraus.

»Danke. Jetzt stehe ich noch mehr in deiner Schuld. Wobei … nein, eigentlich nicht.«

»Wie bitte?« Hatte ich mich verhört?

Sie schnaubte und stemmte die Hände in die Hüfte. »Du bist einfach über die Straße geschossen mit deinem … Hundeschlittendings. Ohne zu schauen, ob ein Auto kommt. Ich meine, da ist ein Unfall vorprogrammiert. Oder bist du lebensmüde? Willst du dich umbringen? Dann zieh bitte keine anderen Menschen mit hinein, okay?« Sie funkelte mich an und öffnete schließlich den Verbandskasten, aus dem sie Pflaster, Einmalhandschuhe und eine kleine Tüte mit einem Feuchttuch zur Wundreinigung herausnahm.

Völlig perplex schüttelte ich den Kopf. »Und keine Hunde!«, versuchte ich, die gekippte Stimmung wieder etwas zurechtzurücken.

»Hä?« Irritiert schaute sie mich an.

Mit aller Kraft musste ich mir ein Schmunzeln verkneifen. »Keine Hunde! Wenn man sich umbringen will, sollte man auch keine Hunde oder Tiere im Allgemeinen mit hineinziehen. Aber keine Sorge, *ich* bin hier nicht derjenige, der sein Leben aufs Spiel setzen wollte.«

»Wie meinst du das?«

Nun konnte ich Verunsicherung in ihren Augen aufblitzen sehen. Nervös sah sie sich um, während sie die Handschuhe überzog, als wäre sie Chirurgin und jeden Moment dabei, eine Operation durchzuführen. War das nicht etwas übertrieben? Es war ja nur ein Kratzer.

»Na, du bist doch auf einer Straße unterwegs, die für die Durchfahrt gesperrt ist. Hast du das Schild am Waldrand nicht gesehen? Der Unfall wäre gar nicht erst passiert, wenn du es gelesen hättest.«

Ihr Mund klappte auf und wieder zu. »Ich … nein, das hab ich wohl übersehen. Trotzdem ist es fahrlässig, was du getan hast. Ich meine, du warst verdammt schnell.« Vorsichtig säuberte sie mit dem desinfizierenden Feuchttuch meine Wange, ehe sie ein Pflaster auf die Wunde klebte.

»Du hättest erst mal die anderen sehen sollen«, sagte ich und konnte das Lachen nicht länger zurückhalten.

»Da waren noch mehr Verrückte wie du unterwegs? Ich fasse es nicht.« Sie schüttelte den Kopf und verstaute das Verbandsmaterial wieder im Kofferraum.

Sie gefiel mir. Es kam nicht oft vor, dass jemand in meiner Gegenwart kein Blatt vor den Mund nahm. Wobei ich den leisen Verdacht hatte, dass sie nicht wusste, *wen* sie da gerammt hatte.